PROSPER M

LA VÉNUS D'ILLE
et autres nouvelles

Introduction,
bibliographie et notes
par
Antonia FONYI

Chronologie
par Pierre Salomon

GF-Flammarion

On trouvera en fin de volume une bibliographie, une chronologie et un dossier de lectures.

© 1982, FLAMMARION, Paris.
ISBN : 2-08-070368-4

LA VÉ...
ET AUT...

INTRODUCTION

Peu l'ont aimé.

Le public, le vrai, l'anonyme, aime le lire. Pour de mauvaises raisons, au dire du public cultivé : pour le vif intérêt qu'éveille l'intrigue de ses récits, pour la couleur locale, pour la couleur forte.

Parmi ceux dont le nom est gardé par la mémoire collective ou par celle de l'histoire littéraire, peu l'ont aimé. Paul Bourget, Valery Larbaud, Charles Du Bos : des gens plus délicats que faciles à s'emporter. Roger Caillois semble l'aimer par goût pour le fantastique, Mandiargues n'aime sans réserve que *Lokis* qu'il aurait pu écrire, *La Vénus d'Ille* avec les yeux incrustés d'argent de la statue, et *Colomba* dont l'héroïne lui rappelle celles des *Chroniques italiennes* [1]. Quant à Stendhal, il l'aimait, lui, et aussi ce qu'il a écrit. A son époque encore Béranger, Thiers, Gobineau, noms disparates.

Ses nouvelles sont citées comme les modèles du genre — sur ce point, la critique est unanime : l'histoire de la nouvelle moderne en France commence par *Mateo Falcone*, la première nouvelle de Mérimée — elles sont rééditées sans cesse, traduites, lues. Il faut les avoir lues. C'est le pire qui lui est arrivé : frappée d'un impératif culturel, son œuvre se trouve bloquée au rayon des classiques, reléguée dans un passé sans ouverture sur aucun présent, pourvue d'un sens inaltérable, et rendue, de la sorte, inaccessible pour les sensibilités de la postérité.

Mais il se refuse aussi à l'amour. « Vous avez peur d'être long », lui reproche Stendhal [2] qui, contrairement à lui, ne craignait pas de s'épancher. Cette peur, inavouable dans toute sa profondeur — peur d'en dire trop long, peur du regard de l'autre, solidaire du désir d'être

regardé — est la source de ce que la critique appelle sa
« sécheresse ». « C'est bien, mais sec, dur, sans développement », dit Sainte-Beuve. « Quand Mérimée atteint
son effet, c'est par un coup si brusque, si court que cela
a toujours l'air d'une attrape. [...] On reçoit cela... Vlan!
On n'a pas le temps de voir si c'est beau. Le style de
Mérimée a un truc qui n'est qu'à lui; mais ce n'est pas
du grand art, ni du vrai naturel. Le vrai naturel est
autrement large et libre que cela[3]. » Qu'il ait tort ou
raison — car qu'est-ce que le « grand art » ? — Sainte-
Beuve parle au nom du goût dominant de son siècle (et
du nôtre) : Mérimée frustre son lecteur des descriptions,
des analyses et, en fin de compte, d'une sensation d'intimité qu'une écriture plus « libre » ne manque pas d'offrir.
De l'autre côté, cependant, s'il a écrit, c'était pour se
montrer, pour s'affirmer à sa manière : par la provocation. Il blesse moins par les libertés qu'il prend à l'égard
de la morale idéale de ses contemporains, que par son
écriture elle-même, par sa brièveté, par sa simplicité
ostentatoire, par ses effets abrupts, par une logique impla-
cable qui force le lecteur d'aller jusqu'au bord des précipices de l'incompréhensible où elle n'est plus d'aucune
utilité. Et tout cela sans complaisance, c'est-à-dire avec
« sécheresse ». Sainte-Beuve se sent blessé — il parle de
« coup de couteau[4] » — et s'écrie que ce n'est pas « beau ».
    Brièveté, paucité. Il a si peu écrit que cela frôle la
provocation : comme si la littérature ne l'avait pas vraiment intéressé, comme s'il ne l'avait pas prise au sérieux.
Pourtant, sa carrière commence par une période de
grande production. En 1825, il publie le *Théâtre de Clara
Gazul*, « spectacles dans un fauteuil », qu'il attribue à une
comédienne espagnole et fait paraître avec son propre
portrait en frontispice, affublé d'un voile et d'une robe
décolletée. En 1827, *La Guzla*, autre volume de mystification, ballades illyriques recueillies de la bouche d'un
barde qui n'a jamais existé et qui chantait dans une
langue que le prétendu traducteur n'a jamais connue.
En 1828, *La Jaquerie*, grand tableau historique, en 1829,
la *Chronique du temps de Charles IX*, seul roman de cet
écrivain qui vivait à une époque friande de romans, puis
une série de nouvelles qui paraîtront en volume sous le
titre *Mosaïque* en 1833 seulement. Désormais la nouvelle,
genre peu goûté, mais très lu en France, est son genre
d'élection. De 1829 à 1846, les nouvelles se succèdent,
mais à un rythme qui va s'alentissant. Puis il se tait, et ne

reprend la plume que vingt ans après, vers la fin de sa vie, pour écrire trois récits, dans l'intention de divertir et d'horripiler les dames.

Mystification ou provocation, la littérature n'était-elle donc pour lui qu'une plaisanterie, bonne pour s'amuser et pour amuser son lecteur ? Car c'est la seule faveur qu'il accorde de bon cœur à ce dernier : il aime divertir, il raconte souvent avec humour, parfois avec malice. Peu d'écrivains furent aussi agressifs et aussi polis envers leur public. Mais la politesse, comme l'humour, suppose une certaine distance, et il y en a qui s'en offensent : il est froid, disent les uns, et les autres ajoutent que ce n'est pas sérieux, puisque c'est divertissant[5]. Le mauvais effet de la plaisanterie est d'autant plus fort que, de l'autre côté, il s'implique avec tout le sérieux d'une responsabilité assumée dans des travaux non littéraires : il crée une considérable œuvre d'historien et consacre le plus clair de son temps à sa profession d'inspecteur des monuments historiques.

Qu'est-ce qui veut s'exprimer par cette carrière singulière ? Qu'est-ce qui déplaît chez lui et qu'est-ce qui lui déplaît ? Pourquoi cesse-t-il d'écrire au faîte du succès, peu après son élection à l'Académie française ?

Pendant les années 1850, il s'obstine à affirmer qu'il n'a plus pour qui écrire depuis qu'il a perdu l'amour de Valentine Delessert. L'argument est peu convaincant, puisque le silence commence en 1847, alors que la rupture n'est consommée qu'en 1854. Mais il n'en est pas moins vrai qu'il n'a plus pour qui écrire : les temps ont changé, la demande du public ne l'inspire plus, la manière « large » et « libre » des romans-confessions ne convient pas à ce qu'il a à dire.

Car ce qu'il a à dire est que le réel existe, puisqu'on s'y brise, évidence qui n'est plus de mise au XIXe siècle. Comme Eric Gans le constate dans un livre à titre significatif : *Un pari contre l'Histoire*, Mérimée ne se propose pas « d'approfondir l'objectif, mais de l'affirmer résolument comme s'imposant au subjectif[6] ». Le choix de la nouvelle, forme hautement structurée, semble être motivé par ce projet : affirmer l'unité du monde par le maintien de l'unité de l'écriture ; imposer un réel intègre qui ne se laisse pas compromettre par les regards divers lesquels, faute de pouvoir pénétrer l'objet, tentent de le décomposer pour l'assimiler au sujet. La nouvelle de Maupassant aura à son centre l'incompréhensibilité tragique du réel.

Mérimée ne cherche pas à dramatiser la connaissance. Pour lui, l'inexplicable doit rester inexpliqué par respect pour la souveraineté de l'objet, de l'autre. Sa nouvelle apparaît aussi comme un objet — c'est comme « un morceau de bois, dur en diable », dira Barbey d'Aurevilly [7] — comme une œuvre classique, c'est-à-dire parfaite dans le sens fort, autonome, devenue indépendante de l'auteur. Si celui-ci ne veut pas se montrer, c'est aussi par crainte de perturber l'ordre intrinsèque de la chose faite, des faits que son écriture pose comme objectifs.

Mais il ne pouvait pas résister indéfiniment au grand courant subjectiviste du siècle, même s'il était assez fort pour ne pas se laisser emporter. Alors il s'est tu. A vrai dire, il n'a fait que changer de genre, faisant semblant de changer de métier : il s'est mis à écrire sur l'histoire — « Lorsque j'ai cessé d'écrire, l'histoire était la seule chose qui m'intéressait encore en fait de littérature [8] » — il s'est choisi un domaine où la volonté d'objectivité ne demandait pas encore à être justifiée. Quant au projet créateur, il reste le même. L'auteur des ouvrages historiques se désolidarise de son siècle faible et rêveur, lâche devant les choses et les actes, pour rechercher la compagnie de certaines personnalités du passé dont la puissance était liée à leur audace : Don Pèdre le Justicier ou Pierre le Grand, célèbres par leur cruauté, par la force destructrice qui les habitait et qu'ils surent exploiter pour construire un Etat; le faux Démétrius, l'usurpateur venu du néant, qui mettait son pouvoir illégitime au service d'un gouvernement sage et généreux; César, « qui a été le plus grand capitaine de tous les siècles puisqu'il n'a jamais été battu, le plus intrépide paillard, grand orateur, bon historien, si joli garçon que les rois s'y trompaient et le prenaient pour femme, qui a fait cocus tous les grands hommes de son temps, qui a changé la constitution politique et sociale de son pays, qui, qui, trente mille qui [...] [9] » On dit — Taine dit [10] — que c'est de l'histoire desséchée. Mais peut-on demander à un homme de goût de faire du sentiment lorsqu'il déclare son amour aux monstres, affirmant qu'il les aime non seulement imaginaires (littéraires), mais réels aussi ? Ecrire de l'histoire, c'est, dans son cas, regarder de plus près un idéal, mettre en scène l'objectif dans sa souveraineté monstrueuse.

Lorsque, à la fin de sa vie, il revient à la nouvelle, c'est toujours avec ces mêmes intentions. C'est pour montrer l'ours, le monstre suprême, pour démontrer dans *Lokis*

(1868) que ce qui dépasse les frontières d'un réel défini comme naturel, n'est pas réductible à l'illusoire : l'homme-ours existe, la preuve en est qu'il a égorgé sa fiancée — le réel existe, puisqu'on s'y brise.

C'est cette conception du monde, étrangère déjà à l'esprit de son époque, qui est à l'origine de ce que notre siècle tolère si difficilement dans son œuvre. Il travaille avec des catégories objectives — historiques, géographiques, sociales, etc. — qui forment un système fermé où toute chose doit trouver sa place, et il affirme que l'existence des phénomènes impossibles à classer ne prouve que l'inachèvement de notre connaissance. Mais que faire devant un système fermé, comment y trouver de la place pour les différentes sensibilités, pour les jugements subjectifs ? Comment aimer cela ? Comment l'aimer ?

Cependant, il fascine. Fasciné lui-même par ce qu'il ignore, il laisse un vide à l'intérieur du système, où s'inscrira le mystère : « [...] la tendance générale des mythologies antiques est de laisser les causes premières dans une obscurité, peut-être cherchée à dessein [...] [11] » « Remarquez la singulière conformité de toutes les religions pour laisser l'idée de la divinité dans le *back ground*, et lui donner des intermédiaires à moitié ou tout à fait humains [12]. » Athée, rationnel, sobre — dur, sec, froid — il a, lui aussi, sa divinité, son monstre, qui prend des formes à moitié ou tout à fait humaines, et qui se révélera être l'origine des destinées. Cette cause première obscure n'est pas une brèche dans le système — celui-ci reste fermé — mais une profondeur insondable qui aspire les désirs épouvantés. C'est une catégorie comme les autres : celle de l'innommable objectif.

Subir la fascination, n'est-ce pas être près d'aimer ?

Les histoires de Don Fiero Férocios [13].

L'histoire que nous tâcherons de raconter est celle qui sous-tend toutes les histoires, qui tient lieu de charpente fantasmatique à toutes les nouvelles. Certes, les œuvres finies ne se ressembleront pas : l'auteur ignore qu'il répète la même histoire, l'inspiration du moment modifie les proportions, l'élaboration littéraire rend méconnaissable le schéma. Si, pourtant, nous cherchons à réduire les différentes histoires à une seule, en les dépouillant d'une grande partie de leurs richesses esthétiques, c'est dans l'espoir que les constantes ainsi dégagées nous indiqueront la voie vers un sens, vers des sens qui ne paraîtront plus figés, qui permettront de voir en Mérimée moins et plus qu'un classique.

Le héros de *Mateo Falcone*, sa première nouvelle, se nomme Fortunato; il est « l'espoir de sa famille, l'héritier du nom »; à l'âge de dix ans, il annonce déjà d' « heureuses dispositions [14] ». A son instar, tous les protagonistes sont voués à la prospérité : porteurs de noms honorables, ils sont jeunes, grands, forts et, pour la plupart, intrépides, généreux et intelligents aussi. Ils sont fils uniques, parfois orphelins : lorsqu'ils entrent dans la vie, ils n'ont pas d'égal. C'est de là que semble venir leur principal défaut. Appelé vanité, orgueil ou jalousie (« vanité de l'amour [15] »), c'est le « désir violent et continuel de primer partout [16] » afin de recréer la situation originelle où ils étaient uniques, où ils attiraient sur eux tous les regards. Ce défaut qui pèse plus lourd que toutes leurs qualités serait la cause de leur perte selon l'enseignement des premières nouvelles.

Fortunato vit dans une maison située entre la ville et le maquis. D'un côté la civilisation régie par une loi constitutionnelle que défendent des soldats vêtus de l'uniforme français, de l'autre la sauvagerie corse, le règne des hors-la-loi, des hommes d'honneur qui, après une vendetta, se sont jetés dans le maquis. Il doit choisir. C'est à la tradition corse qu'il adhère d'abord : l'honneur, tel que l'entend son père, l'oblige à cacher un proscrit poursuivi par les soldats. Ceux-ci arrivent, et leur commandant tâche de séduire Fortunato en lui offrant une montre, plus belle que celle de son petit cousin de la ville, son rival présumé. La tentation est trop forte, l'enfant se voit déjà se promener dans la rue, « fier comme un paon », disant aux gens : « Regardez à ma montre [17]. » Il livre son hôte. Son père lui donnera la mort. Saint-Clair, le héros du *Vase étrusque*, a le même tort : « la vanité se glisse » dans son amour (« C'est la plus belle femme de Paris [...] Elle m'a choisi entre tous [18] »), il ne peut pas supporter l'idée que sa maîtresse ait pu aimer un autre avant lui. Il doute d'elle, il trahit la loi de la passion en donnant foi aux jugements des salons parisiens. Il sera tué dans un duel insensé.

Cela ressemble à un conte moral : poussés par la vanité, ils ont fait un mauvais choix, et ils en seront punis. Mais qui les juge et au nom de quelle morale ?

Les lois sont là, données : objectives. Loi constitutionnelle de la France et loi traditionnelle de la Corse, loi du monde et loi de l'amour, du nouveau et de l'ancien, de la civilisation et de la barbarie. Chacune d'elles a sa raison d'être, c'est pourquoi toute valeur morale est relative. Mais, s'il en est ainsi, le mauvais choix ne devrait exister qu'aux yeux de ceux qui ne comprennent pas comment on peut être Persan.

Cependant, le mauvais choix advient dans l'absolu. Fortunato est l'unique héritier du nom paternel, il n'a que dix ans, il promet de respecter désormais le code d'honneur traditionnel, mais son père ne peut pas lui laisser la vie. Saint-Clair, au contraire, est pardonné par celle qu'il a offensée, mais cela n'y change rien, lui aussi, il doit mourir. Au-dessus des catégories historiques et sociales, au-delà des lois morales, il y a une instance sans nom qui ne connaît d'autre sanction que la mort. C'est celle-là qu'ils ont offensée. Sans le savoir, bien sûr, parce qu'elle relève du domaine obscur des causes premières.

Pour se faire valoir, cette instance mystérieuse doit se manifester à travers une loi connue qui la traduit dans un langage compréhensible. Ce véhicule sera la loi de la sauvagerie, catégorie à laquelle appartiennent des êtres violents et imprévoyants, capables de passer à l'acte, de tuer ou de mourir : d'exécuter la sentence fatale. Don José de Carvajal, le père incestueux, personnage conçu dans la jeunesse de Mérimée, s'interroge ainsi : « [...] quelle différence y a-t-il entre ces désirs si violents et l'exécution de ces désirs [19] ?... » Quarante ans plus tard, le comte Szémioth, héros de *Lokis*, aura les mêmes préoccupations : si l'on jugeait l'homme d'après ses pensées, il n'y aurait pas « un avocat qui ne plaidât avec succès votre interdiction, pas un juge qui ne vous mît en prison ou bien dans une maison de fous » (p. 213); quant à la raison qui devrait empêcher que l'idée devienne acte, « est-elle toujours là [...] pour nous diriger ? » (p. 213.) Et, comme jadis le père incestueux ou le père infanticide, cet amoureux cannibal ne craindra pas non plus de satisfaire son désir. La civilisation, catégorie opposée, par définition, à la sauvagerie, proscrit ces criminels — « bandit » est synonyme de « proscrit », note l'auteur de *Mateo Falcone* [20] — mais, qu'ils se cachent au milieu de la foule des villes ou qu'ils se jettent dans le maquis, ils resteront dans le monde du connu : se mettre hors la loi signifie transgresser une loi — la constitutionnelle ou l'institu-

tionnelle (la civilisée) — pour obéir à une autre qui
semble émaner de la forêt originelle. Ainsi les sauvages
ont un double statut, ils appartiennent à une catégorie
accessible pour la connaissance, en même temps qu'ils
sont des « intermédiaires à moitié ou tout à fait humains »
entre nous et la divinité inconnue qui détruit ses créa-
tures. Ils ne sont que des intermédiaires, la preuve en est
qu'eux-mêmes, ils seront détruits. Don Fiero Férocios
raconte l'histoire de deux morts, celle de la victime, et
celle de son bourreau.

La relation entre ces deux personnages est des plus
triviales : c'est l'amour mortifère. Plus développées, les
nouvelles écrites après *Mosaïque* sont plus explicites à
cet égard parce que l'amour-propre et l'amour, traités
dans les premiers récits dans une forme contractée,
apparaissent désormais comme deux phases distinctes
d'une évolution. Certes, c'est toujours l'amour-propre
qui pousse le héros à défier le destin : celui qui est né
unique et veut le rester, ne pourra aimer qu'un autre
unique, introuvable dans sa catégorie; c'est pourquoi le
protagoniste, lié au milieu civilisé, prendra l'objet de
son amour parmi les sauvages. Itinéraire fatal du sujet
vers l'objet, le désir mis en récit progressera du connu
vers le mal connu pour aboutir enfin au mystérieux.

Itinéraire fatal de la perdition. Le héros n'a guère lieu
d'être fier de son choix, puisque sa volonté y était pour
peu. C'est l'autre qui s'impose. Il suffit de le voir pour
l'aimer. Voir, c'est-à-dire lever le regard qui, baissé
jusqu'alors, ne parcourait que le propre corps du sujet
et ne s'arrêtait que sur les choses — bijoux, vêtements,
calèches... chevaux, femmes — qui pouvaient en faire
l'ornement. Lever le regard sur l'autre qui apparaît dans
la solitude de son autonomie, debout toujours, érigé plus
haut que celui qui le voit, comme pour le contraindre à
lever, en effet, son regard : la statue de *La Vénus d'Ille*
est sur un socle, la jeune femme de *Il Viccolo di Madama
Lucrezia* fait signe d'une fenêtre de premier étage, l'ourse
de *Lokis*, « la plus grande qu'on ait vue depuis longtemps », écarte l'épieu que le comte Szémioth a osé lui
opposer, et « jette par terre » le chasseur irrévérencieux
(p. 189).

Voir, c'est renoncer à l'omnipotence égocentrique. Le
regard, chez Mérimée, ne crée pas l'autre, pis encore, il
n'en prend même pas possession, mais le reconnaît
comme une puissance supérieure et énigmatique. Si la

vanité subsiste toujours, le but n'est plus de primer, d'être le point de mire de tous, mais d'être vu par ce seul autre, de lui plaire, de se livrer à son regard.

Alphonse de Peyrehorade, le héros de *La Vénus d'Ille*, est le plus inconscient de ces séducteurs soumis; aussi son destin est-il l'illustration la plus frappante de la fatalité qui est à l'œuvre dans toutes les nouvelles. Il ne s'intéresse qu'à l'argent, aux journaux de mode et aux grosses joies. Il n'excelle que dans le jeu de paume. Il est fiancé à une jeune fille riche, belle et douce. Dans le jardin de son père se trouve un bronze antique, représentant Vénus. Le matin de ses noces, des joueurs étrangers arrivent, et il se sent obligé — vanité! — de « soutenir l'honneur du pays » (p. 48). L'anneau de fiançailles qu'il devra remettre à sa future, le gêne dans le jeu, et il le passe au doigt de la statue. Le lendemain matin il est trouvé mort dans le lit nuptial.

Il a mis du temps pour voir, mais dès qu'il a vu enfin — « Vous ferez le portrait de ma femme ? » demande-t-il à l'archéologue qui dessine la statue. « Elle est jolie aussi » (p. 47) — il se donne. Il regarde à sa montre — se la montre, la lui montre — se déshabille et s'engage dans la lutte contre le « géant » (p. 49). Alors il est « vraiment beau », il est « passionné » (p. 48) : danse guerrière du mâle sous le regard de l' « idole » qui le « fixe avec ses grands yeux blancs » (p. 33). Il est vu, il plaira, il sera pris, possédé, détruit.

Il était prévenu pourtant par l'idole maléfique elle-même : le socle porte l'inscription « *CAVE AMAN-TEM* », phrase à deux sens, « Prends garde à celui qui t'aime, défie-toi des amants », conseil que Vénus s'adresse à elle-même, et « Prends garde à toi si *elle* t'aime », avertissement au spectateur (p. 41). La mort du jeune homme confirme ce deuxième sens. De plus, même si elle n'était pas gravée en toutes lettres, la prémonition serait lisible dans les traits de la Vénus : ils sont « contractés » en une sorte de sourire qui n'exprime que « dédain, ironie, cruauté », « la malice arrivant jusqu'à la méchanceté » (p. 40). Carmen, la gitane pour qui l'honnête Navarrais se fait voleur et assassin, Colomba, la Corse qui veut que son frère fidèle à la loi française réapprenne les mœurs natales meurtrières, Arsène Guillot, la demi-mondaine qui savait, jadis, s'attacher les jeunes hommes de la bonne société, toutes les femmes venues d'un ailleurs dangereux auront un sourire troublant. Même à la douce

Mathilde de Coursy qui appartient au monde des salons parisiens, il arrive de montrer ses dents dans un sourire malicieux : son amant mourra à cause d'elle, à cause d'un vase étrusque qui orne sa cheminée et sur lequel est peint « le combat d'un Lapithe contre un Centaure [25] », d'un homme contre un monstre à moitié humain. Elles préviennent, elles menacent, elles promettent : si tu me choisis, tu devras — tu pourras — affronter ma puissance.

C'est leur puissance qui les rend si attirantes : « l'énergie, même dans les mauvaises passions, excite toujours en nous un étonnement et une espèce d'admiration involontaire » (p. 46). Ou qui les rend si attirants : quelquefois ce sont des hommes qui se trouvent à ce pôle d'attraction, le comte Szémioth, l'homme-ours, qui tue sa fiancée d'un coup de dent, Darcy *(La Double Méprise)*, le diplomate revenu des pays lointains où les maris sont les bourreaux de leurs femmes, et de qui Julie de Chaverny s'éprendra dans un moment d'égarement qu'elle paiera de sa vie. Peu importe leur sexe réel, ils sont tous phalliques, ils portent tous l'emblème de la puissance constitué par une partie de leur corps mise en relief, comme le doigt fatal de la Vénus, par leurs regards ou leurs armes qui pénètrent l'autre, par une chaussure, un chapeau, un bijou, une fleur dans les cheveux; par des objets-fétiches.

La présence d'une forte tendance fétichiste chez Mérimée est évidente, non seulement des signes dispersés dans ses récits en témoignent, mais aussi de nombreux passages, plus explicites, de sa correspondance. (Rappelons seulement sa première entrevue avec Jenny Dacquin, rapportée avec un si vif plaisir : comment un petit pied se trouva dans sa main, comment il y imprima un baiser...) C'est cette tendance qui explique la profusion d'attributs phalliques : les deux sexes se confondent parce que le fétichiste, fixé sur l'image de la mère phallique, s'obstine à retrouver cette figure chaque fois que son désir arrive jusqu'à l'autre. Cependant, chez Mérimée le fétichisme prend un sens particulier du fait qu'il est lié à la vanité, à l'exhibitionnisme. Le fétiche, l'accessoire ou la partie du corps qui représente — remplace — le phallus maternel jamais vu, devient chez les deux sexes emblème de puissance, objet à exhiber pour provoquer l'autre — son amour ? son envie ? sa haine ? — objet à posséder, à acquérir, à conquérir. L'avoir pour montrer qu'on l'a. Dans presque tous les récits de Mérimée il y a une montre. Fortunato trahit pour une montre, Carmen en vole une, l'actrice de *La Partie de trictrac* aussi. Mathilde de Coursy fait peindre son portrait sur la boîte de la montre de Saint-Clair et lui remet ce cadeau avec un sourire malicieux, comme pour lui dire que désormais le précieux objet n'existera pas sans elle. Pris, reçu, perdu, échangé, volé, cassé, cet emblème symbolise aussi la précarité de la puissance : une des sources du fétichisme est l'angoisse de la castration — si elle est castrée, je peux l'être aussi ; il faut donc dénier son manque à elle — et l'exhibition provocatrice d'un objet détachable et destructible ne sert pas seulement à affirmer la puissance, mais aussi à conjurer la peur d'en être dépossédé.

Or, ce qui est voué à être détruit, le sera. La destruction est, chez Mérimée, castration au sens large : perte de puissance. Chapeaux troués, armes cassées, os brisés, têtes coupées, corps massacrés. L'autre, lui ou elle, personnifie l'instance sans nom qui se révèle par la destruction, et s'il attire, c'est que, unique par sa puissance, son amour promet l'accomplissement de désirs redoutés : « Prends garde à toi si *elle* t'aime. » Mais, après le moment fatal des fiançailles, l'angoisse aura raison du désir. La victime essaie de se dégager, de retrouver la fiancée humaine. C'est trop tard, anneau donné ne se reprend pas. Fuir l'émissaire de la divinité, c'est trahir sa foi, la foi, et le renégat sera puni au nom de cette justice éternelle qui est au-delà de la morale : Vénus turbulente reprend sa proie pour le broyer dans ses bras de bronze. Ou fût-ce, selon l'hypothèse plus rationnelle que le récit propose également, l'Aragonais, le rival sur le terrain de jeu, qui a assassiné son partenaire vainqueur ? Qu'importe ? Le joueur étranger avait la même taille géante, haute de six pieds, que la statue, et « sa peau olivâtre avait une teinte presque aussi foncée que le bronze de la Vénus » (p. 48) : elle ou lui, c'est toujours le même ; elle, venue d'un temps lointain pour surgir dans cette terre-ci, lui, contemporain, mais venu d'une terre lointaine, ils sont envoyés tous deux pour exécuter la même volonté de destruction qui, dans le temps et dans l'espace, régit l'univers.

C'est ici qu'il convient de nommer la composante sadique qui, alliée aux tendances fétichiste et exhibitionniste, détermine la dynamique de la nouvelle de Mérimée. Le fils unique prouve qu'il est unique, qu'il est supérieur aux siens, il lève son regard sur l'autre qui est unique aussi parce qu'il est plus puissant que lui, il se montre pour le séduire, il plaira, s'engagera, puis essaiera de reprendre sa parole — de trahir sa foi — et sera anéanti. Signé « Don Fiero Férocios de Corto-cabeza ».

Qu'importe l'identité ou le sexe de l'autre ? Fortunato meurt de la main de son père terrible, mais sa mère qui a découvert la preuve de la trahison, la montre cachée sous la chemise de l'enfant, est aussi complice du meurtre. Pourvu qu'il appartienne à la sauvagerie, à la race des fauves — ce sont les comparaisons qui révèlent cette nature profonde : l'autre est lion, tigre, panthère, loup, ours, crocodile — n'importe qui peut accomplir l'œuvre de la destruction. Quoi d'étonnant donc à ce que le noyau anecdotique de *La Vénus d'Ille* soit repris, avec inversion des sexes, une trentaine d'années plus tard dans *Lokis* ? Un jeune homme trouve la mort dans le lit nuptial, entre ses deux fiancées, une femme et une statue avec une « expression de tigresse » (p. 46); une jeune fille est tuée d'une morsure dans le lit où son mariage devait être consommé avec un fiancé mi-humain mi-ours : le désir aboutit toujours à la même terreur des noces mortelles où le meurtrier, homme, femme, animal, objet qui s'anime, trouvera aussi la mort. Qu'importe alors la logique de la faute et de la punition qui semblait déter-miner le destin du protagoniste, victime de la fauve ? Il n'y a plus de logique. Mathilde de Coursy meurt, le vase étrusque est brisé, la statue est fondue, le nom Falcone ne sera plus porté par personne, l'homme-ours n'a pas d'autre refuge que la grande forêt où il ne man-quera pas de rencontrer la bête plus forte que lui. L'autre sens de la prémonition ambiguë se réalise aussi : « *CAVE AMANTEM* », « Prends garde à celui qui t'aime, défie-toi des amants. »

Ou défie-toi de l'amour ? Peu l'ont aimé. Sa devise était : « Souviens-toi de te défier. »

Le seul couple qui en réchappe s'interdit l'amour : Orso della Rebbia obéit, il est vrai, à la volonté de Colomba, sa sœur assoiffée de sang, mais il aime une autre qui lui ordonnera de sauvegarder ses mœurs de civilisé. Max de Salligny aime aussi une civilisée, Mme de Piennes, une femme du monde à la « dévotion [...] éclairée » (p. 71), et sera aimé d'elle après la mort d'Arsène Guil-lot, la demi-mondaine qui cherchait à s'attacher les hommes à l'aide de rites superstitieux. Mais leur bonheur durera-t-il ? « Pauvre Arsène ! elle prie pour nous. » (p. 110), écrit Mme de Piennes sur la pierre tombale de sa rivale morte. Le jeune officier, héros de *L'Enlèvement de la redoute*, reste non seulement indemne à la fin du récit, mais il aura le commandement de son régiment parce que tous ses supérieurs hiérarchiques sont morts dans la bataille. Cependant, la nouvelle se termine ainsi : « Colonel, lui dis-je, vous êtes grièvement blessé ? » — « F..., mon cher, mais la redoute est prise [21] ! » Ce fut aussi une histoire d'amour, traduite dans le langage brutal des militaires : celui qui prit la redoute y trouva la mort, dans elle, en elle, « renversé tout sanglant sur un caisson brisé, près de la gorge [22]. »

Derrière la fumée qui l'enveloppe, derrière la haie des soldats, « l'arme haute, immobiles comme des statues [23] », sous le sang et les morts qui couvrent son sol, qu'est-ce que la redoute ? Qu'est-ce que l'amour et sa puissance redoutable ? Nous avons parlé d'insignes phalliques, mais Jean Bellemin-Noël nous avertit que le fétiche peut représenter l'autre sexe aussi [24]. En effet, c'est un monstre bisexuel que produit l'union amoureuse : l'anneau et le doigt qui le porte, un bas de soie troué sur un joli pied, Giuseppa et Mateo, complices dans le meurtre de leur fils unique. Faut-il approcher de plus près cette divinité ambiguë et protéiforme qui, tout en se manifestant par ses émissaires, se cache aussi derrière eux ? Ne vaudrait-il pas mieux la laisser dans l'obscurité mystérieuse des causes premières ?

Cause première : origine. A l'origine de l'homme-ours fut une mère ravie par un ours, et derrière celui-ci « la *matecznik*, la grande matrice, la grande fabrique des êtres » (p. 198). Avant de déposer la plume pour vingt ans, Mérimée écrit une petite histoire, *Il Viccolo di Madama Lucrezia*, où l'héroïne redoutable apparaît d'abord sur une miniature imitant le portrait de Lucrezia Borgia déguisée en bacchante, une peau de léopard sur l'épaule, puis se transforme, d'un incident narratif à l'autre, en une Lucrèce qui est bien en chair et en os, puisqu'elle est enceinte. Le couple parental au moment de la conception, pourvu du double emblème de la puissance, ou encore l'utérus (« la grande matrice »), pourvu de l'enfant-phallus — qui fut dévoré, étouffé, détruit — est-ce cela, le monstre bisexuel des origines ? N'est-ce que cela ?

Loi, pouvoir, connaissance, symbole... écrire de cela.

Il commence sa carrière sous deux pseudonymes :
Clara Gazul, comédienne espagnole, auteur d'étranges
comédies, et Josephe l'Estrange, traducteur de ces comédies. Parmi ses personnages, celui qui par ses conditions
et par son caractère est le plus proche de lui, s'appelle
Saint-Clair. Stendhal, dans ses écrits intimes, l'appelle
Clara. Sa clarté, proverbiale, fut voulue : il devait traduire
une histoire étrange dans une langue claire.

Cependant le fond reste obscur. Le conflit entre deux
lois — Fortunato entre la loi corse et la loi française,
Alphonse de Peyrehorade entre la statue païenne et la
femme chrétienne, le comte Szémioth entre ses deux
natures, l'animale et l'humaine — fournit le sens clair
de ses œuvres : l'humanité n'est pas gouvernée par une
seule loi, mais chaque catégorie a la sienne, et cette diversité va à l'encontre de toute compréhension entre humains.
Ce n'est pas la thèse de « chacun sa vérité », ni l'affronte-
ment du bien et du mal, mais le problème de la pluralité
des systèmes de valeurs, source de différences et de diffé-
rends objectifs, déterminés par la nature, par l'histoire,
par l'organisation sociale. C'est si clair que tout commen-
taire serait fastidieux. Mais l'instance qui tranche le
conflit reste dans l'obscurité : elle est divine, elle est
monstrueuse; surhumaine, inhumaine. Plus haut, en
analysant l'histoire d'amour, nous l'avons rapprochée
de la puissance; ici, traitant de lois et du sens, nous l'as-
similons, pour un moment, au pouvoir.

Ce changement de nom n'éclaire point la chose obscure,
mais permet d'expliquer certaines de ses manifestations.
Elle agit, nous l'avons vu, à travers une loi et, en effet,
la loi n'est qu'une forme humanisée, socialisée du pouvoir. Car — et voilà l'inquiétant enseignement idéolo-
gique de l'œuvre de Mérimée — la force d'une loi ne se
mesure pas à la justice qu'elle instaure, mais au pouvoir
exécutif qu'elle a à son service; ou, qui mieux est, au
pouvoir qu'elle sert. Et si, instance absolue, le pouvoir
se choisit pour interprète, selon Mérimée, celle des lois
précaires (à valeur relative) qui est la plus ancienne ou la
plus lointaine, c'est que dans un siècle « amolli [...] par
la civilisation [26] » le pouvoir franc, celui qui a l'audace de
s'assumer dans sa cruauté et son amoralité, a disparu
pour laisser la place à un humanitarisme hypocrite.

« Pour satisfaire un désir, jamais je n'ai hésité à braver toutes les lois » — voilà le langage du pouvoir, oublié, condamné à être oublié, que parlait encore à une époque révolue don José de Carvajal dans sa lointaine Amérique [27]. Les puissants de *La Vénus d'Ille*, meurtriers présumés d'Alphonse de Peyrehorade, viennent aussi de loin, la statue de l'Antiquité, le joueur rival d'une terre étrangère : ils sont relégués dans un autre temps, dans un autre lieu. Mateo Falcone emmène son fils dans le maquis pour le tuer, l'ours entraîne la comtesse au fond de la forêt, le fils de l'ours devra gagner le « centre de ces bois et de ces marécages » dont « personne n' [...] a sondé les profondeurs » (p. 198) : les représentants, toujours en minorité et proscrits par la civilisation, de ce pouvoir qui agit avec franchise, ne peuvent survivre que s'ils se cachent, que s'ils ne franchissent pas les frontières de cette terre inculte qui leur est assignée pour résidence et qui se rétrécit avec le progrès.

Et comme si cela ne suffisait pas encore, ces bourreaux traqués seront détruits par l'instance même qu'ils ont servie, mais qui, au temps présent, Mérimée le sait, apparaît sous une autre forme, celle, diffuse, nivelée, insaisissable, du pouvoir prétendu démocratique de l'argent. Les bandits corses n'acceptent pas les pièces d'or, même si c'est une main amie qui les offre. Point d'or pour Arsène Guillot, la fille entretenue, lorsque c'est l'amour qu'elle quémande. Carmen en veut, en vole, mais pour le dépenser aussitôt, et si, selon un premier projet du récit, Colomba voulait marier son frère à une dot, c'était pour restaurer la forteresse familiale, refuge du pouvoir à l'ancienne mode. Le monde moderne, avec ses lois égalitaires et molles, dissimule le pouvoir par la morale. La violence, l'abus, la transgression autoritaire des lois, n'était-ce pas plus noble, plus humain ? « Alexandre allait en Asie pour conquérir. Aujourd'hui on n'annexe pas un village sans assurer ses contemporains de son désintéressement [28]. »

La prise en considération de ses aspects historiques et idéologiques explique, avons-nous dit, certaines manifestations de l'instance absolue. Mais quant à son être, nous l'ignorons toujours. Nous ne connaissons que ses représentants qui eux-mêmes l'ignorent : César a pu changer « la constitution politique et sociale de son pays » parce qu'il a été un « grand capitaine » — parce qu'il avait le pouvoir — mais au plus fort de son désir, lorsqu'il était

« amoureux fou de Cléopâtre », « il voulait remonter le Nil avec elle dans une cange pour chercher la source du fleuve, mystérieuse dès cette époque [29] ». Même pour le plus puissant « de tous les siècles », le mystère de la source reste impénétrable. Et pourtant, c'est ce mystère qui est au centre de l'œuvre de Mérimée, qui suscite son désir créateur. Mais comment écrire de cela ?

Le fétichisme ou l'exhibitionnisme sont peut-être plus que des tendances organisatrices d'une histoire ou d'une personnalité. Créer et montrer l'emblème de la puissance — et peu importe, en fin de compte, si le symbole est phallique ou autre — c'est objectiver et visualiser la divinité inconnue, sans la représenter pour autant comme une vision subjective; c'est lui donner une forme, tout en respectant son existence autonome. Car quoi de plus objectif, de plus indépendant que le fétiche tel que Mérimée l'a conçu, cet objet symbolique qui, à force d'être convoité par tous et de changer sans cesse de maître, finit par n'appartenir à personne ?

On retrouve ici la question de l'objectivité, si importante pour Mérimée. Solitaire dans son siècle, ce qu'il a à dire est que le réel existe, puisqu'on s'y brise. C'en est l'unique preuve, mais elle est capitale : comment contester la réalité de ce qui détruit ? La pulsion sadique, agrandie en destruction universelle, se révèle être aussi plus importante qu'une composante psychique : elle est la représentation d'une énergie objective, de l'action émanant de quelque chose qui est réel parce que ce n'est pas nous.

Cependant le mystère subsiste. On sait que cela est, mais on ne sait pas ce que c'est. Les forces psychiques, les tendances de la personnalité ont été mobilisées pour créer les moyens de la représentation de ce qui n'est pas présentable. Tous les récits de Mérimée progressent du connu vers le mystérieux, ce dernier étant l'objet de la création, comme l'indiquent les titres : *Mateo Falcone, Tamango, La Vénus d'Ille, Lokis* — ces noms désignent les personnages qui servent d'intermédiaires entre la divinité et nous. Conformément à ce dessein, la nouvelle suit le trajet de la connaissance : un archéologue chemine vers Ille, ignorant tout de la statue; son guide lui en parle, rendant compte de ses croyances; son hôte lui donne des informations savantes, mais pour la plupart erronées; ce n'est que par le destin tragique du « mari de la statue » (p. 49), de celui qui l'approche de si près qu'il s'y blesse à mort, que se révèle la nature profonde de la déesse, l'essence de la divinité. Mais le narrateur a-t-il appris ce que c'est ? La seule réalité connue est la mort d'Alphonse. Quant à la puissance qui est la première cause de cette mort, elle s'enveloppe de l'obscurité du fantastique.

Les moyens de la connaissance sont pauvres : regard, logique et langue.

Sans le regard, l'analyse de la fable nous l'a montré, il n'y a pas de relation à l'objet, à l'autre mystérieux. Mais c'est un moyen insuffisant et défectueux. « Je m'accrochai sans trop de façons au cou de la Vénus, avec laquelle je commençai à me familiariser. Je la regardais même un instant *sous le nez*, et la trouvai de près encore plus méchante et encore plus belle » (p. 41). Encore et encore plus, mais jamais tout à fait. À l'heure décisive où la divinité se révèle par la destruction, le narrateur curieux emploie ses yeux pour lire une statistique, puis les ferme pour dormir jusqu'à ce que tout soit accompli. Le seul témoin oculaire, la fiancée humaine qui « vit » la statue au moment où elle étreignit Alphonse, « perdit connaissance » « à ce spectacle » (p. 56) : voir n'est pas connaître ; au contraire, s'il approche le mystère de trop près, le regard épouvanté paralyse la connaissance.

La logique, instrument moins fragile parce qu'elle est rarement exposée à la violence des sensations, ne conduit pas non plus jusqu'à la première cause. Pourquoi Saint-Clair est-il mort ? À cause d'une balle folle, du hasard d'un duel auquel aucun des adversaires ne prévoyait une issue mortelle ? À cause de la médisance qui attribuait à Mathilde de Coursy un amant indigne ? À cause du vase étrusque qui, offert à la jeune femme par cet amant mort, aurait été la preuve de leur liaison prétendue ? Ce n'est qu'une série d'incidents qui s'organisent, cependant, comme un enchaînement logique des faits. Mais qu'est-ce qui se trouve au bout de la chaîne ? Saint-Clair « sentait vaguement que son bonheur en ce monde était détruit à jamais, et qu'il ne pouvait s'en prendre qu'à un mort et à un vase étrusque [33]. » C'est absurde, ce ne sont pas les vraies causes. Et il n'y a pas de logique qui conduise au-delà de la mort et du centaure étrusque, au-delà de la destruction du bonheur et de l'intermédiaire à moitié humain qui exécute la volonté suprême. Pis encore, Saint-Clair est victime de la logique, de ses propres raisonnements qui l'ont amené à trouver une preuve à ses

suppositions. Le nom qu'il porte est une dérision, rien
n'est clair dans son destin. Partout, dans chaque histoire
qui se déroule dans cet univers régi par le pouvoir invisible, lorsqu'on arrive à l'heure de la vérité, on ne rencontre que des accidents et des présomptions. La statue
n'est que le meurtrier présumé d'Alphonse de Peyrehorade, et la fiancée qui déclare l'avoir reconnue, est
présumée folle par les autorités ; ce ne fut donc qu'un
accident, au même titre que la mort de Saint-Clair, ou le
destin de Fortunato, « le premier de sa race qui ait fait
une trahison [31] », et dont l'existence même était, par
conséquent, un accident génétique. L'investigation
logique ne vaut guère mieux que ces fouilles où l'on
trouve « une pipe cassée et je ne sais combien de vieux
tessons » (p. 87).

Cependant, à l'instar de l'archéologue qui, à partir de
vieux tessons, reconstitue un morceau du passé, tout en
se doutant qu'il mêle l'illusion — l'imaginaire — à la
vérité, l'écrivain qui tente de rajuster à l'aide de la
logique l'expérience et l'intuition, parvient à composer
une histoire sur le réel. Instrument déficient de la
connaissance, la logique est le ciment des mots, le moyen
de créer ces structures et ce langage clairs qui nous font
admettre l'existence des ténèbres.

Ce que le regard cherche à pénétrer, ce que la logique
veut expliquer, la langue tente de maîtriser en le nommant. Ici nous frôlons le savoir magique pour lequel
connaître le nom est posséder la chose. Toutefois, chez
Mérimée cette magie devient conciliable avec une connaissance rationnelle dans la mesure où elle est qualifiée de
connaissance archaïque. Il fut un temps où l'on savait
les sens des mots et les noms des choses, mais ces langues
anciennes sont mortes et nous ne pouvons qu'essayer de
déchiffrer péniblement les phrases parvenues jusqu'à
nous. Si l'on connaissait avec certitude le sens de *Cave
amantem*, on pourrait peut-être se défendre des maléfices
de Vénus. Mais les langues anciennes ou primitives,
proches de la divinité, tombent dans l'oubli : « le *prussien*
n'est plus qu'une langue morte », « la dernière personne
qui savait le *cornique* est morte l'autre jour » (p. 193), et
ceux qui s'efforcent de les reconstituer ou de sauver celles
qui sont sur le point de disparaître, sont comme ce perroquet « qui seul savait quelques mots de la langue d'une
tribu aujourd'hui entièrement détruite par la petite
vérole » (p. 193). *Lokis*, la dernière nouvelle que Mérimée

a publiée, est une raillerie funèbre sur la science des langues qui n'est plus que psittacisme. Le narrateur, envoyé en Lithuanie par la Société Biblique pour traduire l'Evangile en jmoude, en une langue parlée par une population qui ne lira jamais l'Ecriture parce qu'elle est analphabète, dans sa course après le savoir perdu passe à côté de la révélation du mystère. Tout comme l'archéologue de *La Vénus d'Ille*, il dort pendant l'accomplissement des noces mortelles, et il a beau entendre et même voir l'homme-ours qui s'enfuit du théâtre de son crime, il n'a d'attention que pour son glossaire, que pour une série de mots qu'aucun sens ne relie. Et pourtant, son créateur lui donne l'intuition du chemin de la connaissance : Michel, prénom du comte Szémioth, est, chez les Lithuaniens, le surnom populaire de l'ours qui s'appelle, en langage correct, « *lokis* », mais personne ne se rend compte que l'étrange jeune homme est nommé « ours » — qu'il *est* ours — parce que le « surnom remplace [...] le nom générique » (p. 221); seul le narrateur connaît encore le mot, mais il ignore la chose, comme le perroquet qui fut le dernier à savoir les bribes d'une langue oubliée. Et la disparition des langues n'est qu'une allégorie. Ce qui est réellement perdu est « le nom générique », le nom qui recouvrait, maîtrisait le sens. Restent des surnoms, des prénoms, des glossaires, des statistiques, des mots spécifiques et incohérents, inaptes à désigner des *universalia*, à nommer la puissance universelle. Et c'est ainsi, à cause de l'insuffisance de la langue, que la divinité reste, au bout de tant de vains efforts, telle qu'elle est appréhendée : innommable. Mérimée lui-même ne l'a jamais nommée.

Mais, comme la logique qui sert à recoller les tessons des événements pour en faire une histoire, la langue, claire et pleine de résonances qui font allusion au sens inexprimable, permet de construire un récit, un réseau de significations où le non-dit prend une place centrale. Invisible, inexplicable, innommable, *cela* existe, la preuve en est qu'il y a récit, qu'il y a nouvelle.

Ce qui ne peut pas être nommé, peut être représenté, cependant, par le symbole, intermédiaire entre le connu et le mystérieux. L'unité de l'œuvre, si importante, si évidente chez Mérimée, tient à la place privilégiée qu'occupe le symbole de la puissance dans chaque histoire. Un symbole par histoire : le vase étrusque, la statue, le nom de l'ours. Mettre le symbole en récit, c'est en expliciter le sens sur le mode narratif. Lui donner une place centrale, c'est créer une narration symétrique, structure obtenue par la confrontation de deux lois qui régissent l'action, ainsi que par l'opposition du début et de la fin, de l'ignorance et de l'affirmation du mystère. C'est cette dualité de l'un, ces deux faces du symbole, l'une tournée vers nous et l'autre vers *cela*, qui est le fondement de la nouvelle classique de Mérimée : si elle est considérée comme le modèle du genre, c'est en raison de son unité et de sa symétrie. Or, unité et symétrie ne sont que l'expression formelle du désir créateur profond : écrire de *cela*.

Antonia FONYI.

Notes

1. Cf. « Mérimée vu par André Pieyre de Mandiargues » dans *Mérimée : Carmen, Colomba et autres nouvelles.* Paris, Le Club du Livre classique, 1970.

2. Lettre du 26 décembre 1828. Stendhal : *Correspondance.* Paris, Le Divan, 1933-1934, t. VI, p. 257.

3. Sainte-Beuve : *Mes poisons.* Paris, Plon-Nourrit, 1926, pp. 98-99.

4. « C'est comme cette garde navarraise et ce fameux coup de couteau par lequel son bandit tue le borgne », dit Sainte-Beuve de l'écriture de Mérimée, *ibid.,* p. 99.

5. Nous n'avons pas l'intention de faire le procès des critiques de Mérimée. Qu'il suffise de citer seulement, à titre d'illustration, un propos de Pierre Trahard, auteur de la plus importante monographie consacrée à Mérimée en France : « Enfermé dans les limites étroites de la nouvelle, genre secondaire, mais non pas inférieur, Mérimée ignore le domaine mystérieux de la conscience humaine. » (*Prosper Mérimée et l'art de la nouvelle.* Paris, Nizet, 1952, pp. 52-53, 1re éd. 1921.)

6. Eric Gans : *Un pari contre l'Histoire. Les premières nouvelles de Mérimée (Mosaïque).* Paris. Minard, 1972, p. 14.

7. *Le Constitutionnel,* 2 février 1874.

8. Lettre à Mme de La Rochejaquelein, 30 août 1859. *Corr. gén.,* t. II, p. 159.

9. Lettre à F. de Saulcy, 25 mai 1838. *Corr. gén.,* t. II, p. 159.

10. Taine : « Prosper Mérimée » dans Mérimée : *Lettre à une inconnue.* Paris, Michel Lévy frères, 1874, p. XXIII.

11. « Des mythes primitifs », *Revue contemporaine,* 1855, p. 13.

12. Lettre à Mme de La Rochejaquelein, juin 1858. *Corr. gén.,* t. VIII, p. 545.

13. Signature de la lettre du 3 mars 1830, adressée à Sophie Duvaucel. *Corr. gén.,* t. I, p. 61.

14. Voir le volume contenant *Mateo Falcone* de cette collection, désigné par la suite sous le titre *Mateo Falcone.*

15. *Colomba.* Paris, Garnier-Flammarion, 1964, p. 39.

16. Voir *La Partie de trictrac* dans *Mateo Falcone.*

17. Voir *Mateo Falcone* dans *Mateo Falcone*.

18. Voir *Le Vase étrusque* dans *Mateo Falcone*.

19. *Théâtre de Clara Gazul, suivi de La Famille de Carvajal*. Paris, Garnier-Flammarion, 1968, p. 361.

20. Voir *Mateo Falcone* dans *Mateo Falcone*.

21. Voir *L'Enlèvement de la redoute* dans *Mateo Falcone*.

22. Voir *L'Enlèvement de la redoute* dans *Mateo Falcone*.

23. Voir *L'Enlèvement de la redoute* dans *Mateo Falcone*.

24. Jean Bellemin-Noël : « Une Vénus mal enchaînée » dans *Vers l'inconscient du texte*. Paris, PUF, 1979, pp. 139-161.

25. Voir *Le Vase étrusque* dans *Mateo Falcone*.

26. Lettre à Mme de Montijo, 6 juin 1846. *Corr. gén.*, t. IV, p. 459.

27. *Théâtre de Clara Gazul, suivi de La Famille de Carvajal*. Paris, Garnier-Flammarion, 1968, p. 357.

28. Lettre à Mme de La Rochejaquelein, 18 mai 1860. *Corr. gén.*, t. IX, p. 482.

29. Lettre à Mme de La Rochejaquelein, 21 juin 1860. *Corr. gén.*, t. IX, p. 509.

30. Voir *Le Vase étrusque* dans *Mateo Falcone*.

31. Voir *Mateo Falcone* dans *Mateo Falcone*.

LA VÉNUS D'ILLE

Notice

Consignée par écrit la première fois vers 1125, dans
De gestibus regum anglorum de Guillaume de Malmesbury,
la légende de la statue qui, ayant reçu un anneau de
fiançailles, s'anime pour réclamer ses droits d'épouse,
était fort répandue au Moyen Age et à l'époque de la
Renaissance. Aucune des nombreuses versions étudiées
par les critiques ne s'impose, cependant, comme la
source unique ou sûre de Mérimée. Celui-ci, d'ailleurs,
ne se préoccupe guère de cette question. « La Vénus
d'Ille n'a jamais existé et les inscriptions ont été fabri-
quées *secundum artem* avec Muratori et Orelli », écrit-il
en 1847. « L'idée de ce conte m'est venue en lisant une
légende de Moyen Age rapportée par Freher. J'ai pris
aussi quelques traits à Lucien qui dans son Φιλοψευδής
nous parle d'une statue qui rossait les gens. J'ai entre-
lardé mon plagiat de petites allusions à des amis à moi,
et de plaisanteries intelligibles dans une coterie où je
vivais lorsque cette nouvelle a été écrite. » (Lettre à Eloi
Johanneau, 11 novembre 1847. *Corr. gén.*, t. V, p. 200.)
Quatre ans plus tard, lorsque Francisque-Michel lui
annonce qu'il a trouvé la légende chez Joannes Bromp-
ton (*Chronicon ab anno Domini 588 quo S. Augustinus
venit in Angliam usque mortem Regis Richard*. Londres,
1652), Mérimée répond ainsi : « Qu'est-ce que la *Chronique de Jean Bromton* [*sic*] ? J'ai lu dans Pontanus, excu-
sez-moi d'écrire des noms si incivils, l'histoire d'un
homme qui avait donné son anneau à une Vénus de
marbre ou de bronze, mais il y a si longtemps de cela
que je ne sais plus trop ce que c'est que ce Pontanus. »
(10 août 1851. *Corr. gén.*, t. VI, p. 233.) Maurice Parturier déclare qu' « aucun des auteurs qui ont étudié les
origines de la légende n'a signalé un récit de Marquard

Freher ou d'un quelconque Pontanus [...] » (Mérimée :
Romans et Nouvelles. Paris, Garnier, t. II, p. 81.) Mais
aussi Mérimée savait-il peut-être mieux que ses critiques
qu'une création originale implique la destruction de ses
modèles.

De l'histoire de la genèse du récit nous ne connaissons
qu'un petit incident. Nommé inspecteur général des
Monuments historiques le 27 mai 1834, Mérimée visite
au mois de novembre de la même année Ille-sur-la-Têt,
Boulternère et Serrabona. Les notes qu'il publie ensuite
sur le Roussillon sont vivement critiquées dans un article
anonyme (« Examen critique du chapitre sur le Roussillon
que renferment les *Notes d'un voyage dans le Midi de la
France*, par Prosper Mérimée, inspecteur des Monuments
historiques de la France, in-8º, Paris, 1835 », *Le Publica-
teur du département des Pyrénées-Orientales*, 23 et 30 janvier 1836), et l'auteur de *La Vénus d'Ille* semble vouloir
se venger des attaques dirigées contre l'archéologue : le
personnage de M. de Peyrehorade, de cet antiquaire de
province qui essaye de combler les lacunes de son savoir
par des inventions fantasques, ressemble à Pierre Puiggari, auteur de l'article en question ainsi que de nombreux ouvrages traitant du Roussillon, entre autres d'une
Notice sur la ville d'Elne (Perpignan, Alzine, 1836) où se
trouve étudiée l'étymologie d'Illibéris, nom latin d'Elne.

Quant à la statue décrite dans la nouvelle, les tenta-
tives de l'identifier restent tout aussi vaines que les
recherches sur la source exacte de l'anecdote. Dans
ses tournées d'inspection, Mérimée avait vu plusieurs
statues de Vénus, dont deux ont retenu l'attention des
commentateurs : celle de Quinipili dont l'inscription
avait posé aux archéologues des problèmes impossibles
à résoudre, et celle de Vienne qui avait frappé l'écrivain
par son réalisme. Toutefois, bien qu'il ait parlé dans sa
nouvelle des formes « moulées sur nature » (p. 40) de la
statue, il est évident que ce n'était pas la Vénus de Vienne
qui lui servait de modèle : « Cette statue représente une
grosse maman bien grasse, avec une gorge énorme un peu
pendante et des plis de graisse le long des côtes, comme
Rubens en donnait à ses nymphes. Tout cela est copié
avec une fidélité surprenante à voir. » (Lettre à Jenny Dacquin, 9 septembre 1834. *Corr. gén.*, t. I, p. 325.). A
moins qu'une certaine angoisse, provoquée par ce trop de
naturel, ne réapparaisse dans la description de l'effrayante
nuit des noces. Mais il semble plus important, à notre

avis, de noter que l'image de la femme-statue écrasante se rencontre quelquefois dans la correspondance de Mérimée, et paraît être une des constantes de son langage fantasmatique. « J'ai rencontré l'autre jour Mlle *** chez une dame russe de mes amies. Elle m'a paru plus belle et avoir un faux air de statue antique. Seulement elle est trop bien portante. Je trouve à redire aux femmes malades, mais il ne faut pas qu'elles soient trop florissantes et qu'elles soient en état de rosser les gens qui leur feraient une déclaration. » (Lettre à Mistress Senior, 8 juillet 1856. *Corr. gén.*, t. VIII, p. 69.) Ajoutons aussi que l'histoire de la statue qui « s'animait tous les soirs [au] profit » de son adorateur (p. 145) sera racontée, non sans ironie, dans *Il Viccolo di Madama Lucrezia*.

La nouvelle paraît le 15 mai dans la *Revue des Deux Mondes*. Elle est publiée en volume la première fois en 1841, dans *Colomba* (Paris, Magen et Comon), puis elle est reprise dans *Colomba, suivi de la Mosaïque et autres Contes et Nouvelles* (Paris, Charpentier, 1842), recueil qui aura plusieurs réimpressions corrigées. Le texte est fixé en 1859, état que suit notre édition.

Le manuscrit de *La Vénus d'Ille* fait partie actuellement de la collection du colonel Daniel Sickles. Les variantes du manuscrit ont été relevées par Roger Alexandre dans son article « Le manuscrit de *La Vénus d'Ille* de Prosper Mérimée », *Bulletin du Bibliophile*, 1898, pp. 15-24.

LA VÉNUS D'ILLE [1]

1837

Ἵλεως, ἦν δ' ἐγώ, ἔστω ὁ ἀνδριὰς
καὶ ἤπιος, οὕτως ἀνδρεῖος ὤν.
ΛΟΥΚΙΑΝΟΥ ΦΙΛΟΨΕΥΔΗΣ [2][3].

Je descendais le dernier coteau du Canigou, et, bien
que le soleil fût déjà couché, je distinguais dans la plaine
les maisons de la petite ville d'Ille [4], vers laquelle je me
dirigeais.

« Vous savez, dis-je au Catalan qui me servait de guide
depuis la veille, vous savez sans doute où demeure
M. de Peyrehorade [a] ?

— Si je le sais ! s'écria-t-il, je connais sa maison comme
la mienne, et s'il ne faisait pas si noir, je vous la montrerais. C'est la plus belle d'Ille. Il a de l'argent, oui, M. de
Peyrehorade ; et il marie son fils à plus riche que lui
encore.

— Et ce mariage se fera-t-il bientôt ? lui demandai-je.

— Bientôt ! il se peut que déjà les violons soient com-
mandés pour la noce. Ce soir, peut-être, demain, après-
demain, que sais-je ! C'est à Puygarrig [5] que ça se fera ; car
c'est Mlle de Puygarrig que M. le fils épouse. Ce sera
beau, oui ! »

J'étais recommandé à M. de Peyrehorade par mon ami
M. de P [6]. C'était, m'avait-il dit, un antiquaire fort instruit et d'une complaisance à toute épreuve. Il se ferait
un plaisir de me montrer toutes les ruines à dix lieues à
la ronde. Or je comptais sur lui pour visiter les environs
d'Ille, que je savais riches en monuments antiques et du
Moyen Age. Ce mariage, dont on me parlait alors pour la
première fois, dérangeait tous mes plans.

Je vais être un trouble-fête, me dis-je [7]. Mais j'étais

a. Peyrehorade est le nom d'une localité des Landes.

attendu; annoncé par M. de P., il fallait bien me présenter.

« Gageons, monsieur, me dit mon guide, comme nous
étions déjà dans la plaine, gageons un cigare que je devine
ce que vous allez faire chez M. de Peyrehorade ?

— Mais, répondis-je en lui tendant un cigare, cela
n'est pas bien difficile à deviner. A l'heure qu'il est,
quand on a fait six lieues dans le Canigou, la grande
affaire, c'est de souper.

— Oui, mais demain ?... Tenez, je parierais que vous
venez à Ille pour voir l'idole ? j'ai deviné cela à vous voir
tirer en portrait les saints de Serrabona [a].

— L'idole ! quelle idole ? » Ce mot avait excité ma
curiosité.

« Comment [8] ! on ne [9] vous a pas conté, à Perpignan,
comment M. de Peyrehorade avait trouvé une idole en
terre ?

— Vous voulez dire une statue en terre cuite, en
argile ?

— Non pas. Oui, bien en cuivre, et il y en a de quoi
faire des gros sous. Elle vous pèse autant qu'une cloche
d'église. C'est bien avant dans la terre, au pied d'un
oiivier, que nous l'avons eue.

— Vous étiez donc présent à la découverte ?

— Oui, monsieur. M. de Peyrehorade nous dit, il y a
quinze jours, à Jean Coll et à moi, de déraciner un vieil
olivier qui était gelé de l'année dernière, car elle a été
bien mauvaise, comme vous savez. Voilà donc qu'en travaillant Jean Coll qui y allait de tout cœur, il donne un
coup de pioche, et j'entends bimm... comme s'il avait
tapé sur une cloche. Qu'est-ce que c'est ? que je dis.
Nous piochons toujours, nous piochons, et voilà qu'il
paraît une main noire, qui semblait la main d'un mort
qui sortait de terre. Moi, la peur me prend. Je m'en vais
à Monsieur, et je lui dis : — Des morts, notre maître,
qui sont sous l'olivier! Faut appeler le curé. — Quels
morts ? qu'il me dit. Il vient, et il n'a pas plutôt vu la
main qu'il s'écrie : — Un antique! un antique! — Vous
auriez cru qu'il avait trouvé un trésor. Et le voilà, avec
la pioche, avec les mains, qui se démène et qui faisait [10]
quasiment autant d'ouvrage que nous deux.

— Et enfin que trouvâtes-vous ?

— Une grande femme noire plus qu'à moitié nue,

a. Monastère proche d'Ille.

révérence parler, monsieur, toute en cuivre, et M. de Peyrehorade nous a dit que c'était une idole du temps des païens... du temps de Charlemagne, quoi!

— Je vois ce que c'est... Quelque bonne Vierge en bronze d'un couvent détruit.

— Une bonne Vierge! ah bien oui!... Je l'aurais bien reconnue, si ç'avait été une bonne Vierge. C'est une idole, vous dis-je; on le voit bien à son air. Elle vous fixe avec ses grands yeux blancs... On dirait qu'elle vous dévisage. On baisse les yeux, oui, en la regardant.

— Des yeux blancs? Sans doute ils sont incrustés dans le bronze. Ce sera peut-être quelque [11] statue romaine.

— Romaine! c'est cela. M. de Peyrehorade dit que c'est une Romaine. Ah! je vois bien que vous êtes un savant comme lui.

— Est-elle entière, bien conservée?

— Oh! monsieur, il ne lui manque rien. C'est encore plus beau et mieux fini que [12] le buste de Louis-Philippe, qui est à la mairie, en plâtre peint. Mais avec tout cela, la figure de cette idole ne me revient pas. Elle a l'air méchante... et elle l'est aussi.

— Méchante! Quelle méchanceté vous a-t-elle faite?

— Pas à moi précisément; mais vous allez voir. Nous nous étions mis à quatre pour la dresser debout, et M. de Peyrehorade, qui lui aussi tirait à la corde, bien qu'il n'ait guère plus de force qu'un poulet, le digne homme! Avec bien de la peine nous la mettons droite. J'amassais un tuileau pour la caler, quand, patatras! la voilà qui tombe à la renverse tout d'une masse. Je dis: Gare dessous! Pas assez vite pourtant, car Jean Coll n'a pas eu le temps de tirer sa jambe...

— Et il a été blessé?

— Cassée net comme un échalas, sa pauvre jambe! Pécaïre! quand j'ai vu cela, moi, j'étais furieux. Je voulais défoncer l'idole à coups de pioche, mais M. de Peyrehorade m'a retenu. Il a donné de l'argent à Jean Coll, qui tout de même est encore au lit depuis quinze jours que cela lui est arrivé, et le médecin dit qu'il ne marchera jamais de cette jambe-là comme de l'autre. C'est dommage, lui qui était notre meilleur coureur et, après monsieur le fils, le plus malin joueur de paume. C'est que M. Alphonse de Peyrehorade en a été triste, car c'est Coll qui faisait sa partie. Voilà qui était beau à voir comme ils se renvoyaient les balles. Paf! paf! Jamais elles ne touchaient terre. »

Devisant de la sorte, nous entrâmes à Ille, et je me trouvai bientôt en présence de M. de Peyrehorade. C'était un petit vieillard vert encore et dispos, poudré, le nez rouge, l'air jovial et goguenard. Avant d'avoir ouvert la lettre de M. de P., il m'avait installé devant une table bien servie, et m'avait présenté à sa femme et à son fils comme un archéologue illustre, qui devait tirer le Roussillon de l'oubli où le laissait l'indifférence des savants.

Tout en mangeant de bon appétit, car rien ne dispose mieux que l'air vif des montagnes, j'examinais mes hôtes. J'ai dit un mot de M. de Peyrehorade; je dois ajouter que c'était la vivacité même. Il parlait, mangeait, se levait, courait à sa bibliothèque [13], m'apportait des livres, me montrait des estampes, me versait à boire; il n'était jamais deux minutes en repos. Sa femme, un peu trop grasse, comme la plupart des Catalanes lorsqu'elles ont passé quarante ans [14], me parut une provinciale renforcée, uniquement occupée des soins de son ménage [15]. Bien que le souper fût suffisant pour six personnes au moins, elle courut à la cuisine, fit tuer des pigeons, frire des miliasses, ouvrit je ne sais [16] combien de pots de confitures. En un instant la table fut encombrée de plats et de bouteilles, et je serais certainement mort d'indigestion si j'avais goûté seulement à tout ce qu'on m'offrait. Cependant, à chaque plat que je refusais, c'étaient de nouvelles excuses. On craignait que je ne me trouvasse bien mal à Ille. Dans la province on a si peu de ressources, et les Parisiens sont si difficiles!

Au milieu des allées et venues de ses parents, M. Alphonse de Peyrehorade ne bougeait pas plus qu'un Terme [a][17]. C'était un grand jeune homme de vingt-six ans, d'une physionomie belle et régulière, mais manquant d'expression. Sa taille et ses formes athlétiques justifiaient bien la réputation d'infatigable joueur de paume qu'on lui faisait dans le pays. Il était ce soir-là habillé avec élégance, exactement d'après la gravure du dernier numéro du Journal des modes [18]. Mais il me semblait gêné dans ses vêtements; il était roide comme un piquet dans son col de velours, et ne se tournait que tout d'une pièce. Ses mains grosses et hâlées, ses ongles courts,

---

a. Cf. La Fontaine, *Le Berger et son troupeau*.
    « Foi de peuple d'honneur, ils lui promirent tous
    De ne bouger plus qu'un terme. »

contrastaient singulièrement avec son costume. C'étaient des mains de laboureur sortant des manches d'un dandy. D'ailleurs, bien qu'il me considérât de la tête aux pieds fort curieusement, en ma qualité de Parisien, il ne m'adressa qu'une seule fois la parole dans toute la soirée, ce fut pour me demander où j'avais acheté la chaîne de ma montre.

« Ah çà ! mon cher hôte, me dit M. de Peyrehorade, le souper tirant à sa fin, vous m'appartenez, vous êtes chez moi. Je [19] ne vous lâche plus, sinon quand vous aurez vu tout ce que nous avons de curieux dans nos montagnes. Il faut que vous appreniez à connaître notre Roussillon, et que vous lui rendiez justice. Vous ne vous doutez pas de tout ce que nous allons vous montrer. Monuments phéniciens, celtiques, romains, arabes, byzantins, vous verrez tout, depuis le cèdre jusqu'à l'hysope [20]. Je vous mènerai partout et ne vous ferai pas grâce d'une brique. »

Un accès de toux [21] l'obligea de s'arrêter. J'en profitai pour lui dire que je serais désolé de le déranger dans une circonstance aussi intéressante pour sa famille. S'il voulait bien me donner ses excellents conseils sur les excursions que j'aurais à faire, je pourrais, sans qu'il prît la peine de m'accompagner...

« Ah ! vous voulez parler du mariage de ce garçon-là, s'écria-t-il en m'interrompant. Bagatelle ! ce sera fait après-demain. Vous ferez la noce avec nous, en famille, car la future est en deuil d'une tante dont elle hérite. Ainsi point de fête, point de bal... C'est dommage... vous auriez vu danser nos Catalanes... Elles sont jolies, et peut-être l'envie vous aurait-elle pris d'imiter mon Alphonse. Un mariage, dit-on, en amène d'autres... Samedi, les jeunes gens mariés, je suis libre, et nous nous mettons en course. Je vous demande pardon de vous donner l'ennui d'une noce de province. Pour un Parisien blasé sur les fêtes... et une noce sans bal encore ! Pourtant, vous verrez une mariée... une mariée... vous m'en direz des nouvelles... Mais vous êtes un homme grave et vous ne regardez plus les femmes. J'ai mieux que cela à vous montrer. Je vous ferai voir quelque chose !... Je vous réserve une fière surprise pour demain.

— Mon Dieu ! lui dis-je, il est difficile d'avoir un trésor dans sa maison sans que le public en soit instruit. Je crois deviner la surprise que vous me préparez. Mais si c'est de votre statue qu'il s'agit, la description que mon guide m'en a faite n'a servi qu'à exciter ma curiosité et à me disposer à l'admiration.

— Ah! il vous a parlé de l'idole, car c'est ainsi qu'ils appellent ma belle Vénus Tur... mais je ne veux rien vous dire. Demain, au grand jour, vous la verrez, et vous me direz si j'ai raison de la croire un chef-d'œuvre. Parbleu! vous ne pouviez arriver plus à propos! Il y a des inscriptions que moi, pauvre ignorant, j'explique à ma manière... mais un savant de Paris!... Vous vous moquerez peut-être de mon interprétation... car j'ai fait un mémoire... moi qui vous parle... vieil antiquaire de province, je me suis lancé... Je veux faire gémir la presse... Si vous vouliez bien me lire et me corriger, je pourrais espérer... Par exemple, je suis bien curieux de savoir comment vous traduirez cette inscription sur le socle *CAVE*... Mais je ne veux rien vous demander encore! A demain, à demain! Pas un mot sur la Vénus [22] aujourd'hui!

— Tu as raison, Peyrehorade, dit sa femme, de laisser là ton idole. Tu devrais voir que tu empêches monsieur de manger. Va, monsieur a vu à Paris de bien plus belles statues que la tienne. Aux Tuileries, il y en a des douzaines, et en bronze aussi.

— Voilà bien l'ignorance, la sainte ignorance de la province! interrompit M. de Peyrehorade. Comparer un antique admirable aux plates figures de Coustou [23]!

> Comme avec irrévérence
> Parle des dieux ma ménagère [24]!

Savez-vous que ma femme voulait que je fondisse ma statue pour en faire une cloche à notre église. C'est qu'elle en eût été la marraine. Un chef-d'œuvre de Myron [25], monsieur!

— Chef-d'œuvre! chef-d'œuvre! un beau chef-d'œuvre qu'elle a fait! casser la jambe d'un homme!

— Ma femme, vois-tu? dit M. de Peyrehorade d'un ton résolu, et tendant vers elle sa jambe droite dans un bas de soie chinée, si ma Vénus m'avait cassé cette jambe-là, je ne la regretterais pas.

— Bon Dieu! Peyrehorade, comment peux-tu dire cela! Heureusement que l'homme va mieux... Et encore je ne peux pas prendre sur moi de regarder la statue qui fait des malheurs comme celui-là. Pauvre Jean Coll!

— Blessé par Vénus, monsieur, dit M. de Peyrehorade riant d'un gros rire, blessé par Vénus, le maraud se plaint.

Veneris nec præmia noris ᵃ.

Qui n'a été blessé par Vénus ? »

M. Alphonse, qui comprenait le français mieux que le latin, cligna de l'œil d'un air d'intelligence, et me regarda comme pour me demander : Et vous, Parisien, comprenez-vous ?

Le souper finit. Il y avait une heure que je ne mangeais plus. J'étais fatigué, et je ne pouvais parvenir à cacher les fréquents bâillements qui m'échappaient. Mme de Peyrehorade s'en aperçut la première, et remarqua qu'il ²⁶ était temps d'aller dormir. Alors commencèrent de nouvelles excuses sur le mauvais gîte que j'allais avoir. Je ne serais pas comme à Paris. En province on est si mal! Il fallait de l'indulgence pour les Roussillonnais ²⁷. J'avais beau protester qu'après une course dans les montagnes une botte de paille me serait un coucher délicieux, on me priait toujours de pardonner à de pauvres campagnards s'ils ne me traitaient pas aussi bien qu'ils l'eussent désiré. Je montai enfin à la chambre qui m'était destinée, accompagné de M. de Peyrehorade. L'escalier, dont les marches supérieures étaient en bois, aboutissait au milieu d'un corridor, sur lequel donnaient plusieurs chambres.

« A droite, me dit mon hôte, c'est l'appartement ²⁸ que je destine à la future Mme Alphonse. Votre chambre est au bout du corridor opposé. Vous sentez bien, ajouta-t-il d'un air qu'il voulait rendre fin, vous sentez bien qu'il faut isoler de nouveaux mariés. Vous êtes à un bout de la maison, eux à l'autre. »

Nous entrâmes dans une chambre bien meublée, où le premier objet sur lequel je portai la vue fut un lit long de sept pieds, large de six, et si haut qu'il fallait un escabeau pour s'y guinder. Mon hôte m'ayant indiqué la position de la sonnette, et s'étant assuré par lui-même que le sucrier était plein, les flacons d'eau de Cologne dûment placés sur la toilette, après m'avoir demandé plusieurs fois si rien ne me manquait, me souhaita une bonne nuit et me laissa seul.

Les fenêtres étaient fermées. Avant de me déshabiller, j'en ouvris une pour respirer l'air frais de la nuit, délicieux après un long souper. En face était le Canigou, d'un aspect admirable en tout temps, mais qui me parut

a. Virgile, *Enéide*, IV, 33. « Tu ne connais pas les présents de Vénus. »

ce soir-là la plus belle montagne du monde, éclairé qu'il était par une lune resplendissante. Je demeurai quelques minutes à contempler sa [29] silhouette merveilleuse, et j'allais fermer ma fenêtre, lorsque, baissant les yeux, j'aperçus la statue sur un piédestal à une vingtaine de toises de la maison. Elle était placée à l'angle d'une haie vive qui séparait un petit jardin d'un vaste carré parfaitement uni, qui, je l'appris plus tard, était le jeu de paume de la ville. Ce terrain, propriété de M. de Peyrehorade, avait été cédé par lui à la commune, sur les pressantes sollicitations de son fils.

A la distance où j'étais, il m'était difficile de distinguer l'attitude de la statue ; je ne pouvais juger que de sa hauteur, qui me parut de six pieds environ [a]. En ce moment, deux polissons de la ville passaient sur le jeu de paume, assez près de la haie, sifflant le joli air du Roussillon : *Montagnes régalades* [30]. Ils s'arrêtèrent pour regarder la statue ; un d'eux l'apostropha même à haute voix. Il parlait catalan ; mais j'étais dans le Roussillon depuis assez longtemps pour [31] pouvoir comprendre à peu près ce qu'il disait [32].

« Te voilà donc, coquine ! (Le terme catalan était plus énergique.) Te voilà ! disait-il. C'est donc toi qui as cassé la jambe à Jean Coll ! Si tu étais à moi, je te casserais le cou [33].

— Bah ! avec quoi ? dit l'autre. Elle est de cuivre, et si dure qu'Etienne a cassé sa lime dessus, essayant de l'entamer. C'est du cuivre du temps des païens ; c'est plus dur que je ne sais quoi.

— Si j'avais mon ciseau à froid (il paraît que c'était un apprenti serrurier), je lui ferais bientôt sauter ses grands yeux blancs, comme je tirerais une amande de sa coquille. Il y a pour plus de cent sous d'argent. »

Ils firent quelques pas en s'éloignant.

« Il faut que je souhaite le bonsoir à l'idole », dit le plus grand des apprentis, s'arrêtant tout à coup.

Il se baissa, et probablement ramassa une pierre. Je le vis déployer le bras, lancer quelque chose, et aussitôt un coup sonore retentit sur le bronze. Au même instant l'apprenti porta la main à sa tête en poussant un cri de douleur.

« Elle me l'a rejetée ! » s'écria-t-il.

Et mes deux polissons prirent [34] la fuite à toutes

a. Une toise vaut 1,944 m (six pieds).

jambes. Il était évident que la pierre avait rebondi sur le métal, et avait puni ce drôle de l'outrage qu'il faisait à la déesse.

Je fermai la fenêtre en riant de bon cœur.

« Encore un Vandale puni par Vénus! Puissent tous les destructeurs de nos vieux monuments avoir ainsi la tête cassée! » Sur ce souhait charitable, je m'endormis.

Il était grand jour quand je me réveillai. Auprès de mon lit étaient, d'un côté, M. de Peyrehorade, en robe de chambre; de l'autre, un domestique envoyé par sa femme, une tasse de chocolat à la main.

« Allons, debout, Parisien! Voilà bien mes paresseux de la capitale! disait mon hôte pendant que je m'habillais à la hâte. Il est huit heures, et encore au lit! Je suis levé, moi, depuis six heures. Voilà trois fois que je monte; je me suis approché de votre porte sur la pointe du pied : personne, nul signe [35] de vie. Cela vous fera mal de trop dormir à votre âge. Et ma Vénus que vous n'avez pas encore vue! Allons, prenez-moi vite cette tasse de chocolat de Barcelone... Vraie contrebande... Du chocolat comme on n'en a pas à Paris. Prenez des forces, car lorsque vous serez devant ma Vénus, on ne pourra plus vous en arracher. »

En cinq minutes je fus prêt, c'est-à-dire à moitié rasé, mal boutonné, et brûlé par le chocolat que j'avalai bouillant. Je descendis dans le jardin, et me trouvai devant une admirable statue.

C'était bien une Vénus, et d'une merveilleuse beauté. Elle avait le haut du corps nu, comme les Anciens représentaient d'ordinaire les grandes divinités; la main droite, levée à la hauteur du sein, était tournée, la paume en dedans, le pouce et les deux premiers doigts étendus, les deux autres légèrement ployés. L'autre main, rapprochée de la hanche, soutenait la draperie qui couvrait la partie inférieure du corps. L'attitude de cette statue rappelait celle du Joueur de mourre qu'on désigne, je ne sais trop pourquoi, sous le nom de Germanicus [36]. Peut-être avait-on voulu représenter la déesse jouant au jeu de mourre.

Quoi qu'il en soit, il est impossible de voir quelque chose de plus parfait que le corps de cette Vénus; rien de plus suave, de plus voluptueux que ses contours; rien de plus élégant et de plus noble que sa draperie. Je m'attendais à quelque ouvrage du Bas-Empire; je voyais un chef-d'œuvre du meilleur temps de la statuaire. Ce

qui me frappait surtout, c'était l'exquise vérité des
formes, en sorte qu'on aurait pu les croire moulées sur
nature, si la nature produisait d'aussi parfaits modèles.

La chevelure, relevée sur le front, paraissait avoir été
dorée autrefois. La tête, petite comme celle de presque
toutes les statues grecques, était légèrement inclinée [37]
en avant. Quant à la figure, jamais je ne parviendrai à
exprimer son caractère étrange, et dont le type ne se
rapprochait de celui d'aucune statue antique dont il me
souvienne. Ce n'était point cette beauté calme et sévère
des sculpteurs grecs, qui, par système, donnaient à [38]
tous les traits une majestueuse immobilité. Ici, au
contraire, j'observais avec surprise l'intention marquée
de l'artiste de rendre la malice arrivant jusqu'à la méchanceté. Tous les traits étaient contractés légèrement : les
yeux un peu obliques, la bouche relevée des coins, les
narines quelque peu gonflées. Dédain, ironie, cruauté, se
lisaient sur ce visage d'une incroyable beauté cependant.
En vérité, plus on regardait cette admirable statue, et
plus on éprouvait le sentiment [39] pénible qu'une si merveilleuse beauté pût s'allier à l'absence de toute sensibilité.

« Si le modèle a jamais existé, dis-je à M. de Peyrehorade, et je doute que le ciel ait jamais produit une telle
femme, que je plains ses amants ! Elle a dû se complaire
à les faire mourir de désespoir. Il y a dans son expression quelque chose de féroce, et pourtant je n'ai jamais
vu rien de si beau.

— C'est Vénus tout entière à sa proie attachée [40] ! »

s'écria M. de Peyrehorade, satisfait de mon enthousiasme.

Cette expression d'ironie infernale [41] était augmentée
peut-être par le contraste de ses yeux incrustés d'argent
et très brillants avec la patine d'un vert noirâtre que le
temps avait donnée à toute la statue. Ces yeux brillants
produisaient une certaine illusion qui rappelait la réalité,
la vie. Je me souvins de ce que m'avait dit mon guide,
qu'elle faisait baisser les yeux à ceux qui la regardaient.
Cela était presque vrai, et je ne pus me défendre d'un
mouvement de colère contre moi-même en me sentant
un peu mal à mon aise devant cette figure de bronze.

« Maintenant que vous avez tout admiré en détail,
mon [42] cher collègue en antiquaillerie, dit mon hôte,

ouvrons, s'il vous plaît, une conférence scientifique.
Que dites-vous de cette inscription, à laquelle vous
n'avez point pris garde encore ? »

Il me montrait le socle de la statue, et j'y lus ces
mots :

CAVE AMANTEM.

« *Quid dicis, doctissime* [43] ? me demanda-t-il en se frot-
tant les mains. Voyons si nous nous rencontrerons sur
le sens de ce *cave amantem !*

— Mais [44], répondis-je, il y a deux sens. On peut traduire : « Prends garde à celui qui t'aime, défie-toi des
amants. » Mais, dans ce sens, je ne sais si *cave amantem*
serait [45] d'une bonne latinité. En voyant l'expression diabolique de la dame, je croirais plutôt que l'artiste a
voulu mettre en garde le spectateur contre cette terrible
beauté. Je traduirais donc : « Prends garde à toi si *elle* [46]
t'aime. »

— Humph! dit M. de Peyrehorade, oui, c'est un sens
admirable; mais [47], ne vous en déplaise, je préfère la première traduction, que je développerai pourtant. Vous
connaissez l'amant de Vénus ?

— Il y en a plusieurs [48].

— Oui; mais le premier, c'est Vulcain. N'a-t-on pas
voulu dire : « Malgré toute ta beauté, ton air dédaigneux,
tu auras un forgeron, un vilain boiteux pour amant » ?
Leçon profonde, monsieur, pour les coquettes! »

Je ne pus m'empêcher de sourire, tant l'explication
me parut tirée par les cheveux.

« C'est une terrible langue que le latin avec sa conci-
sion, observai-je pour éviter de contredire formellement
mon antiquaire, et je reculai de quelques pas afin de
mieux contempler la statue.

— Un instant, collègue! dit M. de Peyrehorade en
m'arrêtant par le bras, vous n'avez pas tout vu. Il y a
encore une autre inscription. Montez sur le socle et
regardez au bras droit. » En parlant ainsi il m'aidait à
monter.

Je m'accrochai sans trop de façons au cou de [49] la
Vénus, avec laquelle je commençais à me familiariser.
Je la regardai même un instant *sous le nez*, et la trouvai
de près encore plus méchante et encore plus belle. Puis
je reconnus qu'il y avait, gravés sur le bras, quelques
caractères d'écriture cursive antique, à ce qu'il me sembla. A grand renfort de besicles [50] j'épelai ce qui suit, et

cependant M. de Peyrehorade répétait chaque mot à mesure que je le prononçais, approuvant du geste et de la voix. Je lus donc :

> VENERI TVRBVL...
> EVTYCHES [51] MYRO
> IMPERIO FECIT

Après ce mot *TVRBVL* de la première ligne, il me sembla qu'il y avait quelques lettres effacées; mais *TVRBVL* était parfaitement lisible.

« Ce qui veut dire ?... » me demanda mon hôte radieux et souriant avec malice, car il pensait bien que je ne me tirerais pas facilement de ce *TVRBVL*.

« Il y a un mot que je ne m'explique pas encore [52], lui dis-je; tout le reste est facile. Eutychès Myron a fait cette offrande à Vénus par son ordre.

— A merveille. Mais *TVRBVL*, qu'en faites-vous ? Qu'est-ce que *TVRBVL?*

— *TVRBVL* m'embarrasse fort. Je cherche en vain quelque épithète connue de Vénus qui puisse m'aider. Voyons, que diriez-vous de *TVRBVLENTA?* Vénus qui trouble, qui agite... Vous vous apercevez que je suis toujours préoccupé de son expression méchante. *TVRBVLENTA*, ce n'est point une trop mauvaise épithète pour Vénus », ajoutai-je d'un ton modeste, car je n'étais pas moi-même fort satisfait de mon explication.

« Vénus turbulente! Vénus la tapageuse! Ah! vous croyez donc que ma Vénus est une Vénus de cabaret ? Point [53] du tout, monsieur; c'est une Vénus de bonne compagnie. Mais je vais vous expliquer ce *TVRBVL*... Au moins vous me promettez de ne point divulguer ma découverte avant l'impression de mon mémoire. C'est que, voyez-vous, je m'en fais gloire, de cette trouvaille-là... Il faut bien que vous nous laissiez quelques épis à glaner, à nous autres pauvres diables de provinciaux. Vous êtes si riches, messieurs les savants de Paris! »

Du haut du piédestal, où j'étais toujours perché, je lui promis solennellement que je n'aurais jamais l'indignité de lui voler sa découverte.

« *TVRBVL*..., monsieur, dit-il en se rapprochant et baissant la voix de peur qu'un autre que moi ne pût l'entendre, lisez *TVRBVLNERÆ*.

— Je ne comprends pas davantage.

— Ecoutez bien. A une lieue d'ici, au pied de la montagne, il y a un village qui s'appelle Boulternère. C'est

une corruption du mot latin *TVRBVLNERA*. Rien de
plus commun que ces inversions. Boulternère, monsieur,
a été une ville romaine. Je m'en étais toujours douté,
mais jamais je n'en avais eu la preuve. La preuve, la
voilà [54]. Cette Vénus était la divinité topique de la cité
de Boulternère; et ce mot de Boulternère, que je viens
de démontrer d'origine antique, prouve une chose bien
plus curieuse, c'est que Boulternère, avant d'être une
ville romaine, a été une ville phénicienne! »

Il s'arrêta un moment pour respirer et jouir de ma
surprise. Je parvins à réprimer une forte envie de rire.

« En effet, poursuivit-il, *TVRBVLNERA* est pur
phénicien, *TVR*, prononcez *TOUR*... *TOUR* et *SOUR*,
même mot, n'est-ce pas ? *SOUR* est le nom phénicien
de Tyr; je n'ai pas besoin de vous en rappeler le sens.
BVL, c'est Baal; Bâl, Bel, Bul, légères différences de
prononciation. Quant à *NERA*, cela me donne un peu
de peine [55]. Je suis tenté de croire, faute de trouver un
mot phénicien, que cela vient du grec νηρός, humide,
marécageux. Ce serait donc un mot hybride. Pour justifier νηρός, je vous montrerai à Boulternère comment les
ruisseaux de la montagne y forment des mares infectes.
D'autre part, la terminaison *NERA* aurait pu être ajou-
tée beaucoup plus tard en l'honneur de Nera Pivesuvia [56], femme de Tétricus, laquelle aurait fait quelque
bien à la cité de Turbul. Mais, à cause des mares, je
préfère l'étymologie de νηρός [57]. »

Il prit une prise de tabac d'un air satisfait.

« Mais laissons les Phéniciens, et revenons à l'inscription. Je traduis donc : « A Vénus de Boulternère Myron
dédie par son ordre cette statue, son ouvrage. »

Je me gardai bien de critiquer son étymologie, mais
je voulus à mon tour faire preuve de pénétration, et je
lui dis : « Halte-là, monsieur. Myron a consacré quelque
chose, mais je ne vois nullement que ce soit cette statue.

— Comment! s'écria-t-il, Myron n'était-il pas un
fameux sculpteur grec ? Le talent se sera perpétué dans
sa famille : c'est un de ses descendants qui aura fait
cette statue. Il n'y a rien de plus sûr.

— Mais, répliquai-je, je vois sur le bras un petit trou.
Je pense qu'il a servi à fixer quelque chose, un bracelet,
par exemple, que ce Myron donna à Vénus en offrande
expiatoire. Myron était un amant malheureux. Vénus
était irritée contre lui : il l'apaisa en lui consacrant un
bracelet d'or. Remarquez que *fecit* se prend fort souvent

pour *consecravit*. Ce sont termes synonymes. Je vous en montrerais plus d'un exemple si j'avais sous la main Gruter ou bien Orelli [58]. Il est naturel qu'un amoureux voie Vénus en rêve, qu'il s'imagine qu'elle lui commande de donner un bracelet d'or à sa statue. Myron lui consacra un bracelet... Puis les barbares ou bien quelque voleur sacrilège...

— Ah! qu'on voit bien que vous avez fait des romans! s'écria mon hôte en me donnant la main pour descendre. Non, monsieur, c'est un ouvrage de l'école de Myron. Regardez seulement le travail, et vous en conviendrez. »

M'étant fait une loi de ne jamais contredire à outrance les antiquaires entêtés, je baissai la tête d'un air convaincu en disant : « C'est un admirable morceau.

— Ah! mon Dieu, s'écria M. de Peyrehorade, encore un trait de vandalisme! On aura jeté une pierre à ma statue! »

Il venait d'apercevoir une marque blanche un peu au-dessus du sein de la Vénus. Je remarquai une trace semblable sur les doigts de la main droite, qui, je le supposai alors, avaient été touchés dans le trajet de la pierre, ou bien un fragment s'en était détaché par le choc et avait ricoché sur la main. Je contai à mon hôte l'insulte dont j'avais été témoin et la prompte punition qui s'en était suivie. Il en rit beaucoup, et, comparant l'apprenti à Diomède, il lui souhaita de voir, comme le héros grec, tous ses compagnons changés en oiseaux blancs [59].

La cloche du déjeuner interrompit cet entretien classique, et, de même que la veille, je fus obligé de manger comme quatre. Puis vinrent des fermiers de M. de Peyrehorade; et pendant qu'il leur donnait audience, son fils me mena voir une calèche qu'il avait achetée à Toulouse pour sa fiancée, et que j'admirai, cela va sans dire. Ensuite j'entrai avec lui dans l'écurie, où il me tint une demi-heure à me vanter ses chevaux, à me faire leur généalogie, à me conter les prix qu'ils [60] avaient gagnés aux courses du département. Enfin il en vint à me parler de sa future, par la transition d'une jument grise qu'il lui destinait.

« Nous la verrons aujourd'hui, dit-il. Je ne sais si vous la trouverez jolie. Vous êtes difficiles, à Paris; mais tout le monde, ici et à Perpignan, la trouve charmante. Le bon, c'est qu'elle est fort riche. Sa tante de Prades lui a laissé son bien. Oh! je vais être fort heureux. »

Je fus profondément choqué de voir un jeune homme paraître plus touché de la dot que des beaux yeux de sa future.

« Vous vous connaissez en bijoux, poursuivit M. Alphonse, comment trouvez-vous ceci ? Voici l'anneau que je lui donnerai demain. »

En parlant ainsi, il tirait de la première phalange de son petit doigt une grosse bague enrichie de diamants, et formée de deux mains entrelacées; allusion qui me parut infiniment poétique. Le travail en était ancien, mais je jugeai qu'on l'avait retouchée pour enchâsser les diamants. Dans l'intérieur de la bague se lisaient ces mots en lettres gothiques : *Sempr' ab ti*, c'est-à-dire, toujours avec toi.

« C'est une jolie bague, lui dis-je; mais ces diamants ajoutés lui ont fait perdre un peu de son caractère.

— Oh! elle est bien plus belle comme cela, répondit-il en souriant. Il y a là pour douze cents francs de diamants. C'est ma mère qui me l'a donnée. C'était [61] une bague de famille, très ancienne... du temps de la chevalerie. Elle avait servi à ma grand-mère, qui la tenait de la sienne. Dieu sait quand cela a été fait.

— L'usage à Paris, lui dis-je, est de donner un anneau tout simple, ordinairement composé de deux métaux différents, comme de l'or et du platine. Tenez, cette autre bague, que vous avez à ce doigt, serait fort convenable. Celle-ci, avec ses diamants et ses mains en relief, est si grosse, qu'on ne pourrait mettre un gant par-dessus.

— Oh! Mme Alphonse s'arrangera comme elle voudra. Je crois qu'elle sera toujours bien contente de l'avoir. Douze cents francs au doigt, c'est agréable. Cette petite bague-là, ajouta-t-il en regardant d'un air de satisfaction l'anneau tout uni qu'il portait à la main, celle-là, c'est une femme à Paris qui me l'a donnée un jour de mardi gras. Ah! comme je m'en suis donné quand j'étais à Paris, il y a deux ans! C'est là qu'on s'amuse!... » Et il soupira de regret.

Nous devions dîner ce jour-là à Puygarrig, chez les parents de la future; nous montâmes en calèche, et nous nous rendîmes au château, éloigné d'Ille d'environ une lieue et demie. Je fus présenté et accueilli comme l'ami de la famille. Je ne parlerai pas du dîner ni de la conversation qui s'ensuivit, et à laquelle je pris peu de part. M. Alphonse [62], placé à côté de sa future, lui disait un mot à l'oreille tous les quarts d'heure. Pour elle, elle ne levait guère les yeux [63], et, chaque fois que son prétendu lui parlait, elle rougissait avec modestie [64], mais lui répondait sans embarras.

Mlle de Puygarrig avait dix-huit ans; sa taille [65] souple et délicate contrastait avec les formes osseuses de son robuste fiancé. Elle était non seulement belle, mais séduisante. J'admirais le naturel parfait de toutes ses réponses [66]; et son air de bonté, qui pourtant n'était pas exempt d'une légère teinte de malice, me rappela, malgré moi, la Vénus de mon hôte. Dans cette comparaison que je fis en moi-même, je me demandais si la supériorité de beauté qu'il fallait bien accorder à la statue ne tenait pas, en grande partie, à son expression de tigresse; car l'énergie, même dans les mauvaises passions, excite toujours en nous un étonnement et une espèce d'admiration involontaire.

« Quel dommage, me dis-je en quittant Puygarrig, qu'une si aimable personne soit riche, et que sa dot la fasse rechercher par un homme indigne d'elle! »

En revenant à Ille, et ne sachant trop que dire à Mme de Peyrehorade, à qui je croyais convenable d'adresser quelquefois la parole :

« Vous êtes bien esprits forts en Roussillon! m'écriai-je; comment, madame, vous faites un mariage un vendredi! A Paris nous aurions plus de superstition; personne n'oserait prendre femme un tel jour.

— Mon Dieu! ne m'en parlez pas, me dit-elle, si cela n'avait dépendu que de moi, certes on eût choisi un [67] autre jour. Mais Peyrehorade l'a voulu, et il a fallu lui céder. Cela me fait de la peine pourtant. S'il arrivait quelque malheur ? Il faut bien qu'il y ait une raison, car enfin pourquoi tout le monde a-t-il peur du vendredi ?

— Vendredi! s'écria son mari, c'est le jour de Vénus! Bon jour pour un mariage! Vous le voyez, mon cher collègue, je ne pense qu'à ma Vénus. D'honneur! c'est à cause d'elle que j'ai choisi le vendredi. Demain, si vous voulez, avant la noce, nous lui ferons un petit sacrifice; nous sacrifierons deux palombes [68], et si je savais où trouver de l'encens...

— Fi donc, Peyrehorade! interrompit sa femme scandalisée au dernier point. Encenser une idole! Ce serait une abomination! Que dirait-on de nous dans le pays ?

— Au moins, dit M. de Peyrehorade, tu me permettras de lui mettre sur la tête une couronne de roses et de lis :

Manibus date lilia plenis [69].

Vous le voyez, monsieur, la charte est un vain mot. Nous n'avons pas la liberté des cultes [70]! »

Les arrangements du lendemain furent réglés [71] de la manière suivante. Tout le monde devait être prêt et en toilette à dix heures précises. Le chocolat pris, on se rendrait en voiture à Puygarrig. Le mariage civil devait se faire à la mairie du village, et la cérémonie religieuse dans la chapelle du château. Viendrait ensuite un déjeuner. Après le déjeuner on passerait le temps comme l'on pourrait jusqu'à sept heures. A sept heures, on retournerait à Ille, chez M. de Peyrehorade, où devaient souper les deux familles réunies. Le reste s'ensuit naturellement. Ne pouvant danser, on avait voulu manger le plus possible.

Dès huit heures j'étais assis devant la Vénus, un crayon à la main, recommençant pour la vingtième fois la tête de la statue, sans pouvoir parvenir à en saisir l'expression. M. de Peyrehorade allait et venait autour de moi, me donnait des conseils, me répétait ses étymologies phéniciennes; puis disposait des roses du Bengale sur [72] le piédestal de la statue, et d'un ton tragi-comique lui adressait des vœux pour le couple qui allait vivre sous son toit. Vers neuf heures il rentra pour songer à sa toilette, et en même temps parut M. Alphonse, bien serré dans un habit neuf, en gants blancs, souliers vernis, boutons ciselés, une rose à la boutonnière.

« Vous ferez le portrait de ma femme ? me dit-il en se penchant sur mon dessin. Elle est jolie aussi. »

En ce moment commençait, sur le jeu de paume dont j'ai parlé, une partie qui, sur-le-champ, attira l'attention [73] de M. Alphonse. Et moi, fatigué, et désespérant de rendre cette diabolique figure, je quittai bientôt mon dessin pour regarder les joueurs. Il y avait parmi eux quelques muletiers espagnols arrivés de la veille. C'étaient des Aragonais et des Navarrois, presque tous d'une adresse merveilleuse. Aussi les Illois, bien qu'encouragés par la présence et les conseils de M. Alphonse, furent-ils assez promptement battus par ces nouveaux champions. Les spectateurs nationaux étaient consternés. M. Alphonse regarda à sa montre. Il n'était encore que neuf heures et demie. Sa mère n'était pas coiffée. Il n'hésita plus : il ôta son habit, demanda une veste, et défia les Espagnols. Je le regardais faire en souriant, et un peu surpris [74].

« Il faut soutenir l'honneur du pays », dit-il.

Alors je le trouvai vraiment beau. Il était passionné. Sa toilette, qui l'occupait si fort tout à l'heure, n'était plus rien pour lui. Quelques minutes avant il eût craint de tourner la tête de peur de déranger sa cravate. Maintenant il ne pensait plus à ses cheveux frisés ni à son jabot si bien plissé. Et sa fiancée ?... Ma foi, si cela eût été nécessaire, il aurait, je crois, fait ajourner le mariage. Je le vis chausser à la hâte une paire de sandales, retrousser ses manches, et, d'un air assuré, se mettre à la tête du parti vaincu, comme César ralliant ses soldats à Dyrrachium [75]. Je sautai la haie, et me plaçai commodément à l'ombre d'un micocoulier [76], de façon à bien voir les deux camps.

Contre l'attente générale, M. Alphonse manqua la première balle; il est vrai qu'elle vint rasant la terre et lancée avec une force surprenante par un Aragonais qui paraissait être le chef des Espagnols.

C'était un homme d'une quarantaine d'années, sec et nerveux, haut de six pieds, et sa peau olivâtre avait une teinte presque aussi foncée que le bronze de la Vénus.

M. Alphonse jeta sa raquette à terre avec fureur.

« C'est cette maudite bague, s'écria-t-il, qui me serre le doigt, et me fait manquer une balle sûre ! »

Il ôta, non sans peine, sa bague de diamants : je m'approchais pour la recevoir; mais il me prévint, courut à la Vénus, lui passa la bague au doigt annulaire, et reprit son poste à la tête des Illois.

Il était pâle, mais calme et résolu. Dès lors il ne fit plus une seule faute, et les Espagnols furent battus complètement. Ce fut un beau spectacle que l'enthousiasme des spectateurs : les uns poussaient mille cris de joie en jetant leurs bonnets en l'air; d'autres lui serraient les mains, l'appelant l'honneur du pays. S'il eût repoussé une invasion, je doute qu'il eût reçu des félicitations plus vives et plus sincères. Le [77] chagrin des vaincus ajoutait encore à l'éclat de sa victoire.

« Nous ferons d'autres parties, mon brave, dit-il à l'Aragonais d'un ton de supériorité; mais je vous rendrai des points. »

J'aurais désiré que M. Alphonse fût plus modeste, et je fus presque peiné de l'humiliation de son rival.

Le géant espagnol ressentit profondément cette insulte. Je le vis pâlir sous sa peau basanée. Il regardait d'un air morne sa raquette en serrant les dents; puis, d'une voix étouffée, il dit tout bas : *Me lo pagarás*.

La voix de M. de Peyrehorade troubla le triomphe de son fils; mon hôte, fort étonné [78] de ne point le trouver présidant aux apprêts de la calèche neuve, le fut bien plus encore en le voyant tout en sueur, la raquette à la main. M. Alphonse courut à la maison, se lava la figure et les mains, remit son habit neuf et ses souliers vernis, et cinq minutes après nous étions au grand trot sur la route de Puygarrig. Tous les joueurs de paume de la ville et [79] grand nombre de spectateurs nous suivirent avec des cris de joie [80]. A peine les chevaux vigoureux qui nous traînaient pouvaient-ils maintenir leur avance sur ces intrépides Catalans.

Nous étions à Puygarrig, et le cortège allait se mettre en marche pour la mairie, lorsque M. Alphonse, se frappant le front, me dit tout bas :

« Quelle brioche [a] ! J'ai oublié la bague ! Elle est au doigt de la Vénus, que le diable puisse emporter ! Ne le dites pas à ma mère au moins. Peut-être qu'elle ne s'apercevra de rien.

— Vous pourriez envoyer quelqu'un, lui dis-je.

— Bah ! mon domestique est resté à Ille. Ceux-ci, je ne m'y fie guère. Douze cents francs de diamants ! cela pourrait en tenter plus d'un. D'ailleurs que penserait-on ici de ma distraction ? Ils se moqueraient trop de moi. Ils m'appelleraient le mari de la statue... Pourvu qu'on ne me la vole pas ! Heureusement que l'idole fait peur à mes coquins. Ils n'osent l'approcher à longueur de bras [81]. Bah ! ce n'est rien ; j'ai une autre bague. »

Les deux cérémonies civile et religieuse s'accomplirent avec la pompe convenable ; et mademoiselle de Puygarrig reçut l'anneau d'une modiste de Paris, sans se douter que son fiancé lui faisait le sacrifice d'un gage amoureux. Puis on se mit à table, où l'on but, mangea, chanta même, le tout fort longuement [82]. Je souffrais pour la mariée de la grosse joie qui éclatait autour d'elle ; pourtant elle faisait meilleure contenance que je ne l'aurais espéré, et son embarras n'était ni de la gaucherie ni de l'affectation.

Peut-être [83] le courage vient-il avec les situations difficiles.

---

a. Brioche : bévue, sottise. Expression populaire aujourd'hui inusitée.

Le déjeuner terminé quand il plut à Dieu, il était quatre heures; les hommes allèrent se promener dans le parc, qui était magnifique, ou regardèrent danser sur la pelouse du château les paysannes de Puygarrig, parées de leurs habits de fête. De la sorte, nous employâmes quelques heures. Cependant les femmes étaient fort empressées autour de la mariée, qui leur faisait admirer sa corbeille. Puis elle changea de toilette, et je remarquai qu'elle couvrit ses beaux cheveux d'un bonnet et d'un chapeau à plumes, car les femmes n'ont rien de plus pressé que de prendre, aussitôt qu'elles le peuvent, les parures que l'usage leur défend de porter quand elles sont encore demoiselles.

Il était près de huit heures quand on se disposa à partir pour Ille. Mais d'abord eut lieu une scène pathétique. La tante de Mlle de Puygarrig, qui lui servait de mère, femme très âgée et fort dévote, ne devait point aller avec nous à la ville. Au départ, elle fit à sa nièce un sermon touchant sur ses devoirs d'épouse, duquel sermon résulta un torrent de larmes et des embrassements sans fin. M. de Peyrehorade comparait cette séparation à l'enlèvement des Sabines. Nous partîmes pourtant, et, pendant la route, chacun s'évertua pour distraire la mariée et la faire rire; mais ce fut en vain.

A Ille, le souper nous attendait, et quel souper! Si la grosse joie du matin m'avait choqué, je le fus bien davantage des équivoques et des plaisanteries dont le marié et la mariée surtout furent l'objet. Le marié, qui avait disparu un instant avant de se mettre à table, était pâle et d'un sérieux de glace. Il buvait à chaque instant du vieux vin de Collioure presque aussi fort que de l'eau-de-vie. J'étais à côté de lui, et me crus obligé de l'avertir :

« Prenez garde! on dit que le vin... »

Je ne sais quelle sottise je lui dis pour me mettre à l'unisson des convives.

Il me poussa le genou [84], et très bas il me dit :

« Quand on se lèvera de table..., que je puisse vous dire deux mots. »

Son ton solennel me surprit. Je le regardai plus attentivement, et je remarquai l'étrange altération de ses traits.

« Vous sentez-vous indisposé ? lui demandai-je.

— Non. »

Et il se remit à boire.

Cependant, au milieu des cris et des battements de

mains, un enfant de onze ans, qui s'était glissé sous la table, montrait aux assistants un joli ruban blanc et rose qu'il venait de détacher de la cheville de la mariée. On appelle cela sa jarretière. Elle fut aussitôt coupée par morceaux et distribuée aux jeunes gens, qui en ornèrent leur boutonnière, suivant un antique usage qui se conserve encore dans quelques familles patriarcales. Ce fut pour la mariée une occasion de rougir jusqu'au blanc des yeux [85]. Mais son trouble fut au comble lorsque M. de Peyrehorade, ayant réclamé le silence, lui chanta quelques vers catalans, impromptus, disait-il. En voici le sens, si je l'ai bien compris :

« Qu'est-ce donc, mes amis ? Le vin que j'ai bu me
« fait-il voir double ? Il y a deux Vénus ici... »

Le marié tourna brusquement la tête d'un air effaré, qui fit rire tout le monde.

« Oui, poursuivit M. de Peyrehorade, il y a deux Vénus
« sous mon toit. L'une, je l'ai trouvée dans la terre
« comme une truffe; l'autre, descendue des cieux, vient
« de nous partager sa ceinture. »

Il voulait dire sa jarretière.

« Mon fils, choisis de la Vénus romaine ou de la cata-
« lane celle que tu préfères. Le maraud prend la catalane,
« et sa part est la meilleure. La romaine est noire, la
« catalane est blanche. La romaine est froide, la catalane
« enflamme tout ce qui l'approche. »

Cette chute excita un tel hourra, des applaudissements si bruyants et des rires si sonores, que je crus que le plafond allait nous tomber sur la tête. Autour de la table il n'y avait que trois visages sérieux, ceux des mariés et le mien. J'avais un grand mal de tête; et puis, je ne sais pourquoi, un mariage m'attriste toujours. Celui-là, en outre, me dégoûtait un peu.

Les derniers couplets ayant été chantés par l'adjoint du maire, et ils étaient fort lestes, je dois le dire, on passa dans le salon pour jouir du départ de la mariée, qui devait être bientôt conduite à sa chambre, car il était près de minuit.

M. Alphonse me tira dans l'embrasure d'une fenêtre, et me dit en détournant les yeux :

« Vous allez vous moquer de moi... Mais je ne sais ce que j'ai... je suis ensorcelé! le diable m'emporte! »

La première pensée qui me vint fut qu'il se croyait menacé de quelque malheur du genre de ceux dont parlent Montaigne et Mme de Sévigné :

« Tout l'empire amoureux [86] est plein d'histoires tragiques », etc.

Je croyais que ces sortes d'accidents n'arrivaient qu'aux gens d'esprit, me dis-je à moi-même.

« Vous avez trop bu de vin de Collioure, mon cher monsieur Alphonse, lui dis-je. Je vous avais prévenu.

— Oui, peut-être. Mais c'est quelque chose de bien plus terrible. »

Il avait la voix entrecoupée. Je le crus tout à fait ivre.

« Vous savez bien mon anneau ? poursuivit-il après un silence.

— Eh bien ! on l'a pris ?

— Non.

— En ce cas, vous l'avez ?

— Non... je... je ne puis l'ôter du doigt de cette diable de Vénus.

— Bon ! vous n'avez pas tiré assez fort.

— Si fait... Mais la Vénus... elle a serré le doigt. »

Il me regardait fixement d'un air hagard, s'appuyant à l'espagnolette pour ne pas tomber.

« Quel conte ! lui dis-je. Vous avez trop enfoncé l'anneau. Demain vous l'aurez avec des tenailles. Mais prenez garde de gâter la statue.

— Non, vous dis-je. Le doigt de la Vénus est retiré, reployé ; elle serre la main, m'entendez-vous ?... C'est ma femme, apparemment, puisque je lui ai donné mon anneau... Elle ne veut plus le rendre. »

J'éprouvai un frisson subit [87], et j'eus un instant la chair de poule. Puis, un grand soupir qu'il fit m'envoya une bouffée de vin, et toute émotion disparut.

Le misérable, pensai-je, est complètement ivre.

« Vous êtes antiquaire, monsieur, ajouta le marié d'un ton lamentable ; vous connaissez ces statues-là... il y a peut-être quelque ressort, quelque diablerie, que je ne connais point... Si vous alliez voir ?

— Volontiers, dis-je. Venez [88] avec moi.

— Non, j'aime mieux que vous y alliez seul. »

Je sortis du salon.

Le temps avait changé pendant le souper, et la pluie commençait à tomber avec force. J'allais demander un parapluie, lorsqu'une réflexion m'arrêta. Je serais un bien grand sot, me dis-je, d'aller vérifier ce que m'a dit un homme ivre ! Peut-être, d'ailleurs, a-t-il voulu me faire quelque méchante plaisanterie pour apprêter à rire à ces honnêtes provinciaux ; et le moins qu'il puisse m'en arriver, c'est d'être trempé jusqu'aux os et d'attraper un bon rhume.

De la porte je jetai un coup d'œil sur la statue ruisselante d'eau, et je montai dans ma chambre sans rentrer dans le salon. Je me couchai [89]; mais le sommeil fut long à venir. Toutes les scènes de la journée [90] se représentaient à mon esprit. Je pensais à cette jeune fille si belle et si pure abandonnée à un ivrogne [91] brutal. Quelle odieuse chose, me disais-je, qu'un mariage de convenance! Un maire revêt une écharpe tricolore, un curé une étole, et voilà la plus honnête fille du monde livrée au Minotaure! Deux êtres qui ne s'aiment pas, que peuvent-ils [92] se dire dans un pareil moment, que deux amants achèteraient au prix de leur existence ? Une femme peut-elle jamais aimer un homme qu'elle aura vu grossir une fois ? Les premières impressions ne s'effacent pas, et j'en suis sûr [93], ce M. Alphonse méritera bien d'être haï...

Durant mon monologue, que j'abrège beaucoup, j'avais entendu force allées et venues dans la maison, les portes s'ouvrir et se fermer, des voitures partir; puis il me semblait avoir entendu sur l'escalier les pas légers de plusieurs femmes se dirigeant vers l'extrémité du corridor opposé à ma chambre. C'était probablement le cortège de la mariée qu'on menait au lit. Ensuite on avait redescendu l'escalier. La porte de Mme de Peyrehorade s'était fermée. Que cette pauvre fille [94], me dis-je, doit être troublée et mal à son aise! Je me tournais dans mon lit de mauvaise humeur. Un garçon joue un sot rôle dans une maison où s'accomplit un mariage.

Le silence régnait depuis quelque temps lorsqu'il fut troublé par des pas lourds qui montaient l'escalier. Les marches de bois craquèrent fortement.

« Quel butor! m'écriai-je. Je parie qu'il va tomber dans l'escalier. »

Tout redevint tranquille. Je pris un livre pour changer le cours de mes idées. C'était une statistique du département, ornée d'un mémoire de M. de Peyrehorade sur les monuments druidiques de [95] l'arrondissement de Prades. Je m'assoupis à la troisième page.

Je dormis mal et me réveillai plusieurs fois. Il pouvait être cinq heures du matin, et j'étais éveillé depuis plus de vingt minutes lorsque le coq [96] chanta. Le jour allait se lever. Alors j'entendis distinctement les mêmes pas lourds, le même craquement de l'escalier que j'avais entendus avant de m'endormir. Cela me parut singulier.

J'essayai, en bâillant, de deviner pourquoi M. Alphonse
se levait si matin. Je n'imaginais rien de vraisemblable.
J'allais refermer les yeux lorsque mon attention fut de
nouveau excitée par des trépignements étranges auxquels
se mêlèrent bientôt le tintement des sonnettes et le bruit
de portes qui s'ouvraient avec fracas, puis je distinguai
des cris confus [97].

Mon ivrogne aura mis le feu quelque part! pensais-je
en sautant à bas de mon lit.

Je m'habillai rapidement et j'entrai dans le corridor [98].
De l'extrémité opposée partaient des cris et des lamenta-
tions, et une voix déchirante dominait toutes les autres :
« Mon fils! mon fils! » Il était évident qu'un malheur
était arrivé à M. Alphonse. Je courus à la chambre nup-
tiale : elle était pleine de monde. Le premier spectacle
qui frappa ma vue fut le jeune homme à demi-vêtu,
étendu en travers sur le lit dont le bois était brisé. Il était
livide, sans mouvement. Sa mère pleurait et criait à côté
de lui. M. de Peyrehorade s'agitait, lui frottait les tempes
avec de l'eau de Cologne [99], ou lui mettait des sels sous
le nez. Hélas! depuis longtemps son fils était mort. Sur
un canapé, à l'autre bout de la chambre, était la mariée,
en proie à d'horribles convulsions [100]. Elle poussait des
cris inarticulés, et deux robustes servantes avaient toutes
les peines du monde à la contenir.

« Mon Dieu [101]! m'écriai-je, qu'est-il donc arrivé? »
Je m'approchai du lit et soulevai le corps du malheureux jeune homme; il était déjà roide et froid. Ses dents
serrées et sa figure noircie [102] exprimaient les plus
affreuses angoisses [103]. Il paraissait assez que sa mort avait
été violente et son agonie terrible. Nulle trace de sang
cependant sur ses habits. J'écartai sa chemise et vis sur sa
poitrine une empreinte livide qui se prolongeait sur les
côtes et le dos. On eût dit qu'il avait été étreint dans un
cercle de fer. Mon pied posa sur quelque chose de dur
qui se trouvait sur le tapis; je me baissai et vis la bague
de diamants.

J'entraînai M. de Peyrehorade et sa femme dans leur
chambre; puis j'y fis porter la mariée. « Vous avez encore
une fille, leur dis-je, vous lui devez vos soins. » Alors je
les laissai seuls.

Il ne me paraissait pas douteux que M. Alphonse n'eût
été victime d'un assassinat dont les auteurs avaient trouvé
moyen de s'introduire la nuit dans la chambre de la
mariée. Ces meurtrissures à la poitrine, leur direction

circulaire m'embarrassaient beaucoup pourtant, car un bâton ou une barre de fer n'aurait pu les produire. Tout d'un coup je me souvins d'avoir entendu dire qu'à Valence des braves se servaient de longs sacs de cuir remplis de sable fin pour assommer les gens dont on leur avait payé la mort. Aussitôt je me rappelai le muletier aragonais et sa menace ; toutefois j'osais à peine penser qu'il eût tiré une si terrible vengeance d'une plaisanterie légère.

J'allais dans la maison, cherchant partout des traces d'effraction, et n'en trouvant nulle part. Je descendis dans [104] le jardin pour voir si les assassins avaient pu s'introduire de [105] ce côté ; mais je ne trouvai aucun indice certain. La pluie de la veille avait d'ailleurs tellement détrempé le sol, qu'il n'aurait pu garder d'empreinte bien nette. J'observai pourtant quelques pas profondément imprimés dans la terre : il y en avait dans deux directions contraires, mais sur une même ligne, partant de l'angle de la haie contiguë au jeu de paume et aboutissant à la porte de la maison. Ce pouvaient être les pas de M. Alphonse lorsqu'il était allé chercher son anneau au doigt de la statue. D'un autre côté, la haie, en cet endroit, étant moins fourrée qu'ailleurs, ce devait être sur ce point que les meurtriers l'auraient franchie. Passant et repassant devant la statue, je m'arrêtai un instant pour la considérer. Cette fois, je l'avouerai, je ne pus contempler sans effroi son expression de méchanceté ironique ; et, la tête toute pleine des scènes horribles dont je venais d'être le témoin, il me sembla voir une divinité infernale applaudissant au malheur qui frappait cette maison.

Je regagnai ma chambre et j'y restai jusqu'à midi. Alors je sortis et demandai des nouvelles de mes hôtes. Ils étaient un peu plus calmes. Mlle de Puygarrig, je devrais dire la veuve de M. Alphonse, avait repris connaissance. Elle avait même parlé au procureur du roi de Perpignan, alors en tournée à Ille, et ce magistrat avait reçu sa déposition. Il me demanda la mienne. Je lui dis ce que je savais, et ne lui cachai pas mes soupçons contre le muletier aragonais. Il ordonna qu'il fût arrêté sur-le-champ.

« Avez-vous appris quelque chose de Mme Alphonse ? » demandai-je au procureur du roi, lorsque ma déposition fut écrite et signée.

« Cette malheureuse jeune personne est devenue folle, me dit-il en souriant tristement. Folle ! tout à fait folle. Voici ce qu'elle conte :

« Elle était couchée, dit-elle, depuis quelques minutes, les rideaux tirés, lorsque la porte de sa chambre s'ouvrit, et quelqu'un entra. Alors Mme Alphonse était dans la ruelle du lit, la figure tournée vers la muraille. Elle ne fit pas un mouvement, persuadée que c'était son mari. Au bout d'un instant, le lit cria comme s'il était chargé d'un poids énorme. Elle eut grand'peur, mais n'osa pas tourner la tête. Cinq minutes, dix minutes peut-être... elle ne peut se rendre compte du temps, se passèrent de la sorte. Puis elle fit un mouvement involontaire, ou bien la personne qui était dans le lit en fit un, et elle sentit le contact de quelque chose de froid [106] comme la glace, ce sont ses expressions. Elle s'enfonça dans la ruelle tremblant de tous ses membres. Peu après, la porte s'ouvrit une seconde fois, et quelqu'un entra, qui dit : Bonsoir, ma petite femme. Bientôt après on tira les rideaux. Elle entendit un cri étouffé. La personne qui était dans le lit, à côté d'elle, se leva sur son séant et parut étendre les bras en avant. Elle tourna la tête alors... et vit, dit-elle, son mari à genoux auprès du lit, la tête à la hauteur de l'oreiller, entre les bras d'une espèce de géant verdâtre qui l'étreignait avec force. Elle dit, et m'a répété vingt fois, pauvre femme !... elle dit qu'elle a reconnu... devinez-vous ? La Vénus de bronze, la statue de M. de Peyrehorade... Depuis qu'elle est dans le pays, tout le monde en rêve. Mais je reprends le récit de la malheureuse folle. A ce spectacle, elle perdit connaissance, et probablement depuis quelques instants elle avait perdu la raison. Elle ne peut en aucune façon dire combien de temps elle demeura évanouie. Revenue à elle, elle revit le fantôme, ou la statue, comme elle dit toujours, immobile, les jambes et le bas du corps dans le lit, le buste et les bras étendus en avant, et entre ses bras son mari, sans mouvement. Un coq chanta. Alors la statue sortit du lit, laissa tomber le cadavre et sortit. Mme Alphonse se pendit à la sonnette, et vous savez le reste. »

On amena l'Espagnol ; il était calme, et se défendit avec beaucoup de sang-froid et de présence d'esprit. Du reste, il ne nia pas le propos que j'avais entendu ; mais il l'expliquait, prétendant qu'il n'avait voulu dire autre chose, sinon que le lendemain, reposé qu'il serait, il aurait gagné une partie de paume à son vainqueur. Je me rappelle qu'il ajouta :

« Un Aragonais, lorsqu'il est outragé, n'attend pas au lendemain pour se venger. Si j'avais cru que M. Alphonse eût voulu m'insulter, je lui aurais sur-le-champ donné de mon couteau dans le ventre. »

On compara ses souliers avec les empreintes de pas dans le jardin ; ses souliers étaient beaucoup plus grands.

Enfin l'hôtelier chez qui cet homme était logé assura qu'il avait passé toute la nuit à frotter et à médicamenter un de ses mulets qui était malade.

D'ailleurs cet Aragonais était un homme bien famé, fort connu dans le pays, où il venait tous les ans pour son commerce. On le relâcha donc en lui faisant des excuses.

J'oubliais la déposition d'un domestique qui le dernier avait vu M. Alphonse vivant. C'était au moment qu'il allait monter chez [107] sa femme, et, appelant cet homme, il lui demanda d'un air d'inquiétude s'il savait où j'étais. Le domestique répondit qu'il ne m'avait point vu. Alors M. Alphonse fit un soupir et resta plus d'une minute sans parler, puis il dit : *Allons ! le diable l'aura emporté aussi* [108] !

Je demandai à cet homme si M. Alphonse avait sa bague de diamants [109] lorsqu'il lui parla. Le domestique hésita pour répondre ; enfin il dit qu'il ne le croyait pas, qu'il n'y avait fait au reste aucune attention. « S'il avait eu cette bague au doigt, ajouta-t-il en se reprenant, je l'aurais sans doute remarquée, car je croyais qu'il l'avait donnée à Mme Alphonse. »

En questionnant cet homme je ressentais un peu de la terreur superstitieuse que la déposition de Mme Alphonse avait répandue dans toute la maison. Le procureur du roi me regarda en souriant, et je me gardai bien d'insister.

Quelques heures après les funérailles de M. Alphonse, je me disposai à quitter [110] Ille. La voiture de M. de Peyrehorade devait me conduire à Perpignan. Malgré son état de faiblesse, le pauvre vieillard voulut m'accompagner jusqu'à la porte de son jardin. Nous le traversâmes en silence, lui se traînant à peine, appuyé sur mon bras. Au moment de nous séparer, je jetai un dernier regard sur la Vénus. Je prévoyais bien que mon hôte, quoiqu'il ne partageât point les terreurs et les haines qu'elle inspirait à une partie de sa famille, voudrait [111] se défaire d'un objet qui lui rappellerait sans cesse un malheur affreux. Mon intention était de l'engager à la placer dans un musée. J'hésitais pour entrer en matière, quand M. de Peyrehorade tourna machinalement la tête du côté où il me voyait regarder fixement. Il aperçut la statue et aussitôt fondit en larmes. Je l'embrassai, et, sans oser lui dire un seul mot, je montai dans la voiture.

Depuis mon départ je n'ai point appris que quelque jour nouveau soit venu éclairer cette mystérieuse catastrophe.

M. de Peyrehorade mourut quelques mois après son fils. Par son testament il m'a légué ses manuscrits, que je publierai peut-être un jour. Je n'y ai point trouvé le mémoire relatif aux inscriptions de la Vénus.

P. S. Mon ami M. de P. vient de m'écrire de Perpignan que la statue n'existe plus [112]. Après la mort de son mari, le premier soin de Mme de Peyrehorade fut de la faire fondre en cloche, et sous cette nouvelle forme elle sert à l'église d'Ille. Mais, ajoute M. de P., il semble qu'un mauvais sort poursuive ceux qui possèdent ce bronze. Depuis que cette cloche sonne à Ille, les vignes ont gelé deux fois.

Notes

Abréviations : *Ms* : manuscrit; *RDM* : *Revue des Deux Mondes;*
1841 : *Colomba*, Magen et Comon; *1842* : *Colomba*, Charpentier;
1845 : réimpression de *Colomba*, Charpentier.

1. *Titre du manuscrit :* RELATION / de la découverte faite à
Ille, en 1834, d'une STATUE ANTIQUE et d'inscriptions curieuses
expliquées par / M. de PEYREHORADE, membre du conseil
général du Dépt des /Pyrénées Orientales / rédigée par M. MERIMEE
[de l'Académie de BOURGES / Section d'Archéologie *biffé*].

2. Lucien, *L'Homme qui aime les mensonges*, chap. XIX. « Que la
statue, disais-je, soit favorable et bienveillante, puisqu'elle ressemble
tant à un homme. »

3. L'accentuation est différente dans le manuscrit et dans les
diverses éditions; nous la corrigeons.

4. Le manuscrit donne partout Ill, sauf dans le titre.

5. Nom emprunté à Pierre Puiggari (cf. *Notice*, p. 28).

6. Le manuscrit donne M. J. de P., initiales de Jaubert de Passa
qui a donné à Mérimée d'importantes informations sur les antiquités
du Roussillon.

7. *RDM, 1841 :* me disais-je.

8. *Ms :* mot, excita mon attention. / « Comment!

9. *RDM, 1841, 1842, 1845 :* « Comment! l'on ne

10. *RDM, 1841, 1842, 1845 :* mains, qu'il se démène et qu'il faisait

11. *RDM :* Ce sera quelque

12. *RDM :* mieux fait que

13. *RDM, 1841 :* à la bibliothèque,

14. *Ms :* Sa femme, un peu [courte et *biffé*] grasse comme la plupart des Catalanes lorsqu'elles ont [dé *biffé*] passé [la quarantaine
biffé] quarante ans,

15. *Ms, RDM :* occupée des détails de son ménage.

16. *Ms :* miliasses, décoiffer je ne sais
    RDM : miliasses, ouvrir je ne sais

17. *RDM :* non plus qu'un terme.

18. *RDM, 1841 :* du journal des modes
Il s'agit probablement de *La Mode*, fondée en 1829 par Emile de
Girardin. Maurice Parturier a trouvé dans *La Mode* du 28 février 1830
un conte d'Hippolyte Auger, inspiré par la même légende que *La
Vénus d'Ille.*

19. *Ms :* fin, vous êtes chez moi, vous m'appartenez. Je

20. *Bible,* I Rois IV, 33, et Molière, *Impromptu de Versailles,* v.

21. *Ms :* brique. » [Je profitai d'un moment où il s'arrêtait pour
reprendre haleine et je lui dis   *biffé*] Un accès de toux

22. *RDM :* Pas un mot de la Vénus

23. *Ms :* aux [bons-hommes   *biffé*] plates figures de Coustou!
Nicolas Coustou (1658-1733), sculpteur du *Berger chasseur* et de
La Seine et la Marne, statues placées dans le jardin des Tuileries.

24. Cf. Molière, *Amphitryon,* I, II.
          « Comme avec irrévérence
          Parle des dieux ce maraud. »

25. Sculpteur grec du Ve siècle avant J.-C., auteur du *Discobole.*

26. *Ms, RDM :* et observa qu'il

27. *Ms :* pour les [pauvres   *biffé*] Roussillonnais.

28. *Ms :* c'est [la chambre   *biffé*] l'appartement

29. *Ms :* à considérer sa

30. *Ms :* Montañes regalades
D.-M.-J. Henry, conservateur de la bibliothèque de Perpignan,
parle ainsi de cette chanson dans son *Histoire du Roussillon* (Paris,
Imprimerie royale, 1835, t. I, p. XCVII) : « La musique de [...] *mon-
tanyas regalades,* véritable *ranz* roussillonnais que l'homme de cette
province, éloigné de sa patrie, ne saurait entendre sans la plus vive
émotion, se distingue par une suavité, une sorte d'ingénuité qui la
mettent fort au-dessus de tous les autres chants nationaux. »

31. *Ms, RDM :* depuis assez de temps pour

32. *Ms :* à peu près tout ce qu'il disait.

33. *1842 :* je te casserai le cou

34. *Ms :* s'écria-t-il. / Puis tous les deux prirent

35. *Ms, RDM :* personne, pas de signe

36. *Ms, RDM :* nom du Germanicus.
Il s'agit de la statue d'un orateur romain, haute de 1,95 m (taille
de la Vénus). La draperie et la main droite se trouvent dans la position
décrite par Mérimée.
Dans le jeu de mourre, on montre rapidement un certain nombre
de doigts et le partenaire doit crier le chiffre correspondant.

37. *Ms :* légèrement [penchée   *biffé*] inclinée

38. *Ms :* système, donnent à

39. *RDM :* éprouvait un sentiment

40. Racine, *Phèdre,* I, III.

41. *Ms :* Cette expression d'ironie [et de méchanceté   *biffé*] infernale

42. *Ms :* vous avez admiré tout à votre aise, mon

43. Molière, *Le Malade imaginaire*, II, vi.

44. *Ms* : de ce *cave amantem* là! / — Mais

45. *Ms* : Mais, dans ce sens, [je ne sais si   *add*] *cave amantem* [ne me paraît pas   *biffé*] serait

46. *RDM, 1841, 1842* : elle *n'est pas en italique.*

47. *RDM, 1841* : sens admissible; mais,

48. *Ms, RDM* : Il y en a eu plusieurs.

49. *Ms* : au col de

50. Rabelais, *Gargantua*, chap. i.

51. Eutyches est la traduction grecque de Prosper.

52. *Ms* : Il y a un mot [qui m'embarrasse   *biffé*] que je ne

53. *RDM, 1841* : de cabarets ? Point

54. *Ms* : jamais je n'en ai eu la preuve. La voilà.

55. *Ms* : ce me donne quelque peine.

56. Mérimée lui-même commet une erreur archéologique dans ses *Notes d'un voyage dans le Midi de la France* lorsqu'il défend l'authenticité d'un bas-relief trouvé à Nérac et présentant le portrait de Nera Pivesuvia.

57. Dans sa *Notice sur la ville d'Elne* (Perpignan, Alzine, 1836, p. 3), Pierre Puiggari écrit : « [...] les *Sordi, Sordones* ou *Sardones*, sortie, vers l'an 1100 avant J.-C., de la ville de Tyr, qui se nommait également *Sor* et même *Sar* (aujourd'hui *Sour*) étaient venus fonder des colonies sur nos côtes [...] notre *Ruscinon* (Castel-Roussillon) avait son homonyme dans la Libye phénicienne dont certains peuples étaient appelés en latin *Sordo-Lybici* ou *Sardo-Lybici* [...] Je me crois fondé à dire que le nom d'*Illibéris* ou *Ilibéris* se compose de deux mots phéniciens : *Ili* et *Beris* pour *berith*. » (Cf. pour ce rapprochement Maurice Parturier : « Sur les sources de la Vénus d'Ille », *Le Divan*, avril-juin 1945.)

58. *RDM, 1841* : Orelius
    1842, 1845 : Orellius
Il s'agit de deux classiques de l'épigraphie, *Inscriptiones antiquae totius orbis Romani* (1616) de James Grüter, v. *Inscriptionum latinarum selectarum amplissima collectio* (1828-1856) de Johann Caspar von Orelli.

59. Au siège de Troie, Diomède avait blessé Vénus qui se vengea en transformant ses compagnons en oiseaux blancs.

60. *Ms* : les [paris   *biffé*] prix qu'ils

61. *Ms* : me les a donnés. C'était

62. *Ms* : la conversation qui s'ensuivit, l'un et l'autre m'excédèrent. M. Alphonse,

63. *Ms* : elle ne [leva jamais   *biffé*] levait guères les yeux,

64. *Ms* : avec [la plus touchante   *biffé*] modestie,

65. *Ms* : dix-huit ans. [Sa figure était la plus régulière du monde, mais d'une immobilité désespérante. C'était incontestablement une personne parfaitement belle, mais nullement séduisante. Pour de l'esprit je ne sais si elle en avait, car je ne l'entendis prononcer d'autres paroles que oui et non. A cela près qu'elle savait dire ces deux mots, et qu'elle rougissait fort souvent, c'était une belle statue, et cette

comparaison que je faisais mentalement, me rappela la *Vénus Tur-bulenta.* Je ne pus m'empêcher de penser que Mlle de Puygarrig gagnerait singulièrement à prendre une légère teinte de la malice si fortement empreinte aux traits de la déesse. On se retira fort tard.
biffé] sa taille

66. *RDM :* de toutes ses actions, de toutes ses réponses;

67. *Ms :* on eût pris un

68. *Ms :* nous [égorgerons   *biffé*] sacrifierons deux palombes,

69. Virgile, *Enéide*, VI, 883. « Répandez des lis à pleines mains. »

70. L'article 5 de la Charte constitutionnelle du 4 juin 1814 déclare : « chacun professe sa religion avec une égale liberté, et obtient pour son culte la même protection ».

71. *Ms :* furent [arrêtés   *biffé*] réglés

72. *Ms :* puis [mettait   *biffé*] disposait des roses du bengale sur

73. *Ms :* une partie qui attira sur-le-champ l'attention

74. *Ms :* souriant / Puis, voyant ma surprise :   *biffé* / et un peu surpris.

75. A Dyrrachium (Durazzo), César voulait encercler Pompée, mais fut battu par lui.

76. *Ms :* à l'ombre d'un [platane,   *biffé*] micoculier,

77. *Ms :* qu'il eût reçu de plus vives félicitations. Le

78. *Ms : première version corrigée sur le manuscrit :* « Le géant espagnol ressentit profondément cette insulte. Je le vis pâlir sous sa peau basanée. Il serrait les dents et d'une voix étouffée il dit tout bas : *Me lo pagarás*. J'aurais voulu voir M. Alphonse plus modeste et je souffris un peu de l'humiliation de son rival. La voix de son père troubla son triomphe; celui-ci fort étonné
Me lo pagarás (espagnol) : Tu me le payeras.

79. *Ms, RDM :* joueurs de paume illois et

80. *Ms :* avec de grands cris de joie.

81. *RDM :* à longueur du bras
1841, 1842 : à la longueur du bras

82. *Ms :* le tout [assez   *biffé*] fort longuement.

83. *Ms :* elle faisait [bonne   *biffé*] meilleure contenance et [je la trouvai moins timide que la veille   *biffé*] que je ne l'aurais espéré et son embarras n'avait rien de gauche ou d'affecté. / Peut-être

84. *RDM :* poussa du genou,

85. *Ms :* de rougir [avec infiniment de grâce   *biffé*] jusqu'au blanc des yeux...

86. *Ms :* Tout [le monde   *biffé*] l'empire amoureux
L'expression est empruntée à Mme de Sévigné : « [...] mon fils vint hier me chercher du bout de Paris pour me dire l'accident qui lui était arrivé. Il avait trouvé une occasion favorable, et cependant oserais-je le dire ? *Son dada court à Lérida.* [...] Il a l'imagination tellement bridée, que je crois qu'il n'en reviendra pas sitôt. J'eus beau l'assurer que tout l'empire amoureux est rempli d'histoires tragiques, il ne peut se consoler. » (Lettre à Mme de Grignan, 8 avril 1671. *Correspondance.* Paris, Gallimard, Pléiade, 1963, t. I, pp. 210-211.)

Pour Montaigne, cf. *Essais*, I, xxi, « De la force de l'imagination. »

87. *Ms* : J'éprouvai [une espèce de saisissement   *biffé*] un frisson subit,

88. *Ms* : — Volontiers, dis-je, [et je sortis du salon.   *biffé*] Venez

89. *Ms* : Je [me déshabillai et   *biffé*] me couchai;

90. *Ms* : Toutes les scènes [du matin   *biffé*] de la journée

91. *Ms* : pure [livrée   *biffé*] abandonnée à un ivrogne

92. *Ms* : Un maire [avec   *biffé*] revêt une écharpe tricolore, un curé [avec   *biffé*] une étole [mettent dans un instant   *biffé*] et voilà la plus honnête fille du monde [à la merci d'un animal qui va la traiter comme une courtisane   *biffé*] [ne lui fera connaître de l'amour que ce qui pourrait l'en dégoûter   *biffé*] livrée au Minotaure. Deux êtres qui ne s'aiment pas vont accomplir l'œuvre la plus ignoble qui devient ravissante, sublime entre deux amants. [Que ferai-je si je me marie jamais ? me demandais-je à moi-même. Passer pour un manant ou pour un niais ? Le choix est embarrassant.   *biffé*] Que peuvent-ils *En note au bas de la page :* Effacé par ordre supérieur.

93. *Ms* : Les premières impressions ne s'effacent pas, et [si j'avais commencé comme M. Alphonse, je mériterai bien d'être haï. Mais d'autre part...   *biffé*] j'en suis sûr,

94. *Ms* : s'était fermée. [Ma foi! une scène bien dégoûtante allait se jouer entre la jeune fille et l'ivrogne.   *biffé*] Que cette pauvre fille,

95. *Ms* : monuments celtiques de

96. *RDM* : lorsqu'un coq

97. *1842, 1845* : des bruits confus.

98. *Ms, RDM* : et sortis sur le corridor.

99. *Ms, RDM* : les temps d'eau de Cologne,

100. *RDM, 1841, 1842, 1845* : mariée, agitée d'horribles convulsions.

101. *RDM, 1841, 1842, 1845* : Bon Dieu!

102. *Ms, RDM* : Les dents serrées et la figure noircie

103. *RDM, 1841, 1842, 1845* : les plus horribles angoisses.

104. *RDM* : je sortis dans

105. *Ms, RDM* : si les assassins s'étaient introduits de

106. *Ms, RDM* : quelque chose froid

107. *Ms, RDM* : qu'il allait rentrer chez

108. *Ms* :   *Biffé* : [soupir et resta plus d'une minute immobile et sans parler. Puis il dit : « Allons le diable l'aura emporté aussi! » / Aussitôt après les funérailles de M. Alphonse, je quittai Ill et je n'ai point appris que depuis mon départ quelque jour nouveau soit venu éclairer cette mystérieuse catastrophe.]
Ce passage est suivi immédiatement par l'avant-dernier paragraphe (M. de Peyrehorade mourut [...] inscriptions de la Vénus.), *puis par le post-scriptum, et cette première version de la fin se termine par la date :* 10 avril 1837.

109. *RDM, 1841, 1842, 1845* : bague en diamants

110. *Ms :* je me disposai à partir

111. *Ms :* je prévoyais que bien que mon hôte ne partageât point les terreurs et les haines qu'elle inspirait à une partie de sa famille, il voudrait

112. *RDM :* n'existait plus.

ARSÈNE GUILLOT

Notice

Ecrire « une belle dissertation » sur les « filles nommées demi-castors » (lettre à Stendhal, vers le 20 octobre 1832. *Corr. gén.*, t. XVI, p. 43) est un très ancien projet de Mérimée. S'il ne le réalise qu'en 1843, c'est que, excédé par la mode tyrannique de la dévotion qui atteint son apogée pendant le carême de cette année, il voit en ce moment une possibilité d'exploiter son sujet de façon à dénoncer l'hypocrisie de la bonne société.

« Deux cents femmes bien parées allaient verser des larmes sur leurs péchés à Notre-Dame avant de se promener à Longchamp. Quinze cents jeunes gens à moustache, barbe et gants jaunes ont communié dévotement par les mains du révérend père Ravignan, lequel fait fureur. » (Lettre à Mme de Montijo, 29 avril 1843. *Corr. gén.*, t. III, p. 362.) « Cinq ou six femmes du monde ont imprimé de petits traités mystiques et le nombre de celles qui en ont en manuscrit est trop grand pour le compter. Le diable au fond n'y perd rien, car il a l'art d'arranger la galanterie avec la dévotion. » (Lettre à Mme de Montijo, 27 mai 1843. *Corr. gén.*, t. III, pp. 370-371.) Opposée à ces femmes du monde qui, jalouses d'elle, lui prêchent le « repentir » (mot-thème central de la nouvelle) et exigent qu'elle renonce de plein gré à ses droits à l'amour, la figure de la demi-mondaine prend un relief moral impressionnant. Qu'il s'agit ici d'un règlement de comptes, et non seulement avec les dévots, mais aussi avec Valentine Delessert qui semble accorder trop d'importance aux normes de la bonne société, c'est évident; la preuve en est que l'opinion que Mérimée manifeste en d'autres occasions sur le type de femme représenté par Arsène Guillot, n'est pas très haute : « A mon avis les femmes se divisent en deux classes : 1º celles qui méritent le sacrifice de la vie; il n'y en a guère à la vérité, mais en cherchant on en trouve; 2º celles qui valent de 5 à 40 F. Dans cette d[erniè]re classe il y a d'excellents morceaux. [...] Les Lorettes qui sont les amphibies de l'espèce féminine, je veux dire qui tiennent d'un côté à la 1ʳᵉ classe et d'un autre qui est le plus large à la seconde, les Lorettes ont tous les inconvénients de l'une et de l'autre. On les paye et on ne peut les quitter quand on veut. Elles occupent et on finit par regretter le temps qu'on a perdu avec elles. » (Lettre à Edouard Delessert, 16 novembre 1850. *Corr. gén.*, t. VI, p. 128.) ... Et nous en passons.

Les expériences qui fondent ces réflexions sont nombreuses dans la vie de Mérimée. La plus importante entre elles est sa liaison avec Céline Cayot, rompue en 1836 lorsque Mme Delessert cède à ses instances. L'histoire d'Arsène Guillot doit beaucoup à cette histoire vécue. Non seulement certains faits sont empruntés à la réalité (débuts de Céline Cayot aux Variétés et à l'Opéra; envoi, par Mérimée, d'une somme d'argent à l'actrice dans la gêne), mais l'attitude du héros qui tient la lorette à distance de sa vie sentimentale tout en étant loyal et même scrupuleux à son égard, est aussi celle de Mérimée : « Je suis également en froid avec Mlle C[ayot]. Cette fille m'aime trop et il m'en vient des remords de temps en temps. » (Lettre à Charles d'Aragon, 21 février 1835. *Corr. gén.*, t. I, p. 399.) Dans la nouvelle comme dans la réalité, la vraie raison de la rupture du jeune homme avec la lorette réside peut-être dans ces sentiments, difficiles à faire comprendre, semble-t-il, à Valentine Delessert. Celle-ci et ses amies bien-pensantes donnent cependant l'imprimatur au récit que Mérimée lit devant leur tribunal; elles se révéleront imprudentes.

La nouvelle, ou, tout au moins, sa première version, est terminée en juin 1843, mais elle ne paraîtra dans la *Revue des Deux Mondes* que le 15 mars 1844, date que Mérimée semble avoir choisie pour affirmer son indépendance d'esprit en provoquant le scandale dès le lendemain de son élection à l'Académie française (le 14 mars) : parmi les académiciens, « il y en a plus d'un qui se repent de m'avoir donné sa voix, particulièrement les gens dévots et moraux qui viennent de lire Arsène Guillot, nouvelle de votre serviteur qui excite l'indignation générale. On est devenu tellement cagot à Paris qu'à moins de se faire illuminé, jésuite et j.-f., il est impossible de ne pas passer pour athée et scélérat. Je persiste qu'il n'y a pas de quoi fouetter un chat dans ma nouvelle et pourtant les bonnes âmes crient au scandale, ouvrant des yeux et des bouches comme des portes cochères. » (Lettre à Requien, 22 mars 1844. *Corr. gén.*, t. IV, p. 62.) Bien entendu, l'auteur du scandale est ravi : « [...] tant il y a que l'on dit que je fais comme les singes, qui grimpent au haut des arbres et qui, arrivés sur la plus haute branche, font des grimaces au monde. » (Lettre à Jenny Dacquin, 17 mars 1844. *Corr. gén.*, t. IV, p. 60.)

La nouvelle paraît en volume la première fois en 1847, dans *Carmen* (Paris, Michel Lévy; date de l'édition sur la page de titre : 1846), mais le texte n'est fixé qu'en 1852 (*Nouvelles*, Paris, Michel Lévy), état qu'adopte notre édition.

ARSÈNE GUILLOT

Σε Πάρις καὶ Φοῖβος 'Απόλλων,
'Εσθλὸν ἐόντ', ὀλέσωσιν ἐνὶ Σκαιῇσι πύλῃσιν[1].

HOMÈRE,
Iliade, XXII, 360.

I [2]

La dernière messe venait de finir à Saint-Roch, et le
bedeau faisait sa ronde pour fermer les chapelles désertes.
Il allait tirer la grille d'un de ces sanctuaires aristocra-
tiques où quelques dévotes achètent la permission de
prier Dieu, distinguées du reste des fidèles, lorsqu'il
remarqua qu'une femme y demeurait encore, absorbée
dans la méditation, comme il semblait, la tête baissée
sur le dossier de sa chaise. « C'est Mme de Piennes [3] »,
se dit-il, en s'arrêtant à l'entrée de la chapelle. Mme de
Piennes était bien connue du bedeau. A cette époque,
une femme du monde jeune, riche, jolie, qui rendait le
pain bénit, qui donnait des nappes d'autel, qui faisait
de grandes aumônes par l'entremise de son curé, avait
quelque mérite à être dévote, lorsqu'elle n'avait pas
pour mari un employé du gouvernement, qu'elle n'était
point attachée à Madame la Dauphine [a], et qu'elle
n'avait rien à gagner, sinon son salut, à fréquenter les
églises. Telle était Mme de Piennes. Le bedeau avait
bien envie d'aller dîner, car les gens de cette sorte
dînent à une heure, mais il n'osa troubler le pieux recueillement d'une personne si considérée [4] dans la paroisse

---

a. Marie-Thérèse-Charlotte de France, fille de Louis XVI, épouse
de Louis-Antoine de France, fils de Charles X. (L'action se déroule
à la fin de la Restauration.)

Saint-Roch. Il s'éloigna donc, faisant résonner sur les dalles ses souliers éculés, non sans espoir qu'après avoir fait le tour de l'église, il retrouverait la chapelle vide.

Il était déjà de l'autre côté du chœur, lorsqu'une jeune femme entra dans l'église, et se promena dans un des bas-côtés, regardant avec curiosité autour d'elle. Retables, stations, bénitiers, tous ces objets lui paraissaient aussi étranges que pourraient l'être pour vous, Madame, la sainte niche ou les inscriptions d'une mosquée du Caire. Elle avait environ vingt-cinq ans, mais il fallait la considérer avec beaucoup d'attention pour ne pas la croire plus âgée. Bien que très brillants, ses yeux noirs étaient enfoncés et cernés par une teinte bleuâtre; son teint d'un blanc mat, ses lèvres décolorées, indiquaient la souffrance, et cependant un certain air d'audace et de gaieté dans le regard contrastait avec cette apparence maladive. Dans sa toilette, vous eussiez remarqué un bizarre mélange de négligence et de recherche. Sa capote rose, ornée de fleurs artificielles, aurait mieux convenu pour un négligé du soir. Sous un long châle de cachemire, dont l'œil exercé d'une femme du monde aurait deviné qu'elle n'était pas la première propriétaire, se cachait une robe d'indienne à vingt sous l'aune et un peu fripée. Enfin, un homme seul aurait admiré son pied, chaussé qu'il était de bas communs et de souliers de prunelle [a] qui semblaient souffrir depuis longtemps des injures [5] du pavé. Vous vous rappelez, Madame, que l'asphalte n'était pas encore inventé [b].

Cette [6] femme, dont vous avez pu deviner la position [7] sociale, s'approcha de la chapelle où Mme de Piennes se trouvait encore; et, après l'avoir observée un moment d'un air d'inquiétude et d'embarras, elle l'aborda lorsqu'elle la vit debout et sur le point de sortir.

— Pourriez-vous m'enseigner, madame, lui demanda-t-elle d'une voix douce et avec un sourire de timidité, pourriez-vous m'enseigner à qui je pourrais m'adresser pour faire un cierge ?

Ce langage était trop étrange aux oreilles de Mme de Piennes pour qu'elle le comprît d'abord. Elle se fit répéter la question.

— Oui, je voudrais bien faire un cierge à saint Roch; mais je ne sais à qui donner l'argent.

a. Drap de laine, noir d'habitude, servant à confectionner des souliers de femme.

Mme de Piennes avait une dévotion trop éclairée pour être initiée à ces superstitions populaires. Cependant elle les respectait, car il y a quelque chose de touchant dans toute forme d'adoration, quelque grossière qu'elle puisse être. Persuadée qu'il s'agissait d'un vœu ou de quelque chose de semblable, et trop charitable pour tirer du costume de la jeune femme au chapeau rose les conclusions que vous n'avez peut-être pas craint de former, elle lui montra le bedeau, qui s'approchait. L'inconnue la remercia et courut à cet homme, qui parut la comprendre à demi-mot. Pendant que Mme de Piennes reprenait son livre de messe et rajustait son voile, elle vit la dame au cierge tirer une petite bourse de sa poche, y prendre au milieu de beaucoup de menue monnaie une pièce de cinq francs solitaire, et la remettre au bedeau en lui faisant tout bas de longues recommandations qu'il écoutait en souriant.

Toutes les deux sortirent de l'église en même temps; mais la dame au cierge marchait fort vite, et Mme de Piennes l'eut bientôt perdue de vue, quoiqu'elle suivît la même direction. Au coin de la rue qu'elle habitait, elle la rencontra de nouveau. Sous son cachemire de hasard, l'inconnue cherchait à cacher un pain de quatre livres acheté dans une boutique voisine. En revoyant Mme de Piennes, elle baissa la tête, ne put s'empêcher de sourire et doubla le pas. Son sourire disait : « Que voulez-vous ? je suis pauvre. Moquez-vous de moi. Je sais bien qu'on n'achète pas du pain en capote rose et en cachemire. » Ce mélange de mauvaise honte, de résignation et de bonne humeur n'échappa point à Mme de Piennes. Elle pensa non sans tristesse à la position probable de cette jeune fille. « Sa piété, se dit-elle, est plus méritoire que la mienne. Assurément son offrande d'un écu est un sacrifice beaucoup plus grand que le superflu dont je fais part aux pauvres, sans m'imposer la moindre privation. » Puis elle se rappela les deux oboles de la veuve, plus agréables à Dieu que les fastueuses aumônes des riches [8]. « Je ne fais pas assez de bien, pensa-t-elle. Je ne fais pas tout ce que je pourrais faire. » Tout en s'adressant ainsi mentalement des reproches qu'elle était loin de mériter, elle rentra chez elle. Le cierge, le pain de quatre livres, et surtout l'offrande de l'unique pièce de cinq francs, avaient gravé dans la mémoire de Mme de Piennes la figure de la jeune femme, qu'elle regardait comme un modèle de piété.

Elle la rencontra encore assez souvent dans la rue près de l'église, mais jamais aux offices. Toutes les fois que l'inconnue passait devant Mme de Piennes, elle baissait la tête et souriait doucement. Ce sourire bien humble plaisait à Mme de Piennes. Elle aurait voulu trouver une occasion d'obliger la pauvre fille, qui d'abord lui avait inspiré de l'intérêt, et qui maintenant excitait sa pitié; car elle avait remarqué que la capote rose se fanait, et le cachemire avait disparu. Sans doute il était retourné chez la revendeuse. Il était évident que saint Roch n'avait point payé au centuple l'offrande qu'on lui avait adressée.

Un jour Mme de Piennes vit entrer à Saint-Roch une bière suivie d'un homme assez mal mis, qui n'avait pas de crêpe à son chapeau. C'était une manière de portier. Depuis plus d'un mois, elle n'avait pas rencontré la jeune femme au cierge, et l'idée lui vint qu'elle assistait à son enterrement. Rien de plus probable, car elle était si pâle et si maigre la dernière fois que Mme de Piennes l'avait vue. Le bedeau questionné interrogea l'homme qui suivait la bière. Celui-ci répondit qu'il était *concierge* [9] d'une maison rue Louis-le-Grand; qu'une de ses locataires était morte, une Mme Guillot, n'ayant ni parents ni amis, rien qu'une fille, et que, par pure bonté d'âme, lui, concierge, allait à l'enterrement d'une personne qui ne lui était de rien. Aussitôt Mme de Piennes se représenta que son inconnue était morte dans la misère, laissant une petite fille sans secours, et elle se promit d'envoyer aux renseignements un ecclésiastique qu'elle employait d'ordinaire pour ses bonnes œuvres.

Le surlendemain, une charrette en travers dans la rue arrêta sa voiture quelques instants, comme elle sortait de chez elle. En regardant par la portière d'un air distrait, elle aperçut rangée contre une borne la jeune fille qu'elle croyait morte. Elle la reconnut sans peine, quoique plus pâle, plus maigre que jamais, habillée de deuil, mais pauvrement, sans gants, sans chapeau. Son expression était étrange. Au lieu de son sourire habituel, elle avait tous les traits contractés; ses grands yeux noirs étaient hagards; elle les tournait vers Mme de Piennes, mais sans la reconnaître, car elle ne voyait rien. Dans toute sa contenance se lisait non pas la douleur, mais une résolution furieuse. La charrette s'était écartée, et la voiture de Mme de Piennes s'éloignait au grand trot; mais l'image de la jeune fille et son expression désespérée poursuivirent Mme de Piennes pendant plusieurs heures.

A son retour, elle vit un grand attroupement dans sa rue. Toutes les portières étaient sur leurs portes et faisaient aux voisines un récit qu'elles semblaient écouter avec un vif intérêt. Les groupes se pressaient surtout devant une maison proche de celle qu'habitait Mme de Piennes. Tous les yeux étaient tournés vers une fenêtre ouverte à un troisième étage, et dans chaque petit cercle un ou deux bras se levaient pour la signaler à l'attention publique; puis tout à coup les bras se baissaient vers la terre, et tous les yeux suivaient ce mouvement. Quelque événement extraordinaire venait d'arriver.

En traversant son antichambre, Mme de Piennes trouva ses domestiques effarés, chacun s'empressant au-devant d'elle pour avoir le premier l'avantage de lui annoncer la grande nouvelle du quartier. Mais, avant qu'elle pût faire une question, sa femme de chambre s'était écriée : — Ah! madame!... si madame savait!... Et, ouvrant les portes avec une indicible prestesse, elle était parvenue avec sa maîtresse dans le *sanctum sanctorum*, je veux dire le cabinet de toilette, inaccessible au reste de la maison.

— Ah! madame, dit Mlle Joséphine tandis qu'elle détachait le châle de Mme de Piennes, j'en ai *les sangs* tournés[10]! Jamais je n'ai rien vu de si terrible, c'est-à-dire je n'ai pas vu, quoique je sois accourue tout de suite après... Mais pourtant...

— Que s'est-il donc passé ? Parlez vite, mademoiselle.

— Eh bien, madame, c'est qu'à trois portes d'ici une pauvre malheureuse jeune fille s'est jetée par la fenêtre, il n'y a pas trois minutes; si madame fût arrivée une minute plus tôt, elle aurait entendu le coup.

— Ah! mon Dieu! Et la malheureuse s'est tuée ?...

— Madame, cela faisait horreur. Baptiste, qui a été à la guerre, dit qu'il n'a jamais rien vu de pareil. D'un troisième étage, madame!

— Est-elle morte sur le coup ?

— Oh! madame, elle remuait encore; elle parlait même. « Je veux qu'on m'achève! » qu'elle disait. Mais ses os étaient en bouillie. Madame peut bien penser quel coup elle a dû se donner.

— Mais cette malheureuse... l'a-t-on secourue ?... A-t-on envoyé chercher un médecin, un prêtre ?...

— Pour un prêtre..., madame le sait mieux que moi...

Mais, si j'étais prêtre... Une malheureuse assez abandonnée pour se tuer elle-même!... D'ailleurs, ça n'avait pas
de conduite... On le voit assez... Ça avait été à l'Opéra,
à ce qu'on m'a dit... Toutes ces demoiselles-là finissent
mal... Elle s'est mise à la fenêtre; elle a noué ses jupons
avec un ruban rose, et... vlan!

— C'est cette pauvre fille en deuil! s'écria Mme de
Piennes se parlant à elle-même.

— Oui, madame; sa mère est morte il y a trois ou
quatre jours. La tête lui aura tourné... Avec cela, peut-
être que son galant l'aura plantée là... Et puis, le terme
est venu... Pas d'argent, ça ne sait pas travailler... Des
mauvaises têtes! un mauvais coup est bientôt fait...

Mlle Joséphine continua quelque temps de la sorte
sans que Mme de Piennes répondît. Elle semblait médi-
ter tristement sur le récit qu'elle venait d'entendre.
Tout d'un coup, elle demanda à Mlle Joséphine :

— Sait-on si cette malheureuse fille a ce qu'il lui
faut pour son état ?... du linge ?... des matelas ?... Il faut
qu'on le sache sur-le-champ.

— J'irai de la part de madame, si madame veut,
s'écria la femme de chambre, enchantée de voir de près
une femme qui avait voulu se tuer; puis, réfléchissant :

— Mais, ajouta-t-elle, je ne sais si j'aurai la force de
voir cela, une femme qui est tombée d'un troisième
étage!... Quand on a saigné Baptiste, je me suis trouvée
mal. Ça a été plus fort que moi.

— Eh bien, envoyez Baptiste, s'écria Mme de Piennes;
mais qu'on me dise vite comment va cette malheureuse.

Par bonheur, son médecin, le docteur K... [11], arrivait
comme elle donnait cet ordre. Il venait dîner chez elle,
suivant son habitude, tous les mardis, jour d'Opéra-
Italien [12].

— Courez vite, docteur, lui cria-t-elle sans lui donner
le temps de poser sa canne et de quitter sa douillette;
Baptiste vous mènera à deux pas d'ici. Une pauvre
jeune fille vient de se jeter par la fenêtre, et elle est sans
secours.

— Par la fenêtre ? dit le médecin. Si elle était haute,
probablement je n'ai rien à faire.

Le docteur avait plus envie de dîner que de faire une
opération; mais Mme de Piennes insista, et, sur la promesse que le dîner serait retardé, il consentit à suivre
Baptiste.

Ce dernier revint seul au bout de quelques minutes.

Il demandait du linge, des oreillers, etc. En même temps,
il apportait l'oracle du docteur.

— Ce n'est rien. Elle en échappera, si [13] elle ne meurt
pas du... Je ne me rappelle pas de quoi il disait qu'elle
mourrait bien, mais cela finissait en *os*.

— Du tétanos! s'écria Mme de Piennes.

— Justement, madame; mais c'est toujours bien heureux que M. le docteur soit venu, car il y avait déjà là
un méchant médecin sans malades, le même qui a traité
la petite Berthelot de la rougeole, et elle est morte à sa
troisième visite.

Au bout d'une heure, le docteur reparut, légèrement
dépoudré et son beau jabot de batiste en désordre.

— Ces gens qui se tuent, dit-il, sont nés coiffés.
L'autre jour, on apporte à mon hôpital une femme qui
s'était tiré un coup de pistolet dans la bouche. Mauvaise
manière!... Elle se casse trois dents, se fait un trou à la
joue gauche... Elle en sera un peu plus laide, voilà tout.
Celle-ci se jette d'un troisième étage. Un pauvre diable
d'honnête homme tomberait, sans le faire exprès, d'un
premier, et se fendrait le crâne. Cette fille-là se casse
une jambe... Deux côtes enfoncées, force contusions, et
tout est dit. Un auvent se trouve justement là, tout à
point, pour amortir la chute. C'est le troisième fait semblable que je vois depuis mon retour à Paris... Les
jambes ont porté à terre. Le tibia et le péroné, cela se
ressoude... Ce qu'il y a de pis, c'est que le gratin de ce
turbot est complètement desséché... J'ai peur pour le
rôti, et nous manquerons le premier acte d'*Otello* [14].

— Et cette malheureuse vous a-t-elle dit qui [15] l'avait
poussée à...

— Oh! je n'écoute jamais ces histoires-là, madame.
Je leur demande : Avez-vous mangé avant, etc., etc. ?
parce que cela importe pour le traitement... Parbleu!
quand on se tue, c'est qu'on a quelque mauvaise raison.
Un amant vous quitte, un propriétaire vous met à la
porte; on saute par la fenêtre pour lui faire pièce. On
n'est pas plus tôt en l'air qu'on s'en repent bien.

— Elle se repent, je l'espère, la pauvre enfant ?

— Sans doute, sans doute. Elle pleurait et faisait un
train à m'étourdir... Baptiste est un fameux aide-chirur-
gien, madame; il a fait sa partie mieux qu'un petit cara-
bin qui s'est trouvé là, et qui se grattait la tête, ne sachant
par où commencer... Ce qu'il y a de plus piquant pour
elle, c'est que, si elle s'était tuée, elle y aurait gagné de

ne pas mourir de la poitrine; car elle est poitrinaire, je
lui en fais mon billet. Je ne l'ai pas *auscultée* [16], mais le
facies [17] ne me trompe jamais. Etre si pressée, quand on
n'a qu'à se laisser faire!

— Vous la verrez demain, docteur, n'est-ce pas ?

— Il le faudra bien, si vous le voulez. Je lui ai promis
déjà que vous feriez quelque chose pour elle. Le plus
simple, ce serait de l'envoyer à l'hôpital... On lui fournira
gratis un appareil pour la réduction de sa jambe... Mais,
au mot d'hôpital, elle crie qu'on l'achève; toutes les
commères font chorus. Cependant, quand on n'a pas le
sou... [18].

— Je ferai les petites dépenses qu'il faudra, docteur...
Tenez, ce mot d'hôpital m'effraye aussi, malgré moi,
comme les commères dont vous parlez. D'ailleurs, la
transporter dans un hôpital, maintenant qu'elle est dans
cet horrible état, ce serait la tuer.

— Préjugé! pur préjugé des gens du monde! On n'est
nulle part aussi bien qu'à l'hôpital. Quand je serai malade
pour tout de bon, moi, c'est à l'hôpital qu'on me portera.
C'est de là que je veux m'embarquer dans la barque à
Charon, et je ferai cadeau de mon corps aux élèves...
dans trente ou quarante ans d'ici, s'entend. Sérieusement, chère dame, pensez-y [19] : je ne sais trop si votre
protégée mérite bien votre intérêt. Elle m'a tout l'air de
quelque fille d'Opéra... Il faut des jambes d'Opéra pour
faire si heureusement un saut pareil...

— Mais je l'ai vue à l'église... et, tenez, docteur...,
vous connaissez mon faible; je bâtis toute une histoire
sur une figure, un regard... Riez tant que vous voudrez,
je me trompe rarement. Cette pauvre fille a fait dernière-
ment un vœu pour sa mère malade. Sa mère est morte...
Alors sa tête s'est perdue... Le désespoir, la misère, l'ont
précipitée à cette horrible action.

— A la bonne heure! Oui, en effet, elle a sur le sommet du crâne une protubérance qui indique l'exaltation.
Tout ce que vous me dites est assez probable. Vous me
rappelez qu'il y avait un rameau de buis au-dessus de son
lit de sangle. C'est concluant pour sa piété, n'est-ce pas ?

— Un lit de sangle ? Ah! mon Dieu! pauvre fille!...
Mais, docteur, vous avez votre méchant sourire que je
connais bien. Je ne parle pas de la dévotion qu'elle a ou
qu'elle n'a pas. Ce qui m'oblige surtout à m'intéresser à
cette fille, c'est que j'ai un reproche à me faire à son
occasion...

— Un reproche ?... J'y suis. Sans doute vous auriez dû faire mettre [20] des matelas dans la rue pour la recevoir ?...

— Oui, un reproche. J'avais remarqué sa position : j'aurais dû lui envoyer des secours; mais le pauvre abbé Dubignon était au lit, et...

— Vous devez avoir bien des remords, madame, si vous croyez que ce n'est point assez faire de donner, comme c'est votre habitude, à tous les quémandeurs. A votre compte, il faut encore deviner les pauvres honteux. — Mais, madame, ne parlons plus jambes cassées, ou plutôt, trois mots encore. Si vous accordez votre haute protection à ma nouvelle malade, faites-lui donner un meilleur lit, une garde demain, — aujourd'hui les commères suffiront. — Bouillons, tisanes, etc. [21]. Et ce qui ne serait pas mal, envoyez-lui quelque bonne tête parmi vos abbés, qui la chapitre et lui remette le moral comme je lui ai remis sa jambe. La petite personne est nerveuse; des complications pourraient nous survenir... Vous seriez... oui, ma foi! vous seriez la meilleure prédicatrice; mais vous avez à placer mieux vos sermons... J'ai dit. — Il est huit heures et demie; pour l'amour de Dieu! allez faire vos préparatifs d'Opéra. Baptiste m'apportera du café et le *Journal des Débats*. J'ai tant couru toute la journée, que j'en suis encore à savoir comment va le monde.

Quelques jours se passèrent, et la malade était un peu mieux. Le docteur se plaignait seulement que la surexcitation morale ne diminuait pas.

— Je n'ai pas grande confiance dans tous vos abbés, disait-il à Mme de Piennes. Si vous n'aviez pas trop de répugnance à voir le spectacle de la misère humaine, et je sais que vous en avez le courage, vous pourriez calmer le cerveau de cette pauvre enfant mieux qu'un prêtre de Saint-Roch, et, qui plus est, mieux qu'une prise de thridace [a].

Mme de Piennes ne demandait pas mieux, et lui proposa de l'accompagner sur-le-champ. Ils montèrent tous les deux chez la malade.

Dans une chambre meublée de trois chaises de paille et d'une petite table, elle était étendue sur un bon lit envoyé par Mme de Piennes. Des draps fins, d'épais

a. Préparation à base de suc de laitue, employée comme sédatif et, en particulier, pour calmer la toux.

matelas, une pile de larges oreillers, indiquaient des
attentions charitables dont vous n'aurez point de peine à
découvrir l'auteur [22]. La jeune fille, horriblement pâle,
les yeux ardents, avait un bras hors du lit, et la portion
de ce bras qui sortait de sa camisole était livide, meurtrie,
et faisait deviner dans quel état était le reste de son
corps. Lorsqu'elle vit Mme de Piennes [23], elle souleva la
tête, et, avec un sourire doux et triste :

— Je savais bien que c'était vous, madame, qui aviez
eu pitié de moi, dit-elle. On m'a dit votre nom, et j'étais
sûre que c'était la dame que je rencontrais près de
Saint-Roch.

Il me semble vous avoir dit déjà que Mme de Piennes
avait quelques prétentions à deviner les gens sur la mine.
Elle fut charmée de découvrir dans sa protégée un talent
semblable, et cette découverte l'intéressa davantage en
sa faveur.

— Vous êtes bien mal ici, ma pauvre enfant! dit-elle
en promenant ses regards sur le triste ameublement de
la chambre. Pourquoi ne vous a-t-on pas envoyé des
rideaux ?... Il faut demander à Baptiste les petits objets
dont vous pouvez avoir besoin.

— Vous êtes bien bonne, madame... Que me man-
que-t-il ? Rien... C'est fini... Un peu mieux ou un peu
plus mal, qu'importe ? Et détournant la tête, elle se prit
à pleurer.

— Vous souffrez beaucoup, ma pauvre enfant ? lui
demanda Mme de Piennes en s'asseyant auprès du lit.

— Non, pas beaucoup... Seulement j'ai toujours dans
les oreilles le vent quand je tombais, et puis le bruit...
crac! quand [24] je suis tombée sur le pavé.

— Vous étiez folle alors, ma chère amie; vous vous
repentez à présent, n'est-ce pas ?

— Oui... mais, quand on est malheureux, on n'a plus
la tête à soi.

— Je regrette bien de n'avoir pas connu plus tôt votre
position. Mais, mon enfant, dans aucune circonstance
de la vie, il ne faut s'abandonner au désespoir.

— Vous en parlez bien à votre aise, madame, dit le
docteur, qui écrivait une ordonnance sur la petite table.
Vous ne savez pas ce que c'est que de perdre un beau
jeune homme à moustaches. Mais, diable! pour courir
après lui, il ne faut pas sauter par la fenêtre.

— Fi donc! docteur, dit Mme de Piennes, la pauvre
petite avait sans doute d'autres motifs pour...

— Ah! je ne sais ce que j'avais, s'écria la malade;
cent raisons pour une. D'abord, quand maman est morte,
ça m'a porté un coup. Puis, je me suis sentie abandonnée... personne pour s'intéresser à moi!... Enfin, quelqu'un à qui je pensais plus qu'à tout le monde... Madame,
oublier jusqu'à mon nom! oui, je m'appelle Arsène
Guillot, G, U, I, deux L; il m'écrit par un Y [25]!

— Je le disais bien, un infidèle! s'écria le docteur.
On ne voit que cela. Bah! bah! ma belle, oubliez celui-là.
Un homme sans mémoire ne mérite pas qu'on pense à
lui. — Il tira sa montre. — Quatre heures? dit-il en se
levant; je suis en retard pour ma consultation. Madame,
je vous demande mille et mille pardons, mais il faut que
je vous quitte; je n'ai pas même le temps de vous reconduire chez vous. — Adieu, mon enfant; tranquillisez-
vous, ce ne sera rien. Vous danserez aussi bien de cette
jambe-là que de l'autre. — Et vous, madame la garde,
allez chez le pharmacien avec cette ordonnance, et vous
ferez comme hier.

Le médecin et la garde étaient sortis; Mme de Piennes
restait seule avec la malade, un peu alarmée de trouver
de l'amour dans une histoire qu'elle avait d'abord arrangée tout autrement dans son imagination.

— Ainsi, l'on vous a trompée, malheureuse enfant!
reprit-elle après un silence.

— Moi! non. Comment tromper une misérable fille
comme moi?... Seulement il n'a plus voulu de moi...
Il a raison; je ne suis pas ce qu'il lui faut. Il a toujours
été bon et généreux. Je lui ai écrit pour lui dire où
j'en étais, et s'il voulait que je me remisse avec lui...
Alors il m'a écrit... des choses qui m'ont fait bien de la
peine... L'autre jour, quand je suis rentrée chez moi,
j'ai laissé tomber un miroir qu'il m'avait donné, un
miroir de Venise, comme il disait. Le miroir s'est cassé...
Je me suis dit : Voilà le dernier coup!... C'est signe que
tout est fini... Je n'avais plus rien de lui. J'avais mis les
bijoux au mont-de-piété... Et puis, je me suis dit que si
je me détruisais, ça lui ferait de la peine et que je me
vengerais... La fenêtre était ouverte, et je me suis jetée...

— Mais, malheureuse que vous êtes, le motif était
aussi frivole que l'action criminelle.

— A la bonne heure; mais que voulez-vous? Quand
on a du chagrin, on ne réfléchit pas. C'est bien facile aux
gens heureux de dire : Soyez raisonnable.

— Je le sais; le malheur est mauvais conseiller.

Cependant, même au milieu des plus douloureuses épreuves, il y a des choses qu'on ne doit point oublier. Je vous ai vue à Saint-Roch accomplir un acte de piété, il y a peu de temps. Vous avez le bonheur de *croire*. La religion, ma chère, aurait dû vous retenir au moment où vous alliez vous abandonner au désespoir. Votre vie, vous la tenez du bon Dieu. Elle ne vous appartient pas... Mais j'ai tort de vous gronder maintenant, pauvre petite. Vous vous repentez, vous souffrez, Dieu aura pitié de vous.

Arsène baissa la tête, et quelques larmes vinrent mouiller ses paupières.

— Ah! madame, dit-elle avec un grand soupir, vous me croyez meilleure que je ne suis... Vous me croyez pieuse... je ne le suis pas trop... on ne m'a pas instruite, et si vous m'avez vue à l'église faire un cierge... c'est que je ne savais plus où donner de la tête.

— Eh bien, ma chère, c'était une bonne pensée. Dans le malheur, c'est toujours à Dieu qu'il faut s'adresser.

— On m'avait dit... que si je faisais un cierge à Saint-Roch... mais [26] non, madame, je ne puis pas vous [27] dire cela. Une dame comme vous ne sait pas ce qu'on peut faire quand on n'a plus le sou.

— C'est du courage surtout qu'il faut demander à Dieu.

— Enfin, madame, je ne veux pas me faire meilleure que je ne suis, et c'est vous voler que de profiter des charités que vous me faites sans me connaître... Je suis une malheureuse fille... mais dans ce monde, on vit comme l'on peut... Pour en finir, madame, j'ai donc fait un cierge, parce que ma mère disait que, lorsqu'on fait un cierge à Saint-Roch, on [28] ne manque jamais dans la huitaine de trouver un homme pour se mettre avec lui... Mais je suis devenue laide, j'ai l'air d'une momie... personne ne voudrait plus de moi... Eh bien, il n'y a plus qu'à mourir. Déjà c'est à moitié fait!

Tout cela était dit très rapidement, d'une voix entre-coupée par les sanglots, et d'un ton de frénétique qui inspirait à Mme de Piennes encore plus d'effroi que d'horreur. Involontairement elle éloigna sa chaise du lit de la malade. Peut-être même aurait-elle quitté la chambre, si l'humanité, plus forte que son dégoût auprès de cette femme perdue, ne lui eût reproché de la laisser seule dans un moment où elle était en proie au plus violent désespoir. Il y eut un moment de silence; puis

Mme de Piennes, les yeux baissés, murmura faiblement :

— Votre mère! malheureuse! Qu'osez-vous dire ?

— Oh! ma mère était comme toutes les mères... toutes les mères à nous... Elle avait fait vivre la sienne... Je l'ai fait vivre aussi... Heureusement que je n'ai pas d'enfant. — Je vois bien, madame, que je vous fais peur... mais que voulez-vous ?... Vous avez été bien élevée, vous n'avez jamais pâti. Quand on est riche, il est aisé d'être honnête. Moi, j'aurais été honnête si j'en avais eu le moyen. J'ai eu bien des amants... je n'ai jamais aimé qu'un seul homme. Il m'a plantée là. Si j'avais été riche, nous nous serions mariés, nous aurions fait souche d'honnêtes gens [29]... Tenez, madame, je vous parle comme cela, tout franchement, quoique je voie bien ce que vous pensez de moi, et vous avez raison... Mais vous êtes la seule femme honnête à qui j'ai parlé de ma vie, et vous avez l'air si bonne, si bonne!... que je me suis dit tout à l'heure en moi-même : Même quand elle me connaîtra, elle aura pitié de moi. Je m'en vais mourir, je ne vous demande qu'une chose... C'est, quand je serai morte, de faire dire une messe pour moi dans l'église où je vous ai vue pour la première fois. Une seule prière, voilà tout, et je vous remercie du fond du cœur...

— Non, vous ne mourrez pas! s'écria Mme de Piennes fort émue. Dieu aura pitié de vous, pauvre pécheresse. Vous vous repentirez de vos désordres, et il vous pardonnera. Si mes prières peuvent quelque chose pour votre salut, elles ne vous manqueront pas. Ceux qui vous ont élevée sont plus coupables que vous. Ayez du courage seulement, et espérez. Tâchez surtout d'être plus calme, ma pauvre enfant. Il faut guérir le corps; l'âme est malade aussi, mais moi je réponds de sa guérison.

Elle s'était levée en parlant, et roulait entre ses doigts un papier qui contenait quelques louis.

— Tenez, dit-elle, si vous aviez quelque fantaisie...

Et elle glissait sous son oreiller [30] son petit présent.

— Non, madame! s'écria Arsène impétueusement en repoussant le papier, je ne veux rien de vous que ce que vous m'avez promis. Adieu. Nous ne nous reverrons plus. Faites-moi porter dans un hôpital, pour que je finisse sans gêner personne. Jamais vous ne pourriez faire de moi rien qui vaille. Une grande dame comme vous aura prié pour moi; je suis contente. Adieu.

Et, se tournant autant que le lui permettait l'appareil

qui la fixait sur son lit, elle cacha sa tête dans un oreiller
pour ne plus rien voir.

— Ecoutez, Arsène, dit Mme de Piennes d'un ton
grave. J'ai des desseins sur vous. Je veux faire de vous
une honnête femme. J'en ai l'assurance dans votre
repentir. Je vous reverrai souvent, j'aurai soin de vous.
Un jour, vous me devrez votre propre estime. — Et elle
lui prit la main qu'elle serra légèrement.

— Vous m'avez touchée! s'écria la pauvre fille, vous
m'avez pressé la main.

Et avant que Mme de Piennes pût retirer sa main,
elle l'avait saisie et la couvrait de baisers et de larmes.

— Calmez-vous, calmez-vous ma chère, disait Mme de
Piennes. Ne me parlez plus de rien. Maintenant je sais
tout, et je vous connais mieux que vous ne vous connaissez vous-même. C'est moi qui suis le médecin de votre
tête... de votre mauvaise tête. Vous m'obéirez, je l'exige,
tout comme à votre autre docteur. Je vous enverrai un
ecclésiastique de mes amis, vous l'écouterez. Je vous
choisirai de bons livres, vous les lirez. Nous causerons
quelquefois. Quand vous vous porterez bien, alors nous
nous occuperons de votre avenir.

La garde rentra, tenant une fiole qu'elle rapportait de
chez le pharmacien. Arsène pleurait toujours. Mme de
Piennes lui serra encore une fois la main, mit le rouleau
de louis sur la petite table, et sortit disposée peut-être
encore plus favorablement pour sa pénitente qu'avant
d'avoir entendu son étrange confession.

— Pourquoi, madame, aime-t-on toujours les mauvais sujets? Depuis l'enfant prodigue jusqu'à votre chien
Diamant, qui mord tout le monde et qui est la plus
méchante bête que je connaisse, on inspire d'autant plus
d'intérêt qu'on en mérite moins. — Vanité! pure vanité,
madame, que ce sentiment-là! plaisir de la difficulté
vaincue! Le père de l'enfant prodigue a vaincu le diable
et lui a retiré sa proie; vous avez triomphé du mauvais
naturel de Diamant à force de gimblettes [31]. Mme de
Piennes était fière d'avoir vaincu la perversité d'une
courtisane, d'avoir détruit par son éloquence les barrières
que vingt années de séduction avaient élevées autour
d'une pauvre âme abandonnée. Et puis, peut-être encore,
faut-il le dire? à l'orgueil de cette victoire, au plaisir
d'avoir fait une bonne action se mêlait ce sentiment de
curiosité que mainte femme vertueuse éprouve à connaître
une femme d'une autre espèce. Lorsqu'une cantatrice

entre dans un salon, j'ai remarqué d'étranges regards tournés sur elle. Ce ne sont pas les hommes qui l'observent le plus. Vous-même, madame, l'autre soir, aux Français, ne regardiez-vous pas de toute votre lorgnette cette actrice des Variétés qu'on vous montra dans une loge ? *Comment peut-on être Persan* [32] *?* Combien de fois ne se fait-on pas des questions semblables! Donc, madame, Mme de Piennes pensait fort à Mlle Arsène Guillot, et se disait : Je la sauverai.

Elle lui envoya un prêtre, qui l'exhorta au repentir. Le repentir n'était pas difficile pour la pauvre Arsène, qui, sauf quelques heures de grosse joie, n'avait connu de la vie que ses misères. Dites à un malheureux : C'est votre faute, il n'en est que trop convaincu; et si en même temps vous adoucissez le reproche [33] en lui donnant quelque consolation, il vous bénira et vous promettra tout pour l'avenir. Un Grec dit quelque part, ou plutôt c'est Amyot [34] qui lui fait dire :

> Le même jour qui met un homme libre aux fers
> Lui ravit la moitié de sa vertu première.

Ce qui revient en vile prose à cet aphorisme, que le malheur nous rend doux et dociles comme des moutons. Le prêtre disait à Mme de Piennes que Mlle Guillot était bien ignorante, mais que le fond n'était [35] pas mauvais, et qu'il avait bon espoir de son salut. En effet, Arsène l'écoutait avec attention et respect. Elle lisait ou se faisait lire les livres qu'on lui avait prescrits, aussi ponctuelle à obéir à Mme de Piennes qu'à suivre les ordonnances du docteur. Mais ce qui acheva de gagner le cœur du bon prêtre, et ce qui parut à sa protectrice un symptôme décisif de guérison morale, ce fut l'emploi fait par Arsène Guillot d'une partie de la petite somme mise entre ses mains. Elle avait demandé qu'une messe solennelle fût dite à Saint-Roch pour l'âme de Paméla Guillot, sa défunte mère. Assurément, jamais âme n'eut plus grand besoin des prières de l'Eglise.

II

Un matin, Mme de Piennes étant à sa toilette, un domestique vint frapper discrètement à la porte du sanctuaire, et remit à Mlle Joséphine une carte qu'un jeune homme venait d'apporter.

— Max à Paris ! s'écria Mme de Piennes en jetant les yeux sur la carte ; allez vite, mademoiselle, dites à M. de Salligny de m'attendre au salon.

Un moment après, on entendit dans le salon des rires et de petits cris étouffés, et Mlle Joséphine rentra fort rouge [36] et avec son bonnet tout à fait sur une oreille.

— Qu'est-ce donc, mademoiselle ? demanda Mme de Piennes.

— Ce n'est rien, madame ; c'est seulement M. de Salligny qui disait que j'étais engraissée.

En effet, l'embonpoint de Mlle Joséphine pouvait étonner M. de Salligny qui voyageait depuis plus de deux ans. Jadis c'était un des favoris de Mlle Joséphine et un des attentifs [37] de sa maîtresse. Neveu d'un ami [38] intime de Mme de Piennes, on le voyait sans cesse chez elle autrefois, à la suite de sa tante. D'ailleurs, c'était presque la seule maison sérieuse où il parût. Max de Salligny avait le renom d'un assez mauvais sujet, joueur, querelleur, viveur, *au demeurant le meilleur fils du monde* [39]. Il faisait le désespoir de sa tante, Mme Aubrée, qui l'adorait cependant. Mainte fois elle avait essayé de le tirer de la vie qu'il menait, mais toujours les mauvaises habitudes avaient triomphé de ses sages conseils. Max avait quelque deux ans de plus que Mme de Piennes [40] ; ils s'étaient connus enfants, et, avant qu'elle fût mariée, il paraissait la voir d'un œil fort doux [41]. — « Ma chère petite, disait Mme Aubrée, si vous vouliez, vous dompteriez, j'en suis sûre, ce caractère-là. » Mme de Piennes, — elle s'appelait alors Elise de Guiscard —, aurait peut-être trouvé en elle le courage de tenter l'entreprise, car Max était si gai, si drôle, si amusant dans un château, si infatigable dans un bal, qu'assurément il devait faire un bon mari ; mais les parents d'Elise voyaient plus loin. Mme Aubrée elle-même ne répondait pas trop de son neveu ; il fut constaté qu'il avait des dettes et une maîtresse ; survint un duel éclatant dont une artiste du Gymnase fut la cause peu innocente. Le mariage, que Mme Aubrée n'avait jamais cru bien sérieusement en vue, fut déclaré impossible. Alors se présenta M. de Piennes, gentilhomme grave et moral, riche d'ailleurs et de bonne maison. J'ai peu de chose à vous en dire, si ce n'est qu'il avait la réputation d'un galant homme et qu'il la méritait. Il parlait peu ; mais lorsqu'il ouvrait la bouche, c'était pour dire quelque grande vérité incontestable. Sur les questions douteuses, « il imitait de Conrart le silence prudent [42] ». S'il n'ajoutait pas un grand charme aux réunions où il se trouvait, il n'était déplacé nulle part. On l'aimait assez partout, à cause de sa femme, mais lorsqu'il était absent, — dans ses terres, comme c'était le cas neuf mois de l'année, et notamment au moment où commence mon histoire —, personne ne s'en apercevait. Sa femme elle-même ne s'en apercevait guère davantage.

Mme de Piennes, ayant achevé sa toilette en cinq minutes, sortit de sa chambre un peu émue, car l'arrivée de Max de Salligny lui rappelait la mort récente de la personne qu'elle avait le mieux aimée; c'est, je crois, le seul souvenir qui se fût présenté à sa mémoire, et ce souvenir était assez vif pour arrêter toutes les conjectures ridicules qu'une personne moins raisonnable aurait pu former sur le bonnet de travers de Mlle Joséphine. En approchant du salon, elle fut un peu choquée d'entendre une belle voix de basse qui chantait gaiement, en s'accompagnant sur le piano, cette barcarolle napolitaine :

> Addio, Teresa,
> Teresa, addio!
> Al mio ritorno,
> Ti sposerò [a].

Elle ouvrit la porte et interrompit le chanteur en lui tendant la main :

— Mon pauvre monsieur Max, que j'ai de plaisir à vous revoir !

Max se leva précipitamment et lui serra la main en la regardant d'un air effaré, sans pouvoir trouver une parole.

— J'ai bien regretté, continua Mme de Piennes, de ne pouvoir aller à Rome lorsque votre bonne tante est tombée malade. Je sais les soins dont vous l'avez entourée, et je vous remercie bien du dernier souvenir d'elle que vous m'avez envoyé.

La figure de Max, naturellement gaie, pour ne pas dire rieuse, prit une expression soudaine de tristesse :

— Elle m'a bien parlé de vous, dit-il, et jusqu'au dernier moment. Vous avez reçu sa bague, je le vois, et le livre qu'elle lisait encore le matin...

a. Romance sicilienne adaptée par Alexandre Dumas, musique d'Hippolyte Monpou. Publiée en 1837. « Adieu, Thérèse, / Thérèse, adieu! / A mon retour / Je t'épouserai. »

— Oui, Max, je vous en remercie. Vous m'annonciez, en m'envoyant ce triste présent, que vous quittiez Rome, mais vous ne me donniez pas votre adresse; je ne savais où vous écrire. Pauvre amie! mourir si loin [43] de son pays! Heureusement vous êtes accouru aussitôt... Vous êtes meilleur que vous ne voulez le paraître, Max... je vous connais bien.

— Ma tante me disait pendant sa maladie : « Quand je ne serai plus de ce monde, il n'y aura plus que Mme de Piennes pour te gronder... (Et il ne put s'empêcher de sourire.) Tâche qu'elle ne te gronde pas trop souvent. » Vous le voyez, madame; vous vous acquittez mal de vos fonctions.

— J'espère que j'aurai une sinécure maintenant. On me dit que vous êtes réformé, rangé, devenu tout à fait raisonnable ?

— Et vous ne vous trompez pas, madame; j'ai promis à ma pauvre tante de devenir bon sujet; et...

— Vous tiendrez parole, j'en suis sûre!

— Je tâcherai. En voyage c'est plus facile qu'à Paris; cependant... Tenez, madame, je ne suis ici que depuis quelques heures, et déjà j'ai résisté à des tentations. En venant chez vous, j'ai rencontré un de mes anciens amis qui m'a invité à dîner avec un tas de garnements, — et j'ai refusé.

— Vous avez bien fait.

— Oui, mais faut-il vous le dire ? c'est que j'espérais que vous m'inviteriez.

— Quel malheur! Je dîne en ville. Mais demain...

— En ce cas, je ne réponds plus de moi. A vous la responsabilité du dîner que je vais faire.

— Ecoutez, Max : l'important, c'est de bien commencer. N'allez pas à ce dîner de garçons. Je dîne, moi, chez Mme Darsenay; venez-y le soir, et nous causerons.

— Oui, mais Mme Darsenay est un peu bien ennuyeuse; elle me fera cent questions. Je ne pourrai vous dire un mot; je dirai des inconvenances; et puis, elle a une grande fille osseuse, qui n'est peut-être pas encore mariée...

— C'est une personne charmante... et, à propos d'inconvenances, c'en est une de parler d'elle comme vous faites.

— J'ai tort, c'est vrai; mais... arrivé d'aujourd'hui, n'aurais-je pas l'air bien empressé ?...

— Eh bien, vous ferez comme vous voudrez; mais

voyez-vous, Max..., comme l'amie de votre tante, j'ai le
droit de vous parler franchement : évitez vos connaissances d'autrefois. Le temps a dû rompre tout naturellement bien des liaisons qui ne vous valaient rien; ne les
renouez pas : je suis sûre de vous tant que vous ne serez
pas entraîné. A votre âge... à *notre âge*, il faut être raisonnable. Mais laissons un peu les conseils et les sermons, et parlez-moi de ce que vous avez fait depuis que
nous ne nous sommes vus. Je sais que vous êtes allé en
Allemagne, puis en Italie; voilà tout. Vous m'avez écrit
deux fois, sans plus; qu'il vous en souvienne. Deux
lettres en deux ans, vous sentez que cela ne m'en a
guère appris sur votre compte.

— Mon Dieu! madame, je suis bien coupable... mais
je suis si... il faut bien le dire, — si paresseux!... J'ai
commencé vingt lettres pour vous; mais que pouvais-je
vous dire qui vous intéressât ?... Je ne sais pas écrire
des lettres, moi... Si je vous avais écrit toutes les fois que
j'ai pensé à vous, tout le papier de l'Italie n'aurait pu y
suffire.

— Eh bien, qu'avez-vous fait ? comment avez-vous
occupé votre temps! Je sais déjà que ce n'est point à
écrire.

— Occupé!... vous savez bien que je ne m'occupe pas,
malheureusement. — J'ai vu, j'ai couru. J'avais des
projets de peinture, mais la vue de tant de beaux tableaux
m'a radicalement guéri de ma passion malheureuse.
— Ah!... et puis le vieux Nibby [44] avait fait de moi
presque un antiquaire. Oui, j'ai fait faire une fouille à sa
persuasion... On a trouvé une pipe cassée et je ne sais
combien de vieux tessons... Et puis à Naples j'ai pris
des leçons de chant, mais je n'en suis pas plus habile...
J'ai...

— Je n'aime pas trop votre musique, quoique vous
ayez une belle voix et que vous chantiez bien. Cela vous
met en relation avec des gens que vous n'avez que trop
de penchant à fréquenter.

— Je vous entends; mais à Naples, quand j'y étais, il
n'y avait guère de danger. La prima donna pesait cent
cinquante kilogrammes, et la seconda donna avait la
bouche comme un four et un nez comme la tour du
Liban [45]. Enfin, deux ans se sont passés sans que je
puisse dire comment. Je n'ai rien fait, rien appris, mais
j'ai vécu deux ans sans m'en apercevoir.

— Je voudrais vous savoir occupé; je voudrais vous

voir un goût vif pour quelque chose d'utile. Je redoute
l'oisiveté pour vous.

— A vous parler franchement, madame, les voyages
m'ont réussi en cela que, ne faisant rien, je n'étais pas
non plus absolument oisif. Quand on voit de belles
choses, on ne s'ennuie pas ; et moi, quand je m'ennuie,
je suis bien près de faire des bêtises. Vrai, je suis devenu
assez rangé, et j'ai même oublié un certain nombre de
manières expéditives que j'avais de dépenser mon argent.
Ma pauvre tante a payé mes dettes, et je n'en ai plus
fait, je ne veux plus en faire. J'ai de quoi vivre en garçon ; et, comme je n'ai pas la prétention de paraître plus
riche que je ne suis, je ne ferai plus d'extravagances.
Vous souriez ? Est-ce que vous ne croyez pas à ma
conversion ? Il vous faut des preuves ? Ecoutez un beau
trait. Aujourd'hui, Famin, l'ami qui m'a invité à dîner,
a voulu me vendre son cheval. Cinq mille francs... C'est
une bête superbe ! Le premier mouvement a été pour
avoir le cheval, puis je me suis dit que je n'étais pas
assez riche pour mettre cinq mille francs à une fantaisie,
et je resterai à pied.

— C'est à merveille, Max ; mais savez-vous ce qu'il
faut faire pour continuer sans encombre dans cette
bonne voie ? Il faut vous marier.

— Ah ! me marier ?... Pourquoi pas ?... Mais qui
voudra de moi ? Moi, qui n'ai pas le droit d'être difficile,
je voudrais une femme !... Oh ! non, il n'y en a plus qui
me convienne...

Mme [46] de Piennes rougit un peu, et il continua sans
s'en apercevoir :

— Une femme qui voudrait de moi... Mais savez-
vous, madame, que ce serait presque une raison pour
que je ne voulusse pas d'elle ?

— Pourquoi cela ? quelle folie !

— Othello ne dit-il pas quelque part, — c'est, je
crois, pour se justifier à lui-même les soupçons qu'il a
contre Desdémone : — Cette femme-là doit avoir une
tête bizarre et des goûts dépravés, pour m'avoir choisi,
moi qui suis noir [47] ! — Ne puis-je pas dire à mon tour :
Une femme qui voudrait de moi ne peut qu'avoir une
tête baroque ?

— Vous avez été un assez mauvais sujet, Max, pour
qu'il soit inutile de vous faire pire que vous n'êtes. Gardez-vous de parler ainsi de vous-même, car il y a des
gens qui vous croiraient sur parole. Pour moi, j'en suis

sûre, si un jour... oui, si vous aimiez bien une femme qui aurait toute votre estime... alors vous lui paraîtriez...

Mme de Piennes éprouvait quelque difficulté à terminer sa phrase, et Max, qui la regardait fixement avec une extrême curiosité, ne l'aidait nullement à trouver une fin pour sa période mal commencée. — Vous voulez dire, reprit-il enfin, que, si j'étais réellement amoureux, on m'aimerait, parce qu'alors j'en vaudrais la peine ?

— Oui, alors vous seriez digne d'être aimé aussi.

— S'il [48] ne fallait qu'aimer pour être aimé... Ce n'est pas trop vrai ce que vous dites, madame... Bah ! trouvez-moi une femme courageuse, et je me marie. Si elle n'est pas trop laide, moi je ne suis pas assez vieux pour ne pas m'enflammer encore... Vous me répondez du reste.

— D'où venez-vous, maintenant ? interrompit Mme de Piennes d'un air sérieux.

Max parla de ses voyages fort laconiquement, mais pourtant de manière à prouver qu'il n'avait pas fait comme ces touristes dont les Grecs disent : *Valise il est parti, valise revenu* *. Ses courtes observations dénotaient un esprit juste et qui ne prenait pas ses opinions toutes faites, bien qu'il fût réellement plus cultivé qu'il ne voulait le paraître. Il se retira bientôt, remarquant que Mme de Piennes tournait la tête vers la pendule, et promit, non sans quelque embarras, qu'il irait le soir chez Mme Darsenay.

Il n'y vint pas cependant, et Mme de Piennes en conçut un peu de dépit. En revanche, il était chez elle le lendemain matin pour lui demander pardon, s'excusant sur la fatigue du voyage qui l'avait obligé de demeurer chez lui; mais il baissait les yeux et parlait d'un ton si mal assuré, qu'il n'était pas nécessaire d'avoir l'habileté de Mme de Piennes à deviner les physionomies, pour s'apercevoir qu'il donnait une défaite. Quand il eut achevé péniblement, elle le menaça du doigt sans répondre.

— Vous ne me croyez pas ? dit-il.

— Non. Heureusement vous ne savez pas encore mentir. Ce n'est pas pour vous reposer de vos fatigues que vous n'êtes pas allé hier chez Mme Darsenay. Vous n'êtes pas resté chez vous.

— Eh bien, répondit Max en s'efforçant de sourire, vous avez raison. J'ai dîné au Rocher-de-Cancale [a] avec

(*) Μπάουλο ἔφθασε, μπάουλο ἐγύρισεν.

a. Restaurant célèbre à l'époque, situé 61, rue Montorgueil.

ces vauriens, puis je suis allé prendre du thé chez Famin;
on n'a pas voulu me lâcher, et puis j'ai joué.

— Et vous avez perdu, cela va sans dire ?

— Non, j'ai gagné.

— Tant pis. J'aimerais mieux que vous eussiez perdu,
surtout si cela pouvait vous dégoûter à jamais d'une
habitude aussi sotte que détestable.

Elle se pencha sur son ouvrage et se mit à travailler
avec une application un peu affectée.

— Y avait-il beaucoup de monde chez Mme Darsenay ? demanda Max timidement.

— Non, peu de monde.

— Pas de demoiselles à marier ?...

— Non.

— Je compte sur vous [49], cependant, madame. Vous
savez ce que vous m'avez promis ?

— Nous avons le temps d'y songer.

Il y avait dans le ton de Mme de Piennes quelque
chose de sec et de contraint qui ne lui était pas
ordinaire. Après un silence, Max reprit d'un air bien
humble : — Vous êtes mécontente de moi, madame ?
Pourquoi ne me grondez-vous pas bien fort, comme
faisait ma tante, pour me pardonner ensuite ? Voyons,
voulez-vous que je vous donne ma parole de ne plus
jouer jamais ?

— Quand on fait une promesse, il faut se sentir la
force de la tenir.

— Une promesse faite à vous, madame, je la tiendrai;
je m'en crois la force et le courage.

— Eh bien, Max, je l'accepte, dit-elle en lui tendant
la main.

— J'ai gagné onze cents francs, poursuivit-il; les voulez-vous pour vos pauvres ? Jamais argent plus mal
acquis n'aura trouvé meilleur emploi.

Elle hésita un moment.

— Pourquoi pas ? se dit-elle tout haut. Allons, Max,
vous vous souviendrez de la leçon. Je vous inscris mon
débiteur pour onze cents francs.

— Ma tante disait que le meilleur moyen pour n'avoir
pas de dettes, c'est de payer toujours comptant.

En parlant, il tirait son portefeuille pour y prendre
des billets. Dans le portefeuille entrouvert, Mme de
Piennes crut voir un portrait de femme. Max s'aperçut
qu'elle regardait, rougit, et se hâta de fermer le portefeuille et de présenter les billets.

— Je voudrais bien voir ce portefeuille... si cela était possible, ajouta-t-elle en souriant avec malice.

Max était complètement déconcerté : il balbutia quelques mots inintelligibles et s'efforça de détourner l'attention de Mme de Piennes.

La première pensée de celle-ci avait été que le portefeuille renfermait le portrait de quelque belle Italienne; mais le trouble évident de Max et la couleur générale de la miniature, — c'était tout ce qu'elle en avait pu voir, — avaient bientôt éveillé chez elle un autre soupçon. Autrefois elle avait donné son portrait à Mme Aubrée; et elle s'imagina que Max, en sa qualité d'héritier direct, s'était cru le droit de se l'approprier. Cela lui parut une énorme inconvenance. Cependant elle n'en marqua rien d'abord; mais lorsque M. de Salligny allait se retirer :

— A propos, lui dit-elle, votre tante avait un portrait de moi, que je voudrais bien revoir.

— Je ne sais... quel portrait ?... comment était-il ? demanda Max d'une voix mal assurée.

Cette fois, Mme de Piennes était déterminée à ne pas s'apercevoir qu'il mentait.

— Cherchez-le, lui dit-elle le plus naturellement qu'elle put. Vous me ferez plaisir.

N'était le portrait, elle était assez contente de la docilité de Max, et se promettait bien de sauver encore une brebis égarée.

Le lendemain, Max avait retrouvé le portrait et le rapporta d'un air assez indifférent. Il remarqua que la ressemblance n'avait jamais été grande, et que le peintre lui avait donné une roideur de pose et une sévérité dans l'expression qui n'avaient rien de naturel. De ce moment, ses visites à Mme de Piennes furent moins longues, et il avait auprès d'elle un air boudeur qu'elle ne lui avait jamais vu. Elle attribua cette humeur au premier effort qu'il avait à faire pour tenir ses promesses et résister à ses mauvais penchants.

Une quinzaine de jours après l'arrivée de M. de Salligny, Mme de Piennes allait voir à son ordinaire sa protégée Arsène Guillot, qu'elle n'avait point oubliée cependant, ni vous non plus, Madame, je l'espère. Après lui avoir fait quelques questions sur sa santé et sur les instructions qu'elle recevait, remarquant que la malade était encore plus oppressée que les jours précédents, elle lui offrit de lui faire la lecture pour qu'elle ne se fatiguât point à parler. La pauvre fille eût sans doute aimé mieux causer qu'écouter une lecture telle que celle qu'on lui proposait, car vous pensez bien qu'il s'agissait d'un livre fort sérieux, et Arsène n'avait jamais lu que des romans de cuisinières. C'était un livre de piété que prit Mme de Piennes; et je ne vous le nommerai pas, d'abord pour ne pas faire tort à son auteur, ensuite parce que vous m'accuseriez peut-être de vouloir tirer quelque méchante conclusion contre ces sortes d'ouvrages en général. Suffit que le livre en question était d'un jeune homme de dix-neuf ans, et spécialement approprié à la réconciliation [50] des pécheresses endurcies; qu'Arsène était très accablée, et qu'elle n'avait pu fermer l'œil la nuit précédente. A la troisième page, il arriva ce qui serait arrivé avec tout autre ouvrage, sérieux ou non; il advint, ce qui était inévitable : je veux dire que Mlle Guillot ferma les yeux et s'endormit. Mme de Piennes s'en aperçut et se félicita de l'effet calmant qu'elle venait de produire. Elle baissa d'abord la voix pour ne pas réveiller la malade en s'arrêtant tout à coup, puis elle posa le livre et se leva doucement pour sortir sur la pointe du pied; mais la garde avait coutume de descendre chez la portière lorsque Mme de Piennes venait, car ses visites ressemblaient un peu à celles d'un confesseur. Mme de Piennes voulut attendre le retour de la garde; et comme elle était la personne du monde la plus ennemie de l'oisiveté, elle chercha quelque emploi à faire des minutes qu'elle allait passer auprès de la dormeuse. Dans un petit cabinet derrière l'alcôve, il y avait une table avec de l'encre et du papier; elle s'y assit et se mit à écrire un billet. Tandis qu'elle cherchait un pain à cacheter dans un tiroir de la table, quelqu'un entra brusquement dans la chambre, qui réveilla la malade. — Mon Dieu! qu'est-ce que je vois ? s'écria Arsène d'une voix si altérée, que Mme de Piennes en frémit.

— Eh bien, j'en apprends de belles! Qu'est-ce que cela veut dire ? Se jeter par la fenêtre comme une imbécile! A-t-on jamais vu une tête comme celle de cette fille-là!

Je ne sais si je rapporte exactement les termes; c'est du moins le sens de ce que disait la personne qui venait d'entrer, et qu'à la voix Mme de Piennes reconnut aussitôt pour Max de Salligny. Suivirent quelques exclamations, quelques cris étouffés d'Arsène, puis un embrassement assez sonore. Enfin Max reprit : — Pauvre Arsène, en quel état te retrouvé-je ? Sais-tu que je ne t'aurais

jamais dénichée, si Julie ne m'eût dit ta dernière adresse ?
Mais a-t-on jamais vu folie pareille!

— Ah! Salligny! Salligny! que je suis heureuse! Mais
comme je me repens de ce que j'ai fait! Tu ne vas plus
me trouver gentille. Tu ne voudras plus de moi ?...

— Bête que tu es, disait Max, pourquoi ne pas
m'écrire que tu avais besoin d'argent ? Pourquoi ne pas
en demander au commandant ? Qu'est donc devenu ton
Russe ? Est-ce qu'il est parti, ton Cosaque ?

En reconnaissant la voix de Max, Mme de Piennes
avait été d'abord presque aussi étonnée qu'Arsène. La
surprise l'avait empêchée de se montrer aussitôt; puis
elle s'était mise à réfléchir si elle devait ou non se montrer, et lorsqu'on réfléchit en écoutant on ne se décide
pas vite. Il résulta de tout cela qu'elle entendit l'édifiant
dialogue que je viens de rapporter; mais alors elle com-
prit que, si elle demeurait dans le cabinet, elle était
exposée à en entendre bien davantage. Elle prit son parti,
et entra dans la chambre avec ce maintien calme et
superbe que les personnes vertueuses ne perdent que
rarement, et qu'elles commandent au besoin.

— Max, dit-elle, vous faites du mal à cette pauvre
fille; retirez-vous. Vous viendrez me parler dans une
heure.

Max était devenu pâle comme un mort en voyant
apparaître Mme de Piennes dans un lieu où il ne se serait
jamais attendu à la rencontrer; son [51] premier mouvement fut d'obéir, et il fit un pas vers la porte.

— Tu t'en vas!... ne t'en va pas! s'écria Arsène en
se soulevant sur son lit d'un effort désespéré.

— Mon enfant, dit Mme de Piennes en lui prenant
la main, soyez raisonnable. Ecoutez-moi. Rappelez-vous
ce que vous m'avez promis! Puis elle jeta un regard
calme, mais impérieux à Max, qui sortit aussitôt. Arsène
retomba sur le lit; en le voyant sortir, elle s'était évanouie.

Mme de Piennes et la garde, qui rentra peu après, la
secoururent avec l'adresse qu'ont les femmes en ces
sortes d'accidents. Par degrés, Arsène reprit connaissance.
D'abord elle promena ses regards par toute la chambre,
comme pour y chercher celui qu'elle se rappelait y avoir
vu tout à l'heure; puis elle tourna ses grands yeux noirs
vers Mme de Piennes, et la regardant fixement :

— C'est votre mari ? dit-elle.

— Non, répondit Mme de Piennes en rougissant un

peu, mais sans que la douceur de sa voix en fût altérée;
M. de Salligny est mon parent. — Elle crut pouvoir se
permettre ce petit mensonge pour expliquer l'empire
qu'elle avait sur lui.

— Alors, dit Arsène, c'est vous qu'il aime! Et elle
attachait toujours sur elle ses yeux ardents comme deux
flambeaux.

— Il!... Un éclair brilla sur le front de Mme de
Piennes. Un instant, ses joues se colorèrent d'un vif
incarnat, et sa voix expira sur ses lèvres; mais elle reprit
bientôt sa sérénité. — Vous vous méprenez, ma pauvre
enfant, dit-elle d'un ton grave. M. de Salligny a compris
qu'il avait tort de vous rappeler des souvenirs qui sont
heureusement loin de votre mémoire. Vous avez oublié...

— Oublié! s'écria Arsène avec un sourire de damné
qui faisait mal à voir.

— Oui, Arsène, vous avez renoncé à toutes les folles
idées d'un temps qui ne reviendra plus. Pensez, ma
pauvre enfant, que c'est à cette coupable liaison que
vous devez tous vos malheurs. Pensez...

— Il ne vous aime pas! interrompit Arsène sans
l'écouter, il ne vous aime pas, et il comprend un seul
regard! J'ai vu vos yeux et les siens. Je ne me trompe
pas... Au fait... c'est juste! Vous êtes belle, jeune, brillante... moi, estropiée, défigurée... près de mourir...

Elle ne put achever : des sanglots étouffèrent sa voix,
si forts, si douloureux, que la garde s'écria qu'elle allait
chercher le médecin; car, disait-elle, M. le docteur ne
craignait rien tant que ces convulsions, et si cela dure la
pauvre petite va passer.

Peu à peu l'espèce d'énergie qu'Arsène avait trouvée
dans la vivacité même de sa douleur fit place à un abattement stupide, que Mme de Piennes prit pour du
calme. Elle continua ses exhortations; mais Arsène,
immobile, n'écoutait pas toutes les belles et bonnes raisons qu'on lui donnait pour préférer l'amour divin à
l'amour terrestre; ses yeux étaient secs, ses dents serrées
convulsivement. Pendant que sa protectrice lui parlait du
ciel et de l'avenir, elle songeait au présent. L'arrivée
subite de Max avait réveillé en un instant chez elle de
folles illusions, mais le regard de Mme de Piennes les
avait dissipées encore plus vite. Après un rêve heureux
d'une minute, Arsène ne retrouvait plus que la triste
réalité, devenue cent fois plus horrible pour avoir été un
moment oubliée.

Votre médecin vous dira, Madame, que les naufragés, surpris par le sommeil au milieu des angoisses de la faim, rêvent qu'ils sont à table et font bonne chère. Ils se réveillent encore plus affamés, et voudraient n'avoir pas dormi. Arsène souffrait une torture comparable à celle de ces naufragés. Autrefois elle avait aimé Max, comme elle pouvait aimer. C'était avec lui qu'elle aurait voulu toujours aller au spectacle, c'est avec lui qu'elle s'amusait dans une partie de campagne, c'est de lui qu'elle parlait sans cesse à ses amies. Lorsque Max partit, elle avait beaucoup pleuré; mais cependant elle avait agréé les hommages d'un Russe que Max était charmé d'avoir pour successeur, parce qu'il le tenait pour galant homme, c'est-à-dire pour généreux. Tant qu'elle put mener la vie folle des femmes de son espèce, son amour pour Max ne fut qu'un souvenir agréable qui la faisait soupirer quelquefois. Elle y pensait comme on pense aux amusements de son enfance, que personne cependant ne voudrait recommencer; mais quand Arsène n'eut plus d'amants, qu'elle se trouva délaissée, qu'elle sentit tout le poids de la misère et de la honte, alors son amour pour Max s'épura en quelque sorte, parce que c'était le seul souvenir qui ne réveillât chez elle ni regrets ni remords. Il la relevait même à ses propres yeux, et plus elle se sentait avilie, plus elle grandissait Max dans son imagination. J'ai été sa maîtresse, il m'a aimée, se disait-elle avec une sorte d'orgueil lorsqu'elle était saisie de dégoût en réfléchissant sur sa vie de courtisane. Dans les marais de Minturnes, Marius raffermissait son courage en se disant : J'ai vaincu les Cimbres [52]! La fille entretenue, — hélas! elle ne l'était plus, — n'avait pour résister à la honte et au désespoir que ce souvenir : Max m'a aimée... Il m'aime encore! Un moment, elle avait pu le penser; mais maintenant on venait lui arracher jusqu'à ses souvenirs, seul bien qui lui restât au monde.

Pendant qu'Arsène s'abandonnait à ses tristes réflexions, Mme de Piennes lui démontrait avec chaleur la nécessité de renoncer pour toujours à ce qu'elle appelait ses égarements criminels. Une forte conviction rend presque insensible; et comme un chirurgien applique le fer et le feu sur une plaie sans écouter les cris du patient, Mme de Piennes poursuivait sa tâche avec une impitoyable fermeté. Elle disait que cette époque de bonheur où la pauvre Arsène se réfugiait comme pour s'échapper à elle-même était un temps de crime et de honte qu'elle expiait

justement aujourd'hui. Ces illusions, il fallait les détester
et les bannir de son cœur; l'homme qu'elle regardait
comme son protecteur et presque comme un génie tuté-
laire, il ne devait plus être à ses yeux qu'un complice
pernicieux, un séducteur qu'elle devait fuir à jamais.

Ce mot de séducteur, dont Mme de Piennes ne pouvait pas sentir le ridicule, fit presque sourire Arsène au
milieu de ses larmes; mais sa digne protectrice ne s'en
aperçut pas. Elle continua imperturbablement son exhortation, et la termina par une péroraison qui redoubla les
sanglots de la pauvre fille, c'était : Vous ne le verrez
plus.

Le médecin qui arriva et la prostration complète de
la malade rappelèrent à Mme de Piennes qu'elle en avait
assez fait. Elle pressa la main d'Arsène, et lui dit en la
quittant : Du courage, ma fille, et Dieu ne vous aban-
donnera pas.

Elle venait d'accomplir un devoir, il lui en restait un
second encore plus difficile. Un autre coupable l'attendait, dont elle devait ouvrir l'âme au repentir; et malgré
la confiance qu'elle puisait dans son zèle pieux, malgré
l'empire qu'elle exerçait sur Max, et dont elle avait déjà
des preuves, enfin, malgré la bonne opinion qu'elle
conservait au fond du cœur à l'égard de ce libertin, elle
éprouvait une étrange anxiété en pensant au combat
qu'elle allait engager. Avant de commencer cette terrible
lutte, elle voulut reprendre des forces, et, entrant dans
une église, elle demanda à Dieu de nouvelles inspirations
pour défendre sa cause.

Lorsqu'elle rentra chez elle, on lui dit que M. de Salligny était au salon, et l'attendait, depuis assez longtemps. Elle le trouva pâle, agité, rempli d'inquiétude.
Ils s'assirent. Max n'osait ouvrir la bouche; et Mme de
Piennes, émue elle-même sans en savoir positivement la
cause, demeura quelque temps sans parler et ne le
regardant qu'à la dérobée. Enfin elle commença :

— Max, dit-elle, je ne vous ferai pas de reproches...

Il leva la tête assez fièrement. Leurs regards se rencontrèrent, et il baissa les yeux aussitôt.

— Votre bon cœur, poursuivit-elle, vous en dit plus
en ce moment que je ne pourrais le faire. C'est une leçon
que la Providence a voulu vous donner; j'en ai l'espoir,
la conviction... elle ne sera pas perdue.

— Madame, interrompit Max, je sais à peine ce qui
s'est passé. Cette malheureuse fille s'est jetée par la

fenêtre, voilà ce qu'on m'a dit; mais je n'ai pas la vanité...
je veux dire la douleur... de croire que des relations que
nous avons eues autrefois aient pu déterminer cet acte
de folie.

— Dites plutôt, Max, que, lorsque vous faisiez le mal
vous n'en aviez pas prévu les conséquences. Quand vous
avez jeté cette jeune fille dans le désordre, vous ne pensiez pas qu'un jour elle attenterait à sa vie.

— Madame, s'écria Max avec quelque véhémence,
permettez-moi de vous dire que je n'ai nullement séduit
Arsène Guillot. Quand je l'ai connue, elle était toute
séduite. Elle a été ma maîtresse, je ne le nie point. Je
l'avouerai même, je l'ai aimée... comme on peut aimer
une personne de cette classe... Je crois qu'elle a eu pour
moi un peu plus d'attachement que pour un autre...
Mais depuis longtemps toutes relations avaient cessé
entre nous, et sans qu'elle en eût témoigné beaucoup de
regret. La dernière fois que j'ai reçu de ses nouvelles, je
lui ai fait tenir de l'argent; mais elle n'a pas d'ordre...
Elle a eu honte de m'en demander encore, car elle a son
orgueil à elle... La misère l'a poussée à cette terrible
résolution... J'en suis désolé... Mais je vous le répète,
madame, dans tout cela je n'ai aucun reproche à me
faire.

Mme de Piennes chiffonna quelque ouvrage sur sa
table, puis elle reprit :

— Sans doute, dans les idées du *monde*, vous n'êtes
pas coupable, vous n'avez pas encouru de responsabilité;
mais il y a une autre morale que celle du monde, Max,
et c'est par ses règles que j'aimerais à vous voir vous
guider... Maintenant peut-être vous n'êtes pas en état
de m'entendre. Laissons cela. Aujourd'hui, ce que j'ai à
vous demander, c'est une promesse que vous ne me
refuserez pas, j'en suis sûre. Cette malheureuse fille est
touchée de repentir. Elle a écouté avec respect les
conseils d'un vénérable ecclésiastique qui l'a bien voulu
voir. Nous avons tout lieu d'espérer d'elle. — Vous,
vous ne devez plus la voir, car son cœur hésite encore
entre le bien et le mal, et malheureusement vous n'avez
ni la volonté, ni peut-être le pouvoir de lui être utile.
En la revoyant, vous pourriez lui faire beaucoup de
mal... C'est pourquoi je vous demande votre parole de
ne plus aller chez elle.

Max fit un mouvement de surprise.

— Vous ne me refuserez pas, Max; si votre tante

vivait, elle vous ferait cette prière. Imaginez que c'est
elle qui vous parle.

— Bon Dieu! madame, que me demandez-vous?
Quel mal voulez-vous que je fasse à cette pauvre fille?
N'est-ce pas au contraire une obligation pour moi, qui...
l'ai vue au temps de ses folies, de ne pas l'abandonner
maintenant qu'elle est malade, et bien dangereusement
malade, si ce que l'on me dit est vrai?

— Voilà sans doute la morale du monde, mais ce
n'est pas la mienne. Plus cette maladie est grave, plus il
importe que vous ne la voyiez plus.

— Mais, madame, veuillez songer que, dans l'état où
elle est, il serait impossible, même à la pruderie la plus
facile à s'alarmer... Tenez, madame, si j'avais un chien
malade, et si je savais qu'en me voyant il éprouvât
quelque plaisir, je croirais faire une mauvaise action en
le laissant crever seul. Il ne se peut pas que vous pensiez
autrement, vous qui êtes si bonne et si charitable.
Songez-y, madame; de ma part, il y aurait vraiment de
la cruauté.

— Tout à l'heure je vous demandais de me faire cette
promesse au nom de votre bonne tante... au nom de
l'amitié que vous avez pour moi... maintenant, c'est au
nom de cette malheureuse fille elle-même que je vous
le demande. Si vous l'aimez réellement...

— Ah! madame, je vous en supplie, ne rapprochez
pas ainsi des choses qui ne se peuvent comparer. Croyez-
moi bien, madame, je souffre extrêmement à vous résister en quoi que ce soit; mais, en vérité, je m'y crois
obligé d'honneur... Ce mot vous déplaît? Oubliez-le.
Seulement, madame, à mon tour, laissez-moi vous
conjurer par pitié pour cette infortunée... et aussi un
peu par pitié pour moi... Si j'ai eu des torts... si j'ai
contribué à la retenir dans le désordre... je dois maintenant prendre soin d'elle. Il serait affreux de l'abandonner. Je ne me le pardonnerais pas. Non, je ne puis
l'abandonner. Vous n'exigerez pas cela, madame...

— D'autres soins ne lui manqueront pas. Mais,
répondez-moi, Max : vous l'aimez?

— Je l'aime... je l'aime... Non... je ne l'aime pas.
C'est un mot qui ne peut convenir ici... L'aimer : hélas!
non. J'ai cherché auprès d'elle une distraction à un sentiment plus sérieux qu'il fallait combattre... Cela vous
semble ridicule, incompréhensible?... La pureté de votre
âme ne peut admettre que l'on cherche un pareil remède...

Eh bien, ce n'est pas la plus mauvaise action de ma vie. Si nous autres hommes nous n'avions pas quelquefois la ressource de détourner nos passions... peut-être maintenant... peut-être serait-ce moi qui me serais jeté par la fenêtre... Mais, je ne sais ce que je dis, et vous ne pouvez m'entendre... je me comprends à peine moi-même.

— Je vous demandais si vous l'aimiez, reprit Mme de Piennes les yeux baissés et avec quelque hésitation, parce que, si vous aviez de... de l'amitié pour elle, vous auriez sans doute le courage de lui faire un peu de mal pour lui faire ensuite un grand bien. Assurément, le chagrin de ne pas vous voir lui sera pénible à supporter; mais il serait bien plus grave de la détourner aujourd'hui de la voie dans laquelle elle est presque miraculeusement entrée. Il importe à son *salut*, Max, qu'elle oublie tout à fait un temps que votre présence lui rappellerait avec trop de vivacité.

Max secoua la tête sans répondre. Il n'était pas croyant, et le mot de *salut* [53], qui avait tant de pouvoir sur Mme de Piennes, ne parlait point aussi fortement à son âme. Mais sur ce point il n'y avait pas à contester avec elle. Il évitait toujours avec soin de lui montrer ses doutes, et cette fois encore il garda le silence; cependant il était facile de voir qu'il n'était pas convaincu.

— Je vous parlerai le langage du monde, poursuivit Mme de Piennes, si malheureusement c'est le seul que vous puissiez comprendre; nous discutons, en effet, sur un calcul d'arithmétique. Elle n'a rien à gagner à vous voir, beaucoup à perdre; maintenant, choisissez.

— Madame, dit Max d'une voix émue, vous ne doutez plus, j'espère, qu'il puisse y avoir d'autre sentiment de ma part à l'égard d'Arsène qu'un intérêt... bien naturel. Quel danger y aurait-il? Aucun. Doutez-vous de moi? Penseriez-vous que je veuille nuire aux bons conseils que vous lui donnez? Eh! mon Dieu! moi qui déteste les spectacles tristes, qui les fuis avec une espèce d'horreur, croyez-vous que je recherche la vue d'une mourante avec des intentions coupables? Je vous le répète, madame, c'est pour moi une idée de devoir, c'est une expiation, un châtiment si vous voulez, que je viens chercher auprès d'elle...

A ce mot, Mme de Piennes releva la tête et le regarda fixement d'un air exalté qui donnait à tous ses traits une expression sublime.

— Une expiation, dites-vous, un châtiment ?... Eh
bien, oui! A votre insu, Max, vous obéissez peut-être à
un *avertissement d'en haut*, et vous avez raison de me
résister... Oui, j'y consens. Voyez cette fille, et qu'elle
devienne l'instrument de votre salut comme vous avez
failli être celui de sa perte.

Probablement Max ne comprenait pas aussi bien que
vous, Madame, ce que c'est qu'un *avertissement d'en
haut*. Ce changement de résolution si subit l'étonnait, il
ne savait à quoi l'attribuer, il ne savait s'il devait remercier Mme de Piennes d'avoir cédé à la fin; mais en ce
moment sa grande préoccupation était pour deviner si
son obstination avait lassé ou bien convaincu la personne
à laquelle il craignait par-dessus tout de déplaire.

— Seulement, Max, poursuivit Mme de Piennes, j'ai
à vous demander, ou plutôt j'exige de vous...

Elle s'arrêta un instant, et Max fit un signe de tête
indiquant qu'il se soumettait à tout.

— J'exige, reprit-elle, que vous ne la voyiez qu'avec
moi.

Il fit un geste d'étonnement, mais il se hâta d'ajouter
qu'il obéirait.

— Je ne me fie pas absolument à vous, continua-t-elle
en souriant. Je crains encore que vous ne gâtiez mon
ouvrage, et je veux réussir. Surveillé par moi, vous
deviendrez au contraire un aide utile, et, j'en ai l'espoir,
votre soumission sera récompensée.

Elle lui tendit la main en disant ces mots. Il fut
convenu que Max irait le lendemain voir Arsène Guillot,
et que Mme de Piennes le précéderait pour la préparer à
cette visite.

Vous comprenez son projet. D'abord elle avait pensé
qu'elle trouverait Max plein de repentir, et qu'elle tire-
rait facilement de l'exemple d'Arsène le texte d'un sermon éloquent contre ses mauvaises [54] passions; mais,
contre son attente, il rejetait toute responsabilité. Il fallait changer d'exorde, et dans un moment décisif retourner une harangue étudiée, c'est une entreprise presque
aussi périlleuse que de prendre un nouvel ordre de
bataille au milieu d'une attaque imprévue. Mme de
Piennes n'avait pu improviser une manœuvre. Au lieu
de sermonner Max, elle avait discuté avec lui une question
de convenance. Tout à coup une idée nouvelle s'était
présentée à son esprit. Les remords de sa complice le
toucheront, avait-elle pensé. La fin chrétienne d'une

femme qu'il a aimée (et malheureusement elle ne pouvait douter qu'elle ne fût proche) portera sans doute un coup décisif. C'est sur un tel espoir qu'elle s'était subitement déterminée à permettre que Max revît Arsène. Elle y gagnait encore d'ajourner l'exhortation qu'elle avait projetée; car, je crois vous l'avoir déjà dit, malgré son vif désir de sauver un homme dont elle déplorait les égarements, l'idée d'engager avec lui une discussion si sérieuse [55] l'effrayait involontairement.

Elle avait beaucoup compté sur [56] la bonté de sa cause; elle doutait encore du succès, et ne pas réussir c'était désespérer du salut de Max, c'était se condamner à changer de sentiment à son égard. Le diable, peut-être pour éviter qu'elle se mît en garde contre la vive affection qu'elle portait à un ami d'enfance, le diable avait pris soin de justifier cette affection par une espérance chrétienne. Toutes armes sont bonnes au tentateur, et telles pratiques lui sont familières; voilà pourquoi le Portugais dit fort élégamment : *De boás intençôes esta o inferno cheio :* L'enfer est pavé de bonnes intentions [57]. Vous dites en français qu'il est pavé de langues de femmes, et cela revient au même; car les femmes, à mon sens, veulent toujours le bien.

Vous me rappelez à mon récit. Le lendemain donc, Mme de Piennes alla chez sa protégée, qu'elle trouva bien faible, bien abattue, mais pourtant plus calme et plus résignée qu'elle ne l'espérait. Elle reparla de M. de Salligny, mais avec plus de ménagement que [58] la veille. Arsène, à la vérité, devait absolument renoncer à lui, et n'y penser que pour déplorer leur commun aveuglement. Elle devait encore, et c'était une partie de sa pénitence, elle devait montrer son repentir à Max lui-même, lui donner un exemple en changeant de vie, et lui assurer pour l'avenir la paix de conscience dont elle jouissait elle-même. A ces exhortations toutes chrétiennes, Mme de Piennes ne négligea pas de joindre quelques arguments mondains : celui-ci, par exemple, qu'Arsène, aimant véritablement M. de Salligny, devait désirer son bien avant tout, et que, par son changement de conduite, elle mériterait l'estime d'un homme qui n'avait pu encore la lui accorder réellement.

Tout ce qu'il y avait de sévère et de triste dans ce discours s'effaça soudain lorsqu'en terminant Mme de Piennes lui annonça qu'elle reverrait Max, et qu'il allait venir. A la vive rougeur qui anima subitement ses joues,

depuis longtemps pâlies par la souffrance, à l'éclat extraordinaire dont brillèrent ses yeux, Mme de Piennes faillit
à se repentir d'avoir consenti à cette entrevue; mais il
n'était plus temps de changer de résolution. Elle employa
quelques minutes qui lui restaient avant l'arrivée de Max
en exhortations pieuses et énergiques, mais elles étaient
écoutées avec une distraction notable, car Arsène ne semblait préoccupée que d'arranger ses cheveux et d'ajuster
le ruban chiffonné de son bonnet.

Enfin M. de Salligny parut, contractant tous ses traits
pour leur donner un air de gaieté et d'assurance. Il
lui demanda comment elle se portait, d'un ton de
voix qu'il essaya de rendre naturel, mais qu'aucun
rhume ne saurait donner. De son côté, Arsène n'était
pas plus à son aise; elle balbutiait, elle ne pouvait trouver
une phrase, mais elle prit la main de Mme de Piennes et
la porta à ses lèvres comme pour la remercier. Ce qui se
dit pendant un quart d'heure fut ce qui se dit partout
entre gens embarrassés. Mme de Piennes seule conservait son calme ordinaire, ou plutôt, mieux préparée, elle
se maîtrisait mieux. Souvent elle répondait pour Arsène,
et celle-ci trouvait que son interprète rendait assez mal
ses pensées. La conversation languissant, Mme de
Piennes remarqua que la malade toussait beaucoup, lui
rappela que le médecin lui défendait de parler, et,
s'adressant à Max, lui dit qu'il ferait mieux de faire une
petite lecture que de fatiguer Arsène par ses questions [59].
Aussitôt Max prit un livre avec empressement, et s'approcha de la fenêtre, car la chambre était un peu obscure.
Il lut sans trop comprendre. Arsène ne comprenait pas
davantage sans doute, mais elle avait l'air d'écouter avec
un vif intérêt. Mme de Piennes travaillait à quelque
ouvrage qu'elle avait apporté, la garde se pinçait pour ne
pas dormir. Les yeux de Mme de Piennes allaient sans
cesse du lit à la fenêtre, jamais Argus ne fit si bonne
garde avec les cent yeux qu'il avait. Au bout de quelques
minutes, elle se pencha vers l'oreille d'Arsène : — Comme
il lit bien! lui dit-elle tout bas.

Arsène lui jeta un regard qui contrastait étrangement
avec le sourire de sa bouche : — Oh! oui, répondit-elle.
Puis elle baissa les yeux, et de minute en minute une
grosse larme paraissait au bord de ses cils et glissait sur
ses joues sans qu'elle s'en aperçût. Max ne tourna pas
la tête une seule fois. Après quelques pages, Mme de
Piennes dit à Arsène : — Nous allons vous laisser repo-

ser, mon enfant. Je crains que nous ne vous ayons un peu fatiguée. Nous reviendrons bientôt vous voir. Elle se leva, et Max se leva comme son ombre. Arsène lui dit adieu sans presque le regarder.

— Je suis contente de vous, Max, dit Mme de Piennes qu'il avait accompagnée jusqu'à sa porte, et d'elle encore plus. Cette pauvre fille est remplie de résignation. Elle vous donne un exemple.

— Souffrir et se taire, madame, est-ce donc si difficile à apprendre ?

— Ce qu'il faut apprendre surtout, c'est à fermer son cœur aux mauvaises pensées.

Max la salua et s'éloigna rapidement.

Lorsque Mme de Piennes revit Arsène le lendemain, elle la trouva contemplant un bouquet de fleurs rares placé sur une petite table auprès de son lit.

— C'est M. de Salligny qui me les a envoyées, dit-elle. On est venu de sa part demander comment j'étais. Lui, n'est pas monté.

— Ces fleurs sont fort belles, dit Mme de Piennes un peu sèchement.

— J'aimais beaucoup les fleurs autrefois, dit la malade en soupirant, et il me gâtait... M. de Salligny me gâtait en me donnant toutes les plus jolies qu'il pouvait trouver... Mais cela ne me vaut plus rien à présent... Cela sent trop fort... Vous devriez prendre ce bouquet, madame; il ne se fâchera pas si je vous le donne.

— Non, ma chère; ces fleurs vous font plaisir à regarder, reprit Mme de Piennes d'un ton plus doux car elle avait été très émue de l'accent profondément triste de la pauvre Arsène. Je prendrai celles qui ont de l'odeur, gardez les camellias [60].

— Non. Je déteste les camellias... Ils me rappellent la seule querelle que nous ayons eue... quand j'étais avec lui.

— Ne pensez plus à ces folies, ma chère enfant.

— Un jour, poursuivit Arsène en regardant fixement Mme de Piennes, un jour je trouvai dans sa chambre un beau camellia rose dans un verre d'eau. Je voulus le prendre, il ne voulut pas. Il m'empêcha même de le toucher. J'insistai, je lui dis des sottises. Il le prit, le serra dans une armoire, et mit la clef dans sa poche. Moi, je fis le diable, et je lui cassai même un vase de porcelaine qu'il aimait beaucoup. Rien n'y fit. Je vis bien qu'il le tenait d'une femme comme il faut. Je n'ai jamais su d'où lui venait ce camellia.

En parlant ainsi, Arsène attachait un regard fixe et presque méchant sur Mme de Piennes, qui baissa les yeux involontairement. Il y eut un assez long silence que troublait seule la respiration oppressée de la malade. Mme de Piennes venait de se rappeler confusément certaine histoire de camellia. Un jour, qu'elle dînait chez Mme Aubrée, Max lui avait dit que sa tante venait de lui souhaiter sa fête, et lui demanda de [61] lui donner un bouquet aussi. Elle avait détaché, en riant, un camellia de ses cheveux, et le lui avait donné. Mais comment un fait aussi insignifiant était-il demeuré dans sa mémoire ? Mme de Piennes ne pouvait se l'expliquer. Elle en était presque effrayée. L'espèce de confusion qu'elle éprouvait vis-à-vis d'elle-même était à peine dissipée lorsque Max entra, et elle se sentit rougir.

— Merci de vos fleurs, dit Arsène; mais elles me font mal... Elles ne seront pas perdues; je les ai données à madame. Ne me faites pas parler, on me le défend. Voulez-vous me lire quelque chose ?

Max s'assit et lut. Cette fois personne n'écouta, je pense : chacun, y compris le lecteur, suivait le fil de ses propres pensées.

Quand Mme de Piennes se leva pour sortir, elle allait laisser le bouquet sur la table, mais Arsène l'avertit de son oubli. Elle emporta donc le bouquet, mécontente d'avoir montré peut-être quelque affectation à ne pas accepter tout d'abord cette bagatelle. — Quel mal peut-il y avoir à cela ? pensait-elle. Mais il y avait déjà du mal à se faire cette simple question.

Sans en être prié, Max la suivit chez elle. Ils s'assirent, et, détournant les yeux l'un et l'autre, ils demeurèrent en silence assez longtemps pour en être embarrassés.

— Cette pauvre fille, dit enfin Mme de Piennes, m'afflige profondément. Il n'y a plus d'espoir, à ce qu'il paraît.

— Vous avez vu le médecin ? demanda Max; que dit-il ?

Mme de Piennes secoua la tête : — Elle n'a plus que bien peu de jours à passer dans ce monde. Ce matin, on l'a administrée.

— Sa figure faisait mal à voir, dit Max en s'avançant dans l'embrasure d'une fenêtre, probablement pour cacher son émotion.

— Sans doute il est cruel de mourir à son âge, reprit gravement Mme de Piennes; mais si elle eût vécu davan-

tage, qui sait si ce n'eût point été un malheur pour
elle ?... En la sauvant d'une mort désespérée, la Providence a voulu lui donner le temps de se repentir... C'est
une grande grâce dont elle-même sent tout le prix à
présent. L'abbé Dubignon est fort content d'elle. Il ne
faut pas tant la plaindre, Max !

— Je ne sais s'il faut plaindre ceux qui meurent
jeunes, répondit-il un peu brusquement... moi, j'aimerais
à mourir jeune ; mais ce qui m'afflige surtout, c'est de la
voir souffrir ainsi.

— La souffrance du corps est souvent utile à l'âme...
Max, sans répondre, alla se placer à l'extrémité de
l'appartement, dans un angle obscur à demi caché par
d'épais rideaux. Mme de Piennes travaillait ou feignait
de travailler, les yeux fixés sur une tapisserie ; mais il lui
semblait sentir le regard de Max comme quelque chose
qui pesait sur elle. Ce regard qu'elle fuyait, elle croyait
le sentir errer sur ses mains, sur ses épaules, sur son
front. Il lui sembla qu'il s'arrêtait sur son pied, et elle
se hâta de le cacher sous sa robe. — Il y a peut-être
quelque chose de vrai dans ce qu'on dit du fluide magné-
tique, madame.

— Vous connaissez M. l'amiral de Rigny [62], madame ?
demanda Max tout à coup.

— Oui, un peu.

— J'aurai peut-être un service à vous demander
auprès de lui... une lettre de recommandation...

— Pourquoi donc [63] ?

— Depuis quelques jours, madame, j'ai fait des projets, continua-t-il avec une gaieté affectée. Je travaille à
me convertir, et je voudrais faire quelque acte de bon
chrétien ; mais, embarrassé, comment m'y prendre...
Mme de Piennes lui lança un regard un peu sévère.

— Voici à quoi je me suis arrêté, poursuivit-il. Je suis
bien fâché de ne pas savoir l'école de peloton [64], mais
cela peut s'apprendre. En attendant, je sais manier un
fusil, pas trop mal..., et, ainsi que j'avais l'honneur de
vous le dire, je me sens une envie extraordinaire d'aller
en Grèce et de tâcher d'y tuer quelque Turc, pour la
plus grande gloire de la croix.

— En Grèce ! s'écria Mme de Piennes, laissant tomber
son peloton.

— En Grèce. Ici, je ne fais rien ; je m'ennuie ; je ne
suis bon à rien, je ne puis rien faire d'utile ; il n'y a personne au monde à qui je sois bon à quelque chose.

Pourquoi n'irais-je pas moissonner des lauriers, ou me
faire casser la tête pour une bonne cause ? D'ailleurs,
pour moi, je ne vois guère d'autre moyen d'aller à la
gloire ou au Temple de Mémoire, à quoi je tiens fort.
Figurez-vous, madame, quel honneur pour moi quand
on lira dans le journal : « On nous écrit de Tripolitza
« que M. Max de Salligny, jeune philhellène de la plus
« haute espérance » — on peut bien dire cela dans un
journal — « de la plus haute espérance, vient de périr
« victime de son enthousiasme pour la sainte cause de
« la religion et de la liberté. Le farouche Kourschid-
« Pacha a poussé l'oubli des convenances jusqu'à lui
« faire trancher la tête... » C'est justement ce que j'ai de
plus mauvais, à ce que tout le monde dit, n'est-ce pas,
madame ?

Et il riait d'un rire forcé.

— Parlez-vous sérieusement, Max ? Vous iriez en
Grèce ?

— Très sérieusement, madame ; seulement, je tâcherai que mon article nécrologique ne paraisse que le plus
tard possible.

— Qu'iriez-vous faire en Grèce ? Ce ne sont pas des
soldats qui manquent aux Grecs... Vous feriez un excellent soldat, j'en suis sûre ; mais...

— Un superbe grenadier de cinq pieds six pouces !
s'écria-t-il en se levant en pieds ; les Grecs seraient bien
dégoûtés s'ils ne voulaient pas d'une recrue comme
celle-là. Sans plaisanterie, madame, ajouta-t-il en se laissant retomber dans un fauteuil, c'est, je crois, ce que
j'ai de mieux à faire. Je ne puis rester à Paris (il prononça ces mots avec une certaine violence) ; j'y suis
malheureux, j'y ferais cent sottises... Je n'ai pas la force
de résister... Mais nous en reparlerons ; je ne pars pas
tout de suite... mais je partirai... Oh! oui, il le faut ; j'en
ai fait mon grand serment. — Savez-vous que depuis
deux jours j'apprends le grec ? Ζωή μου, σὰς ἀγαπῶ. C'est
une fort belle langue, n'est-ce pas ?

Mme de Piennes avait lu lord Byron et se rappela
cette phrase grecque, refrain d'une de ses pièces fugi-
tives. La traduction, comme vous savez, se trouve en
note ; c'est : « Ma vie, je vous aime [65]. » — *Ce sont façons
de parler obligeantes de ces pays-là* [66]. Mme de Piennes
maudissait sa trop bonne mémoire ; elle se garda bien
de demander ce que signifiait ce grec-là, et craignait
seulement que sa physionomie ne montrât qu'elle avait

compris. Max s'était approché du piano; et ses doigts, tombant sur le clavier comme par hasard, formèrent quelques accords mélancoliques. Tout à coup il prit son chapeau; et se tournant vers Mme de Piennes, il lui demanda si elle comptait aller ce soir chez Mme Darsenay.

— Je pense que oui, répondit-elle en hésitant un peu. Il lui serra la main, et sortit aussitôt, la laissant en proie à une agitation qu'elle n'avait encore jamais éprouvée.

Toutes ces idées étaient confuses et se succédaient avec tant de rapidité, qu'elle n'avait pas le temps de s'arrêter à une seule. C'était comme cette suite d'images qui paraissent et disparaissent à la portière d'une voiture entraînée sur un chemin de fer. Mais, de même qu'au milieu de la course la plus impétueuse l'œil qui n'aperçoit point tous les détails [67] parvient cependant à saisir le caractère général des sites que l'on traverse, de même, au milieu de ce chaos de pensées qui l'assiégeaient, Mme de Piennes éprouvait une impression d'effroi et se sentait comme entraînée sur une pente rapide au milieu de précipices affreux. Que Max l'aimât, elle n'en pouvait douter. Cet amour (elle disait : cette affection) datait de loin; mais jusqu'alors elle ne s'en était pas alarmée. Entre une dévote comme elle et un libertin comme Max, s'élevait une barrière insurmontable qui la rassurait autrefois. Bien qu'elle ne fût pas insensible au plaisir ou à la vanité d'inspirer un sentiment sérieux à un homme aussi léger que l'était Max dans son opinion, elle n'avait jamais pensé que cette affection pût devenir un jour dangereuse pour son repos. Maintenant que le mauvais sujet s'était amendé, elle commençait à le craindre. Sa conversion, qu'elle s'attribuait, allait donc devenir, pour elle et pour lui, une cause de chagrins et de tourments. Par moments, elle essayait de se persuader que les dangers qu'elle prévoyait vaguement n'avaient aucun fondement réel. Ce voyage brusquement résolu, le changement qu'elle avait remarqué dans les manières de M. de Salligny, pouvaient s'expliquer à la rigueur par l'amour qu'il avait conservé pour Arsène Guillot; mais, chose étrange! cette pensée lui était plus insupportable que les autres, et c'était presque un soulagement pour elle que de s'en démontrer l'invraisemblance.

Mme de Piennes passa toute la soirée à se créer ainsi des fantômes, à les détruire, à les reformer. Elle ne voulut pas aller chez Mme Darsenay, et, pour être plus sûre

d'elle-même, elle permit à son cocher de sortir et voulut
se coucher de bonne heure; mais aussitôt qu'elle eut
pris cette magnanime résolution, et qu'il n'y eut plus
moyen de s'en dédire, elle se représenta que c'était une
faiblesse indigne d'elle et s'en repentit. Elle craignit surtout que Max n'en soupçonnât la cause; et comme elle
ne pouvait se déguiser à ses propres yeux son véritable
motif pour ne pas sortir, elle en vint à se regarder déjà
comme coupable, car cette seule préoccupation à l'égard
de M. de Salligny lui semblait un crime. Elle pria longtemps, mais elle ne s'en trouva pas soulagée. Je ne sais
à quelle heure elle parvint à s'endormir; ce qu'il y a de
certain, c'est que, lorsqu'elle se réveilla, ses idées étaient
aussi confuses que la veille, et qu'elle était tout aussi
éloignée de prendre une résolution.

Pendant qu'elle déjeunait — car on déjeune toujours,
Madame, surtout quand on a mal dîné — elle lut dans
un journal que je ne sais quel pacha venait de saccager
une ville de la Roumélie [68]. Femmes et enfants avaient
été massacrés; quelques philhellènes avaient péri les
armes à la main ou avaient été lentement immolés dans
d'horribles tortures. Cet article de journal était peu
propre à faire goûter à Mme de Piennes le voyage de
Grèce auquel Max se préparait. Elle méditait tristement
sur sa lecture, lorsqu'on lui apporta un billet de celui-ci.
Le soir précédent, il s'était fort ennuyé chez Mme Darsenay; et, inquiet de n'y avoir pas trouvé Mme de Piennes,
il lui écrivait pour avoir de ses nouvelles, et lui demander
à quelle heure elle devait aller [69] chez Arsène Guillot.
Mme de Piennes n'eut pas le courage d'écrire, et fit
répondre qu'elle irait à l'heure accoutumée. Puis l'idée
lui vint d'y aller sur-le-champ, afin de n'y pas rencontrer
Max; mais, par réflexion, elle trouva que c'était un mensonge puéril et honteux, pire que sa faiblesse de la veille.
Elle s'arma donc de courage, fit sa prière avec ferveur,
et, lorsqu'il fut temps, elle sortit et monta d'un pas
ferme à la chambre d'Arsène.

III

Elle trouva la pauvre fille dans un état à faire pitié.
Il était évident que sa dernière heure était proche, et
depuis la veille le mal avait fait d'horribles progrès. Sa
respiration n'était plus qu'un râlement douloureux, et

l'on dit à Mme de Piennes que plusieurs fois dans la matinée elle avait eu le délire, et que le médecin ne pensait pas qu'elle pût aller jusqu'au lendemain. Arsène, cependant, reconnut sa protectrice et la remercia d'être venue la voir.

— Vous ne vous fatiguerez plus à monter mon escalier, lui dit-elle d'une voix éteinte.

Chaque parole semblait lui coûter un effort pénible et user ce qui lui restait de forces. Il fallait se pencher sur son lit pour l'entendre. Mme de Piennes avait pris sa main, et elle était déjà froide et comme inanimée.

Max arriva bientôt et s'approcha silencieusement du lit de la mourante. Elle lui fit un léger signe de tête, et remarquant qu'il avait à la main un livre dans un étui :

— Vous ne lirez pas aujourd'hui, murmura-t-elle faiblement. Mme de Piennes jeta les yeux sur ce livre prétendu : c'était une carte de la Grèce reliée, qu'il avait achetée en passant.

L'abbé Dubignon, qui depuis le matin était auprès d'Arsène, observant avec quelle rapidité les forces de la malade s'épuisaient, voulut mettre à profit, pour son salut, le peu de moments qui lui restaient encore. Il écarta Max et Mme de Piennes, et, courbé sur ce lit de douleur, il adressa à la pauvre fille les graves et consolantes paroles que la religion réserve pour de pareils moments. Dans un coin de la chambre, Mme de Piennes priait à genoux, et Max, debout près de la fenêtre, semblait transformé en statue.

— Vous pardonnez à tous ceux qui vous ont offensée, ma fille ? dit le prêtre d'une voix émue.

— Oui!... qu'ils soient heureux! répondit la mourante en faisant un effort pour se faire entendre.

— Fiez-vous donc à la miséricorde de Dieu, ma fille! reprit l'abbé. Le repentir ouvre les portes du ciel.

Pendant quelques minutes encore, l'abbé continua ses exhortations; puis il cessa de parler, incertain s'il n'avait plus qu'un cadavre devant lui. Mme de Piennes se leva doucement [70], et chacun demeura quelque temps immobile, regardant avec anxiété le visage livide d'Arsène. Ses yeux étaient fermés. Chacun retenait sa respiration comme pour ne pas troubler le terrible sommeil qui peut-être avait commencé pour elle, et l'on entendait distinctement dans la chambre le faible tintement d'une montre placée sur la table de nuit.

— Elle est passée, la pauvre demoiselle! dit enfin la

garde après avoir approché sa tabatière des lèvres d'Arsène; vous le voyez, le verre n'est pas terni. Elle est
morte!

— Pauvre enfant! s'écria Max sortant de la stupeur
où il semblait plongé. Quel bonheur a-t-elle eu dans ce
monde ?

Tout à coup, et comme ranimée à sa voix, Arsène
ouvrit les yeux. — J'ai aimé! murmura-t-elle d'une voix
sourde. Elle remuait les doigts et semblait vouloir tendre
les mains. Max et Mme de Piennes s'étaient approchés
et prirent chacun une de ses mains. — J'ai aimé, répéta-
t-elle avec un triste sourire. Ce furent ses dernières
paroles. Max et Mme de Piennes tinrent longtemps ses
mains glacées sans oser lever les yeux...

IV

Eh bien, Madame, vous me dites que mon histoire est
finie, et vous ne voulez pas en entendre davantage.
J'aurais cru que vous seriez curieuse de savoir si M. de
Salligny fit ou non le voyage de Grèce; si... mais il est
tard, vous en avez assez. A la bonne heure! Au moins
gardez-vous des jugements téméraires, je proteste que
je n'ai rien dit qui pût vous y autoriser. Surtout, ne doutez pas que mon histoire ne soit vraie. Vous en douteriez ?
Allez au Père-Lachaise : à vingt pas à gauche du tombeau
du général Foy, vous trouverez une pierre de liais fort
simple, entourée de fleurs toujours bien entretenues. Sur
la pierre, vous pourrez lire le nom de mon héroïne gravé
en gros caractères : ARSENE GUILLOT, et, en vous
penchant sur cette tombe, vous remarquerez, si la pluie
n'y a déjà mis ordre, une ligne tracée au crayon, d'une
écriture très fine :

— Pauvre Arsène! elle prie pour nous. —

Notes

Abréviations : *RDM : Revue des Deux Mondes; 1847 : Carmen.*

1. Homère, *Iliade*, XXII, 359-360. Hector mourant à Achille : « [...] Pâris et Phoebus Apollon, si vaillant que tu sois, te donneront la mort devant la porte Scée. » (Traduction de Victor Bérard. Paris, Gallimard, Pléiade, 1955, p. 483.)

2. *Dans la* Revue des Deux Mondes, *les chapitres ne sont pas numérotés, mais séparés par un blanc.*

3. Le nom est emprunté, probablement, au duc de Piennes. Notons, cependant, la relation Piennes — pie, pieux, etc.

4. *RDM :* d'une personne aussi considérée

5. *RDM, 1847 :* longtemps les injures

6. *RDM, 1847 :* encore inventée. / Cette
Les premiers trottoirs en asphalte ont été construits à Paris en 1838.

7. *RDM, 1847 :* deviner déjà la position

8. Cf. Luc, XXI, 1-4, et Marc, XII, 41-44.

9. Le mot « concierge » est employé depuis peu pour remplacer « portier » qui a une connotation péjorative.

10. *RDM :* j'en ai les sangs tournés!

11. Mérimée pense probablement au docteur Koreff, personnage bizarre et fort à la mode, bien connu par lui et par Stendhal.

12. *RDM :* mardis, jours d'Opéra-Italien.

13. *RDM, 1847 :* Elle en réchappera si

14. *Otello,* opéra de Rossini, créé en 1816 à Naples.

15. *RDM, 1847 :* dit ce qui

16. L'auscultation est une nouveauté à l'époque. *De l'auscultation médiate* de Laennec parut en 1819.

17. Le mot « facies » est nouveau, il est introduit dans la langue française en 1836.

18. *RDM, 1847 :* on n'a plus le sou...

19. *RDM :* chère madame, pensez-y :

20. *RDM, 1847 :* Sans doute de n'avoir pas fait mettre

21. *RDM :* suffiront. — Bouillon, tisane, etc.

22. *RDM, 1847 :* à deviner l'auteur.

23. *RDM :* Lorsqu'elle vit entrer Mme de Piennes,

24. *RDM :* le bruit... crah! quand

25. La parenté entre les noms Guillot et Cayot est évidente. Dans *Lamiel*, Stendhal parle d'une jeune actrice appelée Caillot, changement d'orthographe du nom de Céline Cayot qui pouvait donner à Mérimée l'idée de Guillot/Guyot.

26. *RDM :* à saint Roch... mais

27. *RDM, 1847 :* je ne puis vous

28. *RDM :* à saint Roch, on '

29. Cf. « Nous allons faire souche d'honnêtes gens. » Le Sage, *Turcaret*, V. xiv.

30. *RDM, 1847 :* sous un oreiller

31. Petits gâteaux.

32. Montesquieu, *Lettres persanes*, Ricca à Ibben, XXX.

33. *RDM :* adoucissez ce reproche

34. Homère, *Odyssée*, XVII, 332. La traduction n'est pas d'Amyot, mais de Boileau.

35. *RDM, 1847 :* le fonds n'était pas

36. *RDM :* rentra toute rouge

37. *RDM, 1847 :* et l'un des attentifs
L'adjectif « attentif » ne s'emploie guère substantivement.

38. Tous les textes donnent « un ami », alors que, de toute évidence, il s'agit de la tante de Salligny.

39. Cf. Marot, « Au Roy », *Epîtres*, XIII. « Pipeur, jureur, larron, blasphémateur, / Sentant la hart de cent pas à la route, / Au demeurant le meilleur fils du monde. »

40. C'est la différence d'âge entre Mérimée, né le 28 septembre 1803, et Valentine Delessert, née le 1er janvier 1806.

41. Molière, *Misanthrope*, I, i.

42. Boileau, *Epîtres*, I, 40.

43. *RDM :* mourir ainsi loin
    1847 : mourir aussi loin

44. Antonio Nibby (1792-1839), archéologue romain, directeur des fouilles du Forum de 1829 à 1837. Stendhal le mentionne plusieurs fois.

45. *Cantique des Cantiques*, VII, 4.

46. *RDM :* qui me conviennent... / Madame

47. Shakespeare, *Othello*, III, iii. Mérimée déforme le propos d'Othello qui parle ainsi : « Peut-être, parce que je suis noir, et que je n'ai pas dans la conversation les formes souples des intrigants, ou bien parce que j'incline vers la vallée des années; oui, peut-être, pour si peu de chose, elle est perdue! » (Traduction de François-Victor Hugo.)

48. *RDM, 1847 :* d'être aimé de même. / — S'il

49. *RDM, 1847 :* Je compte toujours sur vous,

50. La réconciliation est l'acte qui réunit un hérétique à l'Eglise.

51. *RDM :* à la trouver; son

52. Cf. Plutarque, *Marius,* XXXVII. Caius Marius, général et homme politique romain (157-86 avant J.-C.), vainquit les Cimbres et les Teutons (102 et 101). Attaqué par Sylla, il dut quitter Rome et se réfugier dans les marais de Minturnes.

53. *RDM :* et ce mot *salut,*

54. *RDM, 1847 :* contre les mauvaises

55. *RDM, 1847 :* discussion aussi sérieuse

56. *RDM :* Elle avait beau compter sur

57. Comme le remarquent Jean Mallion et Pierre Salomon (Pléiade, p. 1555), la traduction est inexacte : *cheio* signifie plein et non pavé.

58. *RDM :* de ménagements que

59. *RDM :* par des questions.

60. *RDM, 1847 donnent partout* camélia, camélias.
La Dame aux camélias d'Alexandre Dumas fils ne paraîtra qu'en 1848.

61. *RDM, 1847 :* lui avait demandé de

62. Le vice-amiral de Rigny commandait l'escadre française engagée dans la guerre d'indépendance grecque.

63. *RDM, 1847 :* Pour qui donc ?

64. *RDM, 1847 :* de ne pas connaître l'école de peloton,
L'école de peloton correspond à l'instruction militaire élémentaire.

65. Byron, *Maid of Athenes, ere we part...* (1810). Le refrain est en grec moderne, Byron donne la traduction en note.

66. *RDM : la citation n'est pas en italique.*
Molière, *Le Bourgeois gentilhomme,* IV, IV.

67. *RDM, 1847 :* point les détails

68. Province de la Turquie d'Europe.

69. *RDM, 1847 :* demander l'heure à laquelle il devait aller

70. *RDM :* se releva doucement,

L'ABBÉ AUBAIN

Notice

L'Abbé Aubain parut sans signature dans *Le Constitutionnel* le 24 février 1846. Il a été annoncé la veille par la note suivante : « Nous publierons demain mardi l'HISTOIRE DE L'ABBÉ AUBAIN, dans une série de lettres originales, où il n'est question ni de l'Université ni des Jésuites [allusion à la querelle de l'enseignement]. A la finesse de ce tableau de mœurs, au mérite du style, on reconnaîtra sûrement un de nos plus spirituels et de nos plus célèbres conteurs. » Le 28 février, Mérimée écrit à Mme de Montijo : « Je vous envoie une petite historiette que j'ai faite sans la signer, parce qu'il suffit que je parle de curé pour que les vieilles dévotes crient à l'irréligion. L'aventure est vraie et je pourrais vous nommer les personnages. » (*Corr. gén.*, t. IV, p. 422.)

L'anonymat était facile à percer : le jour même de la publication, Béranger envoya à Mérimée un mot pour le remercier du divertissement qu'il lui avait procuré. Quant à l'aventure « vraie », nous ignorons où et à qui elle est arrivée. On croit retrouver, encore une fois, Mme Delessert sous le masque de Mme de P*** (initiale de Mme de Piennes); la nouvelle serait une petite vengeance contre elle, méritée par la trop grande attention qu'elle accordait aux hommages de Charles de Rémusat. On reconnaît aussi chez l'héroïne quelques traits de la studieuse Jenny Dacquin qui apprend, en effet, le grec, le latin et l'allemand, et que Mérimée aime à taquiner au sujet de ses professeurs inconnus de lui.

La nouvelle apparaît comme une parodie de l'histoire dramatique qui est la base des récits de Mérimée : l'héroïne affamée d'inconnu cherche le mystère du destin, et croit le trouver là où en réalité il n'y a qu'un cœur vide et une âme vulgaire; mais aussi elle mérite d'être abusée parce qu'elle accorde des satisfactions trop faciles à sa curiosité.

L'Abbé Aubain parut en volume dans *Carmen* en 1847 (Paris, Michel Lévy; la page de titre porte la date de 1846), mais le texte n'a été fixé qu'en 1852 (*Nouvelles*, Paris, Michel Lévy), état qu'adopte notre édition.

L'ABBÉ AUBAIN

Il est inutile de dire comment les lettres suivantes sont tombées entre nos mains. Elles nous ont paru curieuses, morales et instructives. Nous les publions sans autre changement que la suppression de certains noms propres et de quelques passages qui ne se rapportent pas à l'aventure de l'abbé Aubain.

LETTRE I[1]

De Mme de P... à Mme de G...

Noirmoutiers [2],... novembre 1844.

J'ai promis de t'écrire, ma chère Sophie, et je tiens parole; aussi bien n'ai-je rien de mieux à faire par ces longues soirées. Ma dernière lettre t'apprenait comment je me suis aperçue tout à la fois que j'avais trente ans et que j'étais ruinée. Au premier de ces malheurs, hélas! il n'y a pas de remède. Au second, nous nous résignons assez mal, mais enfin, nous nous résignons. Pour rétablir nos affaires, il nous faut passer deux ans, pour le moins, dans le sombre manoir d'où je t'écris. J'ai été sublime. Aussitôt que j'ai su l'état de nos finances, j'ai proposé à Henri d'aller faire des économies à la campagne, et huit jours après nous étions à Noirmoutiers. Je ne te dirai rien du voyage. Il y avait bien des années que je ne m'étais trouvée pour aussi longtemps seule avec mon mari. Naturellement nous étions l'un et l'autre d'assez mauvaise humeur; mais comme j'étais parfaitement résolue à faire bonne contenance, tout s'est bien passé. Tu connais mes grandes *résolutions*, et tu sais si je les tiens. Nous voilà installés. Par exemple, Noirmoutiers, pour le pittoresque, ne laisse rien à désirer. Des bois, des falaises, la mer à un quart de lieue. Nous avons quatre grosses tours dont les murs ont quinze pieds d'épaisseur. J'ai fait un cabinet de travail dans l'embrasure d'une fenêtre. Mon salon, de soixante pieds de long, est décoré d'une tapisserie à *personnages de bêtes ;* il est vraiment magnifique, éclairé par huit bougies : c'est l'illumination du dimanche. Je meurs de peur toutes les fois que j'y passe après le soleil couché. Tout cela est meublé fort mal, comme tu le penses bien. Les portes ne joignent pas, les boiseries craquent, le vent siffle et la mer mugit de la façon la plus lugubre du monde. Pourtant je commence à m'y habituer. Je range, je répare, je plante; avant les grands froids je me serai fait un campement tolérable. Tu peux être assurée que ta tour sera prête pour le printemps. Que ne puis-je déjà t'y tenir! Le mérite de Noirmoutiers, c'est que nous n'avons pas de voisins. Solitude complète. Je n'ai d'autres visiteurs, grâce à Dieu, que mon curé, l'abbé Aubain. C'est un jeune homme fort doux, bien qu'il ait des sourcils arqués et bien fournis, et de grands yeux noirs comme un traître de mélodrame. Dimanche dernier, il nous a fait un sermon, pas trop mal pour un sermon de province, et qui venait comme de cire [a] : « Que le malheur était un bienfait de la Providence pour épurer nos âmes. » Soit! A ce compte, nous devons des remerciements à cet honnête agent de change qui a voulu nous épurer en nous emportant notre fortune. Adieu, ma chère amie. Mon piano arrive avec force caisses. Je vais voir à faire ranger tout cela.

P. S. Je rouvre ma lettre pour te remercier de ton envoi. Tout cela est trop beau, beaucoup trop beau pour Noirmoutiers. La capote grise me plaît. J'ai reconnu ton goût. Je la mettrai dimanche pour la messe; peut-être qu'il passera un commis voyageur pour l'admirer. Mais pour qui me prends-tu avec tes romans ? Je veux être, je *suis* une personne sérieuse. N'ai-je pas de bonnes raisons ? Je vais m'instruire. A mon retour à Paris, dans trois ans d'ici (j'aurai trente-trois ans, juste ciel!), je [3] veux être une Philaminte [4]. Au vrai, je ne sais que te demander en fait de livres. Que me conseilles-tu d'apprendre ? l'allemand ou le latin ? Ce serait bien agréable de lire Wilhelm Meister dans l'original, ou les contes de Hoffmann [5]. Noirmoutiers est le vrai lieu pour les contes fantastiques. Mais comment apprendre l'allemand à Noirmoutiers ? Le latin me plairait assez, car je trouve injuste que les hommes le sachent pour eux seuls. J'ai envie de me faire donner des leçons par mon curé.

. . . .

---

a. Venir comme de cire : s'adapter comme la cire à l'objet à mouler.

LETTRE II

La même à la même.

Noirmoutiers,... décembre 1844.

Tu as beau t'en étonner, le temps passe plus vite que tu ne crois, plus vite que je ne l'aurais cru moi-même. Ce qui soutient surtout mon courage, c'est la faiblesse de mon seigneur et maître. En vérité, les hommes sont bien inférieurs à nous. Il est d'un abattement, d'un *avvilimento* [a] qui passe la permission. Il se lève le plus tard qu'il peut, monte à cheval ou va chasser, ou bien faire visite aux plus ennuyeuses gens du monde, notaires ou procureurs du roi qui demeurent à la ville, c'est-à-dire à six lieues d'ici. C'est quand il pleut qu'il faut le voir [6]! Voilà huit jours qu'il a commencé les Mauprat, et il en est au premier volume [7]. — « Il vaut mieux se louer soi-même que de médire d'autrui. » C'est un de tes proverbes. Je le laisse donc pour te parler de moi. L'air de la campagne me fait un bien infini. Je me porte à merveille, et quand je me regarde dans ma glace (quelle glace!), je ne me donnerais pas trente ans; et puis, je me promène beaucoup. Hier, j'ai tant fait, que Henri est venu avec moi au bord de la mer. Pendant qu'il tirait des mouettes, j'ai lu le chant des pirates dans le *Giaour* [8]. Sur la grève, devant une mer houleuse, ces beaux vers semblent encore plus beaux. Notre mer ne vaut pas celle de Grèce, mais elle a sa poésie comme toutes les mers. Sais-tu ce qui me frappe dans lord Byron ? c'est qu'il voit et qu'il comprend la nature. Il ne parle pas de la mer pour avoir mangé du turbot et des huîtres. Il a navigué; il a vu des tempêtes. Toutes ses descriptions sont des daguerréotypes [9]. Pour nos poètes, la rime d'abord, puis le bon sens, s'il y a place

a. Manque de courage.

dans le vers. Pendant que je me promenais, lisant, regardant et admirant, l'abbé Aubain — je ne sais si je t'ai parlé de mon abbé, c'est le curé de mon village — est venu me joindre. C'est un jeune prêtre qui me revient assez [10]. Il a de l'instruction et sait « parler des choses avec les honnêtes gens [11] ». D'ailleurs, à ses grands yeux noirs et sa mine pâle et mélancolique, je vois bien qu'il a une histoire intéressante, et je prétends me la faire raconter. Nous avons causé mer, poésie; et, ce qui te surprendra dans un curé de Noirmoutiers, il en parle bien. Puis il m'a menée dans [12] les ruines d'une vieille abbaye, sur une falaise, et m'a fait voir un grand portail tout sculpté de monstres adorables. Ah! si j'avais de l'argent, comme je réparerais tout cela! Après, malgré les représentations de Henri, qui voulait aller dîner, j'ai insisté pour passer par le presbytère, afin de voir un reliquaire curieux que le curé a trouvé chez un paysan. C'est fort beau, en effet : un coffret en émail de Limoges, qui ferait une délicieuse cassette à mettre des bijoux. Mais quelle maison, grand Dieu! Et nous autres, qui nous trouvons pauvres! Figure-toi une petite chambre au rez-de-chaussée, mal dallée, peinte à la chaux, meublée d'une table et de quatre chaises, plus un fauteuil en paille avec une petite galette de coussin, rembourrée de je ne sais quels noyaux de pêche, et recouverte en toile à carreaux blancs et rouges. Sur la table, il y avait trois ou quatre grands in-folio grecs ou latins. Ce sont des Pères de l'Eglise, et dessous, comme caché, j'ai surpris *Jocelin* [13]. Il a rougi. D'ailleurs, il était fort bien à faire les honneurs de son misérable taudis; ni orgueil, ni mauvaise honte. Je soupçonnais qu'il avait son histoire romanesque. J'en ai la preuve maintenant. Dans le coffre byzantin [a] qu'il nous a montré, il y avait un bouquet fané de cinq ou six ans au moins. — Est-ce une relique ? lui ai-je demandé. — Non, a-t-il répondu un peu troublé. Je ne sais comment cela se trouve là. Puis il a pris le bouquet et l'a serré précieusement dans sa table. Est-ce clair ?... Je suis rentrée au château avec de la tristesse et du courage : de la tristesse pour avoir vu tant de pauvreté; du courage, pour supporter la mienne, qui pour lui serait une opulence asiatique. Si tu avais vu sa surprise quand Henri lui a remis vingt francs pour une femme [14] qu'il nous recommandait! Il faut que je lui fasse un cadeau. Ce fauteuil de paille

a. Email de Limoges de style byzantin.

où je me suis assise est par trop dur. Je veux lui donner un de ces fauteuils en fer qui se plient comme celui que j'avais emporté en Italie. Tu m'en choisiras un, et tu me l'enverras au plus vite...

LETTRE III

La même à la même.

Noirmoutiers,... février 1845.

Décidément je ne m'ennuie pas à Noirmoutiers. D'ailleurs, j'ai trouvé une occupation intéressante [15], et c'est à mon abbé que je la dois. Mon abbé sait tout, assurément, et en outre la botanique. Je me suis rappelé les Lettres de Rousseau [16], en l'entendant nommer en latin un vilain oignon que, faute de mieux, j'avais mis sur ma cheminée. — « Vous savez donc la botanique ? — Fort mal, répondit-il. Assez cependant pour indiquer aux gens de ce pays les simples qui peuvent leur être utiles; assez surtout, il faut bien l'avouer, pour donner quelque intérêt à mes promenades solitaires. » J'ai compris tout de suite qu'il serait très amusant de cueillir de belles fleurs dans mes courses, de les faire sécher et de les ranger proprement dans « mon vieux Plutarque à mettre des rabats [17]. » — « Montrez-moi la botanique », lui ai-je dit. Il voulait attendre au printemps, car il n'y a pas de fleurs dans cette vilaine saison. « Mais vous avez des fleurs séchées, lui ai-je dit. J'en ai vu chez vous. » — Je crois t'avoir parlé d'un vieux bouquet précieusement conservé. — Si tu avais vu sa mine!... Pauvre malheureux! Je me suis repentie bien vite de mon allusion indiscrète. Pour la lui faire oublier, je me suis hâtée de lui dire qu'il devait avoir une collection de plantes sèches. Cela s'appelle un herbier. Il en est convenu aussitôt; et, dès le lendemain, il m'apportait dans un ballot de papier gris, force jolies plantes, chacune avec son étiquette. Le cours de botanique est commencé; j'ai fait tout de suite des progrès étonnants. Mais ce que je ne savais pas, c'est l'immoralité de cette botanique, et la difficulté des premières explications, surtout pour un abbé. Tu sauras, ma chère, que les plantes se marient tout comme nous autres, mais la plupart ont beaucoup de maris. On appelle les unes *phanérogames*, si j'ai bien retenu ce nom barbare. C'est du grec, qui veut dire mariées publiquement, à la municipalité. Il y a ensuite les *cryptogames*, mariages secrets [18]. Les champignons que tu manges se marient secrètement. Tout cela est fort scandaleux; mais il ne s'en tire pas trop mal, mieux que moi, qui ai eu la sottise de rire aux éclats, une fois ou deux, aux passages les plus difficiles. Mais à présent, je suis devenue prudente et je ne fais plus de questions.

LETTRE IV

La même à la même.

Noirmoutiers,... février 1845.

Tu veux absolument savoir l'histoire de ce bouquet conservé si précieusement; mais, en vérité, je n'ose la lui demander. D'abord, il est plus que probable qu'il n'y a pas d'histoire là-dessous; puis, s'il y en avait une, ce serait peut-être une histoire qu'il n'aimerait pas à raconter. Pour moi, je suis bien convaincue... Allons! point de menteries. Tu sais bien que je ne puis avoir de secrets avec toi. Je la sais, cette histoire, et je vais te la dire en deux mots; rien de plus simple. — « Comment se fait-il, monsieur l'abbé, lui ai-je dit un jour qu'avec l'esprit que vous avez, et tant d'instruction, vous vous soyez résigné à devenir le curé d'un petit village ? » Lui, avec un triste sourire : « Il est plus facile, a-t-il répondu, d'être le pasteur de pauvres paysans que pasteur de citadins. Chacun doit mesurer sa tâche à ses forces. — C'est pour cela, dis-je, que vous devriez être mieux placé. — On m'avait dit, dans le temps, continua-t-il, que Mgr l'évêque de N***, votre oncle, avait daigné jeter les yeux sur moi pour me donner la cure de Sainte-Marie : c'est la meilleure du diocèse. Ma vieille tante, la seule parente qui me soit restée, demeurant à N***, on disait que c'était pour moi une situation fort désirable. Mais je suis bien ici, et j'ai appris avec plaisir que monseigneur avait fait un autre choix. Que me faut-il ? Ne suis-je pas heureux à Noirmoutiers ? Si j'y fais un peu de bien, c'est ma place; je ne dois pas la quitter. Et puis la ville me rappelle... » Il s'arrêta, les yeux mornes et distraits; puis, reprenant tout à coup : « Nous ne travaillons pas, dit-il. Et notre botanique ?... » Je ne pensais guère alors au vieux foin épars sur la table et je continuai les questions. — « Quand êtes-vous entré dans les ordres ? — Il y a neuf ans. — Neuf ans... mais il me semble que vous deviez avoir déjà l'âge où l'on a une profession ? Je ne sais, mais je me suis toujours figuré que ce n'est pas une vocation de jeunesse qui vous a conduit à vous faire prêtre. — Hélas ! non, dit-il d'un air honteux ; mais si ma vocation a été bien tardive, si elle a été déterminée par des causes... par une cause... » Il s'embarrassait et ne pouvait achever. Moi, je pris mon grand courage. « Gageons, lui dis-je, que certain bouquet que j'ai vu était pour quelque chose dans cette détermina-tion-là. » A peine l'impertinente question était-elle lâchée, que je me mordais la langue pour l'avoir poussé de la sorte ; mais il n'était plus temps. « Eh bien, oui, madame, c'est vrai ; je vous dirai tout cela, mais pas à présent... une autre fois. Voici l'Angélus qui va sonner. » Et il était parti avant le premier coup de cloche. Je m'attendais à quelque histoire terrible. Il revint le lendemain, et ce fut lui qui reprit notre conversation de la veille. Il m'avoua qu'il avait aimé une jeune personne de N***; mais elle avait un peu de fortune, et lui, étudiant, n'avait d'autre ressource que son esprit... Il lui dit [19] : « Je pars pour Paris, où j'espère obtenir une place ; mais vous, pendant que je travaillerai jour et nuit pour me rendre digne de vous, ne m'oublierez-vous pas ? » La jeune personne avait seize ou dix-sept ans et était fort romanesque. Elle lui donna son bouquet en signe de sa foi. Un an après, il apprenait son mariage avec le notaire de N***, précisé-ment comme il allait avoir une chaire dans un collège. Ce coup l'accabla, il renonça à suivre le concours. Il dit que pendant des années il n'a pu penser à autre chose ; et en se rappelant cette aventure si simple, il paraissait aussi ému que si elle venait de lui arriver. Puis, tirant le bouquet de sa poche : « C'était un enfantillage de le garder, dit-il, peut-être même était-ce mal », et il l'a jeté au feu. Lorsque les pauvres fleurs eurent cessé de craquer et de flamber, il reprit avec plus de calme : « Je vous remercie de m'avoir demandé ce récit. C'est à vous que je dois de m'être séparé d'un souvenir qu'il ne me convenait guère de conserver. » — Mais il avait le cœur gros, et l'on voyait sans peine combien le sacrifice lui avait coûté. Quelle vie, mon Dieu ! que celle de ces pauvres prêtres ! Les pensées les plus innocentes, ils doivent se les interdire. Ils sont obligés de bannir de leur cœur tous ces senti-ments qui font le bonheur des autres hommes... jusqu'aux souvenirs qui attachent à la vie. Les prêtres nous res-

semblent à nous autres, pauvres femmes : tout sentiment
vif est crime. Il n'y a de permis que de souffrir, encore
pourvu qu'il n'y paraisse pas. Adieu, je me reproche ma
curiosité comme une mauvaise action, mais c'est toi qui
en es la cause.

(Nous omettons plusieurs lettres où il n'est plus question de
l'abbé Aubain.)

LETTRE V

La même à la même.

Noirmoutiers,... mai 1845.

Il y a bien longtemps que je veux t'écrire, ma chère Sophie, et je ne sais quelle mauvaise honte m'en a toujours empêchée. Ce que j'ai à te dire est si étrange, si ridicule et si triste à la fois, que je ne sais si tu en seras touchée, ou si tu en riras. Moi-même, j'en suis encore à n'y rien comprendre. Sans plus de préambule, j'en viens au fait. Je t'ai parlé plusieurs fois, dans mes lettres, de l'abbé Aubain, le curé de notre village de Noirmoutiers. Je t'ai même conté certaine aventure qui a été la cause de sa profession. Dans la solitude où je vis, et avec les idées assez tristes que tu me connais, la société d'un homme d'esprit, instruit, aimable, m'était extrêmement précieuse. Probablement je lui ai laissé voir qu'il m'intéressait, et au bout de fort peu de temps il était chez nous comme un ancien ami. C'était, je l'avoue, un plaisir tout nouveau pour moi que de causer avec un homme supérieur dont l'ignorance du monde faisait valoir la distinction d'esprit. Peut-être encore, car il faut te dire tout, et ce n'est pas à toi que je puis cacher quelque défaut de mon caractère, peut-être encore ma *naïveté* de coquetterie (c'est ton mot), que tu m'as souvent reprochée, s'est-elle exercée à mon insu. J'aime à plaire aux gens qui me plaisent, je veux être aimée de ceux que j'aime... A cet exorde, je te vois ouvrant de grands yeux, et il me semble t'entendre dire : Julie!... Rassure-toi, ce n'est pas à mon âge que l'on commence à faire des folies. Mais je continue. Une sorte d'intimité s'est établie entre nous, sans que jamais, je me hâte de le dire, il ait rien dit ou fait qui ne convînt au caractère sacré dont il est revêtu. Il se plaisait chez moi. Nous causions souvent de sa jeunesse, et plus

d'une fois j'ai eu le tort de mettre sur le tapis cette
romanesque passion qui lui a valu un bouquet (maintenant en cendres dans ma cheminée) et la triste robe qu'il
porte. Je n'ai pas tardé à m'apercevoir qu'il ne pensait
plus guère à son infidèle. Un jour il l'avait rencontrée à la
ville, et même lui avait parlé. Il me raconta tout cela, à
son retour, et me dit sans émotion qu'elle était heureuse,
et qu'elle avait de charmants enfants. Le hasard l'a rendu
témoin de quelques-unes des impatiences de Henri. De là
des confidences, en quelque sorte forcées de ma part,
et de la sienne un redoublement d'intérêt. Il connaît
mon mari comme s'il l'avait pratiqué dix ans. D'ailleurs,
il était aussi bon conseiller que toi, et plus impartial, car
tu crois toujours que les torts sont partagés. Lui, me
donnait toujours raison, mais en me recommandant la
prudence et la politique. En un mot, il se montrait un
ami [20] dévoué. Il y a en lui quelque chose de féminin
qui me charme. C'est un esprit qui me rappelle le tien.
Un caractère exalté et ferme, sensible et concentré, fana-
tique du devoir... Je couds des phrases les unes aux autres
pour retarder l'explication. Je ne puis parler franc; ce
papier m'intimide. Que je voudrais te tenir au coin du
feu, avec un petit métier entre nous deux, brodant à la
même portière! — Enfin, enfin, ma Sophie, il faut bien
lâcher le grand mot. Le pauvre malheureux était amoureux de moi. Ris-tu, ou bien es-tu scandalisée ? Je voudrais te voir en ce moment. Il ne m'a rien dit, bien entendu
mais nous ne nous trompons guère, et ses grands yeux
noirs!... Pour le coup, je crois que tu ris. — Que de lions
voudraient avoir ces yeux-là qui parlent sans le vouloir!
J'ai vu tant de ces messieurs qui voulaient faire parler
les leurs, et qui ne disaient que des bêtises. — Lorsque
j'ai reconnu l'état du malade, la malignité de ma nature,
je te l'avouerai, s'en est presque réjouie d'abord. Une
conquête à mon âge, une conquête innocente comme
celle-là!... C'est quelque chose que d'exciter une telle
passion, un amour impossible!... Fi donc! ce vilain sentiment m'a passé bien vite. — Voilà un galant homme,
me suis-je dit, dont mon étourderie ferait le malheur.
C'est horrible, il faut absolument que cela finisse. Je
cherchais dans ma tête comment je pourrais l'éloigner.
Un jour, nous nous promenions sur la grève, à marée
basse. Il n'osait me dire un mot, et moi j'étais embarrassée
aussi. Il y avait de mortels silences de cinq minutes, pendant lesquels, pour me faire contenance, je ramassais des

coquilles. Enfin, je lui dis : « Mon cher abbé, il faut absolument qu'on vous donne une meilleure cure que celle-ci. J'écrirai à mon oncle l'évêque; j'irai le voir, s'il le faut. — Quitter Noirmoutiers! s'écria-t-il en joignant les mains; mais j'y suis si heureux! Que puis-je désirer depuis que vous êtes ici ? Vous m'avez comblé, et mon petit presbytère est devenu un palais. — Non, repris-je, mon oncle est bien vieux; si j'avais le malheur de le perdre, je ne saurais à qui m'adresser pour vous faire obtenir un poste convenable. — Hélas! Madame, j'aurais tant de regret à quitter ce village!... Le curé de Sainte-Marie est mort... mais ce qui me rassure, c'est qu'il sera remplacé par l'abbé Raton. C'est un bien digne prêtre, et je m'en réjouis; car si monseigneur avait pensé à moi...

— Le curé de Sainte-Marie est mort! m'écriai-je. Je vais aujourd'hui à N***, voir mon oncle.

— Ah! Madame, n'en faites rien. L'abbé Raton est bien plus digne que moi; et puis, quitter Noirmoutiers!...

— Monsieur l'abbé, dis-je d'un ton ferme, *il le faut!* A ce mot, il baissa la tête et n'osa plus résister. Je revins presque en courant au château. Il me suivait à deux pas en arrière, le pauvre homme, si troublé, qu'il n'osait pas ouvrir la bouche. Il était anéanti. Je n'ai pas perdu une minute. A huit heures, j'étais chez mon oncle. Je l'ai trouvé fort prévenu pour son Raton; mais il m'aime, et je sais mon pouvoir. Enfin, après de longs débats, j'ai obtenu ce que je voulais. Le Raton est évincé, et l'abbé Aubain est curé de Sainte-Marie. Depuis deux jours il est à la ville. Le pauvre homme a compris mon : *Il le faut.* Il m'a remerciée gravement, et n'a parlé que de sa reconnaissance. Je lui ai su gré de quitter Noirmoutiers au plus vite et de me dire même qu'il avait hâte d'aller remercier monseigneur. En partant, il m'a envoyé son joli coffret byzantin, et m'a demandé la permission de m'écrire quelquefois. Eh bien, ma belle ? *Es-tu content, Coucy* [21] ? — C'est une leçon. Je ne l'oublierai pas quand je reviendrai dans le monde. Mais alors j'aurai trente-trois ans, et je n'aurai guère à craindre d'être aimée... et d'un amour comme celui-là!... — Certes, cela est impossible. — N'importe, de toute cette folie il me reste un joli coffret et un ami véritable. Quand j'aurai quarante ans, quand je serai grand-mère, j'intriguerai pour que l'abbé Aubain ait une cure à Paris. Tu le verras, ma chère, et c'est lui qui fera faire la première communion à ta fille.

LETTRE VI

L'abbé Aubain à l'abbé Bruneau,
professeur de théologie à Saint-A★★★.

N★★★, mai 1845.

Mon cher maître, c'est le curé de Sainte-Marie qui vous écrit, non plus l'humble desservant de Noirmoutier. J'ai quitté mes marécages et me voilà citadin, installé dans une belle cure, dans la plus grande rue de N★★★; curé d'une grande église, bien bâtie, bien entretenue, magnifique d'architecture, dessinée dans tous les albums de France. La première fois que j'y ai dit la messe devant un autel de marbre, tout resplendissant de dorures, je me suis demandé si c'était bien moi. Rien de plus vrai. Une de mes joies, c'est de penser qu'aux vacances prochaines vous viendrez me faire visite; que j'aurai une bonne chambre à vous donner, un bon lit, sans parler de certain bordeaux, que j'appelle mon bordeaux de Noirmoutier, et qui, j'ose le dire, est digne de vous. Mais, me demanderez-vous, comment de Noirmoutiers à Sainte-Marie? Vous m'avez laissé à l'entrée de la nef, vous me retrouvez au clocher.

O Melibœe, deus nobis haec otia fecit [22].

Mon cher maître, la Providence a conduit à Noirmoutiers une grande dame de Paris, que des malheurs comme il ne nous en arrivera jamais ont réduite momentanément à vivre avec dix mille écus par an. C'est une aimable et bonne personne, malheureusement un peu gâtée par des lectures frivoles et par la compagnie des freluquets de la capitale. S'ennuyant à périr avec un mari dont elle a médiocrement à se louer, elle m'a fait l'honneur de me prendre en affection. C'étaient des cadeaux sans fin, des invitations continuelles, puis chaque jour quelque nou-

veau projet où j'étais nécessaire. « L'abbé, je veux
apprendre le latin... L'abbé, je veux apprendre la botanique. » *Horresco referens* [23], n'a-t-elle pas voulu que je lui
montrasse la théologie ? Où étiez-vous, mon cher
maître ? Bref, pour cette soif d'instruction il eût fallu
tous nos professeurs de Saint-A***. Heureusement ses
fantaisies ne duraient guère, et rarement le cours se prolongeait jusqu'à la troisième [24] leçon. Lorsque je lui avais
dit qu'en latin *rosa* veut dire *rose* : « Mais, l'abbé,
s'écriait-elle, vous êtes un puits de science! Comment
vous êtes-vous laissé enterrer à Noirmoutiers ? » S'il faut
tout vous dire, mon cher maître, la bonne dame, à force
de lire de ces méchants [25] livres qu'on fabrique aujour-
d'hui, s'était mis en tête des idées bien étranges [26]. Un
jour elle me prêta un ouvrage qu'elle venait de recevoir
de Paris et qui l'avait transportée, *Abeilard*, par M. de
Rémusat [27]. Vous l'aurez lu, sans doute, et aurez admiré
les savantes recherches de l'auteur, malheureusement
dirigées dans un mauvais esprit. Moi, j'avais d'abord
sauté au second volume, à [28] la *Philosophie d'Abeilard*,
et c'est après l'avoir lu avec le plus vif intérêt que je
revins au premier, à [29] la vie du grand hérésiarque. C'était,
bien entendu, tout ce que ma grande dame avait daigné
lire. Mon cher maître, cela m'ouvrit les yeux. Je compris
qu'il y avait danger dans la compagnie des belles dames
tant amoureuses de science. Celle-ci rendrait des points
à Héloïse pour l'exaltation [30]. Une situation si nouvelle
pour moi m'embarrassait fort, lorsque tout d'un coup elle
me dit : « L'abbé, il me faut que vous soyez curé de Sainte-
Marie; le titulaire est mort. *Il le faut!* » Aussitôt, elle
monte en voiture, va trouver Monseigneur; et quelques
jours après j'étais curé de Sainte-Marie, un peu honteux
d'avoir obtenu ce titre par faveur, mais au demeurant
enchanté de me voir loin des griffes d'une *lionne* de la
capitale. Lionne, mon cher maître, c'est, en patois parisien, une femme à la mode.

Ὦ Ζεῦ, γυναιχῶν οἷον ὤπασας γένοσ (*) [31].

Fallait-il donc repousser la fortune pour braver le
péril ? Quelque sot [33]! Saint Thomas de Cantorbéry n'ac-

---

* Vers tiré, je crois, des *Sept Chefs devant Thèbes*, d'Eschyle :
« O Jupiter! les femmes!... quelle race nous as-tu donnée ! » L'abbé [32]
Aubain et son maître, l'abbé Bruneau, sont de bons humanistes.

cepta-t-il pas les châteaux de Henri II [34] ? Adieu, mon
cher maître, j'espère philosopher avec vous dans quelques
mois, chacun dans un bon fauteuil, devant une poularde
grasse et une bouteille de bordeaux, *more philosophorum.*
Vale et me ama [35].

Notes

Abréviations : *C : Constitutionnel; 1847 : Carmen.*

1. *Dans* Le Constitutionnel *et dans l'édition de 1847, les lettres sont indiquées ainsi :* PREMIERE LETTRE, DEUXIEME LETTRE, *etc.*

2. *C'est à partir de 1852 que Mérimée substitue* Noirmoutiers *à* Noirmoutier.

3. *C :* (j'aurai trente-trois ans, diantre!), je

4. Personnage des *Femmes savantes* de Molière.

5. Ces deux ouvrages étaient connus en France en traduction, *Wilhelm Meister* dans celle de la baronne Carlowitz (1843), les contes d'Hoffmann dans celle de Loève-Veimars (1829-1832).

6. *C, 1847 :* qu'il fait beau le voir!

7. *Mauprat* de George Sand avait été publié en deux volumes en 1837, chez Félix Bonnaire.

8. Mérimée se trompe : c'est dans *Le Corsaire,* autre œuvre de Byron, que se trouve le chant des pirates.

9. Le daguerréotype n'est connu que depuis 1839.

10. *C, 1847 :* qui me plaît assez.

11. Molière, *Le Bourgeois gentilhomme,* III, III.

12. *C, 1847 :* il m'a mené dans

13. *Jocelyn,* poème de Lamartine, publié en 1836. *Mérimée écrit* « Jocelin ».

14. *C :* pour une pauvre femme

15. *C :* j'ai trouvé une occupation, une occupation intéressante,

16. J.-J. Rousseau avait écrit huit lettres sur la botanique à Mme Delessert, mère de Gabriel Delessert, en 1771, 1772 et 1773.

17. Molière, *Les Femmes savantes,* II, VII.

18. Mérimée avait soumis son texte à l'helléniste Boissonade qui lui répondit ainsi : « J'ai oublié de dire à mon savant confrère que sa traduction des mots *phanérogame* et *cryptogame* n'est peut-être pas complètement exacte. Il les a rendus, si je me souviens bien, par « mariage public » et « mariage secret ». Mais ce sont deux adjectifs. Une plante *phanérogame* est celle dont la fécondation est visible. Le Dahlia *(Dahlia variabilis)* est une plante phanérogame. La Truffe

(« qui dit truffe prononce un grand mot »); c'est un aphorisme du professeur Savarin), la truffe *(Tuber cibarium)* est une plante crypto-game. Les substantifs grecs francisés sont phanérogamie et crypto-gamie. » (Lettre du 21 février 1846, publiée par Félix Chambon dans la *Revue d'Histoire littéraire de la France*, 1901, p. 475.)

19. *C :* et lui étudiant sans autres ressources que son esprit, il lui dit :   *1847 :* et lui étudiant sans autres ressources que son esprit... Il lui dit :

20. *1847 :* il se montrait ami

21. Voltaire, *Adélaïde du Guesclin*, V, VI.

22. Virgile, *Bucoliques*, I, 6. « O Mélibée, c'est un dieu qui nous a procuré ce bonheur. »

23. Virgile, *Enéide*, II, 204. « Je recule d'horreur. »

24. *C :* se prolongeant au-delà de la troisième

25. *C, 1847 :* lire ces méchants

26. *C :* des idées un peu bien étranges.

27. *Abélard* de Charles de Rémusat avait paru en mai et juil-let 1845, en deux volumes, par conséquent en mai 1845 (date de la lettre) l'abbé Aubain n'avait pu lire que le premier volume.

28. *C, 1847 :* au second livre, à

29. *C, 1847 :* au premier livre, à

30. *C, 1847 :* à Héloïse sous le rapport de l'exaltation.

31. Eschyle, *Les Sept contre Thèbes*, 256. Boissonade, dans sa lettre du 21 février (cf. ci-dessus, note 21), propose la traduction de Pier-ron : « O Jupiter, quel présent tu nous a fait! Les femmes! quelle race! »

32. *C :* quelle race as-tu créée! » L'abbé

33. Molière, *L'Etourdi*, II, VI, ou *La Comtesse d'Escarbagnas*, III.

34. Thomas Becket, d'abord chancelier d'Angleterre, ensuite évêque de Cantorbéry, fut pendant de longues années l'ami et le favori de Henri II. Ayant pris le parti du clergé contre le roi, il se brouilla avec ce dernier et fut assassiné, probablement sur ordre royal, en 1170. Augustin Thierry a écrit sa biographie dans l'*Histoire de la Conquête de l'Angleterre par les Normands* (1825), puis, plus près des événements racontés dans la nouvelle de Mérimée, C. Bataille lui a consacré un livre : *Vie politique et religieuse de Thomas Becket* (1842).

35. *1852 et éditions suivantes : Vae let me ama. Faute que nous corrigeons.* « à la manière des philosophes. Adieu et aime-moi. »

IL VICCOLO DI MADAMA LUCREZIA

Notice

Le 23 juin 1853, Mérimée fut nommé sénateur. Le lendemain, il écrivit à Mme Delessert : « Je voudrais bien établir que je suis toujours un faiseur de contes, et si j'en avais un prêt je le donnerais aussitôt. Le mal, c'est que je n'en ai pas, mais conseillez-moi. Il y a quelques années que j'en ai fait un pour Mme Odier, où il y avait deux chats et qui est inédit. Je ne m'en souviens plus du tout. Il faudrait que vous le lussiez et vissiez si cela peut passer en lettres moulées. » (*Corr. gén.*, t. VII, p. 79.) L'avis de Mme Delessert avait dû être défavorable, puisque le 26 juin Mérimée lui répondit ainsi : « Vous avez mille fois raison, et il sera fait ainsi que vous le dites. Je vous rapporterai jeudi la nouvelle que je vais relire avec curiosité, mais pour moi, bien entendu. » (*Corr. gén.*, t. VII, p. 81.) Le manuscrit a été rendu à Mme Odier (sœur de Mme Delessert) qui le conserva. Actuellement il se trouve dans la collection du colonel Daniel Sickles. Il est orné de deux aquarelles dont l'une représente le *vicolo* avec trois chats et l'autre le large fauteuil de cuir noir. Il est daté du 27 avril 1846.

En 1868, Mérimée songe à reprendre le sujet : « Je me suis souvenu d'avoir autrefois fait une nouvelle pour une dame blonde qui la garda. J'ai recommencé sans me souvenir des détails. Lorsque je n'ai rien à lire, j'en écris quelques pages. Cela deviendra ce que cela pourra. » (Lettre à la duchesse Colonna, 24 août 1868. *Corr. gén.*, t. XIV, p. 224.) Le 30 janvier 1869 il demande des renseignements topographiques à la duchesse Colonna qui se trouve à Rome, en ajoutant en guise de remerciement : « je vous dédierai la nouvelle, après ma mort, s'entend ». (*Corr. gén.*, t. XIV, p. 380.) Nouvelle demande d'informations le 26 juin, avec la remarque : « Je n'ai pas besoin de vous dire qu'il est pour moi d'un grand intérêt de connaître bien la situation de cette ruelle [celle de Madama Lucrezia], où se passe toute une histoire de ma façon. » (*Corr. gén.*, t. XIV, p. 522.) Cette seconde version est inconnue, le manuscrit a certainement été brûlé en 1871 dans l'incendie de la maison où se trouvait l'appartement de Mérimée.

Le début de l'histoire renvoie à la biographie de l'auteur : « Le seule aventure romanesque que je sache de mon père (N.B. Je crois qu'il en a eu plus d'une) fut à Rome où il manqua être assassiné en même temps que Basseville. Il fut sauvé par une dame romaine, que j'ai retrouvée fort vieille et qui m'a reçu à Rome avec beaucoup d'attendrissement. » (Lettre à Paul Lacroix, 3 janvier 1859. *Corr. gén.*, t. IX, pp. 5-6.) Pour le reste, des rapprochements ont été faits avec des contes fantastiques de différents auteurs (Nodier, Hoffmann, Arnim), rapprochements qui venaient d'autant plus à propos que Mérimée lui-même fait dans sa nouvelle quelques allusions moqueuses à ce genre d'histoires. Mais il semble tout aussi légitime de supposer que la fable est entièrement de son invention, et que la petite parodie littéraire qu'il insère dans le récit vaut autant pour lui que pour les autres.

Comme dans *L'Abbé Aubain*, dans le *Viccolo* Mérimée joue, non sans ironie, avec les structures de ses propres récits. Le mystère se révèle être encore une fois creux ou, qui pis est, trop plein : c'est une femme enceinte qui apparaît à la place du fantôme et, comme il le laisse entendre à maint endroit de sa correspondance, Mérimée a horreur de la grossesse. Le rire semble rejoindre ici la peur, l'humour n'est peut-être qu'une défense contre quelque fantasme redoutable. Ou le jeu signifierait-il que Mérimée a assez de sa propre littérature ? Rappelons que c'est après cette nouvelle que le conteur se tait pour vingt ans.

La nouvelle a été imprimée la première fois après la mort de l'auteur, en 1873 (*Dernières Nouvelles*, Paris, Michel Lévy). Il existe trois éditions d'après le manuscrit : dans *Dernières Nouvelles*, par Léon Lemonnier (Paris, Champion, 1929); dans *Romans et Nouvelles*, par Maurice Parturier (Paris, Garnier, 1967); dans *Théâtre de Clara Gazul. Romans et Nouvelles*, par Jean Mallion et Pierre Salomon (Paris, Gallimard, Pléiade, 1978). C'est le texte publié dans cette dernière édition que nous suivons.

IL VICCOLO [1]

DI MADAMA LUCREZIA [a]

J'avais vingt-trois ans quand je partis pour Rome [2]. Mon père me donna une douzaine de lettres de recommandation, dont une seule, qui n'avait pas moins de quatre pages, était cachetée. Il y avait sur l'adresse : « A la marquise Aldobrandi [3]. »

« Tu m'écriras, me dit mon père, si la marquise est encore belle. »

Or, depuis mon enfance, je voyais dans son cabinet, suspendu à la cheminée, le portrait en miniature d'une fort jolie femme, la tête poudrée et couronnée de lierre, avec une peau de tigre sur l'épaule. Sur le fond, on lisait : Roma 18.. Le costume me paraissait singulier, il m'était arrivé bien des fois de demander quelle était cette dame. On me répondait :

« C'est une bacchante [4] »; mais cette réponse ne me satisfaisait guère; même je soupçonnais un secret; car, à cette question si simple, ma mère pinçait les lèvres, et mon père prenait un air sérieux.

Cette fois, en me donnant la lettre cachetée, il regarda le portrait à la dérobée; j'en fis de même involontairement, et l'idée me vint que cette bacchante poudrée pouvait bien être la marquise Aldobrandi. Comme je commençais à comprendre les choses de ce monde, je tirai toute sorte de conclusions des mines de ma mère et du regard de mon père.

Arrivé à Rome, la première lettre que j'allai rendre fut celle de la marquise. Elle demeurait dans un beau palais près de la place Saint-Marc.

a. Le vicolo di Madama Lucrezia était une petite rue tortueuse à côté du Palazzo Venezia, débouchant sur la piazzetta San Marco. Elle devait son nom à une statue appelée « Madonna Lucrezia », mais qui représentait probablement Isis.

Je donnai ma lettre et ma carte à un domestique en livrée jaune qui m'introduisit dans un vaste salon, sombre et triste, assez mal meublé. Mais dans tous les palais de Rome, il y a des tableaux de maîtres. Ce salon en contenait un assez grand nombre, dont plusieurs fort remarquables.

Je distinguai tout d'abord un portrait de femme qui me parut être un Léonard de Vinci[5]. A la richesse du cadre, au chevalet de palissandre sur lequel il était posé, on ne pouvait douter que ce ne fût le morceau capital de la collection. Comme la marquise ne venait pas, j'eus tout le loisir de l'examiner. Je le portai même près d'une fenêtre afin de le voir sous un jour plus favorable. C'était bien évidemment un portrait, non une tête de fantaisie, car on n'invente pas de ces physionomies-là : une belle femme avec les lèvres un peu grosses, les sourcils presque joints, le regard altier et caressant tout à la fois. Dans le fond, on voyait son écusson surmonté d'une couronne ducale. Mais ce qui me frappa le plus, c'est que le costume, à la poudre près, était le même que celui de la bacchante de mon père. Je tenais encore le portrait à la main quand la marquise entra.

« Juste comme son père ! s'écria-t-elle en s'avançant vers moi. Ah ! les Français ! les Français ! A peine arrivé, et déjà il s'empare de *Madame Lucrèce*. »

Je m'empressai de faire mes excuses pour mon indiscrétion, et me jetai dans des éloges à perte de vue sur le chef-d'œuvre de Léonard que j'avais eu la témérité de déplacer.

« C'est en effet un Léonard, dit la marquise, et c'est le portrait de la trop fameuse Lucrèce Borgia. De tous mes tableaux, c'est celui que votre père admirait le plus... Mais, Bon Dieu ! quelle ressemblance ! Je crois voir votre père, comme il était il y a vingt-cinq ans. Comment se porte-t-il ? Que fait-il ? Ne viendra-t-il pas nous voir un jour à Rome ? »

Bien que la marquise ne portât ni poudre ni peau de tigre, du premier coup d'œil, par la force de mon génie, je reconnus en elle la bacchante de mon père. Quelque vingt-cinq ans n'avaient pu faire disparaître entièrement les traces d'une grande beauté. Son expression avait changé seulement, comme sa toilette. Elle était tout en noir, et son triple menton, son sourire grave, son air solennel et radieux, m'avertissaient qu'elle était devenue dévote.

Elle me reçut d'ailleurs on ne peut plus affectueuse-
ment [6]. En trois mots elle m'offrit sa maison, sa bourse,
ses amis, parmi lesquels elle me nomma plusieurs cardi-
naux.

« Regardez-moi, dit-elle, comme votre mère... »

Elle baissa les yeux modestement.

« Votre père me charge de veiller sur vous et de vous
donner des conseils. »

Et, pour me prouver qu'elle n'entendait pas que sa
mission fût une sinécure, elle commença sur l'heure par
me mettre en garde contre les dangers que Rome pouvait
offrir à un jeune homme de mon âge, et m'exhorta fort à
les éviter. Je devais fuir les mauvaises compagnies, les
artistes surtout, ne me lier qu'avec les personnes qu'elle
me désignerait. Bref, j'eus un sermon en trois points. J'y
répondis respectueusement et avec l'hypocrisie convenable.

Comme je me levais pour prendre congé :

« Je regrette, me dit-elle, que mon fils le marquis soit
en ce moment dans nos terres de la Romagne, mais je
veux vous présenter mon second fils, don Ottavio, qui
sera bientôt un monsignor. J'espère qu'il vous plaira et
que vous deviendrez amis comme vous devez l'être... »

Elle ajouta précipitamment :

« Car vous êtes à peu près du même âge, et c'est un
garçon doux et rangé comme vous. »

Aussitôt elle envoya chercher don Ottavio. Je vis un
grand jeune homme pâle, l'air mélancolique, toujours les
yeux baissés, sentant déjà son cafard. Sans lui laisser le
temps de parler, la marquise me fit en son nom toutes les
offres de service les plus aimables. Il confirmait par de
grandes révérences toutes les phrases de sa mère, et il fut
convenu que, dès le lendemain, il irait me prendre pour
faire des courses par la ville, et me ramènerait dîner en
famille au palais Aldobrandi.

J'avais à peine fait une vingtaine de pas dans la rue,
lorsque quelqu'un cria derrière moi d'une voix impé-
rieuse :

« Où donc allez-vous ainsi seul à cette heure, don Ottavio ? »

Je me retournai, et vis un gros abbé qui me considérait
des pieds à la tête en écarquillant les yeux.

« Je ne suis pas don Ottavio », lui dis-je.

L'abbé, me saluant jusqu'à terre, se confondit en
excuses, et un moment après je le vis entrer dans le palais

Aldobrandi. Je poursuivis mon chemin, médiocrement flatté d'avoir été pris pour un monsignor en herbe.

Malgré les avertissements de la marquise, peut-être même à cause de ses avertissements, je n'eus rien de plus pressé que de découvrir la demeure d'un peintre de ma connaissance, et je passai une heure avec lui dans son atelier à causer des moyens d'amusements, licites ou non, que Rome pouvait me fournir. Je le mis sur le chapitre des Aldobrandi.

La marquise, me dit-il, après avoir été fort légère, s'était jetée dans la haute dévotion, quand elle eut reconnu que l'âge des conquêtes était passé pour elle. Son fils aîné était une brute qui passait son temps à chasser et à encaisser l'argent que lui apportaient les fermiers de ses vastes domaines. On était en train d'abrutir le second fils, don Ottavio, dont on voulait faire un jour un cardinal. En attendant, il était livré aux Jésuites. Jamais il ne sortait seul. Défense de regarder une femme, ou de faire un pas sans avoir à ses talons un abbé qui l'avait élevé pour le service de Dieu, et qui, après avoir été le dernier *amico* de la marquise, gouvernait maintenant sa maison avec une autorité à peu près despotique. Tel était le personnel de la famille à laquelle j'étais recommandé si particulièrement.

Le lendemain, don Ottavio, suivi de l'abbé Negroni [7], le même qui, la veille, m'avait pris pour son pupille, vint me chercher en voiture et m'offrir ses services comme cicerone.

Le premier monument où nous nous arrêtâmes était une église. A l'exemple de son abbé, don Ottavio s'y agenouilla, se frappa la poitrine, et fit des signes de croix sans nombre. Après s'être relevé, il me montra les fresques et les statues, et m'en parla en homme de bon sens et de goût. Cela me surprit agréablement. Nous commençâmes à causer et sa conversation me plut. Pendant quelque temps, nous avions parlé italien. Tout à coup, il me dit en français :

« Mon gouverneur n'entend pas un mot de votre langue. Parlons français, nous serons plus libres. »

On eût dit que le changement d'idiome avait transformé ce jeune homme. Rien dans ses discours ne sentait le prêtre. Je croyais entendre un de nos libéraux de province. Je remarquai qu'il débitait tout d'un même ton de voix monotone, et que souvent ce débit contrastait étrangement avec la vivacité de ses expressions. C'était

une habitude prise apparemment pour dérouter le
Negroni, qui de temps à autre, se faisait expliquer ce que
nous disions. Bien entendu que nos traductions étaient
des plus libres.

Nous vîmes passer un jeune homme en bas violets.
« Voilà me dit don Ottavio, nos patriciens d'aujour-
d'hui. Infâme livrée! Et ce sera la mienne dans quelques
mois! Quel bonheur, ajouta-t-il après un moment de
silence, quel bonheur de vivre dans un pays comme le
vôtre! Si j'étais Français, peut-être un jour deviendrais-je
député! » Cette noble ambition me donna une forte envie
de rire, et notre abbé s'en étant aperçu, je fus obligé de
lui expliquer que nous parlions de l'erreur d'un archéologue qui prenait pour antique une statue du Bernin [8].

Nous revînmes dîner au palais Aldobrandi. Presque
aussitôt après le café, la marquise me demanda pardon
pour son fils obligé, par certains devoirs pieux [9], à se
retirer dans son appartement. Je demeurai seul avec elle
et l'abbé Negroni, qui renversé dans un grand fauteuil,
dormait du sommeil du juste.

Cependant la marquise m'interrogeait en détail sur
mon père, sur Paris, sur ma vie passée, sur mes projets
pour l'avenir. Elle me parut aimable et bonne, mais un
peu trop curieuse et surtout trop préoccupée de mon salut.
D'ailleurs, elle parlait admirablement italien, et je pris
avec elle une bonne leçon de prononciation que je me promis bien de répéter.

Je revins souvent la voir. Presque tous les matins,
j'allais visiter les antiquités avec son fils et l'éternel
Negroni, et le soir, je dînais avec eux au palais Aldobrandi. La marquise recevait peu de monde et presque
uniquement des ecclésiastiques.

Une fois cependant elle me présenta à une dame allemande, nouvelle convertie, et son amie intime. C'était
une Mme de Strahlenheim, fort belle personne établie
depuis longtemps à Rome. Pendant que ces dames causaient entre elles d'un prédicateur renommé, je considérais à la clarté d'une lampe le portrait de Lucrèce, quand
je crus devoir placer mon mot.

« Quels yeux! m'écriai-je; on dirait que ces paupières
vont remuer! »

A cette hyperbole un peu prétentieuse que je hasardais
pour m'établir en qualité de connaisseur auprès de
Mme de Strahlenheim, elle tressaillit d'effroi, et se cacha
la figure dans son mouchoir.

« Qu'avez-vous, ma chère ? dit la marquise.

— Ah! rien, mais ce que Monsieur vient de dire!... »

On la pressa de questions, et une fois qu'elle nous eut dit que mon expression lui rappelait une histoire effrayante, elle fut obligée de la raconter. La voici en deux mots : Mme de Strahlenheim avait une belle-sœur nommée Wilhelmine, fiancée à un jeune homme de West-phalie, Julius de Katzenellenbogen [10], volontaire dans la division du général Kleist [11]. Je suis bien fâché d'avoir à répéter tant de noms barbares, mais les histoires mer-veilleuses n'arrivent jamais qu'à des personnes dont les noms sont difficiles à prononcer. Julius était un charmant garçon rempli de patriotisme et de métaphysique. En partant pour l'armée, il avait donné son portrait à Wilhel-mine, et Wilhelmine lui avait donné le sien qu'il portait toujours sur son cœur. Cela se fait beaucoup en Allemagne.

Le 13 sept[emb]re 1813, Wilhelmine était à Cassel vers cinq heures du soir, dans un salon, occupée à tricoter avec sa mère et sa belle-sœur. Tout en travaillant, elle regardait le portrait de son fiancé, placé sur une petite table à ouvrage en face d'elle. Tout à coup, elle pousse un cri horrible, porte la main sur son cœur et s'évanouit. On eut toutes les peines du monde à lui faire reprendre connaissance, et dès qu'elle put parler : « Julius est mort, s'écria-t-elle, Julius est tué. »

Elle affirma, et l'horreur peinte sur tous ses traits prouvait assez sa conviction, qu'elle avait vu le portrait fermer les yeux, et qu'au même instant elle avait senti une douleur atroce, comme si un fer rouge lui traversait le cœur.

Chacun s'efforça inutilement de lui démontrer que sa vision n'avait rien de réel et qu'elle n'y devait attacher aucune importance. La pauvre enfant était inconsolable; elle passa la nuit dans les larmes, et le lendemain elle voulut s'habiller de deuil, comme assurée déjà du malheur qui lui avait été révélé.

Deux jours après, on reçut la nouvelle de la sanglante bataille de Leipzig [12]. Julius écrivait à sa fiancée un billet daté du 13 à trois heures de l'après-midi. Il n'avait pas été blessé, s'était distingué, et venait d'entrer à Leipzig, où il comptait passer la nuit avec le quartier général, éloigné par conséquent de tout danger. Cette lettre si rassurante ne put calmer Wilhelmine, qui, remarquant qu'elle était datée de trois heures, persista à croire que son amant était mort à cinq.

L'infortunée ne se trompait pas. On sut bientôt que Julius chargé de porter un ordre était sorti de Leipzig à quatre heures et demie, et qu'à trois quarts de lieue de la ville, au-delà de l'Elster [13], un traînard de l'armée ennemie, embusqué dans un fossé, l'avait tué d'un coup de feu. La balle, en lui perçant le cœur, avait brisé le portrait de Wilhelmine.

« Et qu'est devenue cette pauvre jeune personne ? demandai-je à Mme de Strahlenheim.

— Oh! elle a été bien malade. Elle est mariée maintenant à M. le conseiller de justice de Werner, et si vous alliez à Dessau, elle vous montrerait le portrait de Julius.

— Tout cela se fait par l'entremise du diable, dit l'abbé qui n'avait dormi que d'un œil pendant l'histoire de Mme de Strahlenheim. Celui qui faisait parler les oracles des païens, peut bien faire mouvoir les yeux d'un portrait quand bon lui semble. Il n'y a pas vingt ans qu'à Tivoli, un Anglais a été étranglé par une statue.

— Par une statue! m'écriai-je ; et comment cela ?

— C'était un milord qui avait fait des fouilles à Tivoli. Il avait trouvé une statue d'impératrice, Agrippine, Messaline..., peu importe. Tant il y a qu'il la fit porter chez lui, et qu'à force de la regarder et de l'admirer, il en devint fou. Tous ces messieurs protestants le sont déjà plus qu'à moitié. Il l'appelait sa femme, sa milady, et l'embrassait, tout de marbre qu'elle était. Il disait que la statue s'animait tous les soirs à son profit. Si bien qu'un matin on trouva mon milord roide mort dans son lit. Eh bien! le croiriez-vous ? Il s'est rencontré un autre Anglais pour acheter cette statue. Moi, j'en aurais fait faire de la chaux. »

Quand on a entamé une fois le chapitre des aventures surnaturelles, on ne s'arrête plus. Chacun avait son histoire à raconter. Je fis ma partie moi-même dans ce concert de récits effroyables, en sorte qu'au moment de nous séparer, nous étions tous passablement émus et pénétrés de respect pour le pouvoir du diable.

Je regagnai à pied mon logement, et pour tomber dans la rue du Corso, je pris une petite ruelle tortueuse par où je n'avais point encore passé. Elle était déserte. On ne voyait que de longs murs de jardin, ou quelques chétives maisons dont pas une n'était éclairée. Minuit venait de sonner ; le temps était sombre. J'étais au milieu de la rue, marchant assez vite, quand j'entendis au-dessus de ma

tête un petit bruit, un St' et au même instant une rose
tomba à mes pieds. Je levais les yeux, et malgré l'obscurité, j'aperçus une femme vêtue de blanc, à une fenêtre,
le bras étendu vers moi. Nous autres Français nous
sommes fort avantageux en pays étranger, et nos pères,
vainqueurs de l'Europe, nous ont bercés de traditions
flatteuses pour l'orgueil national. Je croyais pieusement
à l'inflammabilité des dames allemandes, espagnoles et
italiennes à la seule vue d'un Français. Bref, à cette
époque, j'étais encore bien de mon pays, et d'ailleurs, la
rose ne parlait-elle pas clairement ?

« Madame, dis-je à voix basse, en ramassant la rose,
vous avez laissé tomber votre bouquet... »

Mais déjà la femme avait disparu, et la fenêtre s'était
fermée sans faire le moindre bruit. Je fis ce que tout autre
eût fait à ma place. Je cherchai la porte la plus proche ;
elle était à deux pas de la fenêtre ; je la trouvai, et j'attendis qu'on vînt me l'ouvrir. Cinq minutes se passèrent dans
un profond silence. Alors je toussai, puis je grattai doucement ; mais la porte ne s'ouvrit pas. Je l'examinai avec
plus d'attention espérant trouver une clef ou un loquet ;
à ma grande surprise j'y trouvai un cadenas.

« Le jaloux n'est donc pas rentré », me dis-je.

Je ramassai une petite pierre et la jetai contre la fenêtre.
Elle rencontra un contrevent de bois et retomba à mes
pieds.

« Diable ! pensai-je, les dames romaines se figurent
donc qu'on a des échelles dans sa poche ? On ne m'avait
pas parlé de cette coutume. »

J'attendis encore plusieurs minutes tout aussi inutilement. Seulement il me sembla une ou deux fois voir
trembler légèrement le volet, comme si de l'intérieur
on eût voulu l'écarter pour voir dans la rue. Au bout
d'un quart d'heure ma patience étant à bout, j'allumai
un cigare, et je poursuivis mon chemin, non sans avoir
bien reconnu la situation de la maison au cadenas.

Le lendemain, en réfléchissant à cette aventure, je
m'arrêtai aux conclusions suivantes : une jeune dame
romaine, probablement d'une grande beauté, m'avait
aperçu dans mes courses par la ville, et s'était éprise de
mes faibles attraits. Si elle ne m'avait déclaré sa flamme
que par le don d'une fleur mystérieuse, c'est qu'une
honnête pudeur l'avait retenue, ou bien qu'elle avait été
dérangée par la présence de quelque duègne, peut-être
par un maudit tuteur comme le Bartolo de Rosine [14]. Je

résolus d'établir un siège en règle devant la maison habitée par cette infante.

Dans ce beau dessein, je sortis de chez moi après avoir donné à mes cheveux un coup de brosse conquérant. J'avais mis ma redingote neuve et des gants jaunes [15]. En ce costume, le chapeau sur l'oreille, la rose fanée à la boutonnière, je me dirigeai vers la rue dont je ne savais pas encore le nom, mais que je n'eus pas de peine à découvrir. Un écriteau au-dessus d'une madone m'apprit qu'on l'appelait *il viccolo di Madama Lucrezia*.

Ce nom m'étonna. Aussitôt, je me rappelai le portrait de Léonard de Vinci, et les histoires de pressentiments et de diableries que la veille on avait racontées chez la marquise. Puis je pensai qu'il y avait des amours prédestinées dans le ciel. Pourquoi mon objet ne s'appellerait-il pas Lucrèce ? Pourquoi ne ressemblerait-il pas à la Lucrèce de la galerie Aldobrandi ?

Il faisait jour, j'étais à deux pas d'une charmante personne et nulle pensée sinistre n'avait part à l'émotion que j'éprouvais.

J'étais devant la maison. Elle portait le n⁰ 13. Mauvais augure... Hélas ! elle ne répondait guère à l'idée que je m'en étais faite pour l'avoir vue la nuit. Ce n'était pas un palais, tant s'en faut. Je voyais un enclos de murs noircis par le temps et couverts de mousse, derrière lesquels passaient les branches de quelques arbres à fruits mal échenillés. Dans un angle de l'enclos s'élevait un pavillon à un seul étage, ayant deux fenêtres sur la rue, toutes les deux fermées par de vieux contrevents garnis à l'extérieur de nombreuses bandes de fer. La porte était basse, surmontée d'un écusson effacé, fermée comme la veille d'un gros cadenas attaché d'une chaîne. Sur cette porte on lisait écrit à la craie : *Maison à vendre ou à louer.* Pourtant je ne m'étais pas trompé. De ce côté de la rue, les maisons étaient assez rares pour que toute confusion fût impossible. C'était bien mon cadenas, et, qui plus est, deux feuilles de rose sur le pavé, près de la porte, indiquaient le lieu précis où j'avais reçu la déclaration par signes de ma bien-aimée, et prouvaient qu'on ne balayait guère le devant de sa maison.

Je m'adressai à quelques pauvres gens du voisinage pour savoir où logeait le gardien de cette mystérieuse demeure.

« Ce n'est pas ici », me répondait-on brusquement.

Il semblait que ma question déplût à ceux que j'interrogeais et cela piquait d'autant plus ma curiosité. Allant de porte en porte, je finis par entrer dans une espèce de cave obscure, où se tenait une vieille femme qu'on pouvait soupçonner de sorcellerie, car elle avait un chat noir, et faisait cuire je ne sais quoi dans une chaudière.

« Vous voulez voir la maison de Mme Lucrèce ? dit-elle ; c'est moi qui en ai la clef.

— Eh bien, montrez-la-moi.

— Est-ce que vous voudriez la louer ? demanda-t-elle en souriant d'un air de doute.

— Oui, si elle me convient.

— Elle ne vous conviendra pas. Mais voyons, me donnerez-vous un paul [a], si je vous la montre ?

— Très volontiers. »

Sur cette assurance, elle se leva prestement de son escabeau, décrocha de la muraille une clef toute rouillée et me conduisit devant le n° 13.

« Pourquoi, lui dis-je, appelle-t-on cette maison, la maison de Lucrèce ? »

Alors, la vieille en ricanant :

« Pourquoi, dit-elle, vous appelle-t-on étranger ? N'est-ce pas parce que vous êtes étranger ?

— Bien, mais qui était cette Mme Lucrèce ? Etait-ce une dame de Rome ?

— Comment ! vous venez à Rome, et vous n'avez pas entendu parler de Mme Lucrèce ! Quand nous serons entrés, je vous conterai son histoire. Mais voici bien une autre diablerie ! Je ne sais ce qu'a cette clef. Elle ne tourne pas. Essayez vous-même. »

En effet le cadenas et la clef ne s'étaient pas vus depuis longtemps. Pourtant au moyen de trois jurons et d'autant de grincements de dents je parvins à faire tourner la clef, mais je déchirai mes gants jaunes et me disloquai la paume de la main. Nous entrâmes dans un passage obscur qui donnait accès à plusieurs salles basses.

Les plafonds curieusement lambrissés étaient couverts de toiles d'araignées sous lesquelles on distinguait à peine quelques traces de dorure. A l'odeur de moisi qui s'exhalait de toutes les pièces, il était évident que depuis longtemps elles étaient inhabitées. On n'y voyait pas un seul meuble. Quelques lambeaux de vieux cuirs pendaient le long des murs salpêtrés. D'après les sculptures de quelques consoles et la forme des cheminées, je conclus

a. Monnaie d'argent des Etats du pape.

que la maison datait du xve siècle, et il est probable qu'autrefois elle avait été décorée avec quelque élégance. Les fenêtres, à petits carreaux, la plupart brisés, donnaient sur le jardin, où j'aperçus un rosier en fleurs, avec quelques arbres fruitiers et quantité de broccoli.

Après avoir parcouru toutes les pièces du rez-de-chaussée, je montai à l'étage supérieur où j'avais vu mon inconnue. La vieille essaya de me retenir en me disant qu'il n'y avait rien à voir et que l'escalier était fort mauvais. Me voyant entêté, elle me suivit, mais avec une répugnance marquée. Les chambres de cet étage ressemblaient fort aux autres, seulement elles étaient moins humides ; le plancher et les fenêtres étaient aussi en meilleur état. Dans la dernière pièce où j'entrai, il y avait un large fauteuil en cuir noir, qui, chose étrange, n'était pas couvert de poussière. Je m'y assis, et, le trouvant commode pour écouter une histoire, je priai la vieille de me raconter celle de Mme Lucrèce ; mais auparavant pour lui rafraîchir la mémoire, je lui fis présent de quelques pauls. Elle toussa, se moucha et commença de la sorte :

« Du temps des païens, Alexandre [16] étant empereur, il avait une fille belle comme le jour, qu'on appelait Mme Lucrèce. Tenez, la voilà !... »

Je me retournai vivement. La vieille me montrait une console sculptée qui soutenait la maîtresse poutre de la salle. C'était une sirène fort grossièrement exécutée.

« Dame, reprit la vieille, elle aimait à s'amuser. Et comme son père aurait pu y trouver à redire, elle s'était fait bâtir cette maison où nous sommes. Toutes les nuits elle descendait du Quirinal et venait ici pour se divertir. Elle se mettait à cette fenêtre, et quand il passait par la rue un beau cavalier comme vous voilà, Monsieur, elle l'appelait. S'il était bien reçu, je vous le laisse à penser. Mais les hommes sont babillards, au moins quelques-uns, et ils auraient pu lui faire du tort en jasant. Aussi y mettait-elle bon ordre. Quand elle avait dit adieu au galant, ses estafiers se tenaient dans l'escalier par où nous sommes montés. Ils vous le dépêchaient, puis vous l'enterraient dans ces carrés de broccoli. Allez ! on y en a trouvé des ossements dans ce jardin !

« Ce manège-là dura bien quelque temps. Mais voilà qu'un soir son frère, qui s'appelait Sisto Tarquino [17], passe sous sa fenêtre. Elle ne le reconnut pas. Elle l'appela. Il monta. La nuit tous chats sont gris. Il en fut de celui-là comme des autres. Mais il avait oublié son mouchoir sur lequel il y avait son nom écrit.

« Elle n'eût pas plutôt vu la méchanceté qu'ils avaient faite que le désespoir la prend. Elle défait vite sa jarretière et se pend à cette solive-là. Eh bien, en voilà un exemple pour la jeunesse ! »

Pendant que la vieille confondait ainsi tous les temps, mêlant les Tarquins aux Borgias, j'avais les yeux fixés sur le plancher. Je venais d'y découvrir quelques pétales de rose encore frais, qui me donnaient fort à penser.

« Qui est-ce qui cultive ce jardin ? demandai-je à la vieille.

— C'est mon fils, Monsieur, le jardinier de M. Vanozzi [18], celui à qui est le jardin d'à côté. M. Vanozzi est toujours dans la Maremme [19]; il ne vient guère à Rome. Voilà pourquoi le jardin n'est pas très bien entretenu. Mon fils est avec lui. Et je crains bien qu'ils ne reviennent pas de sitôt, ajouta-t-elle en soupirant.

— Il est donc fort occupé avec M. Vanozzi ?

— Ah ! c'est un drôle d'homme qui l'occupe à trop de choses... Je crains qu'il ne se fasse de mauvaises affaires, et à mon pauvre fils ! »

Elle fit un pas vers la porte comme pour rompre la conversation.

« Personne n'habite donc ici ? repris-je en l'arrêtant.

— Personne au monde.

— Et pourquoi cela ? »

Elle haussa les épaules.

« Ecoutez, lui dis-je en lui préparant une piastre, dites-moi la vérité ! Il y a une femme qui vient ici.

— Une femme, divin Jésus !

— Oui, je l'ai vue hier au soir. Je lui ai parlé.

— Sainte Madone ! s'écria la vieille en se précipitant vers l'escalier. C'était donc Mme Lucrèce ? Sortons ! sortons, mon bon Monsieur ! On m'avait bien dit qu'elle revenait la nuit, mais je n'ai pas voulu vous le dire, pour ne pas faire de tort au propriétaire, parce que je croyais que vous aviez envie de louer. »

Il me fut impossible de la retenir. Elle avait hâte de quitter la maison, pressée, disait-elle, d'aller porter un cierge à la plus proche église.

Je sortis moi-même et la laissai aller, désespérant d'en apprendre davantage.

On devine bien que je ne contai pas mon histoire au palais Aldobrandi : la marquise était trop prude, don Otta-

vio trop exclusivement occupé de politique pour être de
bon conseil dans une amourette; mais j'allai trouver mon
peintre qui connaissait tout à Rome depuis le cèdre jusqu'à l'hysope [20], et je lui demandai ce qu'il en pensait.

« Je pense, dit-il, que vous avez vu le spectre de feue
Lucrèce Borgia. Quel danger vous avez couru! Si dangereuse de son vivant, jugez un peu ce qu'elle doit être,
maintenant qu'elle est morte! Cela fait trembler.

— Plaisanterie à part, qu'est-ce que cela peut être ?

— C'est-à-dire que Monsieur est athée et philosophe
et ne croit pas aux choses les plus respectables. Fort bien;
alors que dites-vous de cette autre hypothèse ? Supposons
que la vieille prête sa maison à des femmes capables
d'appeler les gens qui passent dans la rue. On a vu des
vieilles assez dépravées pour faire ce métier-là.

— A merveille, dis-je; mais alors, j'ai donc l'air d'un
saint, pour que la vieille ne m'ait pas fait d'offres de service. Cela m'offense. Et puis, mon cher, rappelez-vous
l'ameublement de la maison. Il faudrait avoir le diable au
corps pour s'en contenter.

— Alors, c'est un revenant à n'en plus douter. Attendez donc! encore une dernière hypothèse. Vous vous
serez trompé de maison. Parbleu! j'y pense : près d'un
jardin ? Petite porte basse ?... Eh! c'est ma grande amie
la Rosina. Il n'y a pas dix-huit mois qu'elle faisait l'ornement de cette rue. Il est vrai qu'elle est devenue borgne,
mais c'est un détail... Elle a encore un très beau profil. »

Toutes ces explications ne me satisfaisaient point. Le
soir venu, je passai lentement devant la maison de
Lucrèce. Je ne vis rien. Je repassai. Pas davantage. Trois
ou quatre soirs de suite, je fis le pied de grue sous ses
fenêtres en revenant du palais Aldobrandi : toujours sans
succès. Je commençais à oublier l'habitante mystérieuse
de la maison n° 13, lorsque, passant vers minuit dans le
viccolo, j'entendis distinctement un petit rire de femme
derrière le volet de la fenêtre, où la donneuse de bouquets
m'était apparue. Deux fois j'entendis ce petit rire, et je ne
pus me défendre d'une certaine terreur, quand, en même
temps, je vis déboucher à l'autre extrémité de la rue une
troupe de pénitents encapuchonnés, des cierges à la main,
qui portaient un mort en terre. Lorsqu'ils furent passés,
je m'établis en faction sous la fenêtre, mais alors je n'entendis plus rien. J'essayai de jeter des cailloux, j'appelai
même plus ou moins distinctement; personne ne parut,
et une averse qui survint m'obligea de faire retraite.

J'ai honte de dire combien de fois je m'arrêtai devant cette maudite maison sans pouvoir parvenir à résoudre l'énigme qui me tourmentait. Une seule fois je passai dans le viccolo de Mme Lucrezia avec don Ottavio et son inévitable abbé.

« Voilà, dis-je, la maison de Lucrèce. »

Je le vis changer de couleur.

« Oui, répondit-il, une tradition populaire fort incertaine veut que Lucrèce Borgia ait eu ici sa petite maison. Si ces murs pouvaient parler, que d'horreurs ils nous révéleraient! Pourtant, mon ami, quand je compare ce temps avec le nôtre, je me prends à le regretter. Sous Alexandre VI, il y avait encore des Romains. Il n'y en a plus. César Borgia était un monstre, mais un grand homme. Il voulait chasser les barbares de l'Italie, et peut-être, si son père eût vécu, eût-il accompli ce grand dessein. Ah! que le ciel nous donne un tyran comme Borgia et qu'il nous délivre de ces despotes humains qui nous abrutissent! »

Quand don Ottavio se lançait dans les régions politiques, il était impossible de l'arrêter. Nous étions à la place du Peuple [21] que son panégyrique du despotisme éclairé n'était pas à sa fin. Mais nous étions à cent lieues de ma Lucrèce à moi.

Certain soir que j'étais allé fort tard rendre mes devoirs à la marquise, elle me dit que son fils était indisposé et me pria de monter dans sa chambre. Je le trouvai couché sur son lit tout habillé, lisant un journal français que je lui avais envoyé le matin soigneusement caché dans un volume des Pères de l'Eglise. Depuis quelque temps la collection des saints Pères nous servait à ces communications qu'il fallait cacher à l'abbé et à la marquise. Les jours de courrier de France, on m'apportait un in-folio. J'en rendais un autre dans lequel je glissais un journal, que me prêtaient les secrétaires de l'ambassade. Cela donnait une haute idée de ma piété à la marquise et à son directeur, qui parfois voulait me faire parler théologie.

Après avoir causé quelque temps avec don Ottavio, remarquant qu'il était fort agité et que la politique même ne pouvait captiver son attention, je lui recommandai de se déshabiller et je lui dis adieu. Il faisait froid et je n'avais pas de manteau. Don Ottavio me pressa de prendre le sien, je l'acceptai et me fis donner une leçon dans l'art difficile de se draper en vrai Romain.

Emmitouflé jusqu'au nez, je sortis du palais Aldo-

brandi. A peine avais-je fait quelques pas sur le trottoir
de la place Saint-Marc, qu'un homme du peuple que
j'avais remarqué, assis sur un banc à la porte du palais,
s'approcha de moi et me tendit un papier chiffonné.

« Pour l'amour de Dieu, dit-il, lisez ceci. »

Aussitôt, il disparut en courant à toutes jambes.

J'avais pris le papier et je cherchais de la lumière pour
le lire. A la lueur d'une lampe allumée devant une
madone, je vis que c'était un billet écrit au crayon et,
comme il semblait, d'une main tremblante. Je déchiffrai
avec beaucoup de peine les mots suivants :

« Ne viens pas ce soir, ou nous sommes perdus! On
sait tout, excepté ton nom. Rien ne pourra nous séparer.
TA LUCRÈCE. »

« Lucrèce! m'écriai-je, encore Lucrèce! quelle diable
de mystification y a-t-il au fond de tout cela ? " Ne viens
pas. " Mais, ma belle, quel chemin prend-on pour aller
chez vous ? »

Tout en ruminant sur le compte de ce billet, je prenais
machinalement le chemin du viccolo di Madama Lucrezia,
et bientôt je me trouvai en face de la maison n° 13. La
rue était aussi déserte que de coutume, et le bruit seul
de mes pas troublait le silence profond qui régnait dans
le voisinage. Je m'arrêtai et levai les yeux vers une
fenêtre bien connue. Pour le coup, je ne me trompais pas.
Le contrevent s'écartait.

Voilà la fenêtre toute grande ouverte.

Je crus voir une forme humaine qui se détachait sur
le fond noir de la chambre.

« Lucrèce, est-ce vous ? » dis-je à voix basse.

On ne me répondit pas, mais j'entendis un petit cla-
quement, dont je ne compris pas d'abord la cause.

« Lucrèce, est-ce vous ? » repris-je un peu plus haut.

Au même instant je reçus un coup terrible dans la
poitrine, une détonation se fit entendre, et je me trouvai
étendu sur le pavé.

Une voix rauque me cria :

« De la part de la signora Lucrèce! »

Et le contrevent se referma sans bruit.

Je me relevai aussitôt en chancelant, et d'abord je me
tâtai, croyant me trouver un grand trou au milieu de
l'estomac. Le manteau était troué, mon habit aussi, mais
la balle avait été amortie par les plis du drap, et j'en étais
quitte pour une forte contusion.

L'idée me vint qu'un second coup pouvait bien ne pas

se faire attendre, et je me traînai aussitôt du côté de cette maison inhospitalière, rasant les murs de façon à ce qu'on ne pût me viser. Je m'éloignais le plus vite que je pouvais, tout haletant encore, lorsqu'un homme, que je n'avais pas remarqué, derrière moi, me prit le bras et me demanda avec intérêt si j'étais blessé. A la voix, je reconnus don Ottavio. Ce n'était pas le moment de lui faire des questions, quelque surpris que je fusse de le voir seul et dans la rue à cette heure de la nuit. En deux mots, je lui dis qu'on venait de me tirer un coup de feu de telle fenêtre et que je n'avais qu'une contusion.

« C'est une méprise! s'écria-t-il. Mais j'entends venir du monde. Pouvez-vous marcher? Je serais perdu si l'on nous trouvait ensemble. Cependant, je ne vous abandonnerai pas. »

Il me prit le bras et m'entraîna rapidement. Nous marchâmes ou plutôt nous courûmes tant que je pus aller; mais bientôt force me fut de m'asseoir sur une borne pour reprendre haleine. Heureusement, nous nous trouvions alors à peu de distance d'une grande maison où l'on donnait un bal. Il y avait quantité de voitures devant la porte. Don Ottavio alla en chercher une, me fit monter dedans et me reconduisit à mon hôtel. Un grand verre d'eau que je bus m'ayant tout à fait remis, je lui racontai en détail tout ce qui m'était arrivé devant cette maison fatale, depuis le présent d'une rose, jusqu'à celui d'une balle de plomb.

Il m'écoutait la tête baissée, à moitié cachée dans une de ses mains. Lorsque je lui montrai le billet que je venais de recevoir, il s'en saisit, le lut avec avidité et s'écria encore :

« C'est une méprise! une horrible méprise!

— Vous conviendrez, mon cher, lui dis-je, qu'elle est fort désagréable pour moi et pour vous aussi. On manque de me tuer, et l'on vous fait dix ou douze trous dans votre beau manteau. Tudieu! quels jaloux que vos compatriotes! »

Don Ottavio me serrait les mains d'un air désolé, et relisait le billet sans me répondre.

« Tâchez donc, lui dis-je, de me donner quelque explication de toute cette affaire. Le diable m'emporte si j'y comprends goutte. »

Il haussa les épaules.

« Au moins, lui dis-je, que dois-je faire? A qui dois-je m'adresser, dans votre sainte ville, pour avoir justice de ce monsieur, qui canarde les passants sans leur demander seulement comment ils se nomment. Je vous avoue que je serais charmé de le faire pendre.

— Gardez-vous en bien ! s'écria-t-il. Vous ne connaissez pas ce pays-ci. Ne dites mot à personne de ce qui vous est arrivé. Vous vous exposeriez beaucoup.

— Comment, je m'exposerais ? Morbleu ! je prétends bien avoir ma revanche. Si j'avais offensé le maroufle, je ne dis pas. Mais, pour avoir ramassé une rose..., en conscience, je ne méritais pas une balle.

— Laissez-moi faire, dit don Ottavio. Peut-être parviendrai-je à éclaircir ce mystère. Mais, je vous le demande comme une grâce, comme une preuve signalée de votre amitié pour moi, ne parlez de cela à personne au monde. Me le promettez-vous ? »

Il avait l'air si triste en me suppliant, que je n'eus pas le courage de résister, et je lui promis tout ce qu'il voulut. Il me remercia avec effusion, et après m'avoir appliqué lui-même une compresse d'eau de Cologne sur la poitrine, il me serra la main et me dit adieu.

« A propos, lui demandai-je comme il ouvrait la porte pour sortir, expliquez-moi donc comment vous vous êtes trouvé là, juste à point pour me venir en aide ?

— J'ai entendu le coup de fusil, répondit-il, non sans quelque embarras, et je suis sorti aussitôt, craignant pour vous quelque malheur. »

Il me quitta précipitamment, après m'avoir de nouveau recommandé le secret. Le matin, un chirurgien, envoyé sans doute par don Ottavio, vint me visiter. Il me prescrivit un cataplasme, mais ne me fit aucune question sur la cause qui avait mêlé des violettes aux lys de mon sein. On est discret à Rome, et je voulus me conformer à l'usage du pays.

Quelques jours se passèrent sans que je pusse causer librement avec don Ottavio. Il était préoccupé, encore plus sombre que de coutume, et d'ailleurs, il me paraissait chercher à éviter mes questions. Pendant les rares moments que je passai avec lui, il ne dit pas un mot sur les hôtes étranges du viccolo di Madama Lucrezia. L'époque fixée pour la cérémonie de son ordination approchait, et j'attribuai sa mélancolie à sa répugnance pour la profession qu'on l'obligeait d'embrasser.

Pour moi, je me préparais à quitter Rome pour aller à Florence. Lorsque j'annonçai mon départ à la marquise Aldobrandi, don Ottavio me pria, sous je ne sais quel prétexte, de monter dans sa chambre. Là, me prenant les deux mains :

« Mon cher ami, dit-il, si vous ne m'accordez la grâce que je vais vous demander, je me brûlerai certainement la cervelle, car je n'ai pas d'autre moyen de sortir d'embarras. Je suis parfaitement résolu à ne jamais endosser le vilain habit que l'on veut me faire porter. Je veux fuir de ce pays-ci. Ce que j'ai à vous demander, c'est de m'emmener avec vous. Vous me ferez passer pour votre domestique. Il suffira d'un mot ajouté à votre passeport pour faciliter ma fuite. »

J'essayai d'abord de le détourner de son dessein en lui parlant du chagrin qu'il allait causer à sa mère, mais, le trouvant inébranlable dans sa résolution, je finis par lui promettre de le prendre avec moi, et de faire arranger mon passeport en conséquence.

« Ce n'est pas tout, dit-il. Mon départ dépend encore du succès d'une entreprise où je suis engagé. Vous voulez partir après-demain. Après-demain, j'aurai réussi peut-être, et alors, je suis tout à vous.

— Seriez-vous assez fou, lui demandai-je, non sans inquiétude, pour vous être fourré dans quelque conspiration ?

— Non, répondit-il; il s'agit d'intérêts moins graves que le sort de ma patrie, assez graves pourtant pour que du succès de mon entreprise dépende ma vie et mon bonheur. Je ne puis vous en dire davantage maintenant. Dans deux jours, vous saurez tout. »

Je commençais à m'accoutumer au mystère et je me résignai. Il fut convenu que nous partirions à trois heures du matin et que nous ne nous arrêterions qu'après avoir gagné le territoire toscan.

Persuadé qu'il était inutile de me coucher, devant partir de si bonne heure, j'employai la dernière soirée que je devais passer à Rome, à faire des visites dans toutes les maisons où j'avais été reçu. J'allai prendre congé de la marquise, et serrer la main à son fils officiellement et pour la forme. Je sentis qu'elle tremblait dans la mienne. Il me dit tout bas :

« En cet instant, ma vie se joue à croix ou pile [a]. Vous trouverez en rentrant à votre hôtel une lettre de moi. Si à trois heures précises je ne suis pas auprès de vous, ne m'attendez pas. »

a. On dit aujourd'hui pile ou face.

L'altération de ses traits me frappa, mais je l'attribuai à une émotion bien naturelle de sa part, au moment où, pour toujours peut-être, il allait se séparer de sa famille. Vers une heure à peu près, je regagnai mon logement. Je voulus repasser encore une fois par le viccolo di Madama Lucrezia. Quelque chose de blanc pendait à la fenêtre où j'avais vu deux apparitions si différentes. Je m'approchai avec précaution. C'était une corde à nœuds. Etait-ce une invitation d'aller prendre congé de la signora ? Cela en avait tout l'air, et la tentation était forte. Je n'y cédai point pourtant, me rappelant la promesse faite à don Ottavio, et aussi, il faut bien le dire, la réception désagréable que m'avait attirée, quelques jours auparavant, une témérité beaucoup moins grande.

Je poursuivis mon chemin, mais lentement, désolé de perdre la dernière occasion de pénétrer les mystères de la maison n° 13. A chaque pas que je faisais, je tournais la tête, m'attendant toujours à voir quelque forme humaine, monter ou descendre le long de la corde. Rien ne paraissait. J'atteignis enfin l'extrémité du viccolo. J'allais entrer dans le Corso [22].

« Adieu, madame Lucrèce, dis-je en ôtant mon chapeau à la maison que j'apercevais encore. Cherchez, s'il vous plaît, quelque autre que moi pour vous venger du jaloux qui vous tient emprisonnée. »

Deux heures sonnaient quand je rentrai dans mon hôtel. La voiture était dans la cour toute chargée. Un des garçons de l'hôtel me remit une lettre. C'était celle de don Ottavio, et comme elle me parut longue, je pensai qu'il valait mieux la lire dans ma chambre, et je dis au garçon de m'éclairer.

« Monsieur, me dit-il, votre domestique que vous nous aviez annoncé, celui qui doit voyager avec monsieur...

— Eh bien, est-il venu ?

— Non, monsieur...

— Il est à la poste ; il viendra avec les chevaux.

— Monsieur, il est venu tout à l'heure une dame qui a demandé à parler au domestique de monsieur. Elle a voulu absolument monter chez monsieur et m'a chargé de dire au domestique de monsieur, aussitôt qu'il viendrait, que Mme Lucrèce était dans votre chambre.

— Dans ma chambre ? m'écriai-je en serrant avec force la rampe de l'escalier.

— Oui, monsieur. Et il paraît qu'elle part aussi, car

elle m'a donné un petit paquet; je l'ai mis sur la vache [a]. »

Le cœur me battait fortement. Je ne sais quel mélange de terreur superstitieuse et de curiosité s'était emparé de moi. Je montai l'escalier marche à marche. Arrivé au premier étage (je demeurais au second), le garçon qui me précédait fit un faux pas, et la bougie qu'il tenait à la main tomba et s'éteignit. Il me demanda un million d'excuses, et descendit pour la rallumer. Cependant je montais toujours.

Déjà j'avais la main sur la clef de ma chambre. J'hésitais. Quelle nouvelle vision allait s'offrir à moi ? Plus d'une fois, dans l'obscurité, l'histoire de la nonne sanglante m'était revenue à la mémoire [23]. Etais-je possédé d'un démon comme don Alonso ? Il me sembla que le garçon tardait horriblement.

J'ouvris ma porte. Grâce au ciel! il y avait de la lumière dans ma chambre à coucher. Je traversai rapidement le petit salon qui la précédait. Un coup d'œil suffit pour me prouver qu'il n'y avait personne dans ma chambre à coucher. Mais aussitôt j'entendis derrière moi des pas légers et le frôlement d'une robe. Je crois que mes cheveux se hérissaient sur ma tête. Je me retournai brusquement.

Une femme vêtue de blanc, la tête couverte d'une mantille noire, s'avançait les bras étendus :

« Te voilà donc enfin, mon bien aimé! » s'écria-t-elle en saisissant ma main.

La sienne était froide comme la glace, et ses traits avaient la pâleur de la mort. Je reculai jusqu'au mur. « Sainte-Madone, ce n'est pas lui!... Ah! monsieur, êtes-vous l'ami de don Ottavio ? »

A ce mot, tout fut expliqué. La jeune femme, malgré sa pâleur, n'avait nullement l'air d'un spectre. Elle baissait les yeux, ce que ne font jamais les revenants, et tenait ses deux mains croisées à hauteur de sa ceinture, attitude modeste, qui me fit croire que mon ami don Ottavio n'était pas un aussi grand politique que je me l'étais figuré. Bref, il était grand temps d'enlever Lucrèce, et, malheureusement, le rôle de confident était le seul qui me fût destiné dans cette aventure. Un moment après arriva don Ottavio déguisé. Les chevaux vinrent

---

a. Panier revêtu de cuir placé au sommet d'une voiture, ou couverture en peau que l'on étendait par-dessus des colis placés sur l'impériale.

et nous partîmes. Lucrèce n'avait pas de passeport, mais une femme, et une jolie femme, n'inspire guère de soupçons. Un gendarme cependant fit le difficile. Je lui dis qu'il était un brave, et qu'assurément il avait servi sous le grand Napoléon. Il en convint. Je lui fis présent d'un portrait de ce grand homme, en or, et je lui dis que mon habitude était de voyager avec une *amica* pour me tenir compagnie; et que, attendu que j'en changeais fort souvent, je croyais inutile de les faire mettre sur mon passeport.

« Celle-ci, ajoutai-je, me mène à la ville prochaine. On m'a dit que j'en trouverais là d'autres qui la vaudraient.

— Vous auriez tort d'en changer », me dit le gendarme en fermant respectueusement la portière.

S'il faut tout vous dire, Madame, ce traître de don Ottavio avait fait la connaissance de cette aimable personne, sœur d'un certain Vanozzi, riche cultivateur, mal noté comme un peu libéral et très contrebandier. Don Ottavio savait bien, que quand même sa famille ne l'eût pas destiné à l'Eglise, elle n'aurait jamais consenti à lui laisser épouser une fille d'une condition si fort au-dessous de la sienne.

Amour est inventif. L'élève de l'abbé Negroni parvint à établir une correspondance secrète avec sa bien-aimée. Toutes les nuits, il s'échappait du palais Aldobrandi, et comme il eût été peu sûr d'escalader la maison de Vanozzi, les deux amants se donnaient rendez-vous dans celle de Mme Lucrèce, dont la mauvaise réputation les protégeait. Une petite porte cachée par un figuier mettait les deux jardins en communication. Jeunes et amoureux, Lucrèce et Ottavio ne se plaignaient pas de l'insuffisance de leur ameublement, qui se réduisait, je crois l'avoir déjà dit, à un vieux fauteuil de cuir.

Un soir, attendant don Ottavio, Lucrèce me prit pour lui, et me fit le cadeau que j'ai rapporté en son lieu. Il est vrai qu'il y avait quelque ressemblance de taille et de tournure entre don Ottavio et moi, et quelques médisants, qui avaient connu mon père à Rome, prétendaient qu'il y avait des raisons pour cela. Avint que le maudit frère découvrit l'intrigue; mais ses menaces ne purent obliger Lucrèce à révéler le nom de son séducteur. On sait quelle fut sa vengeance et comment je pensai payer pour tous. Il est inutile de vous dire comment les deux amants, chacun de son côté, prirent la clef des champs.

Conclusion. — Nous arrivâmes tous les trois à Florence. Don Ottavio épousa Lucrèce, et partit aussitôt avec elle pour Paris. Mon père lui fit le même accueil que j'avais reçu de la marquise. Il se chargea de négocier sa réconciliation, et il y parvint non sans quelque peine. Le marquis Aldobrandi gagna fort à propos la fièvre des maremmes [a], dont il mourut. Ottavio a hérité de son titre et de sa fortune, et je suis le parrain de son premier enfant.

27 avril 1856.

---

a. Fièvre paludéenne. (Mérimée écrit « Marenne ».)

Notes

1. L'orthographe correcte est *vicolo* (ruelle). Contrairement aux éditeurs de la Pléiade, nous ne corrigeons pas la faute de Mérimée parce que la nouvelle est connue sous ce titre depuis plus d'un siècle.

2. Mérimée est allé à Rome en 1839, à l'âge de trente-six ans. Son père est mort en 1836.

3. Ce nom rappelle celui des Aldobrandini, grande famille italienne qui possédait à Rome une villa somptueuse.

4. Léonor Mérimée avait peint, en effet, une *Bacchante*, tableau exposé au salon de l'an IV.

5. Ce tableau est probablement de l'invention de Mérimée.

6. Voir *Notice*, p. 138.

7. Dans *Lucrèce Borgia* de Victor Hugo, il y a une princesse Negroni dont le rôle fut tenu par Juliette Drouet, maîtresse de Hugo.

8. Giovanni Lorenzo Bernini (1598-1680), peintre, sculpteur et architecte, un des plus importants représentants du baroque romain. Pour ses statues il avait souvent choisi des sujets antiques.

9. « Certain devoir pieux me demande là-haut. » Molière, *Tartuffe*, IV, 1.

10. Katzenelnbogen était un ancien comté allemand sur le Rhin et le Main. *Katzenellenbogen* : coude de chat.

11. Friedrich Heinrich Ferdinand Emil von Kleist, comte de Nollendorf, feld-maréchal prussien, commanda une division prussienne à l'aile gauche de l'armée des Alliés à la bataille de Leipzig.

12. Mérimée se trompe : la bataille de Leipzig eut lieu du 16 au 19 octobre 1813.

13. Le 19 octobre on avait fait sauter le pont de l'Elster, rivière qui arrose Leipzig.

14. Personnages du *Barbier de Séville* de Beaumarchais.

15. Les gants jaunes étaient fort à la mode à l'époque. (Voir *Notice* pour *Arsène Guillot*, p. 65.)

16. Roderic Borgia (1431-1503), pape sous le nom d'Alexandre VI, père de Lucrezia Borgia.

17. On dit que Lucrezia Borgia aimait son frère Cesare. Sextus Tarquinus avait violé la chaste Lucrèce qui se donna la mort. Pon-

sard mit en scène ce dernier sujet dans *Lucrèce*, tragédie jouée avec grand succès en 1843.

18. Rosa Vanozza, courtisane célèbre, était la mère de Lucrezia Borgia.

19. Région marécageuse de l'Italie centrale. Mérimée écrit « Marenne ».

20. *Bible*, Rois, I, iv, 33.

21. Située à l'autre extrémité de la via del Corso, la piazza del Popolo se trouve à plus de deux kilomètres de la piazzetta San Marco.

22. Le vicolo ne débouchait pas sur la via del Corso, mais sur la piazzetta San Marco.

23. Allusion à un épisode du *Moine*, roman bien connu de Lewis.

LA CHAMBRE BLEUE

Notice

En septembre 1866, Mérimée accompagne l'Impératrice à Biarritz. On s'ennuie. « [...] on disputa, un jour, sur les situations difficiles où on peut se trouver, comme par exemple Rodrigue entre son papa et Chimène, Mlle Camille entre son frère et son Curiace. La nuit, ayant pris un thé trop fort, j'écrivis une quinzaine de pages sur une situation de ce genre. [...] Ce n'est pas, je pense, ce que j'ai écrit de plus mal, bien que cela ait été écrit fort à la hâte. J'ai lu cela à la dame du logis. » (Lettre à Jenny Dacquin, 5 novembre 1866. *Corr. gén.*, t. XIII, pp. 278-279.) « J'avais conçu mon sujet très tragique, et j'avais fait une préparation en style à quinze pour mieux surprendre le lecteur. Comme la chose tirait en longueur et m'ennuyait, j'ai terminé par une bouffonnerie, ce qui est mauvais. » (Lettre à Tourguéniev, 25 septembre 1866. *Corr. gén.*, t. XIII, p. 229.)

Le 30 octobre 1866, le manuscrit est offert à l'Impératrice. En septembre 1870, il est saisi par la Commission des Papiers des Tuileries. Suivent plusieurs projets de publication, dont restent quelques jeux d'épreuves. C'est *L'Indépendance belge* qui est la première à acquérir une copie, par un intermédiaire que l'on a vainement cherché à identifier; elle publie la nouvelle dans les numéros du 6 et du 7 septembre 1871. Le 12 septembre, *La Chambre bleue* paraît dans *La Liberté* aussi. Une longue série de controverses commence alors, à propos de la nouvelle elle-même que d'aucuns considèrent comme une preuve de la mentalité frivole qui régnait à la cour impériale, ainsi qu'au sujet des différentes épreuves dont les chercheurs n'ont toujours pas déterminé le nombre exact.

Si, à cause des vicissitudes politiques où elle se trouvait mêlée, *La Chambre bleue* est devenue une curiosité historique, sa valeur littéraire reste toujours contestée par la plupart des critiques. Notons, cependant, que dans cette « bluette », comme on a coutume de l'appeler, Mérimée traite un thème qui lui était important depuis toujours et qu'il développera dans *Lokis :* le thème du savoir perdu.

La nouvelle paraît en volume la première fois dans *Dernières Nouvelles* (Paris, Michel Lévy, 1873). Il existe deux éditions d'après le manuscrit : dans *Dernières Nouvelles*, par Léon Lemonnier (Paris, Champion, 1929); dans *Romans et Nouvelles*, par Maurice Parturier (Paris, Garnier, 1967). Actuellement, le manuscrit se trouve dans la collection de Jacques Lambert qui a fait de nombreuses vérifications à l'intention de Jean Mallion et de Pierre Salomon, éditeurs de la nouvelle dans *Théâtre de Clara Gazul. Romans et Nouvelles* (Paris, Gallimard, Bibliothèque de la Pléiade, 1978). C'est le texte publié dans leur édition que nous suivons.

LA CHAMBRE BLEUE

Nouvelle dédiée
A Madame de la Rhune [1].

Biarritz,
septembre 1866.

Un jeune homme se promenait d'un air agité dans le vestibule d'un chemin de fer. Il avait des lunettes bleues, et, quoiqu'il ne fût pas enrhumé, il portait sans cesse son mouchoir à son nez. De la main gauche, il tenait un petit sac noir qui contenait, comme je l'ai appris plus tard, une robe de chambre de soie et un pantalon turc. De temps en temps, il allait à la porte d'entrée, regardait dans la rue, puis il tirait sa montre et consultait le cadran de la gare. Le train ne partait que dans une heure, mais il y a des gens qui craignent toujours d'être en retard. Ce train n'était pas de ceux que prennent les gens pressés : peu de voitures de première classe. L'heure n'était pas celle qui permet aux agents de change de partir après les affaires terminées, pour dîner dans leur maison de campagne. Lorsque les voyageurs commencèrent à se montrer, un Parisien eût reconnu à leur tournure des fermiers ou de petits marchands de la banlieue. Pourtant, toutes les fois qu'une femme entrait dans la gare, toutes les fois qu'une voiture s'arrêtait à la porte, le cœur du jeune homme aux lunettes bleues se gonflait comme un ballon, ses genoux tremblotaient, son sac était près d'échapper de ses mains et ses lunettes de tomber de son nez, où, pour le dire en passant, elles étaient placées tout de travers.

Ce fut bien pis quand, après une longue attente, parut par une porte de côté, venant précisément du seul point qui ne fut pas l'objet d'une observation continuelle, une femme vêtue de noir, avec un voile épais sur le visage, et qui tenait à la main un sac de maroquin brun, contenant, comme je l'ai découvert dans la suite, une merveilleuse robe de chambre et des mules de satin bleu. La femme et le jeune homme s'avancèrent l'un vers l'autre, regardant à droite et à gauche, jamais devant eux. Ils se joignirent, se touchèrent la main et demeurèrent quelques minutes sans se dire un mot, palpitants, pantelants, en proie à une de ces émotions poignantes pour lesquelles je donnerais, moi, cent ans de la vie d'un philosophe.

Quand ils trouvèrent la force de se parler :

« Léon, dit la jeune femme (j'ai oublié de dire qu'elle était jeune et jolie), Léon, quel bonheur! Jamais je ne vous aurais reconnu sous les lunettes bleues.

— Quel bonheur! dit Léon, jamais je ne vous aurais reconnue sous ce voile noir!

— Quel bonheur! reprit-elle. Prenons vite nos places; si le chemin de fer allait partir sans nous! (Et elle lui serra le bras fortement.) On ne se doute de rien. Je suis en ce moment avec Clara et son mari, en route pour sa maison de campagne, où je dois *demain* lui faire mes adieux... Et... ajouta-t-elle en riant et en baissant la tête, il y a une heure qu'elle est partie, et demain..., après avoir passé la *dernière soirée* avec elle... (De nouveau elle lui serra le bras), demain, dans la matinée... elle me laissera à la station, où je trouverai Ursule, que j'ai envoyée devant, chez ma tante... Oh! j'ai tout prévu!... Prenons nos billets... Il est impossible qu'on nous devine!... Ah! si on nous demande nos noms dans l'auberge? j'ai déjà oublié...

— M. et Mme Duru.

— Oh! non. Pas Duru. Il y avait à la pension un cordonnier qui s'appelait comme cela.

— Alors, Dumont?...

— Daumont [2].

— A la bonne heure; mais on ne nous demandera rien. »

La cloche sonna [3], la porte de la salle d'attente s'ouvrit, et la jeune femme, toujours soigneusement voilée, s'élança dans une diligence [a] avec son compagnon. Pour la seconde fois, la cloche retentit; on ferma la portière de leur compartiment.

---

a. Voiture de première classe qui avait, en effet, la forme d'une diligence.

« Nous sommes seuls ! » s'écrièrent-ils avec joie, mais, presque au même moment, un homme d'environ cinquante ans, tout habillé de noir, l'air grave et ennuyé, entra dans la voiture et s'établit dans un coin. La locomotive siffla et le train se mit en marche.

Les deux jeunes gens, retirés le plus loin qu'ils avaient pu de leur incommode voisin commencèrent à se parler bas et en anglais par surcroît de précaution. « Monsieur, dit l'autre voyageur dans la même langue, et avec un bien plus pur accent britannique, si vous avez des secrets à vous conter, vous ferez bien de ne pas les dire en anglais devant moi. Je suis Anglais. Désolé de vous gêner, mais, dans l'autre compartiment, il y avait un homme seul, et j'ai pour principe de ne jamais voyager avec un homme seul. Celui-là avait une figure de Jud [4]. Et cela aurait pu le tenter. » (Il montra son sac de voyage, qu'il avait jeté devant lui sur un coussin.)

« Au reste, si je ne dors pas, je lirai. »

En effet, il essaya loyalement de dormir. Il ouvrit son sac, en tira une casquette commode, la mit sur sa tête, et tint les yeux fermés pendant quelques minutes. Puis il les rouvrit avec un geste d'impatience, chercha dans son sac des lunettes, puis un livre grec ; enfin, il se mit à lire avec beaucoup d'attention. Pour prendre le livre dans le sac, il fallut déranger maint objet entassé au hasard. Entre autres, il tira des profondeurs du sac une assez grosse liasse de billets de la banque d'Angleterre, la déposa sur la banquette en face de lui, et, avant de la replacer dans le sac, il la montra au jeune homme en lui demandant s'il trouverait à changer des banknotes à N***.

« Probablement. C'est sur la route d'Angleterre. »

N*** était le lieu où se dirigeaient les deux jeunes gens. Il y a à N*** un petit hôtel assez propret, où l'on ne s'arrête guère que le samedi soir. On prétend que les chambres sont bonnes. Le maître et les gens ne sont pas curieux, n'étant pas assez éloignés de Paris pour avoir ce vice provincial. Le jeune homme que j'ai déjà appelé Léon, avait été reconnaître cet hôtel quelque temps auparavant, sans lunettes bleues, et, sur le rapport qu'il en avait fait, son amie avait paru éprouver le désir de le visiter. Elle se trouvait d'ailleurs, ce jour-là, dans une disposition d'esprit telle, que les murs d'une prison lui eussent semblé pleins de charmes, si elle y eût été enfermée avec Léon.

Cependant, le train allait toujours ; l'Anglais lisait son grec sans tourner la tête vers ses compagnons, qui causaient si bas, que des amants seuls eussent pu s'entendre. Peut-être ne surprendrai-je pas mes lecteurs en leur disant que c'était des amants dans toute la force du terme, et ce qu'il y avait de déplorable, c'est qu'ils n'étaient pas mariés, et il y avait des raisons qui s'opposaient à ce qu'ils le fussent.

On arriva à N***. L'Anglais descendit le premier. Pendant que Léon aidait son amie à sortir de la diligence sans montrer ses jambes, un homme s'élança sur la plateforme [a], du compartiment voisin. Il était pâle, jaune même, les yeux creux et injectés de sang, la barbe mal faite, signe auquel on reconnaît souvent les grands criminels. Son costume était propre mais usé jusqu'à la corde. Sa redingote, jadis noire, maintenant grise au dos et aux coudes était boutonnée jusqu'au menton, probablement pour cacher un gilet encore plus râpé. Il s'avança vers l'Anglais, et, d'un ton très humble : « *Uncle!*... lui dit-il...

— *Leave me alone, you wretch* [b]! s'écria l'Anglais, dont l'œil gris s'alluma d'un éclat de colère, et il fit un pas pour sortir de la station.

— *Don't drive me to despair* [c], reprit l'autre avec un accent à la fois lamentable et presque menaçant.

— Veuillez être assez bon pour garder mon sac un instant », dit le vieil Anglais, en jetant son sac de voyage aux pieds de Léon.

Aussitôt il prit le bras de l'homme qui l'avait accosté, le mena ou plutôt le poussa dans un coin, où il espérait n'être pas entendu, et, là, il lui parla un moment d'un ton fort rude, comme il semblait. Puis il tira de sa poche quelques papiers, les froissa et les mit dans la main de l'homme qui l'avait appelé son oncle. Ce dernier prit les papiers sans remercier, et presque aussitôt s'éloigna et disparut.

Il n'y a qu'un hôtel à N***, il ne faut donc pas s'étonner si au bout de quelques minutes tous les personnages de cette véridique histoire s'y retrouvèrent. En France, tout voyageur qui a le bonheur d'avoir une femme bien mise à son bras est sûr d'obtenir la meilleure chambre

a. Sur le quai.
b. « Laissez-moi tranquille, misérable ! »
c. « Ne me poussez pas au désespoir »

dans tous les hôtels, aussi est-il établi que nous sommes la nation la plus polie de l'Europe. Si la chambre qu'on donna à Léon était la meilleure, il serait téméraire d'en conclure qu'elle était excellente. Il y avait un grand lit de noyer, avec des rideaux de perse [5] où l'on voyait imprimée en violet l'histoire tragique de Pyrame et de Thisbé [6]. Les murs étaient couverts d'un papier peint représentant une vue de Naples avec beaucoup de personnages ; malheureusement, des voyageurs désœuvrés et indiscrets avaient ajouté des moustaches et des pipes à toutes les figures mâles et femelles ; et bien des sottises en prose et en vers écrites à la mine de plomb se lisaient sur le ciel et la mer. Sur ce fond pendaient plusieurs gravures : *Louis-Philippe prêtant serment à la Charte de 1830* [7] ; *La Première entrevue de Julie et de Saint-Preux* [8] ; *L'Attente du bonheur* et *Les Regrets*, d'après M. Dubuffe [9]. Cette chambre s'appelait la Chambre bleue, parce que les deux fauteuils à droite et à gauche de la cheminée étaient en velours d'Utrecht de cette couleur ; mais, depuis bien des années, ils étaient cachés sous des chemises de percaline grise à galons amarante.

Tandis que les servantes de l'hôtel s'empressaient autour de la nouvelle arrivée et lui faisaient leurs offres de service, Léon, qui n'était pas dépourvu de bon sens quoique amoureux, allait à la cuisine commander le dîner. Il lui fallut employer toute sa rhétorique et quelques moyens de corruption pour obtenir la promesse d'un dîner à part, mais son horreur fut grande lorsqu'il apprit que dans la principale salle à manger, c'est-à-dire à côté de sa chambre, MM. les officiers du 3e hussards, qui allaient relever MM. les officiers du 8e chasseurs à N***, devaient se réunir à ces derniers, le jour même, dans un dîner d'adieu où régnerait une grande cordialité. L'hôte jura ses grands dieux qu'à part la gaieté naturelle à tous les militaires français, MM. les hussards et MM. les chasseurs étaient connus dans toute la ville pour leur douceur et leur sagesse, et que leur voisinage n'aurait pas le moindre inconvénient pour Madame, l'usage de MM. les officiers étant de se lever de table dès avant minuit.

Comme Léon regagnait la chambre bleue, sur cette assurance qui ne le troublait pas médiocrement, il s'aperçut que son Anglais occupait la chambre à côté de la sienne. La porte était ouverte. L'Anglais assis devant une table sur laquelle était un verre et une bouteille,

regardait le plafond avec une attention profonde, comme
s'il comptait les mouches qui s'y promenaient.

« Qu'importe le voisinage ! se dit Léon, l'Anglais sera
bientôt ivre, et les hussards s'en iront avant minuit. »

En entrant dans la chambre bleue, son premier soin
fut de s'assurer que les portes de communication étaient
bien fermées et qu'elles avaient des verrous. Du côté de
l'Anglais il y avait double porte ; les murs étaient épais.
Du côté des hussards, la paroi était plus mince, mais la
porte avait serrure et verrou. Après tout, c'était contre
la curiosité une barrière bien plus efficace que les stores
d'une voiture, et combien de gens se croient isolés du
monde dans un fiacre [10] !

Assurément, l'imagination la plus riche ne peut se
représenter de félicité plus complète que celle de deux
jeunes amants qui, après une longue attente, se trouvent
seuls, loin des jaloux et des curieux, en mesure de se
conter à loisir leurs souffrances passées et de savourer
les délices d'une parfaite réunion. Mais le diable trouve
toujours le moyen de verser sa goutte d'absinthe dans la
coupe du bonheur. Johnson a écrit, mais non le premier,
il l'avait pris à un Grec, que nul homme ne peut se dire :
« Aujourd'hui je serai heureux [11]. » Cette vérité reconnue,
à une époque très reculée, par les plus grands philosophes
est encore ignorée par un certain nombre de mortels et
singulièrement par la plupart des amoureux.

Tout en faisant un assez médiocre dîner, dans la
chambre bleue, de quelques plats dérobés au banquet des
chasseurs et des hussards, Léon et son amie eurent beaucoup à souffrir de la conversation à laquelle se livraient
ces messieurs dans la salle voisine.

On y tenait des propos étrangers à la stratégie et à la
tactique, et que je me garderai bien de rapporter. C'était
une suite d'histoires saugrenues, presque toutes fort
gaillardes, accompagnées de rires éclatants, auxquels
il était parfois assez difficile à nos amants de ne pas
prendre part. L'amie de Léon n'était pas une prude, mais
il y a des choses qu'on n'aime pas à entendre, même en
tête-à-tête avec l'homme qu'on aime. La situation deve-
nait de plus en plus embarrassante, et, comme on allait
apporter le dessert de MM. les officiers, Léon crut devoir
descendre à la cuisine pour prier l'hôte de représenter
à ces messieurs qu'il y avait une femme souffrante dans
une chambre à côté d'eux, et qu'on attendait de leur politesse qu'ils voudraient bien faire un peu moins de bruit.

Le maître d'hôtel, comme il arrive dans les dîners de corps, était tout ahuri et ne savait à qui répondre. Au moment où Léon lui donnait son message pour les officiers, un garçon lui demandait du vin de Champagne pour les hussards, une servante du vin de Porto pour l'Anglais.

— J'ai dit qu'il n'y en avait pas, ajouta-t-elle.

— Tu es une sotte. Il y a de tous les vins chez moi. Je vais lui en trouver, du porto! Apporte-moi la bouteille de ratafia, une bouteille à quinze et un carafon d'eau-de-vie. »

Après avoir fabriqué du porto en un tournemain, l'hôte entra dans la grande salle et fit la commission que Léon venait de lui donner. Elle excita tout d'abord une tempête furieuse. Puis une voix de basse qui dominait toutes les autres, demanda quelle espèce de femme était leur voisine ? Il se fit une sorte de silence. L'hôte répondit :

« Ma foi! messieurs, je ne sais trop que vous dire. Elle est bien gentille et bien timide, Marie-Jeanne dit qu'elle a une alliance au doigt. Ça se pourrait bien que ce fût une mariée, qui vînt ici pour faire la noce, comme il en vient des fois.

— Une mariée! s'écrièrent quarante voix! Il faut qu'elle vienne trinquer avec nous! Nous allons boire à sa santé, et apprendre au marié ses devoirs conjugaux! »

A ces mots, on entendit un grand bruit d'éperons, et nos amants tressaillirent, pensant que leur chambre allait être prise d'assaut. Mais soudain une voix s'éleva qui arrêta le mouvement. Il était évident que c'était un chef qui parlait. Il reprocha aux officiers leur impolitesse et leur intima l'ordre de se rasseoir et de parler décemment et sans crier. Puis, il ajouta quelques mots trop bas pour être entendus de la chambre bleue. Ils furent écoutés avec déférence, mais non sans exciter pourtant une certaine hilarité contenue. A partir de ce moment, il y eut dans la salle des officiers un silence relatif, et nos amants, bénissant l'empire salutaire de la discipline, commencèrent à se parler avec plus d'abandon. Mais, après tant de tracas, il fallait du temps pour retrouver les tendres émotions que l'inquiétude, les ennuis du voyage, et surtout la grosse joie de leurs voisins avaient fortement troublées. A leur âge cependant, la chose n'est pas très difficile, et ils eurent bientôt oublié tous les désagréments de leur expédition aventureuse pour ne plus penser qu'aux plus importants de ses résultats. Ils croyaient la paix faite avec les hussards; hélas! ce n'était qu'une trêve. Au moment où ils s'y attendaient le moins, lorsqu'ils étaient à mille lieues de ce monde sublunaire, voilà vingt-quatre trompettes soutenues de quelques trombones qui sonnent l'air connu des soldats français : « *La victoire est à nous* [12] *!* » Le moyen de résister à pareille tempête ? Les pauvres amants furent bien à plaindre.

. . . .

Non, pas tant à plaindre, car à la fin les officiers quittèrent la salle à manger, défilant devant la porte de la chambre bleue avec un grand cliquetis de sabres et d'éperons, et criant l'un après l'autre : « Bonsoir, Madame la mariée! »

Puis tout bruit cessa. Je me trompe, l'Anglais sortit dans le corridor et cria : « Garçon! apportez-moi une autre bouteille du même porto! »

. . . .

Le calme était rétabli dans l'hôtel de N***. La nuit était douce, la lune dans son plein. Depuis un temps immémorial, les amants se plaisent à regarder notre satellite. Léon et son amie ouvrirent leur fenêtre, qui donnait sur un petit jardin, et aspirèrent avec plaisir l'air frais qu'embaumait un berceau de clématites. Ils n'y restèrent pas longtemps toutefois. Un homme se promenait dans le jardin, la tête baissée, les bras croisés, un cigare à la bouche. Léon crut reconnaître le neveu de l'Anglais qui aimait le vin de Porto.

. . . .

Je hais les détails inutiles, et d'ailleurs je ne me crois pas obligé de dire au lecteur tout ce qu'il peut facilement imaginer, ni de raconter, heure par heure, tout ce qui se passa dans l'hôtel de N***. Je dirai donc que la bougie qui brûlait dans la cheminée sans feu de la chambre bleue était plus d'à moitié consumée, quand dans l'appartement de l'Anglais, naguère silencieux, un bruit étrange se fit entendre, comme un corps lourd peut en produire en tombant. A ce bruit se joignit une sorte de craquement non moins étrange, suivi d'un cri étouffé et de quelques mots indistincts semblables à une imprécation. Les deux jeunes habitants de la chambre bleue tressaillirent. Peut-être avaient-ils été réveillés en sursaut. Sur l'un et l'autre, ce bruit qu'ils ne s'expliquaient pas avait causé une impression presque sinistre.

« C'est notre Anglais qui rêve », dit Léon en s'efforçant de sourire, mais il voulait rassurer sa compagne, et il frissonna involontairement. Deux ou trois minutes après, une porte s'ouvrit dans le corridor avec précaution, comme il semblait; puis elle se referma très doucement. On entendit un pas lent et mal assuré qui, selon toute apparence, cherchait à se dissimuler.

« Maudite auberge! s'écria Léon.

— Ah! c'est le Paradis!... répondit la jeune femme en laissant tomber sa tête sur l'épaule de Léon. Je meurs de sommeil... » Elle soupira et se rendormit presque aussitôt.

Un moraliste illustre a dit que les hommes ne sont jamais bavards lorsqu'ils n'ont plus rien à demander. Qu'on ne s'étonne donc point si Léon ne fit aucune tentative pour renouer la conversation, ou disserter sur les bruits de l'hôtel de N***. Malgré lui il en était préoccupé, et son imagination y rattachait maintes circonstances auxquelles dans une autre disposition d'esprit il n'eût fait aucune attention. La figure sinistre du neveu de l'Anglais lui revenait en mémoire. Il y avait de la haine dans le regard qu'il jetait à son oncle, tout en lui parlant avec humilité, sans doute parce qu'il lui demandait de l'argent. « Quoi de plus facile à un homme jeune encore et vigoureux, désespéré en outre, que de grimper du jardin à la fenêtre de la chambre voisine ? D'ailleurs, il logeait dans l'hôtel, puisque, la nuit, il se promenait dans le jardin. Peut-être..., probablement même... indubitablement, il savait que le sac noir de son oncle renfermait une grosse liasse de billets de banque... Et ce coup sourd! comme un coup de massue sur un crâne chauve... ce cri étouffé!... ce jurement affreux!... Et ces pas ensuite! Ce neveu avait la mine d'un assassin... Mais on n'assassine pas dans un hôtel plein d'officiers. Sans doute cet Anglais avait mis le verrou en homme prudent, surtout sachant le drôle aux environs... Il s'en défiait, puisqu'il n'avait pas voulu l'aborder avec son sac à la main... Pourquoi se livrer à des pensées hideuses quand on est si heureux ? »

Voilà ce que Léon se disait mentalement. Au milieu de ses pensées, que je me garderai d'analyser plus longuement et qui se présentaient à lui presque aussi confuses que les visions d'un rêve, il avait les yeux fixés machinalement vers la porte de communication entre la chambre bleue et celle de l'Anglais. En France, les portes

ferment mal. Entre celle-ci et le parquet, il y avait un
intervalle d'au moins deux centimètres. Tout d'un coup,
dans cet intervalle, à peine éclairé par le reflet du parquet,
parut quelque chose de noirâtre, plat, semblable à une
lame de couteau, car le bord frappé par la lumière de la
bougie présentait une ligne mince, très brillante. Cela se
mouvait lentement dans la direction d'une petite mule
de satin bleu, jetée indiscrètement à peu de distance de
cette porte. Etait-ce quelque insecte comme un mille-
pattes ?... Non, ce n'est pas un insecte. Cela n'a pas de
forme déterminée... Deux ou trois traînées brunes, chacune avec sa ligne de lumière sur les bords, ont pénétré
dans la chambre. Leur mouvement s'accélère, grâce à
la pente du parquet... Elles s'avancent rapidement, elles
viennent effleurer la petite mule. Plus de doute! C'est un
liquide, et, ce liquide, on en voyait maintenant distinctement la couleur à la lueur de la bougie, c'était du sang!
Et, tandis que Léon, immobile, regardait avec horreur
ces traînées effroyables, la jeune femme dormait toujours
d'un sommeil tranquille, et sa respiration régulière échauf-
fait le cou et l'épaule de son amant.

. . . .

Le soin qu'avait eu Léon de commander le dîner dès
en arrivant dans l'hôtel de N*** prouve suffisamment
qu'il avait une assez bonne tête, une intelligence élevée
et qu'il savait prévoir. Il ne démentit pas en cette occasion le caractère qu'on a pu lui reconnaître déjà. Il ne fit
pas un mouvement et toute la force de son esprit se tendit
avec effort pour prendre une résolution, en présence de
l'affreux malheur qui le menaçait.

Je m'imagine que la plupart de mes lecteurs, et surtout
mes lectrices, remplis de sentiments héroïques, blâmeront
en cette circonstance la conduite et l'immobilité de Léon.
Il aurait dû, me dira-t-on, courir à la chambre de l'Anglais et arrêter le meurtrier, tout au moins tirer sa sonnette et carillonner les gens de l'hôtel [13]. A cela, je répondrai d'abord que, dans les hôtels, en France, il n'y a de
sonnette que pour l'ornement des chambres, et que leurs
cordons ne correspondent à aucun appareil métallique.
J'ajouterai respectueusement, mais avec fermeté, que s'il
est mal de laisser mourir un Anglais à côté de soi, il n'est
pas louable de lui sacrifier une femme qui dort la tête
sur votre épaule. Que serait-il arrivé si Léon eût fait un
tapage à réveiller l'hôtel ? Les gendarmes, le procureur
impérial et son greffier seraient arrivés aussitôt. Avant de

lui demander ce qu'il avait vu ou entendu, ces messieurs sont par profession si curieux qu'ils lui auraient dit tout d'abord : « Comment vous nommez-vous ? Vos papiers ? Et Madame ? Que faisiez-vous ensemble dans la chambre bleue ? Vous aurez à comparaître en cour d'assises pour dire que le tant de tel mois, à telle heure de nuit, vous avez été les témoins de tel fait. »

Or, c'est précisément cette idée de procureur impérial et de gens de justice qui la première se présenta à l'esprit de Léon. Il y a parfois dans la vie des cas de conscience difficiles à résoudre; vaut-il mieux laisser égorger un voyageur inconnu, ou déshonorer et perdre la femme qu'on aime ? Il est désagréable d'avoir à se poser un pareil problème. J'en donne en dix la solution au plus habile [a].

Léon fit donc ce que probablement plusieurs eussent fait à sa place : il ne bougea pas. Les yeux fixés sur la mule bleue et le petit ruisseau rouge qui la touchait, il demeura longtemps comme fasciné, tandis qu'une sueur froide mouillait ses tempes et que son cœur battait dans sa poitrine à la faire éclater. Une foule de pensées et d'images bizarres et horribles l'obsédaient, et une voix intérieure lui criait à chaque instant : « dans une heure, on saura tout, et c'est ta faute! » Cependant à force de se dire : « Qu'allais-je faire dans cette galère [14] ? » on finit par apercevoir quelques rayons d'espérance. Il se dit enfin :

« Si nous quittions ce maudit hôtel avant la découverte de ce qui s'est passé dans la chambre à côté, peut-être pourrions-nous faire perdre nos traces. Personne ne nous connaît ici; on ne m'a vu qu'en lunettes bleues; on ne l'a vue que sous son voile. Nous sommes à deux pas d'une station, et en une heure nous serions bien loin de N***. » Puis, comme il avait longuement étudié l'indicateur pour organiser son expédition, il se rappela qu'un train passait à huit heures allant à Paris. Bientôt après on serait perdu dans l'immensité de cette ville où se cachent tant de coupables. Qui pourrait y découvrir deux innocents ? Mais n'entrerait-on pas chez l'Anglais avant huit heures ? Toute la question était là.

Bien convaincu qu'il n'avait pas d'autre parti à prendre, il fit un effort désespéré pour secouer la torpeur qui s'était

---

a. Donner en dix, en cent (coups) quelque chose à deviner. Expression souvent employée par Molière.

emparée de lui depuis si longtemps; mais, au premier
mouvement qu'il fit, sa jeune compagne se réveilla et
l'embrassa à l'étourdir. Au contact de sa joue glacée, elle
laissa échapper un petit cri : « Qu'avez-vous, lui dit-elle
avec inquiétude. Votre front est froid comme un marbre!

— Ce n'est rien, répondit-il d'une voix mal assurée;
j'ai entendu un bruit singulier dans la chambre à côté... »

Il se dégagea de ses bras et d'abord écarta la mule bleue
et plaça un fauteuil devant la porte de communication,
de manière à cacher à son amie l'affreux liquide qui,
ayant cessé de s'étendre, formait maintenant une tache
assez large sur le parquet. Puis il entrouvrit la porte qui
donnait sur le corridor et écouta avec attention. Il osa
même s'approcher de la porte de l'Anglais. Elle était
fermée. Il y avait déjà quelque mouvement dans l'hôtel.
Le jour se levait. Les valets d'écuries pansaient les chevaux dans la cour, et, du second étage un officier descendait les escaliers en faisant résonner ses éperons. Il allait
présider à cet intéressant travail, plus agréable aux chevaux qu'aux humains, et qu'en termes techniques on
appelle *la botte* [a].

Léon rentra dans la chambre bleue, et, avec tous les
ménagements que l'amour peut inventer, à grands ren-
forts de circonlocutions et d'euphémismes, il exposa à
son amie la situation où ils se trouvaient : danger de rester; danger de partir trop précipitamment; danger encore
plus grand d'attendre dans l'hôtel que la catastrophe de
la chambre voisine fût découverte. Inutile de dire l'effroi
causé par cette communication, les larmes qui la suivirent, les propositions insensées qui furent mises en
avant.

Que de fois les deux infortunés se jetèrent dans les
bras l'un de l'autre, en se disant : « Pardonne-moi! pardonne-moi! » Chacun se croyait le plus coupable. Ils se
promirent de mourir ensemble, car la jeune femme ne
doutait pas que la justice ne les trouvât coupables du
meurtre de l'Anglais, et, comme ils n'étaient pas sûrs
qu'on leur permît de s'embrasser encore sur l'échafaud,
ils s'embrassèrent à s'étouffer, s'arrosant à l'envi de leurs
larmes. Enfin, après avoir dit bien des absurdités et bien
des mots tendres et déchirants, ils reconnurent, au milieu
de mille baisers, que le plan médité par Léon, c'est-à-dire
le départ par le train de huit heures, était en réalité le seul

a. La distribution du fourrage aux chevaux.

praticable et le meilleur à suivre. Mais restaient encore deux mortelles heures à passer. A chaque pas dans le corridor, ils frémissaient de tous leurs membres. Chaque craquement de bottes leur annonçait l'entrée du procureur impérial. Leur petit paquet fut fait en un clin d'œil. La jeune femme voulait brûler dans la cheminée la mule bleue, mais Léon la ramassa, et, après l'avoir essuyée à la descente de lit, il la baisa et la mit dans sa poche. Il fut surpris de trouver qu'elle sentait la vanille; son amie avait pour parfum le bouquet de l'impératrice Eugénie.

Déjà tout le monde était réveillé dans l'hôtel. On entendait des garçons qui riaient, des servantes qui chantaient, des soldats qui brossaient les habits des officiers. Sept heures venaient de sonner. Léon voulut obliger son amie à prendre une tasse de café au lait, mais elle déclara que sa gorge était si serrée, qu'elle mourrait si elle essayait de boire quelque chose.

Léon, muni de ses lunettes bleues, descendit pour payer sa note. L'hôte lui demanda pardon du bruit qu'on avait fait, et qu'il ne pouvait encore s'expliquer; car Messieurs les officiers étaient toujours si tranquilles! Léon l'assura qu'il n'avait rien entendu et qu'il avait parfaitement dormi. — « Par exemple, votre voisin de l'autre côté, continua l'hôte, n'a pas dû vous incommoder. Il ne fait pas beaucoup de bruit, celui-là. Je parie qu'il dort encore sur les deux oreilles. »

Léon s'appuya fortement au comptoir pour ne pas tomber, et la jeune femme, qui avait voulu le suivre, se cramponna à son bras, en serrant son voile devant ses yeux.

« C'est un mylord, poursuivit l'hôte impitoyable. Il lui faut toujours du meilleur [15]. Ah! c'est un homme bien comme il faut! Mais tous les Anglais ne sont pas comme lui. Il y en avait un ici qui est un pingre. Il trouve tout trop cher, l'appartement, le dîner. Il voulait me compter son billet pour cent vingt-cinq francs; un billet de la banque d'Angleterre de cinq livres sterling... Pourvu encore qu'il soit bon! Tenez, Monsieur, vous devez vous y connaître, car je vous ai entendu parler anglais avec Madame... Est-il bon ? »

En parlant ainsi, il lui présentait une banknote de cinq livres sterling. Sur un des angles, il y avait une petite tache rouge que Léon s'expliqua aussitôt.

« Je le crois fort bon, dit-il d'une voix étranglée.

— Oh! vous avez bien le temps, reprit l'hôte; le train

ne passe qu'à huit heures, et il est toujours en retard. Veuillez donc vous asseoir, Madame. Vous semblez fatiguée... »

En ce moment, une grosse servante entra.

« Vite de l'eau chaude, dit-elle, pour le thé de mylord ! Apportez aussi une éponge ! Il a cassé sa bouteille et toute sa chambre est inondée. »

A ces mots, Léon se laissa tomber sur une chaise ; sa compagne en fit de même. Une forte envie de rire les prit tous les deux, et ils eurent quelque peine à ne pas éclater. La jeune femme lui serra joyeusement la main.

« Décidément, dit Léon à l'hôte, nous ne partirons que par le train de deux heures. Faites-nous un bon déjeuner pour midi. »

. . . .

Composé et écrit par
Pr MÉRIMÉE
fou de S. M. l'Impératrice.

Notes

1. Nom donné par Mérimée à l'impératrice Eugénie. La Rhune est une montagne de 900 m de haut, située à la frontière espagnole, à 25 km de Biarritz. On pouvait l'apercevoir du palais de l'Impératrice.

2. Nom qui rappelle celui du duc d'Aumont.

3. Le départ des trains était annoncé par une cloche.

4. M. Poinsot, président de la quatrième chambre à la Cour impériale de Paris, fut assassiné le 6 décembre 1860 dans un wagon de première classe. Charles Jud, l'assassin présumé, fut arrêté, mais il réussit à s'échapper, et les vaines recherches de la police pour le trouver furent l'occasion de nombreuses plaisanteries.

5. Toile peinte ou imprimée qui passait pour avoir été fabriquée en Perse.

6. L'histoire tragique des deux amoureux est racontée par Ovide (*Métamorphoses*, IV, 55 ss.) : un lion surprend Thisbé qui attend Pyrame; elle réussit à s'enfuir, laissant son voile entre les griffes de la bête; à la vue de ce voile, Pyrame croit qu'elle est morte, et il se tue; Thisbé revient, voit le cadavre de son amant, et se donne la mort. L'allusion à cette série de malentendus n'est pas sans importance dans la nouvelle de Mérimée.

7. Gravure d'après le tableau d'Eugène Devéria (1805-1865).

8. Cette scène de *La Nouvelle Héloïse* de Rousseau avait été souvent représentée par les peintres.

9. *Souvenirs* et *Regrets* de Claude-Marie Dubufe (1790-1864), tableaux exposés au Salon de 1827, souvent reproduits au XIXe siècle.

10. Allusion, selon les commentateurs, à la scène du fiacre dans *Madame Bovary*. Notons que dans *La Double Méprise* Mérimée lui-même avait décrit une scène d'amour dans une voiture.

11. Samuel Johnson, moraliste et critique anglais (1709-1784), raconte dans *Le Rôdeur (The Rambler)* l'histoire de Seged, empereur d'Éthiopie, qui, s'étant accordé dix jours de repos après la guerre, vit sa fille mourir le dixième jour. « C'est lui-même qui en a fait le récit qu'il a légué à la postérité pour exciter à l'avenir les réflexions de tout homme assez présomptueux pour dire : Demain, je serai heureux. » (Traduction de C. G. Lambert, baron de Chame-rolles. Paris, Castel de Courval, 1826-1827, t. V, p. 343.) Quant au Grec évoqué, il peut être Solon ou Sophocle ou un autre, l'adage cité étant fort répandu dans l'Antiquité.

12. Air très populaire, tiré de *La Caravane du Caire*, opéra de Grétry, représenté la première fois en 1783.

13. Le verbe carillonner s'emploie rarement avec un complément d'objet direct.

14. Phrase célèbre des *Fourberies de Scapin* de Molière.

15. Du vin de la meilleure qualité.

LOKIS

Notice

C'est pendant un séjour à Fontainebleau que Mérimée a eu l'idée de composer cette nouvelle : « Lorsque j'étais dans le château, on lisait des romans modernes prodigieux, dont les auteurs m'étaient parfaitement inconnus. C'est pour imiter ces messieurs que cette dernière nouvelle est faite. La scène se passe en Lituanie, pays qui vous est fort connu. On y parle le sanscrit presque pur. Une grande dame du pays, étant à la chasse, a eu le malheur d'être prise et emportée par un ours dépourvu de sensibilité, de quoi elle est restée folle ; ce qui ne l'a pas empêchée de donner le jour à un garçon bien constitué qui grandit et devient charmant ; seulement, il a des humeurs noires et des bizarreries inexplicables. On le marie, et, la première nuit de ses noces, il mange sa femme toute crue. Vous qui connaissez les ficelles, puisque je vous les dévoile, vous devinez tout de suite le pourquoi. C'est que ce monsieur est le fils illégitime de cet ours mal élevé. » (Lettre à Jenny Dacquin, 3 septembre 1868. *Corr. gén.*, t. XIV, p. 233.)

Le thème du fils de l'ours appartient au folklore. Il a été consigné par écrit dans de nombreux ouvrages, entre autres dans *Danorum regum heroumque historiæ* de Saxo Grammaticus (1150-1206) et dans les *Histoires tragiques* de Bandello (1485-1561), pour ne citer que deux ouvrages que Mérimée connaissait sûrement. Sur le choix de ce sujet, qui étonnait quelques-uns de ses contemporains, il s'expliqua ainsi : « [...] je voulais faire pour S. M. quelque chose dans son goût, par conséquent j'ai pris le sujet le plus extravagant et le plus atroce que j'ai pu [...] » (Lettre à Mme Delessert, 20 septembre 1868. *Corr. gén.*, t. XIV, p. 245.) Toutefois, obéissant aux conseils de Jenny Dacquin et de Valentine Delessert, il essaye d'occulter le fond de son histoire de façon que « les personnes timorées » puissent « supposer que les bizarreries du héros tiennent à une peur ou à une fantaisie de femme grosse ». (Lettre à Mme Delessert, 11 octobre 1868. *Corr. gén.*, t. XIV, p. 264.) En effet, lorsqu'il lit la nouvelle chez l'Impératrice, personne ne semble comprendre le point de départ de l'action et, rassuré sur ce point, il se décide de la publier dans la *Revue des Deux Mondes*.

À l'époque où il rédige *Lokis*, Mérimée s'intéresse au lituanien, il lit le manuel d'August Schleicher (*Handbuch der litauischen Sprache*, t. I : *Grammatik*, t. II : *Lesebuch und Glossar*. Prague, J. G. Calve, 1856-1857) et *La Science du langage* de Max Müller (traduction française par G. Harris et G. Perrot, Paris, A. Durand et Pedone Lauriel, 1867). Il s'inspire aussi de Mickiewicz, demande des conseils à Tourguéniev, à Charles-Edmond Choïecki, ainsi qu'à Alexandre Przezdziecki, mari de cette belle comtesse Lise qui est son modèle principal pour le personnage de Mlle Iwinska.

Ce sont de très anciennes hantises qui réapparaissent dans cette nouvelle. Si elle ressemble sur beaucoup de points à *La Vénus d'Ille*, c'est que, encore une fois, Mérimée touche de près à un important noyau de son univers fantasmatique. Citons seulement un des nombreux passages de sa correspondance, où surgit le thème obsédant de l'ours : « Lady Helena m'écrit de Stockholm [...] Sa fille a fait une fille. Quand on se marie dans un pays pareil on est bien heureux je trouve, de ne pas accoucher d'un ours blanc. » (Lettre à Mme de Montijo, 25 mai 1850. *Corr. gén.*, t. VI, pp. 53-54.) Un autre grand thème de la nouvelle, celui des langues perdues, préoccupe aussi Mérimée depuis sa jeunesse. Trente ans avant *Lokis*, au sujet de la découverte d' « une langue nommée l'Ekhili » par son cousin Fulgence Fresnel, il fait des remarques qui pourraient prendre place dans cette nouvelle : « La littérature Ekhili ne paraît pas être fort riche, aucun de ceux qui la parlent ne sachant pas l'écrire ; mais on dit qu'il y a quelque part des inscriptions en caractères inconnus, qui pourraient fort bien être écrites dans un patois Ekhili. Vous voyez où cela mène. » (Lettre à Frédéric de Saulcy, 25 mai 1838. *Corr. gén.*, t. II, p. 162.)

Lokis a paru le 15 septembre 1869 dans la *Revue des Deux Mondes*. C'est la seule publication du vivant de l'auteur, c'est donc ce texte que nous reproduisons.

LOKIS [1]

I

. . . .

— Théodore, dit M. le professeur Wittembach [2], veuillez me donner ce cahier relié en parchemin, sur la seconde tablette, au-dessus du secrétaire; non pas celui-ci, mais le petit in-octavo. C'est là que j'ai réuni toutes les notes de mon journal de 1866, du moins celles qui se rapportent au comte Szémioth [3].

Le professeur mit ses lunettes, et au milieu du plus profond silence lut ce qui suit :

LOKIS,

avec ce proverbe lithuanien [4] pour épigraphe :

> *Miszka su Lokiu* ★
> *Abu du tokiu.*

Lorsque parut à Londres la première traduction des saintes Écritures en langue lithuanienne, je publiai dans la *Gazette scientifique et littéraire* [5] de Kœnigsberg un article dans lequel, tout en rendant pleine justice aux efforts du docte interprète et aux pieuses intentions de la Société biblique [6], je crus devoir signaler quelques légères erreurs, et de plus je fis remarquer que cette version ne pouvait être utile qu'à une partie seulement des populations lithuaniennes. En effet, le dialecte dont on a

---

★ Les deux font la paire; mot à mot, Michon (Michel) avec Lokis, tous les deux les mêmes. *Michaelium cum Lokide, ambo [duo] ipsissimi.*

fait usage n'est que difficilement intelligible aux habitants des districts où se parle la langue *jomaïtique*, vulgairement appelée *jmoude*, je veux dire dans le palatinat de Samogitie, langue qui se rapproche du sanscrit encore plus peut-être que le haut-lithuanien [7]. Cette observation, malgré les critiques furibondes qu'elle m'attira de la part de certain professeur bien connu à l'université de Dorpat [8], éclaira les honorables membres du conseil d'administration de la Société biblique, et il n'hésita pas à m'adresser l'offre flatteuse de diriger et de surveiller la rédaction de l'Evangile de saint Matthieu en samogitien. J'étais alors trop occupé de mes études sur les langues transouraliennes pour entreprendre un travail plus étendu qui eût compris les quatre Evangiles. Ajournant donc mon mariage avec Mlle Gertrude Weber, je me rendis à Kowno *(Kaunas [9])*, avec l'intention de recueillir tous les monuments linguistiques imprimés ou manuscrits en langue jmoude que je pourrais me procurer, sans négliger, bien entendu, les poésies populaires, *daïnos*, les récits ou légendes, *pasakos*, qui me fourniraient des documents pour un vocabulaire jomaïtique, travail qui devait nécessairement précéder celui de la traduction.

On m'avait donné une lettre pour le jeune comte Michel Szémioth, dont le père, à ce qu'on m'assurait, avait possédé le fameux *Catechismus Samogiticus* du père Lawicki [10], si rare, que son existence même a été contestée, notamment par le professeur de Dorpat auquel je viens de faire allusion. Dans sa bibliothèque se trouvait, selon les renseignements qui m'avaient été donnés, une vieille collection de daïnos, ainsi que des poésies dans l'ancienne langue *prussienne* [11]. Ayant écrit au comte Szémioth pour lui exposer le but de ma visite, j'en reçus l'invitation la plus aimable de venir passer dans son château de Médintiltas [12] tout le temps qu'exigeraient mes recherches. Il terminait sa lettre en me disant de la façon la plus gracieuse qu'il se piquait de parler le jmoude presque aussi bien que ses paysans, et qu'il serait heureux de joindre ses efforts aux miens pour une entreprise qu'il qualifiait de *grande* et d'intéressante. Ainsi que quelques-uns des plus riches propriétaires de la Lithuanie, il professait la religion évangélique [13], dont j'ai l'honneur d'être ministre. On m'avait prévenu que le comte n'était pas exempt d'une certaine bizarrerie de caractère, très hospitalier d'ailleurs, ami des sciences et des lettres, et particulièrement bienveillant pour ceux qui les cultivent. Je partis donc pour Médintiltas.

Au perron du château, je fus reçu par l'intendant du comte, qui me conduisit aussitôt à l'appartement préparé pour me recevoir. — M. le comte, me dit-il, est désolé de ne pouvoir dîner aujourd'hui avec monsieur le professeur. Il est tourmenté de la migraine, maladie à laquelle il est malheureusement un peu sujet. Si monsieur le professeur ne désire pas être servi dans sa chambre, il dînera avec M. le docteur Frœber, médecin de Mme la comtesse. On dîne dans une heure; on ne fait pas de toilette. Si monsieur le professeur a des ordres à donner, voici le timbre. — Il se retira en me faisant un profond salut.

L'appartement était vaste, bien meublé, orné de glaces et de dorures. Il avait vue d'un côté sur un jardin ou plutôt sur le parc du château, de l'autre sur la grande cour d'honneur. Malgré l'avertissement : « on ne fait pas de toilette », je crus devoir tirer de ma malle mon habit noir. J'étais en manches de chemise, occupé à déballer mon petit bagage, lorsqu'un bruit de voiture m'attira à la fenêtre qui donnait sur la cour. Une belle calèche venait d'entrer. Elle contenait une dame en noir, un monsieur et une femme vêtue comme les paysannes lithuaniennes, mais si grande et si forte que d'abord je fus tenté de la prendre pour un homme déguisé. Elle descendit la première; deux autres femmes, non moins robustes en apparence, étaient déjà sur le perron. Le monsieur se pencha vers la dame en noir, et à ma grande surprise déboucla une large ceinture de cuir qui la fixait à sa place dans la calèche. Je remarquai que cette dame avait de longs cheveux blancs fort en désordre, et que ses yeux, tout grands ouverts, semblaient inanimés : on eût dit une figure de cire. Après l'avoir détachée, son compagnon lui adressa la parole, chapeau bas, avec beaucoup de respect; mais elle ne parut pas y faire la moindre attention. Alors il se tourna vers les servantes en leur faisant un léger signe de tête. Aussitôt les trois femmes saisirent la dame en noir, et, en dépit de ses efforts pour s'accrocher à la calèche, elles l'enlevèrent comme une plume, et la portèrent dans l'intérieur du château. Cette scène avait pour témoins plusieurs serviteurs de la maison qui semblaient n'y voir rien que de très ordinaire. L'homme qui avait dirigé l'opération tira sa montre et demanda si on allait bientôt dîner. — Dans un quart d'heure, monsieur le docteur, lui répondit-on. — Je n'eus pas de peine à deviner que je voyais le docteur Frœber, et que la dame en noir était la comtesse. D'après son âge, je conclus qu'elle était la mère du comte Szémioth, et les précautions prises à son égard annonçaient assez que sa raison était altérée.

Quelques instants après, le docteur lui-même entra dans ma chambre. — M. le comte étant souffrant, me dit-il, je suis obligé de me présenter moi-même à monsieur le professeur. Le docteur Frœber, à vous rendre mes devoirs. Enchanté de faire la connaissance d'un savant dont le mérite est connu de tous ceux qui lisent la *Gazette scientifique et littéraire* de Kœnigsberg. Auriez-vous pour agréable [14] qu'on servît ?

Je répondis de mon mieux à ses compliments, et lui dis que, s'il était temps de se mettre à table, j'étais prêt à le suivre.

Dès que nous entrâmes dans la salle à manger, un maître d'hôtel nous présenta, selon l'usage du nord, un plateau d'argent chargé de liqueurs et de quelques mets salés et fortement épicés propres à exciter l'appétit.

— Permettez-moi, monsieur le professeur, me dit le docteur, de vous recommander, en ma qualité de médecin, un verre de cette *starka* [15], vraie eau-de-vie de Cognac, depuis quarante ans dans le fût. C'est la mère des liqueurs. Prenez un anchois de Drontheim [16], rien n'est plus propre à ouvrir et préparer le tube digestif, organe des plus importants... Et maintenant à table. Pourquoi ne parlerions-nous pas allemand ? Vous êtes de Kœnigsberg, moi de Memel [17], mais j'ai fait mes études à Iéna. De la sorte nous serons plus libres, et les domestiques, qui ne savent que le polonais et le russe, ne nous comprendront pas.

Nous mangeâmes d'abord en silence, puis, après avoir pris un premier verre de vin de Madère, je demandai au docteur si le comte était fréquemment incommodé de l'indisposition qui nous privait aujourd'hui de sa présence.

— Oui et non, répondit le docteur; cela dépend des excursions qu'il fait.

— Comment cela ?

— Lorsqu'il va sur la route de Rosienie [18] par exemple, il en revient avec la migraine et l'humeur farouche.

— Je suis allé à Rosienie moi-même sans pareil accident.

— Cela tient, monsieur le professeur, répondit-il en riant, à ce que vous n'êtes pas amoureux.

Je soupirai en pensant à Mlle Gertrude Weber.

— C'est donc à Rosienie, dis-je, que demeure la fiancée de M. le comte ?

— Oui, dans les environs. Fiancée ?... je ´n'en sais rien. Une franche coquette! Elle lui fera perdre la tête, comme il est arrivé à sa mère.

— En effet, je crois que Mme la comtesse est... malade ?

— Elle est folle, mon cher monsieur, folle! Et le plus grand fou, c'est moi d'être venu ici!

— Espérons que vos bons soins lui rendront la santé.

Le docteur secoua la tête en examinant avec attention la couleur d'un verre de vin de Bordeaux qu'il tenait à la main. — Tel que vous me voyez, monsieur le professeur, j'étais chirurgien-major au régiment de Kalouga [19]. A Sévastopol, nous étions du matin au soir à couper des bras et des jambes; je ne parle pas des bombes qui nous arrivaient comme des mouches à un cheval écorché; eh bien! mal logé, mal nourri, comme j'étais alors, je ne m'ennuyais pas comme ici, où je mange et bois du meilleur [a], où je suis logé comme un prince, payé comme un médecin de cour... Mais la liberté, mon cher monsieur!... Figurez-vous qu'avec cette diablesse on n'a pas un moment à soi!

— Y a-t-il longtemps qu'elle est confiée à votre expérience ?

— Moins de deux ans; mais il y en a vingt-sept au moins qu'elle est folle, dès avant la naissance du comte. On ne vous a pas conté cela à Rosienie ni à Kowno ? Ecoutez donc, car c'est un cas sur lequel je veux un jour écrire un article dans le *Journal médical de Saint-Pétersbourg* [20]. Elle est folle de peur...

— De peur ? Comment est-ce possible ?

— D'une peur qu'elle a eue. Elle est de la famille des Keystut... Oh! dans cette maison-ci, on ne se mésallie pas. Nous descendons, nous, de Gédymin [21]... Donc, monsieur le professeur, trois jours... ou deux jours après son mariage, qui eut lieu dans ce château où nous dînons (à votre santé!),... le comte, le père de celui-ci, s'en va à la chasse. Nos dames lithuaniennes sont des amazones, comme vous savez. La comtesse va aussi à la chasse...

a. De la meilleure qualité.

Elle reste en arrière ou dépasse les veneurs,... je ne sais
lequel... Bon! tout d'un coup le comte voit arriver bride
abattue le petit cosaque de la comtesse, un enfant de
douze ou quatorze ans. — Maître, dit-il, un ours emporte
la maîtresse! — Où cela? dit le comte. — Par là, dit le
petit cosaque. — Toute la chasse accourt au lieu qu'il
désigne; point de comtesse! Son cheval étranglé d'un
côté, de l'autre sa pelisse en lambeaux. On cherche, on
bat le bois en tout sens. Enfin un veneur s'écrie : Voilà
l'ours! En effet l'ours traversait une clairière, traînant
toujours la comtesse, sans doute pour aller la dévorer
tout à son aise dans un fourré, car ces animaux-là sont
sur leur bouche [a]. Ils aiment, comme les moines, à
dîner tranquilles. Marié de deux jours, le comte était fort
chevaleresque, il voulait se jeter sur l'ours, le couteau de
chasse au poing; mais, mon cher monsieur, un ours de
Lithuanie ne se laisse pas transpercer comme un cerf.
Par bonheur, le porte-arquebuse du comte, un assez
mauvais drôle, ivre ce jour-là à ne pas distinguer un
lapin d'un chevreuil, fait feu de sa carabine à plus de
cent pas, sans se soucier de savoir si la balle toucherait
la bête ou la femme...
— Et il tua l'ours?
— Tout raide. Il n'y a que les ivrognes pour ces
coups-là. Il y a aussi des balles prédestinées, monsieur le
professeur. Nous avons ici des sorciers qui en vendent à
juste prix... La comtesse était fort égratignée, sans
connaissance, cela va sans dire, une jambe cassée. On
l'emporte, elle revient à elle; mais la raison était partie.
On la mène à Saint-Pétersbourg. Grande consultation,
quatre médecins chamarrés de tous les ordres. Ils
disent : « Mme la comtesse est grosse, il est probable que
sa délivrance déterminera une crise favorable. Qu'on la
tienne en bon air, à la campagne, du petit lait, de la
codéine... » On leur donne cent roubles à chacun. Neuf
mois après, la comtesse accouche d'un garçon bien
constitué; mais la crise favorable? Ah! bien oui!...
Redoublement de rage. Le comte lui montre son fils.
Cela ne manque jamais son effet... dans les romans.
— « Tuez-le! tuez la bête! » qu'elle s'écrie; peu s'en
fallut qu'elle ne lui tordît le cou. Depuis lors alternatives
de folie stupide ou de manie furieuse. Forte propension
au suicide. On est obligé de l'attacher pour lui faire

---

a. Etre sur sa bouche : être gourmand. Expression vieillie.

prendre l'air. Il faut trois vigoureuses servantes pour la tenir. Cependant, monsieur le professeur, veuillez noter ce fait : quand j'ai épuisé mon latin auprès d'elle sans pouvoir m'en faire obéir, j'ai un moyen pour la calmer. Je la menace de lui couper les cheveux... Autrefois, je pense, elle les avait très beaux. La coquetterie! voilà le dernier sentiment humain qui est demeuré. N'est-ce pas drôle ? Si je pouvais l'instrumenter à ma guise, peut-être la guérirais-je.

— Comment cela ?

— En la rouant de coups. J'ai guéri de la sorte vingt paysannes dans un village où s'était déclarée cette curieuse folie russe, le *hurlement* * ; une femme se met à hurler, sa commère hurle. Au bout de trois jours, tout un village hurle. A force de les rosser, j'en suis venu à bout. Prenez une gélinotte, elles sont tendres. Le comte n'a jamais voulu que j'essayasse.

— Comment! vous vouliez qu'il consentît à votre abominable traitement!

— Oh! il a si peu connu sa mère, et puis c'est pour son bien; mais dites-moi, monsieur le professeur, auriez-vous jamais cru que la peur pût faire perdre la raison ?

— La situation de la comtesse était épouvantable... Se trouver entre les griffes d'un animal si féroce!

— Eh bien! son fils ne lui ressemble pas. Il y a moins d'un an qu'il s'est trouvé exactement dans la même position, et, grâce à son sang-froid, il s'en est tiré à merveille.

— Des griffes d'un ours ?

— D'une ourse, et la plus grande qu'on ait vue depuis longtemps. Le comte a voulu l'attaquer l'épieu à la main. Bah! d'un revers elle écarte l'épieu, elle empoigne M. le comte et le jette par terre aussi facilement que je renverserais cette bouteille. Lui, malin, fait le mort... L'ourse l'a flairé, flairé, puis, au lieu de le déchirer, lui donne un coup de langue. Il a eu la présence d'esprit de ne pas bouger, et elle a passé son chemin.

— L'ourse a cru qu'il était mort. En effet, j'ai ouï dire que ces animaux ne mangent pas les cadavres [22].

— Il faut le croire et s'abstenir d'en faire l'expérience personnelle; mais, à propos de peur, laissez-moi vous conter une histoire de Sévastopol. Nous étions cinq ou

---

* On appelle en russe une possédée, une hurleuse, *klikoucha*, dont la racine est *klik*, clameur, hurlement.

six autour d'une cruche de bière qu'on venait de nous
apporter derrière l'ambulance du fameux bastion n° 5.
La vedette crie : Une bombe! Nous nous mettons tous
à plat ventre, non pas tous, un nommé,... mais il est
inutile de dire son nom,... un jeune officier qui venait de
nous arriver resta debout, tenant son verre plein, juste
au moment où la bombe éclata. Elle emporta la tête de
mon pauvre camarade André Speranski, un brave garçon, et cassa la cruche; heureusement elle était à peu près
vide. Quand nous nous relevâmes après l'explosion,
nous voyons au milieu de la fumée notre ami qui avalait
la dernière gorgée de sa bière, comme si de rien n'était.
Nous le crûmes un héros. Le lendemain, je rencontre le
capitaine Ghédéonof, qui sortait de l'hôpital. Il me dit :
« Je dîne avec vous autres aujourd'hui, et, pour célébrer
ma rentrée, je paie le champagne. » Nous nous mettons
à table. Le jeune officier de la bière y était. Il ne s'attendait pas au champagne. On décoiffe une bouteille près
de lui... Paf! le bouchon vient le frapper à la tempe.
Il pousse un cri et se trouve mal. Croyez que mon héros
avait eu diablement peur la première fois, et que, s'il
avait bu sa bière au lieu de se garer, c'est qu'il avait
perdu la tête, et il ne lui restait plus qu'un mouvement
machinal dont il n'avait pas conscience. En effet, monsieur le professeur, la machine humaine...

— Monsieur le docteur, dit un domestique en entrant
dans la salle, la Jdanova dit que Mme la comtesse ne
veut pas manger.

— Que le diable l'emporte! grommela le docteur. J'y
vais. Quand j'aurai fait manger ma diablesse, monsieur
le professeur, nous pourrions, si vous l'aviez pour
agréable, faire une petite partie à la *préférence* ou aux
douratchki [23] ?

Je lui exprimai mes regrets de mon ignorance, et,
lorsqu'il alla voir sa malade, je passai dans ma chambre
et j'écrivis à Mlle Gertrude.

II

La nuit était chaude, et j'avais laissé ouverte la fenêtre
donnant sur le parc. Ma lettre écrite, ne me trouvant
encore aucune envie de dormir, je me mis à repasser les
verbes irréguliers lithuaniens et à rechercher dans le
sanscrit les causes de leurs différentes irrégularités. Au

milieu de ce travail qui m'absorbait, un arbre assez voisin de ma fenêtre fut violemment agité. J'entendis craquer des branches mortes, et il me sembla que quelque animal fort lourd essayait d'y grimper. Encore tout préoccupé des histoires d'ours que le docteur m'avait racontées, je me levai, non sans un certain émoi, et à quelques pieds de ma fenêtre, dans le feuillage de l'arbre, j'aperçus une tête humaine, éclairée en plein par la lumière de ma lampe. L'apparition ne dura qu'un instant, mais l'éclat singulier des yeux qui rencontrèrent mon regard me frappa plus que je ne saurais dire. Je fis involontairement un mouvement de corps en arrière, puis je courus à la fenêtre, et, d'un ton sévère, je demandai à l'intrus ce qu'il voulait. Cependant il descendait en toute hâte, et, saisissant une grosse branche entre ses mains, il se laissa pendre, puis tomber à terre, et disparut aussitôt. Je sonnai; un domestique entra. Je lui racontai ce qui venait de se passer. — Monsieur le professeur se sera trompé sans doute. — Je suis sûr de ce que je dis, repris-je. Je crains qu'il n'y ait un voleur dans le parc. — Impossible, monsieur. — Alors c'est donc quelqu'un de la maison ?... Le domestique ouvrait de grands yeux sans me répondre. A la fin il me demanda si j'avais des ordres à lui donner. Je lui dis de fermer la fenêtre et je me mis au lit.

Je dormis fort bien sans rêver d'ours ni de voleurs. Le matin, j'achevais ma toilette, quand on frappa à ma porte. J'ouvris et me trouvai en face d'un très grand et beau jeune homme, en robe de chambre boukhare [24], et tenant à la main une longue pipe turque.

— Je viens vous demander pardon, monsieur le professeur, dit-il, d'avoir si mal accueilli un hôte tel que vous. Je suis le comte Szémioth.

Je me hâtai de répondre que j'avais au contraire à le remercier humblement de sa magnifique hospitalité, et je lui demandai s'il était débarrassé de sa migraine.

— A peu près, dit-il. Jusqu'à une nouvelle crise, ajouta-t-il avec une expression de tristesse. Etes-vous tolérablement ici ? Veuillez vous rappeler que vous êtes chez les barbares. Il ne faut pas être difficile en Samogitie.

Je l'assurai que je me trouvais à merveille. Tout en lui parlant, je ne pouvais m'empêcher de le considérer avec une curiosité que je trouvais moi-même impertinente. Son regard avait quelque chose d'étrange qui me rappelait malgré moi celui de l'homme que la veille j'avais vu grimpé sur l'arbre ; ... mais quelle apparence, me disais-je, que M. le comte Szémioth grimpe aux arbres la nuit ?

Il avait le front haut et bien développé, quoique un peu étroit. Ses traits étaient d'une grande régularité, seulement ses yeux étaient trop rapprochés, et il me sembla que d'une glandule lacrymale à l'autre il n'y avait pas la place d'un œil, comme l'exige le canon des sculpteurs grecs. Son regard était perçant. Nos yeux se rencontrèrent plusieurs fois malgré nous, et nous les détournions l'un et l'autre avec un certain embarras. Tout à coup le comte éclatant de rire s'écria : Vous m'avez reconnu !

— Reconnu ?

— Oui, vous m'avez surpris hier, faisant le franc polisson.

— Oh ! monsieur le comte !...

— J'avais passé toute la journée très souffrant, enfermé dans mon cabinet. Le soir, me trouvant mieux, je me suis promené dans le jardin. J'ai vu de la lumière chez vous, et j'ai cédé à un mouvement de curiosité... J'aurais dû me nommer et me présenter, mais la situation était si ridicule... J'ai eu honte et me suis enfui... Me pardonnez-vous de vous avoir dérangé au milieu de votre travail ?

Tout cela était dit d'un ton qui voulait être badin ; mais il rougissait et était évidemment mal à son aise. Je fis tout ce qui dépendait de moi pour lui persuader que je n'avais gardé aucune impression fâcheuse de cette première entrevue, et pour couper court à ce sujet je lui demandai s'il était vrai qu'il possédât le catéchisme samogitien du père Lawicki ?

— Cela se peut ; mais, à vous dire la vérité, je ne connais pas trop la bibliothèque de mon père. Il aimait les vieux livres et les raretés. Moi, je ne lis guère que des ouvrages modernes ; mais nous chercherons, monsieur le professeur. Vous voulez donc que nous lisions l'Evangile en jmoude ?

— Ne pensez-vous pas, monsieur le comte, qu'une traduction des Ecritures dans la langue de ce pays ne soit très désirable ?

— Assurément ; pourtant, si vous voulez bien me permettre une petite observation, je vous dirai que, parmi les gens qui ne savent d'autre langue que le jmoude, il n'y en a pas un seul qui sache lire.

— Peut-être, mais je demande à votre excellence * la permission de lui faire remarquer que la plus grande des difficultés pour apprendre à lire, c'est le manque de livres. Quand les paysans samogitiens auront un texte imprimé, ils voudront le lire, et ils apprendront à lire. C'est ce qui est arrivé déjà à bien des sauvages... non que je veuille appliquer cette qualification aux habitants de ce pays... D'ailleurs, ajoutai-je, n'est-ce pas une chose déplorable qu'une langue disparaisse sans laisser de traces ? Depuis une trentaine d'années, le *prussien* n'est plus qu'une langue morte [26]. La dernière personne qui savait le *cornique* est morte l'autre jour [27]...

— Triste! interrompit le comte. Alexandre de Humboldt [28] racontait à mon père qu'il avait connu en Amérique un perroquet qui seul savait quelques mots de la langue d'une tribu aujourd'hui entièrement détruite par la petite vérole. Voulez-vous permettre qu'on apporte le thé ici ?

Pendant que nous prenions le thé, la conversation roula sur la langue jmoude. Le comte blâmait la manière dont les Allemands ont imprimé le lithuanien, et il avait raison. — Votre alphabet, disait-il, ne convient pas à notre langue. Vous n'avez ni notre J, ni notre L, ni notre Y, ni notre Ë. J'ai une collection de *daïnos* publiée l'année passée à Kœnigsberg, et j'ai toutes les peines du monde à deviner les mots, tant ils sont étrangement figurés.

— Votre excellence parle sans doute des daïnos de Lessner [29] ?

— Oui. C'est de la poésie bien plate, n'est-ce pas ?

— Peut-être eût-il trouvé mieux. Je conviens que, tel qu'il est, ce recueil n'a qu'un intérêt purement philologique; mais je crois qu'en cherchant bien on parviendrait à recueillir des fleurs plus suaves parmi vos poésies populaires.

— Hélas! j'en doute fort malgré tout mon patriotisme.

— Il y a quelques semaines, on m'a donné à Wilno une ballade vraiment belle, et de plus historique... La poésie en est remarquable... Me permettriez-vous de vous la lire ? Je l'ai dans mon portefeuille.

— Très volontiers.

Il s'enfonça dans son fauteuil après m'avoir demandé la permission de fumer. — Je ne comprends la poésie qu'en fumant, dit-il.

---

* *Siatelstvo* [25], votre *éclat lumineux*, c'est le titre qu'on donne à un comte.

— Cela est intitulé : *Les trois fils de Boudrys* [30].

— Les trois fils de Boudrys ? s'écria le comte avec un mouvement de surprise.

— Oui. Boudrys, votre excellence le sait mieux que moi, est un personnage historique.

Le comte me regardait fixement avec son regard singulier. Quelque chose d'indéfinissable, à la fois timide et farouche, qui produisait une impression presque pénible, quand on n'y était pas habitué. Je me hâtai de lire pour y échapper.

« Les trois fils de Boudrys.

« Dans la cour de son château, le vieux Boudrys appelle ses trois fils, trois vrais Lithuaniens comme lui. Il leur dit : Enfants, faites manger vos chevaux de guerre, apprêtez vos selles; aiguisez vos sabres et vos javelines.

« On dit qu'à Wilno la guerre est déclarée contre les trois coins du monde. Olgerd marchera contre les Russes; Skirghello contre nos voisins les Polonais; Keystut tombera sur les Teutons *.

« Vous êtes jeunes, forts, hardis, allez combattre : que les dieux de la Lithuanie vous protègent! Cette année, je ne ferai pas campagne, mais je veux vous donner un conseil. Vous êtes trois, trois routes s'ouvrent à vous.

« Qu'un de vous accompagne Olgerd en Russie, aux bords du lac Ilmen, sous les murs de Novgorod. Les peaux d'hermine, les étoffes brochées, s'y trouvent à foison. Chez les marchands autant de roubles que de glaçons dans le fleuve.

« Que le second suive Keystut dans sa chevauchée. Qu'il mette en pièces la racaille porte-croix! L'ambre, là, c'est leur sable de mer; leurs draps, par leur lustre et leurs couleurs, sont sans pareils. Il y a des rubis dans les vêtements de leurs prêtres.

« Que le troisième passe le Niémen avec Skirghello. De l'autre côté, il trouvera de vils instruments de labourage. En revanche, il pourra choisir de bonnes lances, de forts boucliers, et il m'en ramènera une bru.

« Les filles de Pologne, enfants, sont les plus belles de nos captives. Folâtres comme des chattes, blanches comme la crème! sous leurs noirs sourcils, leurs yeux brillent comme deux étoiles.

« Quand j'étais jeune, il y a un demi-siècle, j'ai ramené de Pologne une belle captive qui fut ma femme. Depuis

---

* Les chevaliers de l'ordre teutonique.

longtemps elle n'est plus, mais je ne puis regarder de ce côté du foyer sans penser à elle!

« Il donne sa bénédiction aux jeunes gens, qui déjà sont armés et en selle. Ils partent; l'automne vient, puis l'hiver,... ils ne reviennent pas. Déjà le vieux Boudrys les tient pour morts.

« Vient une tourmente de neige; un cavalier s'approche couvrant de sa bourka * noire quelque précieux fardeau. — C'est un sac, dit Boudrys. Il est plein de roubles de Novgorod?... — Non, père. Je vous amène une bru de Pologne.

« Au milieu d'une tourmente de neige, un cavalier s'approche et sa bourka se gonfle sur quelque précieux fardeau. — Qu'est cela, enfant? De l'ambre jaune d'Allemagne? — Non, père. Je vous amène une bru de Pologne.

« La neige tombe en rafales; un cavalier s'avance cachant sous sa bourka quelque fardeau précieux... Mais avant qu'il ait montré son butin, Boudrys a convié ses amis à une troisième noce. »

— Bravo! monsieur le professeur, s'écria le comte : vous prononcez le jmoude à merveille; mais qui vous a communiqué cette jolie daïna?

— Une demoiselle dont j'ai eu l'honneur de faire la connaissance à Wilno, chez la princesse Katarzyna [31] Paç.

— Et vous l'appelez?

— La *panna* [a] Iwinska.

— Mlle Ioulka **! s'écria le comte. La petite folle! J'aurais dû la deviner! Mon cher professeur, vous savez le jmoude et toutes les langues savantes, vous avez lu tous les vieux livres, mais vous vous êtes laissé mystifier par une petite fille qui n'a lu que des romans. Elle vous a traduit, en jmoude plus ou moins correct, une des jolies ballades de Miçkiewicz, que vous n'avez pas lue, parce qu'elle n'est pas plus vieille que moi. Si vous le désirez, je vais vous la montrer en polonais, ou si vous préférez une excellente traduction russe, je vous donnerai Pouchkine.

J'avoue que je demeurai tout interdit. Quelle joie pour le professeur de Dorpat, si j'avais publié comme originale la daïna des fils de Boudrys [32]!

Au lieu de s'amuser de mon embarras, le comte, avec

---

* Manteau de feutre.
a. Titre polonais pour « mademoiselle ».
** Julienne.

une exquise politesse, se hâta de détourner la conversation.

— Ainsi, dit-il, vous connaissez Mlle Ioulka ?

— J'ai eu l'honneur de lui être présenté.

— Et qu'en pensez-vous ? Soyez franc.

— C'est une demoiselle fort aimable.

— Cela vous plaît à dire [33].

— Elle est très jolie.

— Hon !

— Comment ! N'a-t-elle pas les plus beaux yeux du monde ?

— Oui...

— Une peau d'une blancheur vraiment extraordinaire... Je me rappelle un ghazel [a] persan où un amant célèbre la finesse de la peau de sa maîtresse. « Quand elle boit du vin rouge, dit-il, on le voit passer le long de sa gorge. » La *panna* Iwinska m'a fait penser à ces vers persans.

— Peut-être Mlle Ioulka présente-t-elle ce phénomène, mais je ne sais trop si elle a du sang dans les veines... Elle n'a point de cœur... Elle est blanche comme la neige et froide comme elle !...

Il se leva et se promena quelque temps par la chambre sans parler, et, comme il me semblait, pour cacher son émotion ; puis, s'arrêtant tout à coup : — Pardon, dit-il ; nous parlions, je crois, de poésies populaires...

— En effet, monsieur le comte...

— Il faut convenir après tout qu'elle a très joliment traduit Miçkiewicz... « Folâtre comme une chatte... blanche comme la crème... ses yeux brillent comme deux étoiles... » C'est son portrait. Ne trouvez-vous pas ?

— Tout à fait, monsieur le comte.

— Et quant à cette espièglerie... très déplacée sans doute,... la pauvre enfant s'ennuie chez une vieille tante... Elle mène une vie de couvent.

— A Wilno, elle allait dans le monde. Je l'ai vue dans un bal donné par les officiers du régiment de...

— Ah !... oui, de jeunes officiers, voilà la société qui lui convient... Rire avec l'un, médire avec l'autre, faire des coquetteries à tous... Voulez-vous voir la bibliothèque de mon père, monsieur le professeur ?

Je le suivis jusqu'à une grande galerie où il y avait beaucoup de livres bien reliés, mais rarement ouverts,

---

a. Poésie persane ou turque, sur des sujets érotiques ou mystiques.

comme on en pouvait juger à la poussière qui en couvrait les tranches. Qu'on juge de ma joie lorsqu'un des premiers volumes que je tirai d'une armoire se trouva être le *Catechismus Samogiticus!* Je ne pus m'empêcher de jeter un cri de plaisir. Il faut qu'une sorte de mystérieuse attraction exerce son influence à notre insu... Le comte prit le livre, et, après l'avoir feuilleté négligemment, écrivit sur la garde : *A M. le professeur Wittembach, offert par Michel Szémioth.* Je ne saurais exprimer ici le transport de ma reconnaissance, et je me promis mentalement qu'après ma mort ce livre précieux ferait l'ornement de la bibliothèque de l'université où j'ai pris mes grades.

— Veuillez considérer cette bibliothèque comme votre cabinet de travail, me dit le comte, vous n'y serez jamais dérangé.

III

Le lendemain, après le déjeuner, le comte me proposa de faire une promenade. Il s'agissait de visiter un *kapas* (c'est ainsi que les Lithuaniens appellent les tumulus auxquels les Russes donnent le nom de *kourgâne* [34]) très célèbre dans le pays, parce qu'autrefois les poètes et les sorciers, c'était tout un, s'y réunissaient en certaines occasions solennelles. — J'ai, me dit-il, un cheval fort doux à vous offrir ; je regrette de ne pouvoir vous mener en calèche ; mais en vérité le chemin où nous allons nous engager n'est nullement carrossable.

J'aurais préféré demeurer dans la bibliothèque à prendre des notes, mais je ne crus pas devoir exprimer un autre désir que celui de mon généreux hôte, et j'acceptai. Les chevaux nous attendaient au bas du perron ; dans la cour, un valet tenait un chien en laisse. Le comte s'arrêta un instant, et, se tournant vers moi :

— Monsieur le professeur, vous connaissez-vous en chiens ?

— Fort peu, votre excellence.

— Le staroste de Zorany [35], où j'ai une terre, m'envoie cet épagneul, dont il dit merveille. Permettez-vous que je le voie ? Il appela le valet, qui lui amena le chien. C'était une fort belle bête. Déjà familiarisé avec cet homme, le chien sautait gaiement et semblait plein de feu ; mais à quelques pas du comte il mit la queue entre les jambes, se rejeta en arrière et parut frappé d'une terreur subite. Le comte le caressa, ce qui le fit hurler d'une façon lamentable, et après l'avoir considéré quelque temps avec l'œil d'un connaisseur il dit : — Je crois qu'il sera bon. Qu'on en ait soin. — Puis il se mit en selle.

— Monsieur le professeur, me dit le comte, dès que nous fûmes dans l'avenue du château, vous venez de voir la peur de ce chien. J'ai voulu que vous en fussiez témoin par vous-même... En votre qualité de savant, vous devez expliquer les énigmes... Pourquoi les animaux ont-ils peur de moi ?

— En vérité, monsieur le comte, vous me faites l'honneur de me prendre pour un Œdipe. Je ne suis qu'un pauvre professeur de linguistique comparée. Il se pourrait...

— Notez, interrompit-il, que je ne bats jamais les chevaux ni les chiens. Je me ferais scrupule de donner un coup de fouet à une pauvre bête qui fait une sottise sans le savoir. Pourtant vous ne sauriez croire l'aversion que j'inspire aux chevaux et aux chiens. Pour les habituer à moi, il me faut deux fois plus de peine et deux fois plus de temps que n'en mettrait un autre. Tenez, le cheval que vous montez, j'ai été longtemps avant de le réduire ; maintenant il est doux comme un mouton.

— Je crois, monsieur le comte, que les animaux sont physionomistes, et qu'ils découvrent tout de suite si une personne qu'ils voient pour la première fois a ou non du goût pour eux. Je soupçonne que vous n'aimez les animaux que pour les services qu'ils vous rendent ; au contraire quelques personnes ont une partialité naturelle pour certaines bêtes, qui s'en aperçoivent à l'instant. Pour moi, par exemple, j'ai depuis mon enfance une prédilection instinctive pour les chats. Rarement ils s'enfuient quand je m'approche pour les caresser ; jamais un chat ne m'a griffé.

— Cela est fort possible, dit le comte. En effet, je n'ai pas ce qui s'appelle du goût pour les animaux... Ils ne valent guère mieux que les hommes... Je vous mène, monsieur le professeur, dans une forêt où, à cette heure, existe florissant l'empire des bêtes, la *matecznik* [36], la grande matrice, la grande fabrique des êtres. Oui, selon nos traditions nationales, personne n'en a sondé les profondeurs, personne n'a pu atteindre le centre de ces bois et de ces marécages, excepté, bien entendu, MM. les

poètes et les sorciers, qui pénètrent partout. Là vivent
en république les animaux... ou sous un gouvernement
constitutionnel, je ne saurais dire lequel des deux [37]. Les
lions, les ours, les élans, les *joubrs*, ce sont nos urus, tout
cela fait très bon ménage. Le mammouth, qui s'est
conservé là, jouit d'une très grande considération. Il est,
je crois, maréchal de la diète. Ils ont une police très
sévère, et quand ils trouvent quelque bête vicieuse, ils la
jugent et l'exilent. Elle tombe alors de fièvre en chaud
mal. Elle est obligée de s'aventurer dans le pays des
hommes. Peu en réchappent *.

— Fort curieuse légende, m'écriai-je ; mais, monsieur
le comte, vous parlez de l'urus : ce noble animal que
César a décrit dans ses *Commentaires* [39], et que les rois
mérovingiens chassaient dans la forêt de Compiègne,
existe-t-il réellement encore en Lituanie, ainsi que je
l'ai ouï dire [40] ?

— Assurément. Mon père a tué lui-même un joubr,
avec une permission du gouvernement, bien entendu.
Vous avez pu en voir la tête dans la grande salle. Moi, je
n'en ai jamais vu, je crois que les joubrs sont très rares.
En revanche, nous avons ici des loups et des ours à
foison. C'est pour une rencontre possible avec un de ces
messieurs que j'ai apporté cet instrument (il montrait
une *tchékhole* ** circassienne qu'il avait en bandoulière),
et mon groom porte à l'arçon une carabine à deux coups.

Nous commencions à nous engager dans la forêt. Bientôt le sentier fort étroit que nous suivions disparut.
A tout moment, nous étions obligés de tourner autour
d'arbres énormes, dont les branches basses nous bar-
raient le passage. Quelques-uns, morts de vieillesse et
renversés, nous présentaient comme un rempart cou-
ronné par une ligne de chevaux de frise impossible à
franchir. Ailleurs nous rencontrions des mares profondes
couvertes de nénuphars et de lentilles d'eau. Plus loin,
nous voyions des clairières dont l'herbe brillait comme
des émeraudes ; mais malheur à qui s'y aventurerait, car
cette riche et trompeuse végétation cache d'ordinaire des
gouffres de boue où cheval et cavalier disparaîtraient à
jamais [41]... Les difficultés de la route avaient interrompu
notre conversation. Je mettais tous mes soins à suivre le

---

* Voir *Messire Thaddée* de Mickiewicz ; — *La Pologne captive*, de
M. Charles Edmond [38].
** Etui de fusil circassien.

comte, et j'admirais l'imperturbable sagacité avec
laquelle il se guidait sans boussole, et retrouvait toujours
la direction idéale qu'il fallait suivre pour arriver au
kapas. Il était évident qu'il avait longtemps chassé dans
ces forêts sauvages.

Nous aperçûmes enfin le tumulus au centre d'une
large clairière. Il était fort élevé, entouré d'un fossé
encore bien reconnaissable malgré les broussailles et les
éboulements. Il paraît qu'on l'avait déjà fouillé. Au sommet, je remarquai les restes d'une construction en
pierres, dont quelques-unes étaient calcinées. Une quantité notable de cendres mêlées de charbons et çà et là
des tessons de poteries grossières attestaient qu'on avait
entretenu du feu au sommet du tumulus pendant un
temps considérable. Si on ajoute foi aux traditions vul-
gaires, des sacrifices humains auraient été célébrés
autrefois sur les kapas ; mais il n'y a guère de religion
éteinte à laquelle on n'ait imputé ces rites abominables,
et je doute qu'on pût justifier pareille opinion à l'égard
des anciens Lithuaniens par des témoignages historiques.

Nous descendions le tumulus, le comte et moi, pour
retrouver nos chevaux que nous avions laissés de l'autre
côté du fossé, lorsque nous vîmes s'avancer vers nous
une vieille femme s'appuyant sur un bâton et tenant
une corbeille à la main. — Mes bons seigneurs, nous
dit-elle en nous joignant, veuillez me faire la charité pour
l'amour du bon Dieu. Donnez-moi de quoi acheter un
verre d'eau-de-vie pour réchauffer mon pauvre corps.

Le comte lui jeta une pièce d'argent et lui demanda
ce qu'elle faisait dans le bois, si loin de tout endroit
habité. Pour toute réponse, elle lui montra son panier,
qui était rempli de champignons. Bien que mes connaissances en botanique soient fort bornées, il me sembla
que plusieurs de ces champignons appartenaient à des
espèces vénéneuses. — Bonne femme, lui dis-je, vous
ne comptez pas, j'espère, manger cela ?

— Mon bon seigneur, répondit la vieille avec un sourire triste, les pauvres gens mangent tout ce que le bon
Dieu leur donne.

— Vous ne connaissez pas nos estomacs lithuaniens,
reprit le comte; ils sont doublés de fer-blanc. Nos paysans mangent tous les champignons qu'ils trouvent, et
ne s'en portent que mieux.

— Empêchez-la du moins de goûter de l'*agaricus
necator* [42], que je vois dans son panier, m'écriai-je.

Et j'étendis la main pour prendre un champignon des plus vénéneux; mais la vieille retira vivement le panier.
— Prends garde, dit-elle d'un ton d'effroi; ils sont gardés... *Pirkuns! Pirkuns!*

Pirkuns, pour le dire en passant, est le nom samogitien de la divinité que les Russes appellent *Péroune;* c'est le Jupiter *tonans* des Slaves [43]. Si je fus surpris d'entendre la vieille invoquer un dieu du paganisme, je le fus bien davantage de voir les champignons se soulever. La tête noire d'un serpent en sortit et s'éleva d'un pied au moins hors du panier [44]. Je fis un saut en arrière, et le comte cracha par-dessus son épaule selon l'habitude superstitieuse des Slaves, qui croient détourner ainsi les maléfices, à l'exemple des anciens Romains. La vieille posa le panier à terre, s'accroupit à côté, puis, la main étendue vers le serpent, elle prononça quelques mots inintelligibles qui avaient l'air d'une incantation. Le serpent demeura immobile pendant une minute, puis, s'enroulant autour du bras décharné de la vieille, disparut dans la manche de sa capote en peau de mouton, qui, avec une mauvaise chemise, composait, je crois, tout le costume de cette Circé lithuanienne. La vieille nous regardait avec un petit rire de triomphe, comme un escamoteur qui vient d'exécuter un tour difficile. Il y avait dans sa physionomie ce mélange de finesse et de stupidité qui n'est pas rare chez les prétendus sorciers, pour la plupart à la fois dupes et fripons.

— Voici, me dit le comte en allemand, un échantillon de *couleur locale;* une sorcière qui charme un serpent, au pied d'un *kapas*, en présence d'un savant professeur et d'un ignorant gentilhomme lithuanien. Cela ferait un joli sujet de tableau de genre pour votre compatriote Knauss [45]... Avez-vous envie de vous faire tirer votre bonne aventure ? Vous avez ici une belle occasion [46].

Je lui répondis que je me garderais bien d'encourager de semblables pratiques. — J'aime mieux, ajoutai-je, lui demander si elle ne sait pas quelque détail sur la curieuse tradition dont vous m'avez parlé. — Bonne femme, dis-je à la vieille, n'as-tu pas entendu parler d'un canton de cette forêt où les bêtes vivent en communauté, ignorant l'empire de l'homme ?

La vieille fit un signe de tête affirmatif, et avec son petit rire moitié niais, moitié malin : — J'en viens, dit-elle. Les bêtes ont perdu leur roi. *Noble*, le lion, est mort; les bêtes vont élire un autre roi. Vas-y, tu seras roi peut-être.

— Que dis-tu là, la mère ? s'écria le comte, éclatant de rire. Sais-tu bien à qui tu parles ? Tu ne sais donc pas que Monsieur est... (comment diable dit-on un professeur en jmoude ?) Monsieur est un grand savant, un sage, un *waidelote* *.

La vieille le regarda avec attention. — J'ai tort, dit-elle ; c'est toi qui dois aller là-bas. Tu seras leur roi, non pas lui ; tu es grand, tu es fort, tu as griffes et dents...

— Que dites-vous des épigrammes qu'elle nous décoche ? me dit le comte... Tu sais le chemin, ma petite mère ? lui demanda-t-il.

Elle lui indiqua de la main une partie de la forêt.

— Oui-dà ? reprit le comte, et le marais, comment fais-tu pour le traverser ? — Vous saurez, Monsieur le professeur, que du côté qu'elle indique est un marais infranchissable, un lac de boue liquide recouvert d'herbe verte. L'année dernière, un cerf blessé par moi s'est jeté dans ce diable de marécage. Je l'ai vu s'enfoncer lentement, lentement... Au bout de deux minutes, je ne voyais plus que son bois ; bientôt tout a disparu, et deux de mes chiens avec lui.

— Mais moi je ne suis pas lourde, dit la vieille en ricanant.

— Je crois que tu traverses le marécage sans peine, sur un manche à balai.

Un éclair de colère brilla dans les yeux de la vieille. — Mon bon seigneur, dit-elle en reprenant le ton traînant et nasillard des mendiants, n'aurais-tu pas une pipe de tabac à donner à une pauvre femme ? — Tu ferais mieux, ajouta-t-elle en baissant la voix, de chercher le passage du marais, que d'aller à Dowghielly.

— Dowghielly ! s'écria le comte en rougissant. Que veux-tu dire ?

Je ne pus m'empêcher de remarquer que ce mot produisait sur lui un effet singulier. Il était évidemment embarrassé ; il baissa la tête, et, afin de cacher son trouble, se donna beaucoup de peine pour ouvrir son sac à tabac, suspendu à la poignée de son couteau de chasse.

— Non, ne va pas à Dowghielly, reprit la vieille. La petite colombe blanche n'est pas ton fait. N'est-ce pas, Pirkuns ? — En ce moment, la tête du serpent sortit par

---

* Mauvaise traduction du mot professeur. Les *waïdelotes* étaient les bardes lithuaniens.

le collet de la vieille capote et s'allongea jusqu'à l'oreille de sa maîtresse. Le reptile, dressé sans doute à ce manège, remuait les mâchoires comme s'il parlait. — Il dit que j'ai raison, ajouta la vieille.

Le comte lui mit dans la main une poignée de tabac. — Tu me connais ? lui demanda-t-il.

— Non, mon bon seigneur.

— Je suis le propriétaire de Médintiltas. Viens me voir un de ces jours. Je te donnerai du tabac et de l'eau-de-vie.

La vieille lui baisa la main, et s'éloigna à grands pas. En un instant, nous l'eûmes perdue de vue. Le comte demeurait pensif, nouant et dénouant les cordons de son sac, sans trop savoir ce qu'il faisait.

— Monsieur le professeur, me dit-il après un assez long silence, vous allez vous moquer de moi. Cette vieille drôlesse me connaît mieux qu'elle ne le prétend, et le chemin qu'elle vient de me montrer... Après tout, il n'y a rien de bien étonnant dans tout cela. Je suis connu dans le pays comme le loup blanc. La coquine m'a vu plus d'une fois sur le chemin du château de Dowghielly... Il y a là une demoiselle à marier ; elle a conclu que j'en étais amoureux... Puis quelque joli garçon lui aura graissé la patte pour qu'elle m'annonçât sinistre aventure... Tout cela saute aux yeux ; pourtant... malgré moi, ses paroles me touchent. J'en suis presque effrayé... Vous riez et vous avez raison... La vérité est que j'avais projeté d'aller demander à dîner au château de Dowghielly, et maintenant j'hésite... Je suis un grand fou ! Voyons, Monsieur le professeur, décidez-vous-même. Irons-nous ?

— Je me garderai bien d'avoir un avis, lui répondis-je en riant. En matière de mariage, je ne donne jamais de conseil.

Nous avions rejoint nos chevaux. Le comte sauta lestement en selle, et, laissant tomber les rênes, il s'écria : — Le cheval choisira pour nous ! — Le cheval n'hésita pas ; il entra sur-le-champ dans un petit sentier qui, après plusieurs détours, tomba dans une route ferrée [a], et cette route menait à Dowghielly. Une demi-heure après, nous étions au perron du château.

Au bruit que firent nos chevaux, une jolie tête blonde se montra à une fenêtre entre deux rideaux. Je reconnus

---

a. Une route ferrée est un « chemin dont le fond est ferme et pierreux et où l'on n'enfonce point ». (Littré.)

la perfide traductrice de Miçkiewicz. — Soyez le bien-
venu, dit-elle. Vous ne pouviez venir plus à propos,
comte Szémioth. Il m'arrive à l'instant une robe de Paris.
Vous ne me reconnaîtrez pas, tant je serai belle.

Les rideaux se refermèrent. En montant le perron, le
comte disait entre ses dents : — Assurément ce n'est pas
pour moi qu'elle étrennait cette robe...

Il me présenta à Mme Dowghiello, la tante de la *panna*
Iwinska, qui me reçut fort obligeamment et me parla de
mes derniers articles dans la *Gazette scientifique et littéraire* de Kœnigsberg.

— M. le professeur, dit le comte, vient se plaindre à
vous de Mlle Julienne, qui lui a joué un tour très méchant.

— C'est un enfant, Monsieur le professeur. Il faut lui
pardonner. Souvent elle me désespère avec ses folies. A
seize ans, moi, j'étais plus raisonnable qu'elle ne l'est à
vingt; mais c'est une bonne fille au fond, et elle a toutes
les qualités solides. Elle est très bonne musicienne, elle
peint divinement les fleurs, elle parle également bien le
français, l'allemand et l'italien... Elle brode...

— Et elle fait des vers jmoudes! ajouta le comte en riant.

— Elle en est incapable! s'écria Mme Dowghiello, à
qui il fallut expliquer l'espièglerie de sa nièce.

Mme Dowghiello était instruite et connaissait les antiquités de son pays. Sa conversation me plut singulièrement. Elle lisait beaucoup nos revues allemandes, et avait
des notions très saines sur la linguistique. J'avoue que je
ne m'aperçus pas du temps que Mlle Iwinska mit à
s'habiller; mais il parut long au comte Szémioth, qui se
levait, se rasseyait, regardait à la fenêtre, et tambourinait
de ses doigts sur les vitres comme un homme qui perd
patience.

Enfin au bout de trois quarts d'heure parut, suivie de
sa gouvernante française, Mlle Julienne, portant avec
grâce et fierté une robe dont la description exigerait des
connaissances bien supérieures aux miennes.

— Ne suis-je pas belle ? demanda-t-elle au comte en
tournant lentement sur elle-même pour qu'il pût la voir
de tous les côtés. Elle ne regardait ni le comte ni moi, elle
regardait sa robe.

— Comment, Ioulka, dit Mme Dowghiello, tu ne dis
pas bonjour à M. le professeur, qui se plaint de toi ?

— Ah! Monsieur le professeur ! s'écria-t-elle avec une
petite moue charmante, qu'ai-je donc fait ? Est-ce que
vous allez me mettre en pénitence ?

— Nous nous y mettrions nous-mêmes, Mademoiselle, lui répondis-je, si nous nous privions de votre présence. Je suis loin de me plaindre; je me félicite au contraire d'avoir appris, grâce à vous, que la muse lithuanienne renaît plus brillante que jamais.

Elle baissa la tête, et mettant ses mains devant son visage, en prenant soin de ne pas déranger ses cheveux. — Pardonnez-moi, je ne le ferai plus! dit-elle du ton d'un enfant qui vient de voler des confitures.

— Je ne vous pardonnerai, chère Pani, lui dis-je, que lorsque vous aurez rempli certaine promesse que vous avez bien voulu me faire à Wilno, chez la princesse Katazyna Paç.

— Quelle promesse? dit-elle, relevant la tête et en riant.

— Vous l'avez déjà oubliée? Vous m'avez promis que, si nous nous rencontrions en Samogitie, vous me feriez voir une certaine danse du pays dont vous disiez merveille.

— Oh! la roussalka [47]! J'y suis ravissante, et voilà justement l'homme qu'il me faut.

Elle courut à une table où il y avait des cahiers de musique, en feuilleta un précipitamment, le mit sur le pupitre d'un piano, et s'adressant à sa gouvernante. — Tenez, chère amie, *allegro presto*. — Et elle joua elle-même, sans s'asseoir, la ritournelle pour indiquer le mouvement. — Avancez ici, comte Michel, vous êtes trop Lithuanien pour ne pas bien danser la roussalka...; mais dansez comme un paysan, entendez-vous?

Mme Dowghiello essaya d'une remontrance, mais en vain. Le comte et moi nous insistâmes. Il avait ses raisons, car son rôle dans ce pas était des plus agréables, comme l'on verra bientôt. La gouvernante, après quelques essais, dit qu'elle croyait pouvoir jouer cette espèce de valse, quelque étrange qu'elle fût, et Mlle Iwinska, ayant rangé quelques chaises et une table qui aurait pu la gêner, prit son cavalier par le collet de l'habit et l'amena au milieu du salon. — Vous saurez, Monsieur le professeur, que je suis une roussalka, pour vous servir. — Elle fit une grande révérence. — Une roussalka est une nymphe des eaux. Il y en a une dans toutes ces mares pleines d'eau noire qui embellissent nos forêts. Ne vous en approchez pas! La roussalka sort, encore plus jolie que moi, si c'est possible; elle vous emporte au fond, où selon toute apparence elle vous croque...

— Une vraie sirène! m'écriai-je.

— Lui, continua Mlle Iwinska en montrant le comte
Szémioth, est un jeune pêcheur, fort niais, qui s'expose
à mes griffes, et moi, pour faire durer le plaisir, je vais le
fasciner en dansant un peu autour de lui... Ah! mais pour
bien faire il me faudrait un sarafane *. Quel dommage!...
Vous voudrez bien excuser cette robe, qui n'a pas de
caractère, pas de couleur locale... Oh! et j'ai des souliers,
impossible de danser la roussalka avec des souliers!... et
à talons encore!

Elle souleva sa robe, et, secouant avec beaucoup de
grâce un joli petit pied, au risque de montrer un peu sa
jambe, elle envoya son soulier au bout du salon. L'autre
suivit le premier, et elle resta sur le parquet avec ses bas
de soie. — Tout est prêt, dit-elle à la gouvernante, et la
danse commença.

La roussalka tourne et retourne autour de son cavalier.
Il étend les bras pour la saisir, elle passe par-dessous lui
et lui échappe. Cela est très gracieux, et la musique a du
mouvement et de l'originalité. La figure se termine lorsque
le cavalier, croyant saisir la roussalka pour lui donner un
baiser, elle fait un bond, le frappe sur l'épaule, et il tombe
à ses pieds comme mort... Mais le comte improvisa une
variante, qui fut d'étreindre l'espiègle dans ses bras et de
l'embrasser bel et bien. Mlle Iwinska poussa un petit cri,
rougit beaucoup et alla tomber sur un canapé d'un air
boudeur, en se plaignant qu'il l'eût serrée, comme un ours
qu'il était. Je vis que la comparaison ne plut pas au comte,
car elle lui rappelait un malheur de famille; son front se
rembrunit. Pour moi, je remerciai vivement Mlle Iwinska,
et donnai des éloges à sa danse, qui me parut avoir un
caractère tout antique, rappelant les danses sacrées des
Grecs. Je fus interrompu par un domestique annonçant
le général et la princesse Véliaminof [48]. Mlle Iwinska fit
un bond du canapé à ses souliers, y enfonça à la hâte ses
petits pieds et courut au-devant de la princesse, à qui elle
fit coup sur coup deux profondes révérences. Je remarquai qu'à chacune elle relevait adroitement le quartier de
son soulier [a]. Le général amenait deux aides-de-camp,
et, comme nous, venait demander la fortune du pot.
Dans tout autre pays, je pense qu'une maîtresse de mai-

---

* Robe des paysannes, sans corsage.
a. Le quartier d'un soulier est « la pièce ou les deux pièces de cuir
qui environnent le talon ». (Littré.)

son eût été un peu embarrassée de recevoir à la fois six hôtes inattendus et de bon appétit; mais telle est l'abondance et l'hospitalité des maisons lithuaniennes que le dîner ne fut pas retardé, je pense, de plus d'une demi-heure. Seulement il y avait trop de pâtés chauds et froids.

IV

Le dîner fut fort gai. Le général nous donna des détails très intéressants sur les langues qui se parlent dans le Caucase, et dont les unes sont *âryennes* et les autres *touraniennes* [49], bien qu'entre les différentes peuplades il y ait une remarquable conformité de mœurs et de coutumes. Je fus obligé moi-même de parler de mes voyages, parce que le comte Szémioth m'ayant félicité sur la manière dont je montais à cheval, et ayant dit qu'il n'avait jamais rencontré de ministre ni de professeur qui pût fournir si lestement une traite telle que celle que nous venions de faire, je dus lui expliquer que, chargé par la Société biblique d'un travail sur la langue des *Charruas* [50], j'avais passé trois ans et demi dans la république de l'Uruguay, presque toujours à cheval et vivant dans les pampas, parmi les Indiens. C'est ainsi que je fus conduit à raconter qu'ayant été trois jours égaré dans ces plaines sans fin, n'ayant pas de vivres ni d'eau, j'avais été réduit à faire comme les *gauchos* qui m'accompagnaient, c'est-à-dire à saigner mon cheval et à boire son sang.

Toutes les dames poussèrent un cri d'horreur. Le général remarqua que les Kalmouks [51] en usaient de même en de semblables extrémités. Le comte me demanda comment j'avais trouvé cette boisson ?

— Moralement, répondis-je, elle me répugnait fort; mais physiquement je m'en trouvai fort bien, et c'est à elle que je dois l'honneur de dîner ici aujourd'hui. Beaucoup d'Européens, je veux dire de Blancs, qui ont longtemps vécu avec les Indiens, s'y habituent et même y prennent goût. Mon excellent ami, don Fructuoso Rivera [52], président de la république, perd rarement l'occasion de se satisfaire. Je me souviens qu'un jour, allant au congrès en grand uniforme, il passa devant un *rancho* où l'on saignait un poulain. Il s'arrêta, descendit de cheval pour demander un *chupon*, une sucée, après quoi il prononça un de ses plus éloquents discours.

— C'est un affreux monstre que votre président! s'écria Mlle Iwinska.

— Pardonnez-moi, chère Pani, lui dis-je, c'est un homme très distingué, d'un esprit supérieur. Il parle merveilleusement plusieurs langues indiennes fort difficiles, surtout le *charrua*, à cause des innombrables formes que prend le verbe, selon son régime direct ou indirect, et même selon les rapports sociaux existant entre les personnes qui le parlent.

J'allais donner quelques détails assez curieux sur le mécanisme du verbe *charrua*, mais le comte m'interrompit pour me demander où il fallait saigner les chevaux quand on voulait boire leur sang.

— Pour l'amour de Dieu, mon cher professeur, s'écria Mlle Iwinska avec un air de frayeur comique, ne le lui dites pas. Il est homme à tuer toute son écurie, et à nous manger nous-mêmes quand il n'aura plus de chevaux.

Sur cette saillie, les dames quittèrent la table en riant, pour aller préparer le thé et le café, tandis que nous fumerions. Au bout d'un quart d'heure, on envoya demander au salon M. le général. Nous voulions le suivre tous ; mais on nous dit que ces dames ne voulaient qu'un homme à la fois. Bientôt nous entendîmes au salon de grands éclats de rire et des battements de main. — Mlle Ioulka fait des siennes, dit le comte. — On vint le demander lui-même ; nouveaux rires, nouveaux applaudissements. Ce fut mon tour après lui. Quand j'entrai dans le salon, toutes les figures avaient pris un semblant de gravité qui n'était pas de trop bon augure. Je m'attendais à quelque niche.

— Monsieur le professeur, me dit le général de son air le plus officiel, ces dames prétendent que nous avons fait trop d'accueil à leur champagne, et ne veulent nous admettre auprès d'elles qu'après une épreuve. Il s'agit de s'en aller les yeux bandés du milieu du salon à cette muraille, et de la toucher du doigt. Vous voyez que la chose est simple, il suffit de marcher droit. Etes-vous en état d'observer la ligne droite ?

— Je le pense, monsieur le général.

Aussitôt Mlle Iwinska me jeta un mouchoir sur les yeux et le serra de toute sa force par-derrière. — Vous êtes au milieu du salon, dit-elle, étendez la main... Bon ! Je parie que vous ne toucherez pas la muraille.

— En avant, marche ! dit le général.

Il n'y avait que cinq ou six pas à faire. Je m'avançai lentement, persuadé que je rencontrerais quelque corde ou quelque tabouret, traîtreusement placé sur mon chemin pour me faire trébucher. J'entendais des rires étouffés qui augmentaient mon embarras. Enfin je me croyais tout à fait près du mur lorsque mon doigt, que j'étendais en avant, entra tout à coup dans quelque chose de froid et de visqueux. Je fis une grimace et un saut en arrière, qui fit éclater tous les assistants. J'arrachai mon bandeau, et j'aperçus près de moi Mlle Iwinska tenant un pot de miel où j'avais fourré le doigt, croyant toucher la muraille. Ma consolation fut de voir les deux aides-de-camp passer par la même épreuve, et ne pas faire meilleure contenance que moi.

Pendant le reste de la soirée, Mlle Iwinska ne cessa de donner carrière à son humeur folâtre. Toujours moqueuse, toujours espiègle, elle prenait tantôt l'un, tantôt l'autre pour objet de ses plaisanteries. Je remarquai cependant qu'elle s'adressait le plus souvent au comte, qui, je dois le dire, ne se piquait jamais, et même semblait prendre plaisir à ses agaceries. Au contraire, quand elle s'attaquait à l'un des aides-de-camp, il fronçait le sourcil, et je voyais son œil briller de ce feu sombre qui en réalité avait quelque chose d'effrayant. « Folâtre comme une chatte et blanche comme la crème. » Il me semblait qu'en écrivant ce vers Miçkiewicz avait voulu faire le portrait de la *panna* Iwinska.

V

On se retira assez tard. Dans beaucoup de grandes maisons lithuaniennes, on voit une argenterie magnifique, de beaux meubles, des tapis de Perse précieux, et il n'y a pas, comme dans notre chère Allemagne, de bons lits de plume à offrir à un hôte fatigué. Riche ou pauvre, gentilhomme ou paysan, un Slave sait fort bien dormir sur une planche. Le château de Dowghielly ne faisait point exception à la règle générale. Dans la chambre où l'on nous conduisit, le comte et moi, il n'y avait que deux canapés recouverts en maroquin. Cela ne m'effrayait guère, car dans mes voyages j'avais couché souvent sur la terre nue, et je me moquai un peu des exclamations du comte sur le manque de civilisation de ses compatriotes. Un domestique vint nous tirer nos bottes et nous donna des robes de chambre et des pantoufles. Le comte, après avoir ôté son habit, se promena quelque temps en silence, puis, s'arrêtant devant le canapé où déjà je m'étais étendu : — Que pensez-vous, me dit-il, de Ioulka ?

— Je la trouve charmante.

— Oui, mais si coquette !... Croyez-vous qu'elle ait du goût réellement pour ce petit capitaine blond ?

— L'aide-de-camp ?... Comment pourrais-je le savoir ?

— C'est un fat... donc il doit plaire aux femmes.

— Je nie la conclusion, monsieur le comte. Voulez-vous que je vous dise la vérité ? Mlle Iwinska pense beaucoup plus à plaire au comte Szémioth qu'à tous les aides-de-camp de l'armée.

Il rougit sans me répondre ; mais il me sembla que mes paroles lui avaient fait un sensible plaisir. Il se promena encore quelque temps sans parler, puis, ayant regardé à sa montre : — Ma foi, dit-il, nous ferions bien de dormir, car il est tard.

Il prit son fusil et son couteau de chasse, qu'on avait déposés dans notre chambre, et les mit dans une armoire dont il retira la clé. — Voulez-vous la garder ? me dit-il en me la remettant à ma grande surprise, je pourrais l'oublier. Assurément vous avez plus de mémoire que moi.

— Le meilleur moyen de ne pas oublier vos armes, lui dis-je, serait de les mettre sur cette table près de votre sofa.

— Non... Tenez, à parler franchement, je n'aime pas à avoir des armes près de moi quand je dors... Et la raison, la voici. Quand j'étais aux hussards de Grodno [53], je couchais un jour dans une chambre avec un camarade, mes pistolets étaient sur une chaise auprès de moi. La nuit, je suis réveillé par une détonation. J'avais un pistolet à la main ; j'avais fait feu, et la balle avait passé à deux pouces de la tête de mon camarade... Je ne me suis jamais rappelé le rêve que j'avais eu.

Cette anecdote me troubla un peu. J'étais bien assuré de n'avoir pas de balle dans la tête ; mais quand je considérais la taille élevée, la carrure herculéenne de mon compagnon, ses bras nerveux couverts d'un noir duvet, je ne pouvais m'empêcher de reconnaître qu'il était parfaitement en état de m'étrangler avec ses mains, s'il faisait un mauvais rêve. Toutefois je me gardai de lui montrer la moindre inquiétude ; seulement je plaçai une lumière sur une chaise auprès de mon canapé, et je me mis à lire le *Catéchisme* de Lawicki, que j'avais apporté. Le comte me souhaita le bonsoir, s'étendit sur son sofa, s'y retourna cinq ou six fois ; enfin il parut s'assoupir, bien qu'il fût pelotonné comme l'amant d'Horace, qui, renfermé dans un coffre, touche sa tête de ses genoux repliés :

> ... Turpi clausus in arca,
> Contractum genibus tangas caput [54]...

De temps en temps il soupirait avec force, ou faisait entendre une sorte de râle nerveux que j'attribuais à l'étrange position qu'il avait prise pour dormir. Une heure peut-être se passa de la sorte. Je m'assoupissais moi-même. Je fermai mon livre, et je m'arrangeais de mon mieux sur ma couche, lorsqu'un ricanement étrange de mon voisin me fit tressaillir. Je regardai le comte. Il avait les yeux fermés, tout son corps frémissait, et de ses lèvres entr'ouvertes s'échappaient quelques mots à peine articulés.

— Bien fraîche!... bien blanche!... Le professeur ne sait ce qu'il dit... Le cheval ne vaut rien... Quel morceau friand!... — Puis il se mit à mordre à belles dents le coussin où posait sa tête, et en même temps il poussa une sorte de rugissement si fort qu'il se réveilla.

Pour moi, je demeurai immobile sur mon canapé et fis semblant de dormir. Je l'observais pourtant. Il s'assit, se frotta les yeux, soupira tristement et demeura près d'une heure sans changer de posture, absorbé, comme il semblait, dans ses réflexions. J'étais cependant fort mal à mon aise, et je me promis intérieurement de ne jamais coucher à côté de M. le comte. A la longue pourtant, la fatigue triompha de l'inquiétude, et lorsqu'on entra le matin dans notre chambre, nous dormions l'un et l'autre d'un profond sommeil.

VI

Après le déjeuner, nous retournâmes à Médintiltas. Là, ayant trouvé le docteur Frœber seul, je lui dis que je croyais le comte malade, qu'il avait des rêves affreux, qu'il était peut-être somnambule, et qu'il pouvait être dangereux dans cet état.

— Je me suis aperçu de tout cela, me dit le médecin. Avec une organisation athlétique, il est nerveux comme une jolie femme. Peut-être tient-il cela de sa mère... Elle a été diablement méchante ce matin... Je ne crois pas beaucoup aux histoires de peurs et d'envies de femmes grosses; mais ce qui est certain, c'est que la comtesse est maniaque, et la manie est transmissible par le sang...

— Mais le comte, repris-je, est parfaitement raisonnable; il a l'esprit juste, il est instruit, beaucoup plus que je ne l'aurais cru, je vous l'avoue; il aime la lecture...

— D'accord, d'accord, mon cher monsieur, mais il est souvent bizarre. Il s'enferme quelquefois pendant plusieurs jours; souvent il rôde la nuit; il lit des livres incroyables... de la métaphysique allemande... de la physiologie, que sais-je? Hier encore il lui en est arrivé un ballot de Leipzig. Faut-il parler net? un Hercule a besoin d'une Hébé [55]. Il y a ici des paysannes très jolies... Le samedi soir, après le bain, on les prendrait pour des princesses... Il n'y en a pas une qui ne fût fière de distraire monseigneur. A son âge, moi, le diable m'emporte!... Non, il n'a pas de maîtresse, il ne se marie pas, il a tort. Il lui faudrait un dérivatif.

Le matérialisme grossier du docteur me choquant au dernier point, je terminai brusquement l'entretien en lui disant que je faisais des vœux pour que le comte Szémioth trouvât une épouse digne de lui. Ce n'est pas sans surprise, je l'avoue, que j'avais appris du docteur ce goût du comte pour les études philosophiques. Cet officier de hussards, ce chasseur passionné lisant de la métaphysique allemande et s'occupant de physiologie, cela renversait mes idées. Le docteur avait dit vrai cependant, et dès le jour même j'en eus la preuve.

— Comment expliquez-vous, monsieur le professeur, me dit-il brusquement vers la fin du dîner, comment expliquez-vous la *dualité* ou la *duplicité* de notre nature?...
— Et comme il s'aperçut que je ne le comprenais pas parfaitement, il reprit: — Ne vous êtes-vous jamais trouvé au haut d'une tour ou bien au bord d'un précipice, ayant à la fois la tentation de vous élancer dans le vide et un sentiment de terreur absolument contraire?...

— Cela peut s'expliquer par des causes toutes physiques, dit le docteur; 1º la fatigue qu'on éprouve après une marche ascensionnelle détermine un afflux de sang au cerveau, qui...

— Laissons là le sang, docteur, s'écria le comte avec impatience, et prenons un autre exemple. Vous tenez une arme à feu chargée. Votre meilleur ami est là. L'idée vous vient de lui mettre une balle dans la tête. Vous avez la plus grande horreur d'un assassinat, et pourtant vous en avez la pensée. Je crois, messieurs, que si toutes les pensées qui nous viennent en tête dans l'espace d'une heure,... je crois que si toutes *vos* pensées, monsieur le professeur, que je tiens pour un sage, étaient écrites, elles formeraient un volume in-folio peut-être, d'après lequel il n'y a pas un avocat qui ne plaidât avec succès votre interdiction, pas un juge qui ne vous mît en prison ou bien dans une maison de fous.

— Ce juge, monsieur le comte, ne me condamnerait pas assurément pour avoir cherché ce matin pendant plus d'une heure la loi mystérieuse d'après laquelle les verbes slaves prennent un sens futur en se combinant avec une préposition ; mais si par hasard j'avais eu quelque autre pensée, quelle preuve en tirer contre moi ? Je ne suis pas plus maître de mes pensées que des accidents extérieurs qui me les suggèrent. De ce qu'une pensée surgit en moi, on ne peut pas conclure un commencement d'exécution, ni même une résolution. Jamais je n'ai eu l'idée de tuer personne ; mais si la pensée d'un meurtre me venait, ma raison n'est-elle pas là pour l'écarter ?

— Vous parlez de la raison bien à votre aise ; mais est-elle toujours là, comme vous dites, pour nous diriger ? Pour que la raison parle et se fasse obéir, il faut de la réflexion, c'est-à-dire du temps et du sang-froid. A-t-on toujours l'un et l'autre ? Dans un combat, je vois arriver sur moi un boulet qui ricoche, je me détourne et je découvre mon ami, pour lequel j'aurais donné ma vie, si j'avais eu le temps de réfléchir...

J'essayai de lui parler de nos devoirs d'homme et de chrétien, de la nécessité où nous sommes d'imiter le guerrier de l'Ecriture, toujours prêt au combat [56] ; enfin je lui fis voir qu'en luttant sans cesse contre nos passions nous acquérions des forces nouvelles pour les affaiblir et les dominer. Je ne réussis, je le crains, qu'à le réduire au silence, et il ne paraissait pas convaincu.

Je demeurai encore une dizaine de jours au château. Je fis une autre visite à Dowghielly, mais nous n'y couchâmes point. Comme la première fois, Mlle Iwinska se montra espiègle et enfant gâtée. Elle exerçait sur le comte une sorte de fascination, et je ne doutai pas qu'il n'en fût fort amoureux. Cependant il connaissait bien ses défauts et ne se faisait pas d'illusions. Il la savait coquette, frivole, indifférente à tout ce qui n'était pas pour elle un amusement. Souvent je m'apercevais qu'il souffrait intérieurement de la savoir si peu raisonnable ; mais dès qu'elle lui avait fait quelque petite mignardise, il oubliait tout, sa figure s'illuminait, il rayonnait de joie. Il voulut m'amener une dernière fois à Dowghielly la veille de mon départ, peut-être parce que je restais à causer avec la tante pendant qu'il allait se promener au jardin avec la nièce; mais j'avais fort à travailler, et je dus m'excuser, quelle que fût son insistance. Il revint dîner, bien qu'il nous eût dit de ne pas l'attendre. Il se mit à table, et ne put manger. Pendant tout le repas, il fut sombre et de mauvaise humeur. De temps à autre, ses sourcils se rapprochaient et ses yeux prenaient une expression sinistre. Lorsque le docteur sortit pour se rendre auprès de la comtesse, le comte me suivit dans ma chambre, et me dit tout ce qu'il avait sur le cœur. — Je me repens bien, s'écria-t-il, de vous avoir quitté pour aller voir cette petite folle, qui se moque de moi et qui n'aime que les nouveaux visages; mais heureusement tout est fini entre nous, j'en suis profondément dégoûté, et je ne la reverrai jamais... — Il se promena quelque temps de long en large selon son habitude, puis il reprit : — Vous avez cru peut-être que j'en étais amoureux ? C'est ce que pense cet imbécile de docteur. Non, je ne l'ai jamais aimée. Sa mine rieuse m'amusait. Sa peau blanche me faisait plaisir à voir... Voilà tout ce qu'il a y de bon chez elle... la peau surtout. De cervelle, point [57]. Jamais je n'ai vu en elle autre chose qu'une jolie poupée, bonne à regarder quand on s'ennuie et qu'on n'a pas de livre nouveau... Sans doute on peut dire que c'est une beauté... Sa peau est merveilleuse!... monsieur le professeur, le sang qui est sous cette peau doit être meilleur que celui d'un cheval ?... Qu'en pensez-vous ?

Et il se mit à éclater de rire, mais ce rire faisait mal à entendre.

Je pris congé de lui le lendemain pour continuer mes explorations dans le nord du palatinat.

VII

Elles durèrent environ deux mois, et je puis dire qu'il n'y a guère de village en Samogitie où je ne me sois arrêté et où je n'aie recueilli quelques documents. Qu'il me soit permis de saisir cette occasion pour remercier les habitants de cette province, et en particulier MM. les ecclésiastiques, pour le concours vraiment empressé qu'ils ont accordé à mes recherches et les excellentes contributions dont ils ont enrichi mon dictionnaire.

Après un séjour d'une semaine à Szawłé [58], je me proposais d'aller m'embarquer à Klaypeda (port que nous appelons Memel) pour retourner chez moi, lorsque je reçus du comte Szémioth la lettre suivante, apportée par un de ses chasseurs :

« Monsieur le professeur,

« Permettez-moi de vous écrire en allemand. Je ferais encore plus de solécismes, si je vous écrivais en jmoude, et vous perdriez toute considération pour moi. Je ne sais si vous en avez déjà beaucoup, et la nouvelle que j'ai à vous communiquer ne l'augmentera peut-être pas. Sans plus de préface, je me marie, et vous devinez bien à qui. *Jupiter se rit des serments des amoureux* [59]. Ainsi fait Pirkuns, notre Jupiter samogitien. C'est donc Mlle Julienne Iwinska que j'épouse le 8 du mois prochain. Vous seriez le plus aimable des hommes si vous veniez assister à la cérémonie. Tous les paysans de Médintiltas et lieux circonvoisins viendront chez moi manger quelques bœufs et d'innombrables cochons, et, quand ils seront ivres, ils danseront dans ce pré, à droite de l'avenue que vous connaissez. Vous verrez des costumes et des coutumes dignes de votre observation. Vous me ferez le plus grand plaisir et à Julienne aussi. J'ajouterai que votre refus nous jetterait dans le plus triste embarras. Vous savez que j'appartiens à la communion évangélique, de même que ma fiancée; or notre ministre, qui demeure à une trentaine de lieues, est perclus de la goutte, et j'ai osé espérer que vous voudriez bien officier à sa place. Croyez-moi, mon cher professeur, votre bien dévoué,

« MICHEL SZÉMIOTH. »

Au bas de la lettre, en forme de *post-scriptum,* une assez jolie main féminine avait ajouté en jmoude :

« Moi, muse de la Lithuanie, j'écris en jmoude. Michel est un impertinent de douter de votre approbation. Il n'y a que moi en effet qui sois assez folle pour vouloir d'un garçon comme lui. Vous verrez, monsieur le professeur, le 8 du mois prochain, une mariée un peu *chic* [60]. Ce n'est pas du jmoude, c'est du français. N'allez pas au moins avoir des distractions pendant la cérémonie! »

Ni la lettre ni le *post-scriptum* ne me plurent. Je trouvai que les fiancés montraient une impardonnable légèreté dans une occasion si solennelle. Cependant le moyen de refuser ? J'avouerai encore que le spectacle annoncé ne laissait pas de me donner des tentations. Selon toute apparence, dans le grand nombre de gentilshommes qui se réuniraient au château de Médintiltas, je ne manquerais pas de trouver des personnes instruites qui me fourniraient des renseignements utiles. Mon glossaire jmoude était très riche ; mais le sens d'un certain nombre de mots appris de la bouche de paysans grossiers demeurait encore pour moi enveloppé d'une obscurité relative. Toutes ces considérations réunies eurent assez de force pour m'obliger à consentir à la demande du comte, et je lui répondis que dans la matinée du 8 je serais à Médintiltas. Combien j'eus lieu de m'en repentir !

VIII

En entrant dans l'avenue du château, j'aperçus un grand nombre de dames et de messieurs en toilette du matin, groupés sur le perron ou circulant dans les allées du parc. La cour était pleine de paysans endimanchés. Le château avait un air de fête ; partout des fleurs, des guirlandes, des drapeaux et des festons. L'intendant me conduisit à la chambre qui m'avait été préparée au rez-de-chaussée, en me demandant pardon de ne pouvoir m'en offrir une plus belle ; mais il y avait tant de monde au château, qu'il avait été impossible de me conserver l'appartement que j'avais occupé à mon premier séjour, et qui était destiné à la femme du maréchal de la noblesse [61] ; ma nouvelle chambre d'ailleurs était très convenable, ayant vue sur le parc, et au-dessous de l'appartement du comte. Je m'habillai en hâte pour la cérémonie, je revêtis ma robe ; mais ni le comte ni sa fiancée ne paraissaient. Le comte était allé la chercher à Dowghielly. Depuis longtemps, ils auraient dû être arrivés ; mais la toilette d'une mariée n'est pas une petite affaire, et le docteur avertissait les invités que, le déjeuner ne devant avoir lieu qu'après le service religieux, les appétits trop impatients feraient bien de prendre leurs précautions à un certain buffet garni de gâteaux et de toute sorte de liqueurs. Je remarquai à cette occasion combien l'attente excite à la médisance ; deux mères de jolies demoiselles invitées à la fête ne tarissaient pas en épigrammes contre la mariée.

Il était plus de midi quand une salve de boîtes [a] et de coups de fusil signala son arrivée, et bientôt après une calèche de gala entra dans l'avenue traînée par quatre chevaux magnifiques. A l'écume qui couvrait leur poitrail, il était facile de voir que le retard n'était pas de leur fait. Il n'y avait dans la calèche que la mariée, Mme Dowghiello et le comte. Il descendit et donna la main à Mme Dowghiello. Mlle Iwinska, par un mouvement plein de grâce et de coquetterie enfantine, fit mine de vouloir se cacher sous son châle pour échapper aux regards curieux qui l'entouraient de tous les côtés. Pourtant elle se leva debout dans la calèche, et elle allait prendre la main du comte, quand les chevaux du brancard, effrayés peut-être de la pluie de fleurs que les paysans lançaient à la mariée, peut-être aussi éprouvant cette étrange terreur que le comte Szémioth inspirait aux animaux, se cabrèrent en s'ébrouant; une roue heurta la borne au pied du perron, et on put croire pendant un moment qu'un accident allait avoir lieu. Mlle Iwinska laissa échapper un petit cri... On fut bientôt rassuré. Le comte, la saisissant dans ses bras, l'emporta jusqu'au haut du perron aussi facilement que s'il n'avait tenu qu'une colombe. Nous applaudissions tous à son adresse et à sa galanterie chevaleresque. Les paysans poussaient des *vivat* formidables, la mariée, toute rouge, riait et tremblait à la fois. Le comte, qui n'était nullement pressé de se débarrasser de son charmant fardeau, semblait triompher en le montrant à la foule qui l'entourait...

Tout à coup une femme de haute taille, pâle, maigre, les vêtements en désordre, les cheveux épars, et tous les traits contractés par la terreur, parut en haut du perron, sans que personne pût savoir d'où elle venait.

— A l'ours! criait-elle d'une voix aiguë; à l'ours! des fusils!... Il emporte une femme! tuez-le! Feu! feu!

C'était la comtesse. L'arrivée de la mariée avait attiré tout le monde au perron, dans la cour, ou aux fenêtres du château. Les femmes même qui surveillaient la pauvre folle avaient oublié leur consigne; elle s'était échappée, et sans être observée de personne était arrivée jusqu'au milieu de nous. Ce fut une scène très pénible. Il fallut l'emporter malgré ses cris et sa résistance. Beaucoup d'invités ne connaissaient pas sa maladie. On dut leur donner des explications. On chuchota longtemps à voix

---

a. Petit mortier de fer, employé aux fêtes publiques.

basse. Tous les visages étaient attristés. Mauvais — présage! — disaient les personnes superstitieuses, et le nombre en est grand en Lithuanie.

Cependant Mlle Iwinska demanda cinq minutes pour faire sa toilette et mettre son voile de mariée, opération qui dura une bonne heure. C'était plus qu'il ne fallait pour que les personnes qui ignoraient la maladie de la comtesse en apprissent la cause et les détails.

Enfin la mariée reparut magnifiquement parée et couverte de diamants. Sa tante la présenta à tous les invités, et lorsque le moment fut venu de passer à la chapelle, à ma grande surprise, en présence de toute la compagnie, Mme Dowghiello appliqua un soufflet sur la joue de sa nièce, assez fort pour faire retourner ceux qui auraient eu quelque distraction. Ce soufflet fut reçu avec la plus parfaite résignation, et personne ne parut s'en étonner; seulement un homme en noir écrivit quelque chose sur un papier qu'il avait apporté, et quelques-uns des assistants y apposèrent leur signature de l'air le plus indifférent. Ce ne fut qu'à la fin de la cérémonie que j'eus le mot de l'énigme. Si je l'eusse deviné, je n'aurais pas manqué de m'élever avec toute la force de mon ministère sacré contre cette odieuse pratique, laquelle a pour but d'établir un cas de divorce en simulant que le mariage n'a eu lieu que par suite de violence matérielle exercée contre une des parties contractantes [62].

Après le service religieux, je crus de mon devoir d'adresser quelques paroles au jeune couple, m'attachant à leur mettre devant les yeux la gravité et la sainteté de l'engagement qui venait de les unir, et comme j'avais encore sur le cœur le *post-scriptum* déplacé de Mlle Iwinska, je lui rappelai qu'elle entrait dans une vie nouvelle, non plus accompagnée d'amusements et de joies juvéniles, mais pleine de devoirs sérieux et de graves épreuves. Il me sembla que cette partie de mon allocution produisit beaucoup d'effet sur la mariée, comme sur toutes les personnes qui comprenaient l'allemand.

Des salves d'armes à feu et des cris de joie accueillirent le cortège au sortir de la chapelle, puis on passa dans la salle à manger. Le repas était magnifique, les appétits fort aiguisés, et d'abord on n'entendit d'autre bruit que celui des couteaux et des fourchettes; mais bientôt, avec l'aide des vins de Champagne et de Hongrie, on commença à causer, à rire et même à crier. La santé de la mariée fut portée avec enthousiasme. A peine venait-on

de se rasseoir, qu'un vieux *pane* [a] à moustaches blanches
se leva, et d'une voix formidable : — Je vois avec douleur, dit-il, que nos vieilles coutumes se perdent. Jamais
nos pères n'eussent porté ce toast avec des verres de
cristal. Nous buvions dans le soulier de la mariée, et
même dans sa botte, car de mon temps les dames portaient des bottes en maroquin rouge. Montrons, amis,
que nous sommes encore de vrais Lithuaniens. — Et toi,
madame, daigne me donner ton soulier.

La mariée lui répondit en rougissant, avec un petit rire
étouffé : — Viens le prendre, monsieur... mais je ne te
ferai pas raison dans ta botte.

Le *pane* ne se le fit pas dire deux fois, se mit galamment
à genoux, ôta un petit soulier de satin blanc à talon rouge,
l'emplit de vin de Champagne et but si vite et si adroitement qu'il n'y en eut pas plus de la moitié qui coula sur
ses habits. Le soulier passa de main en main, et tous les
hommes y burent, mais non sans peine. Le vieux gentilhomme réclama le soulier comme une relique précieuse,
et Mme Dowghiello fit prévenir une femme de chambre
de venir réparer le désordre de la toilette de sa nièce.

Ce toast fut suivi de beaucoup d'autres, et bientôt les
convives devinrent si bruyants, qu'il ne me parut plus
convenable de demeurer parmi eux. Je m'échappai de la
table sans que personne fît attention à moi, et j'allai respirer l'air en dehors du château; mais là encore je trouvai
un spectacle peu édifiant. Les domestiques et les paysans,
qui avaient eu de la bière et de l'eau-de-vie à discrétion,
étaient déjà ivres pour la plupart. Il y avait eu des dis-
putes et des têtes cassées. Çà et là, sur le pré, des ivrognes
se vautraient privés de sentiment, et l'aspect général de la
fête tenait beaucoup d'un champ de bataille. J'aurais eu
quelque curiosité de voir de près les danses populaires;
mais la plupart étaient menées par des bohémiennes
effrontées, et je ne crus pas qu'il fût bienséant de me
hasarder dans cette bagarre. Je rentrai donc dans ma
chambre, je lus quelque temps, puis me déshabillai et
m'endormis bientôt.

Lorsque je m'éveillai, l'horloge du château sonnait
trois heures. La nuit était claire, bien que la lune fût un
peu voilée par une légère brume. J'essayai de retrouver
le sommeil; je ne pus y parvenir. Selon mon usage en
pareille occasion, je voulus prendre un livre et étudier,

---

a. *Pane* (seigneur) est le titre dû aux gentilshommes polonais.

mais je ne pus trouver les allumettes à ma portée. Je me levai et j'allais tâtonnant dans ma chambre, quand un corps opaque, très gros, passa devant ma fenêtre, et tomba avec un bruit sourd dans le jardin. Ma première impression fut que c'était un homme, et je crus qu'un de nos ivrognes était tombé par la fenêtre. J'ouvris la mienne et regardai; je ne vis rien. J'allumai enfin une bougie, et, m'étant remis au lit, je repassai mon glossaire jusqu'au moment où l'on m'apporta mon thé.

Vers onze heures, je me rendis au salon, où je trouvai beaucoup d'yeux battus et de mines défaites; j'appris en effet qu'on avait quitté la table fort tard. Ni le comte ni la jeune comtesse n'avaient encore paru. A onze heures et demie, après beaucoup de méchantes plaisanteries, on commença à murmurer, tout bas d'abord, bientôt assez haut. Le docteur Frœber prit sur lui d'envoyer le valet de chambre du comte frapper à la porte de son maître. Au bout d'un quart d'heure, cet homme redescendit, et, un peu ému, rapporta au docteur Frœber qu'il avait frappé plus d'une douzaine de fois, sans obtenir de réponse. Nous nous consultâmes, Mme Dowghiello, le docteur et moi. L'inquiétude du valet de chambre m'avait gagné. Nous montâmes tous les trois avec lui. Devant la porte, nous trouvâmes la femme de chambre de la jeune comtesse tout effarée, assurant que quelque malheur devait être arrivé, car la fenêtre de madame était toute grande ouverte. Je me rappelai avec effroi ce corps pesant tombé devant ma fenêtre. Nous frappâmes à grands coups. Point de réponse. Enfin le valet de chambre apporta une barre de fer, et nous enfonçâmes la porte... Non! le courage me manque pour décrire le spectacle qui s'offrit à nos yeux. La jeune comtesse était étendue morte sur son lit, la figure horriblement lacérée, la gorge ouverte, inondée de sang. Le comte avait disparu, et personne depuis n'a eu de ses nouvelles.

Le docteur considéra l'horrible blessure de la jeune femme. — Ce n'est pas une lame d'acier, s'écria-t-il, qui a fait cette plaie... C'est une morsure! . . . .

Le professeur ferma son livre, et regarda le feu d'un air pensif.

— Et l'histoire est finie ? demanda Adélaïde.

— Finie! répondit le professeur d'une voix lugubre.

— Mais, reprit-elle, pourquoi l'avez-vous intitulée

Lokis ? Pas un seul des personnages ne s'appelle ainsi.

— Ce n'est pas un nom d'homme, dit le professeur...
Voyons, Théodore, comprenez-vous ce que veut dire
Lokis ?

— Pas le moins du monde.

— Si vous vous étiez bien pénétré de la loi de trans-
formation du sanscrit au lithuanien, vous auriez reconnu
dans lokis le sanscrit *arkcha* ou *rikscha*. On appelle lokis
en lithuanien l'animal que les Grecs ont nommé ἄρκτος,
les Latins *ursus* et les Allemands *bär* [63].

Vous comprenez maintenant mon épigraphe :

> *Miszka su Lokiu*
> *Abu du tokiu.*

Vous savez que dans le roman de Renart l'ours s'appelle *damp Brun*. Chez les Slaves, on le nomme Michel,
Miszka en lithuanien, et ce surnom remplace presque
toujours le nom générique, lokis [64]. C'est ainsi que les
Français ont oublié leur mot néolatin de goupil ou gorpil
pour y substituer celui de renard. Je vous en citerai bien
d'autres exemples...

Mais Adélaïde remarqua qu'il était tard, et on se sépara.

Notes

1. Dans la *Revue des Deux Mondes* (15 septembre 1869), la nouvelle paraît sous le titre *Le Manuscrit du professeur Wittembach,* mais le titre courant en haut des pages est *Lokis,* et la table des matières donne *Lokis, Le Manuscrit du professeur Wittembach.* Le 11 septembre, Mérimée écrit à ce sujet à Tourguéniev : « *Lokis* paraîtra dans la prochaine *Revue.* Le successeur de M. de Mars est venu hier m'apporter les épreuves et me dire qu'il était impossible de mettre *Lokis* en titre courant au haut des pages parce que ce mot était trop court. Après avoir un peu ri de la prétention typographique de l'imprimeur, je suis rentré dans une colère bleue, et j'ai voulu reprendre mon manuscrit. Je suis presque fâché de ne l'avoir pas fait. » (*Corr. gén.,* t. XIV, p. 608.) Le titre était, en effet, très important pour Mérimée : « Je cherche un titre, je voudrais quelque chose comme *Le Trouveur* ou *Le Dénicheur de miel. Medvied.* Mais ce que j'aimerais mieux, c'est un mot lithuanien signifiant ours. J'ai vu des Lithuaniens, pas un seul ne sait un mot de jmoude. En savez-vous ? » (Lettre à Tourguéniev, 9 octobre 1868. *Corr. gén.,* t. XIV, p. 262.) C'est Tourguéniev qui lui conseille enfin d'intituler sa nouvelle *Lokis.*

2. Ce nom rappelle celui de Johann Hugo Wyttenbach (1767-1848), historien et archéologue allemand dont Mérimée avait fait la connaissance en 1836, à Trèves.

3. Mérimée croyait avoir donné à son héros le nom d'une famille éteinte, mais il apprit qu'il s'était trompé. (François Szemioth, né en 1802, mourut en 1882.) Le 14 octobre 1869, il écrit à Alexandre Przezdziecki : « Je suis particulièrement mortifié de ce que vous me dites des noms propres. Un de vos compatriotes qui était mon guide [Charles-Edmond Choïecki] me disait que les Szémioth n'existaient plus. » (*Corr. gén.,* t. XVI, p. 448.)

4. Ce proverbe est cité dans le manuel de Schleicher (*Handbuch der litauischen Sprache,* t. II, p. 89). Le 3 décembre 1868, Mérimée écrit à Tourguéniev : « Cela s'appellera *Lokis,* comme vous me le conseillez avec cette épigraphe : Michka su lokiou abou dou tokiou. Le sens n'est-il pas : Blanc bonnet ou bonnet blanc ? » (*Corr. gén.,* t. XIV, p. 311.)

5. Ce titre est de l'invention de Mérimée.

6. Mérimée se trompe, la Bible avait été traduite en lithuanien depuis fort longtemps : par Samuel Boguslas Chylinski en 1660, par Jean Jacob Quandt en 1735, par L. J. Rhesa en 1816. Il fait peut-être allusion à une édition du *Nouveau Testament* parue en 1866 à Berlin, sous les auspices de la Société Biblique de Londres.

7. D'après Malte-Brun que Mérimée avait sans doute consulté, la Samogitie « est une contrée située entre la mer Baltique, la Kourlande, la Lithuanie proprement dite et le Niémen ». Les indigènes l'appellent « Szamaïte » (« pays bas ») et les Polonais « Zmudz » (jmoude). *(Tableau de la Pologne ancienne et moderne*, nouvelle édition par Léonard Chodzko. Paris, Aimé-André, 1830, t. I, p. 316.) Le jomaïtique ou jmoude est le dialecte bas-lithuanien. L'idée de le rapprocher du sanscrit vient de *La Science du langage* de Max Müller (voir *Notice*, p. 182).

8. Dorpat est une ville de l'Estonie. Son université a été fondée en 1630 par Gustave-Adolphe.

9. Kowno (nom polonais) ou Kaunas (nom lithuanien) est l'ancienne capitale de la Lithuanie.

10. Comme le notent Jean Mallion et Pierre Salomon, il existait bien un père jésuite nommé André Lavicki (1572-1631) dans l'entourage du faux Démétrius, mais son *Catechismus Samogiticus* semble être une invention de Mérimée.

11. « *L'ancien prussien*, qui se rapprochait beaucoup du lithuanien, s'est éteint au XVIIᵉ siècle, ne nous laissant d'autre monument écrit qu'un vieux catéchisme. » (Max Müller, *La Science du langage*, p. 248.)

12. Medintiltas (pont de bois) est un nom forgé par Mérimée ou par un de ses informateurs.

13. La majorité de la noblesse lithuanienne était catholique. Si certaines familles appartenaient à la religion réformée, c'étaient des calvinistes.

14. Expression vieillie. Cf. Molière, *Le Misanthrope*, I, 1 : « Et je vous supplierai d'avoir pour agréable [...] »

15. Mot polonais qui signifie littéralement « petite vieille ».

16. Port de Norvège.

17. Port de Lithuanie.

18. Selon Malte-Brun (qui écrit « Rossienie »), c'est le chef-lieu d'un district de la Samogitie.

19. Ville russe à 300 kilomètres à l'ouest de Moscou, connue de l'histoire de la Grande Armée.

20. La *Meditsinskaïa Gazeta* paraissait en effet à Saint-Pétersbourg.

21. Gédymin, souverain de Lithuanie qui régna aux IVᵉ siècle, eut trois fils, Olgierd, Skirgello et Keystut.

22. Cf. La Fontaine, *L'Ours et les deux compagnons.*
      « Ayant quelque part ouï dire
      Que l'ours s'acharne peu souvent
      Sur un corps qui ne vit, ne meut, ni ne respire. »

23. Jeux de cartes répandus en Russie.

24. Etoffe provenant de Boukhara, ville d'Ouzbékistan, célèbre pour ses tissus et ses tapis.

25. Expression russe.

26. Cf. ci-dessus note 11.

27. Information prise dans la *Science du langage* de Max Müller : « [...] la dernière vieille femme qui parlait le cornique (et à la mémoire

de laquelle il est maintenant question d'élever un tombeau) représentait à elle seule l'ancienne langue de la Cornouaille. » (p. 87.)

28. Friedrich Heinrich Alexander von Humboldt (1769-1859), naturaliste, chimiste, linguiste et voyageur, auteur d'importants récits de voyage. Mérimée avait pu le connaître chez Cuvier.

29. Selon Maurice Parturier (Mérimée, *Romans et Nouvelles*. Paris, Garnier, 1967, t. II, p. 684), il s'agit de l'ouvrage de Theodorus Lepner, *Der Preusche Littauer...*, Danzig, 1774.

30. La ballade est de Mickiewicz. Pouchkine l'a traduite en russe, et Mérimée de russe en français, croyant qu'elle était de Pouchkine. De cette première traduction il cite un passage dans *Les Faux Démétrius* (1853). Ici il donne une traduction plus proche de l'original.

31. La *Revue des Deux Mondes* donne *Katazyna*, mais l'orthographe correcte est *Katarzyna*.

32. L'ironie porte non seulement sur la propre méprise de Mérimée qui avait attribué la ballade de Mickiewicz à Pouchkine, mais aussi sur l'erreur de ceux qui ont traduit des pièces de *La Guzla* en d'autres langues, croyant qu'elles étaient en effet des traductions des poèmes illyriens. Pouchkine était du nombre.

33. Molière, *Dom Juan*, II, II.

34. « Y a-t-il un terme jmoude correspondant à kourgâne ? » demande Mérimée à Charles-Edmond Choïecki. (Lettre du 20 septembre 1868. *Corr. gén.*, t. XIV, p. 246.) *Kápas* figure dans le manuel de Schleicher (t. II, p. 278).

35. Le staroste (traduction littérale : le plus ancien) remplit les fonctions de gouverneur ou de maire. Zorany est le nom polonais de Zarénaï, village de Samogitie, mentionné chez Malte-Brun.

36. *Matecznik* : matrice, en polonais. Cf. *Pan Tadeusz* de Mickiewicz : « Cette mystérieuse capitale des forêts, inconnue aux hommes, le Lithuanien l'appelle dans son langage de chasse, le matecznik, ou le paradis des animaux. » (*Œuvres poétiques complètes* de Adam Mickiewicz, traduction de Christien Ostrowski. Paris, Firmin Didot, 1859, t. II, p. 227.) Notons que Mérimée dit *la matecznik*, alors que le mot polonais est masculin.

37. Cf. *Pan Tadeusz* : « Qui serait en état de scruter les profondeurs infinies des forêts lithuaniennes ? Qui oserait pénétrer jusqu'à leur centre, jusqu'à leur noyau ? Le pêcheur entrevoit à peine le fond de la mer de ses rivages ; le chasseur parcourant la lisière des forêts de Lithuanie, à peine connaît-il leur extérieur, leur forme, leur physionomie. Quant à leur cœur, c'est encore pour tous un mystère impénétrable ; on ne sait ce qui s'y passe que par des contes, des traditions. [...] Enfin, derrière ces vapeurs, une tradition populaire le raconte, s'étend une contrée belle et fertile, la capitale du règne végétal et animal. [...] Au milieu, dit-on, s'élèvent les palais du vieil aurochs, du bison et de l'ours, les empereurs des forêts. [...] On dit que dans cette république, les bonnes mœurs règnent parmi les animaux, car ils se gouvernent eux-mêmes ; ils ne sont pas encore corrompus par la civilisation humaine : ils ne connaissent pas le droit de propriété qui divise le monde, ils ne savent pas ce que c'est que le duel ni l'art de la guerre. » (T. II, pp. 225-227.)

38. *La Pologne captive et ses trois poètes. Mickiewicz, Krasinski, Slowacki*. Leipzig, Brockhaus, 1864. Mérimée connaissait le livre

ainsi que son auteur, Charles-Edmond Choïecki, appelé Charles Edmond en France, à qui il a demandé des conseils pour *Lokis*.

39. *De bello gallico*, VI, 28.

40. Cf. Malte-Brun (*Tableau de la Pologne ancienne et moderne*, t. I, p. 282) : « Les urus paraissent diminuer en nombre et même dégénérer en grandeur et en force, si toutefois l'espèce n'est entièrement perdue. »

41. Cf. *Pan Tadeusz* : « Car s'il osait s'engager dans ces forêts séculaires, dans ces bois touffus, le voyageur trouverait dans leurs méandres des remparts de troncs, de branches, de racines, défendus par des marais, par mille ruisseaux [...]. A chaque pas, comme des fosses à loups, de petits lacs tendent leurs pièges sous les pieds de l'imprudent visiteur. Couverts jusqu'à moitié de verdure, si profonds qu'on n'a jamais pu les sonder (il y a même grande apparence que c'est la demeure des diables), ces puits sont comme souillés de sang. » (T. II, p. 225.)

42. Cf. *Pan Tadeusz* : « Il y avait dans ce bois force champignons. Les jeunes gens ne cueillaient que les plus beaux, les mousserons, si célèbres dans les chants lithuaniens. Les demoiselles courent après le ceps élancé que les poètes appellent le capitaine des champignons. Chacun tâche de trouver l'oronge qui, d'une taille plus modeste, est aussi moins chantée, mais n'en est pas moins la meilleure à manger, fraîche ou salée, en automne ou en hiver. Le sénéchal ne ramasse que le champignon vénéneux nommé tue-mouches. [...] Sur la verte nappe des prairies, comme des vases rangés sur une table, surgissent ici les girolles aux rebords arrondis [...] plus loin encore les agarics, ronds, larges et plats comme des tasses de porcelaine de Saxe remplies de lait [...] » (T. II, pp. 193-194.)

43. Cf. Malte-Brun (*Tableau de la Pologne ancienne et moderne*, t. I, p. 320) : « Le Dieu du tonnerre était *Perkunas*, ce qui revient à peu près au *Pérun* des peuples slavons. » Le 20 septembre 1868, Mérimée écrit à Charles-Edmond Choïecki : « Je vois que les Lithuaniens ont eu un Dieu Perkunas, n'est-ce pas le même que les Russes appellent Peroun ? » (*Corr. gén.*, t. XIV, p. 247.)

44. Le 22 novembre 1868, Mérimée écrit à Tourguéniev : « J'avais mis le serpent comme couleur locale. Au XVIIe siècle, il y avait en Lithuanie de grandes couleuvres noires, vivant dans les isbas et traitées par les paysans comme des pénates. » (*Corr. gén.*, t. XIV, p. 302.)

45. Ludwig Knaus (1829-1910), peintre allemand dont les « tableaux de genre » jouissaient d'une grande popularité. Il a vécu à Paris de 1852 à 1860, et fut promu officier de la Légion d'honneur en 1867.

46. Le 22 novembre 1868, Mérimée écrit à Tourguéniev : « Vous avez bien raison au sujet de la sorcière. J'avais déjà songé à changer cela, et si je fais une nouvelle édition pour la belle dame que vous savez [l'Impératrice], je remplacerai cette scène par une rencontre de Bohémiens, avec lesquels je suis plus familier ; ils mènent avec eux un ours apprivoisé. Cela fera la contrepartie du chien ; l'ours est le cousin de M. le Comte. » (*Corr. gén.*, t. XIV, pp. 301-302.)

47. « Les Roussalkas sont-elles seulement russes ? », demande Mérimée à Charles-Edmond Choïecki. (Lettre du 20 septembre 1868. *Corr. gén.*, t. XIV, p. 247.) Il devait connaître cette figure du folklore russe d'un poème de Pouchkine, intitulé *La Roussalka* (1826), mais la danse semble être de son invention.

48. Nom connu de Mérimée (cf. *Corr. gén.*, t. XIII, p. 188), porté par une ancienne famille russe.

49. Cette division des langues se trouve dans *La Science du langage* de Max Müller.

50. Indiens nomades qui vivaient dans les régions frontalières de l'Argentine et de l'Uruguay. Les gauchos sont des bergers d'origine métisse, excellents cavaliers.

51. Peuple mongol de la Sibérie méridionale, absorbé par la Chine au XVIIIe siècle. Des groupes ethniques de la même famille et appelés également Kalmouks se sont installés entre le Don et la Volga.

52. La *Revue des Deux Mondes* donne par erreur Rivero. Fructuoso Rivera (1778-1854) lutta pour l'indépendance de l'Uruguay où il devint président de la République en 1834.

53. Grodno est une ville russe, proche de la Pologne. Il existait un régiment de hussards de Grodno de recrutement lithuanien, mais, comme le remarque Raymond Schmittlein, il est peu probable qu'un aristocrate lithuanien ait servi dans un régiment russe. (*Lokis, la dernière nouvelle de Prosper Mérimée*. Bade, Editions Art et Science, 1949, p. 292.)

54. Horace, *Satires*, II, VII, 59-61.
  « [...] turpi clausus in arca
    Quo te dimisit peccati conscia erilis
    Contractum genibus tangas caput. »
« Enfermé ignoblement dans un coffre où t'a déposé une servante complice de la faute de sa maîtresse, tu y restes replié sur toi-même touchant tes genoux de ta tête. »

55. Hébé est la déesse de la jeunesse qui a donné l'immortalité à Hercule en l'épousant.

56. Cf. saint Paul, deuxième épître à Timothée, II.

57. La Fontaine, « Le Renard et le buste », *Fables*, IV, 14.

58. Ville de Samogitie, proche de la frontière de la Lettonie.

59. Ovide, *L'Art d'aimer*, I, 633.
  « Jupiter ex alto perjuria ridet amantum. »

60. Terme d'atelier à l'origine, pendant les années 1860, « chic », employé pour désigner l'élégance de l'habillement, est un mot très à la mode.

61. Le maréchal de la noblesse présidait la noblesse d'un district. Cette fonction existait aussi bien en Russie qu'en Pologne et en Lithuanie.

62. Alexandre Przezdziecki reprocha à Mérimée d'introduire dans son récit cette coutume qui, en effet, n'existait pas en Pologne. Mérimée s'explique ainsi : « Un parent à moi, officier de la Grande Armée, a vu un soufflet donné dans des circonstances analogues à celles que je décris. J'étais alors bien jeune, il est vrai, mais je ne suis pourtant pas contemporain du roi Auguste. » (14 octobre 1869. *Corr. gén.*, t. XVI, p. 448.)

63. Jean Mallion et Pierre Salomon notent (pp. 1647-1648) que Mérimée pouvait s'inspirer ici de l'*Essai de mythologie comparée* de Max Müller (Paris, A. Durand, Londres, W. Norgates, 1859, p. 32) : « Quelques-uns des animaux sauvages étaient connus des Ariens avant leur séparation, et ce sont les animaux qui vivent également en

Asie et en Europe, l'ours et le loup. Ours, sanscrit : *riksha*, grec
ἄρχτος, italique *ursus*. »

64. Mérimée écrit à Tourguéniev le 29 novembre 1868 : « Michka
est je crois, le nom de l'ours. Vous l'appelez Michel et nous Martin.
Nos ancêtres l'appelaient Damp Brun. » (*Corr. gén.*, t. XVI, p. 311.)

DJOÛMANE

Notice

« J'écris pour moi et peut-être pour vous une petite histoire où il est fort question d'amour », annonce Mérimée à Jenny Dacquin le 10 février 1870. (*Corr. gén.*, t. XV, p. 34.) Il y a lieu de supposer qu'il s'agit de *Djoûmane* dont la rédaction doit être à peu près terminée fin mars, lorsque l'écrivain demande à Charles-Edmond Choïecki un renseignement pour combler une lacune : « [...] soyez assez bon pour me dire comment on nomme un gué en arabe. Ne sachant que faire et toujours bien souffrant, je me suis mis à écrire une petite histoire, à laquelle il ne manque plus que le titre. Le gué de... Savez-vous une rivière en Algérie qui ait un gué ? Ou ce qui revient au même pour moi, faites-moi un nom de rivière et un nom de gué. » (Lettre du 21 mars 1870. *Corr. gén.*, t. XVII, p. 63.) Et le 7 avril à Jenny Dacquin : « Quant à l'histoire dont je vous ai parlé, je la réserve pour mes œuvres posthumes. Cependant, si vous voulez la lire en manuscrit, vous pourrez avoir ce plaisir, qui durera un quart d'heure. » (*Corr. gén.*, t. XV, p. 85.)

L'Algérie intéresse Mérimée depuis longtemps. En 1844, il projette d'y faire un voyage, et commence à apprendre l'arabe. Pendant les années qui précèdent la rédaction, il suit dans les journaux les événements qui se produisent dans ce pays, ce qui l'aide à donner à sa nouvelle un arrière-plan conforme à la réalité. Mais cette réalité n'a qu'une importance secondaire. L'essentiel est la mise en récit d'un rêve ou, plutôt, d'une rêverie qualifiée de rêve dans la nouvelle, procédé qui permet de présenter un enchaînement de faits qu'aucune logique réaliste ne relie plus : s'il avait vécu et écrit encore, Mérimée aurait-il changé de manière ?

Le manuscrit a été donné par l'auteur à Paul Dalloz,

directeur du *Moniteur universel*, qui l'a publié dans son journal les 9, 10 et 12 janvier 1873. La même année, la nouvelle a paru en volume aussi dans *Dernières Nouvelles* (Paris, Michel Lévy). Le propriétaire actuel du manuscrit est inconnu. Notre texte est celui du *Moniteur universel*.

DJOÛMANE [a]

Le 21 mai 18.., nous rentrions à Tlemcen [1]. L'expédition avait été heureuse; nous ramenions bœufs, moutons, chameaux, des prisonniers et des otages.

Après trente-sept jours de campagne ou plutôt de chasse incessante, nos chevaux étaient maigres, efflanqués, mais ils avaient encore l'œil vif et plein de feu; pas un n'était écorché sous la selle. Nos hommes, bronzés par le soleil, les cheveux longs, les buffleteries sales, les vestes râpées, montraient cet air d'insouciance au danger et à la misère qui caractérise le vrai soldat.

Pour fournir une belle charge, quel général n'eût préféré nos chasseurs aux plus pimpants escadrons habillés de neuf?

Depuis le matin, je pensais à tous les petits bonheurs qui m'attendaient.

Comme j'allais dormir dans mon lit de fer, après avoir couché trente-sept nuits sur un rectangle de toile cirée! Je dînerais sur une chaise! j'aurais du pain tendre et du sel à discrétion! Puis je me demandais si Mlle Concha aurait une fleur de grenadier ou du jasmin dans ses cheveux, et si elle aurait tenu les serments prêtés à mon départ; mais, fidèle ou inconstante, je sentais qu'elle pouvait compter sur le grand fond de tendresse qu'on rapporte du désert. Il n'y avait personne dans notre escadron qui n'eût ses projets pour la soirée.

Le colonel nous reçut fort paternellement, et même il nous dit qu'il était content de nous; puis il prit à part notre commandant, et, pendant cinq minutes, lui tint à voix basse des discours médiocrement agréables, autant que nous en pouvions juger sur l'expression de leurs physionomies.

a. Perle, bijou. Mot arabe d'origine persane.

Nous observions le mouvement des moustaches du colonel, qui s'élevaient à la hauteur de ses sourcils, tandis que celles du commandant descendaient piteusement défrisées jusque sur sa poitrine. Un jeune chasseur, que je fis semblant de ne pas entendre, prétendit que le nez du commandant s'allongeait à vue d'œil; mais bientôt les nôtres s'allongèrent aussi, lorsque le commandant revint nous dire : « Qu'on fasse manger les chevaux et qu'on soit prêt à partir au coucher du soleil! Les officiers dînent chez le colonel à cinq heures, tenue de campagne; on monte à cheval après le café... Est-ce que, par hasard, vous ne seriez pas contents, messieurs ?... »

Nous n'en convînmes pas et nous le saluâmes en silence, l'envoyant à tous les diables, à part nous, ainsi que le colonel.

Nous n'avions que peu de temps pour faire nos petits préparatifs. Je m'empressai de me changer, et, après avoir fait ma toilette, j'eus la pudeur de ne pas m'asseoir dans ma bergère, de peur de m'y endormir.

A cinq heures, j'entrai chez le colonel. Il demeurait dans une grande maison moresque, dont je trouvai le patio rempli de monde, Français et indigènes, qui se pressaient autour d'une bande de pèlerins ou de saltimbanques arrivant du Sud.

Un vieillard, laid comme un singe, à moitié nu sous un bournous troué, la peau couleur du chocolat à l'eau, tatoué sur toutes les coutures, les cheveux crépus et si touffus, qu'on aurait cru de loin qu'il avait un colback [a] sur la tête, la barbe blanche et hérissée, dirigeait la représentation.

C'était, disait-on, un grand saint et un grand sorcier.

Devant lui, un orchestre composé de deux flûtes et de trois tambours faisait un tapage infernal, digne de la pièce qui allait se jouer. Il disait qu'il avait reçu d'un marabout [b] fort renommé tout pouvoir sur les démons et les bêtes féroces, et, après un petit compliment à l'adresse du colonel et du respectable public, il procéda à une sorte de prière ou d'incantation, appuyée par sa musique, tandis que les acteurs sous ses ordres sautaient, dansaient, tournaient sur un pied et se frappaient la poitrine à grands coups de poing.

a. Bonnet à poil en forme de cône tronqué.
b. De l'arabe *mrabeth* (lié) : religieux (celui qui est lié à Dieu), homme qui vit dans la stricte observance du Koran.

Cependant, les tambours et les flûtes allaient toujours précipitant la mesure.

Lorsque la fatigue et le vertige eurent fait perdre à ces gens le peu de cervelle qu'ils avaient, le sorcier en chef tira de quelques paniers placés autour de lui des scorpions et des serpents, et, après avoir montré qu'ils étaient pleins de vie, il les jetait à ses farceurs, qui tombaient dessus comme des chiens sur un os, et les mettaient en pièces à belles dents, s'il vous plaît.

Nous regardions d'une galerie haute le singulier spectacle que nous donnait le colonel, pour nous préparer sans doute à bien dîner. Pour moi, détournant les yeux de ces coquins qui me dégoûtaient, je m'amusais à regarder une jolie petite fille de treize ou quatorze ans qui se faufilait dans la foule pour se rapprocher du spectacle.

Elle avait les plus beaux yeux du monde, et ses cheveux tombaient sur ses épaules en tresses menues terminées par de petites pièces d'argent, qu'elle faisait tinter en remuant la tête avec grâce. Elle était habillée avec plus de recherche que la plupart des filles du pays : mouchoir de soie et d'or sur la tête, veste de velours brodée, pantalons courts en satin bleu, laissant voir ses jambes nues entourées d'anneaux d'argent. Point de voile sur la figure. Etait-ce une juive, une idolâtre ? ou bien appartenait-elle à ces hordes errantes dont l'origine est inconnue et que ne troublent pas des préjugés [2] religieux ?

Tandis que je suivais tous ses mouvements avec je ne sais quel intérêt, elle était parvenue au premier rang du cercle où ces enragés exécutaient leurs exercices.

En voulant s'approcher encore davantage, elle fit tomber un long panier à base étroite qu'on n'avait pas ouvert. Presque en même temps, le sorcier et l'enfant firent entendre un cri terrible, et un grand mouvement s'opéra dans le cercle, chacun reculant avec effroi.

Un serpent très gros venait de s'échapper du panier, et la petite fille l'avait pressé de son pied. En un instant, le reptile s'était enroulé autour de sa jambe. Je vis couler quelques gouttes de sang sous l'anneau qu'elle portait à la cheville. Elle tomba à la renverse, pleurant et grinçant des dents. Une écume blanche couvrit ses lèvres, tandis qu'elle se roulait dans la poussière.

— Courez donc, cher docteur ! criai-je à notre chirurgien-major. Pour l'amour de Dieu, sauvez ce pauvre enfant.

— Innocent! répondit le major en haussant les épaules. Ne voyez-vous pas que c'est dans le programme ? D'ailleurs, mon métier est de vous couper les bras et les jambes. C'est l'affaire de mon confrère là-bas de guérir les filles mordues par les serpents.

Cependant, le vieux sorcier était accouru, et son premier soin fut de s'emparer du serpent.

— Djoûmane! Djoûmane! lui disait-il d'un ton de reproche amical.

Le serpent se déroula, quitta sa proie et se mit à ramper. Le sorcier fut leste à le saisir par le bout de la queue, et, le tenant à bout de bras, il fit le tour du cercle, montrant le reptile qui se tordait et sifflait sans pouvoir se redresser.

Vous n'ignorez pas qu'un serpent qu'on tient par la queue est fort empêché de sa personne. Il ne peut relever qu'un quart tout au plus de sa longueur, et, par conséquent, ne peut mordre la main qui l'a saisi.

Au bout d'une minute, le serpent fut remis dans son panier, le couvercle bien assujetti, et le magicien s'occupa de la petite fille, qui criait et gigotait toujours. Il lui mit sur la plaie une pincée de poudre blanche qu'il tira de sa ceinture, puis murmura à l'oreille de l'enfant une incantation dont l'effet ne se fit pas attendre. Les convulsions cessèrent; la petite fille s'essuya la bouche, ramassa son mouchoir de soie, en secoua la poussière, le remit sur sa tête, se leva, et bientôt on la vit sortir.

Un instant après, elle montait dans notre galerie pour faire sa quête, et nous collions sur son front et sur ses épaules force pièces de cinquante centimes.

Ce fut la fin de la représentation, et nous allâmes dîner.

J'avais bon appétit et je me préparais à faire honneur à une magnifique anguille à la tartare, quand notre docteur, auprès de qui j'étais assis, me dit qu'il reconnaissait le serpent de tout à l'heure. Il me fut impossible d'en manger une bouchée.

Le docteur, après s'être bien moqué de mes préjugés, réclama ma part de l'anguille et m'assura que le serpent avait un goût délicieux.

— Ces coquins que vous venez de voir, me dit-il, sont des connaisseurs. Ils vivent dans des cavernes [3] comme des Troglodytes, avec leurs serpents; ils ont de jolies filles, témoin la petite aux culottes bleues. On ne sait quelle religion ils ont, mais ce sont des malins, et je veux faire connaissance de leur cheyk.

Pendant le dîner, nous apprîmes pour quel motif nous reprenions la campagne. Sidi-Lala [4], poursuivi chaudement par le colonel R..., cherchait à gagner les montagnes du Maroc.

Deux routes à choisir : une au sud de Tlemcen en passant à gué la Moulaïa [5], sur le seul point où des escarpements ne la rendent pas inaccessible; l'autre par la plaine, au nord de notre cantonnement. Là, il devait trouver notre colonel et le gros du régiment.

Notre escadron était chargé de l'arrêter au passage de la rivière, s'il le tentait; mais cela était peu probable.

Vous saurez que la Moulaïa coule entre deux murs de rochers, et il n'y a qu'un seul point, comme une sorte de brèche assez étroite, où des chevaux puissent passer. Le lieu m'était bien connu, et je ne comprends pas pourquoi on n'a pas encore élevé un blockhaus. Tant il y a que, pour le colonel, il y avait toute chance de rencontrer l'ennemi, et, pour nous, de faire une course inutile.

Avant la fin du dîner, plusieurs cavaliers du Maghzen [6] avaient apporté des dépêches du colonel R... L'ennemi avait pris position et montrait comme une envie de se battre. Il avait perdu du temps. L'infanterie du colonel R... allait arriver et le culbuter.

Mais par où s'enfuirait-il ? Nous n'en savions rien, et il fallait le prévenir sur les deux routes. Je ne parle pas d'un dernier parti qu'il pouvait prendre, se jeter dans le désert; ses troupeaux et sa smala y seraient bientôt morts de faim et de soif. On convint de quelques signaux pour s'avertir du mouvement de l'ennemi.

Trois coups de canon tirés à Tlemcen nous préviendraient que Sidi-Lala paraissait dans la plaine, et nous emportions, nous, des fusées pour faire savoir que nous avions besoin d'être soutenus. Selon toute vraisemblance, l'ennemi ne pourrait pas se montrer avant le point du jour, et nos deux colonnes avaient plusieurs heures d'avance sur lui.

La nuit était faite quand nous montâmes à cheval. Je commandais le peloton d'avant-garde. Je me sentais fatigué, j'avais froid; je mis mon manteau, j'en relevai le collet, je chaussai mes étriers, et j'allais tranquillement au grand pas de ma jument, écoutant avec distraction le maréchal des logis Wagner, qui me racontait l'histoire de ses amours, malheureusement terminées par la fuite d'une infidèle qui lui avait emporté avec son cœur une montre d'argent et une paire de bottes neuves. Je savais déjà cette histoire, et elle me semblait encore plus longue que de coutume.

La lune se levait comme nous nous mettions en route. Le ciel était pur, mais du sol s'élevait un petit brouillard blanc, rasant la terre, qui semblait couverte de cardes de coton [7]. Sur ce fond blanc, la lune lançait de longues ombres, et tous les objets prenaient un aspect fantastique. Tantôt je croyais voir des cavaliers arabes en vedette : en m'approchant, je trouvais des tamaris en fleur ; tantôt je m'arrêtais, croyant entendre les coups de canon de signal : Wagner me disait que c'était un cheval qui courait.

Nous arrivâmes au gué, et le commandant prit ses dispositions.

Le lieu était merveilleux pour la défense, et notre escadron aurait suffi pour arrêter là un corps considérable. Solitude complète de l'autre côté de la rivière.

Après une assez longue attente, nous entendîmes le galop d'un cheval, et bientôt parut un Arabe monté sur un magnifique cheval qui se dirigeait vers nous. A son chapeau de paille surmonté de plumes d'autruche, à sa selle brodée d'où pendait une djebira [a] ornée de corail et de fleurs d'or, on reconnaissait un chef ; notre guide nous dit que c'était Sidi-Lala en personne. C'était un beau jeune homme [8], bien découplé, qui maniait son cheval à merveille. Il le faisait galoper, jetait en l'air son long fusil et le rattrapait en nous criant je ne sais quels mots de défi.

Les temps de la chevalerie sont passés, et Wagner demandait un fusil pour *décrocher* [b] le marabout, à ce qu'il disait ; mais je m'y opposai, et, pour qu'il ne fût pas dit que les Français eussent refusé de combattre en champ clos avec un Arabe, je demandai au commandant la permission de passer le gué et de croiser le fer avec Sidi-Lala. La permission me fut accordée, et aussitôt je passai la rivière, tandis que le chef ennemi s'éloignait au petit galop pour prendre du champ.

Dès qu'il me vit sur l'autre bord, il courut sur moi le fusil à l'épaule. « Méfiez-vous », me cria Wagner.

Je ne crains guère les coups de fusil d'un cavalier et, après la fantasia qu'il venait d'exécuter, le fusil de Sidi-Lala ne devait pas être en état de faire feu. En effet, il pressa la détente à trois pas de moi, mais le fusil rata,

a. Gibecière portée suspendue à la selle.
b. Terme de langage familier, ayant le sens de faire tomber.

comme je m'y attendais. Aussitôt mon homme fit tourner son cheval de la tête à la queue si rapidement qu'au lieu de lui planter mon sabre dans la poitrine, je n'attrapai que son bournous flottant.

Mais je le talonnais de près, le tenant toujours à ma droite et le rabattant bon gré mal gré vers les escarpements qui bordent la rivière. En vain essaya-t-il de faire des crochets, je le serrais de plus en plus.

Après quelques minutes d'une course enragée, je vis son cheval se cabrer tout à coup, et lui, tirant les rênes à deux mains. Sans me demander pourquoi il faisait ce mouvement singulier, j'arrivai sur lui comme un boulet, je lui plantai ma latte au beau milieu du dos en même temps que le sabot de ma jument frappait sa cuisse gauche. Homme et cheval disparurent; ma jument et moi, nous tombâmes après eux.

Sans nous en être aperçus, nous étions arrivés au bord d'un précipice et nous étions lancés... Pendant que j'étais encore en l'air, — la pensée va vite — je me dis que le corps de l'Arabe amortirait ma chute. Je vis distinctement sous moi un bournous blanc avec une grande tache rouge : c'est là que je tombai à pile ou face.

Le saut ne fut pas si terrible que je l'avais cru, grâce à la hauteur de l'eau; j'en eus par-dessus les oreilles, je barbotai un instant tout étourdi, et je ne sais trop comment je me trouvai debout au milieu de grands roseaux au bord de la rivière.

Ce qu'étaient devenus Sidi-Lala et les chevaux, je n'en sais rien. J'étais trempé, grelottant, dans la boue, entre deux murs de rochers. Je fis quelques pas, espérant trouver un endroit où les escarpements seraient moins roides; plus j'avançais, plus ils me semblaient abrupts et inaccessibles.

Tout à coup, j'entendis au-dessus de ma tête des pas de chevaux et le cliquetis des fourreaux de sabre heurtant contre les étriers et les éperons. Evidemment, c'était notre escadron. Je voulus crier, mais pas un son ne sortit de ma gorge; sans doute, dans ma chute, je m'étais brisé la poitrine.

Figurez-vous ma situation! J'entendais les voix de nos gens, je les reconnaissais, et je ne pouvais les appeler à mon aide. Le vieux Wagner disait : « S'il m'avait laissé faire, il aurait vécu pour être colonel. » Bientôt le bruit diminua, s'affaiblit, je n'entendis plus rien.

Au-dessus de ma tête pendait une grosse racine, et

j'espérais, en la saisissant, me guider sur la berge. D'un effort désespéré, je m'élançai, et... sss!... la racine se tord et m'échappe avec un sifflement affreux... C'était un énorme serpent...

Je retombai dans l'eau ; le serpent, glissant entre mes jambes, se jeta dans la rivière, où il me sembla qu'il laissait comme une traînée de feu...

Une minute après, j'avais retrouvé mon sang-froid, et cette lumière tremblotant sur l'eau n'avait pas disparu. C'était, comme je m'en aperçus, le reflet d'une torche. A une vingtaine de pas de moi, une femme emplissait d'une main une cruche à la rivière, et de l'autre tenait un morceau de bois résineux qui flambait. Elle ne se doutait pas de ma présence. Elle posa tranquillement sa cruche sur sa tête, et, sa torche à la main, disparut dans les roseaux. Je la suivis et me trouvai à l'entrée d'une caverne.

La femme s'avançait fort tranquillement et montait une pente assez rapide, une espèce d'escalier taillé contre la paroi d'une salle immense. A la lueur de la torche, je voyais le sol de cette salle, qui ne dépassait guère le niveau de la rivière, mais je ne pouvais découvrir quelle en était l'étendue. Sans trop savoir ce que je faisais, je m'engageai sur la rampe après la femme qui portait la torche et je la suivis à distance. De temps en temps, sa lumière disparaissait derrière quelque anfractuosité de rocher, et je la retrouvais [9] bientôt.

Je crus apercevoir encore l'ouverture sombre de grandes galeries en communication avec la salle principale. On eût dit une ville souterraine avec ses rues et ses carrefours. Je m'arrêtai, jugeant qu'il était dangereux de m'aventurer seul dans cet immense labyrinthe.

Tout à coup, une des galeries au-dessous de moi s'illumina d'une vive clarté. Je vis un grand nombre de flambeaux qui semblaient sortir des flancs du rocher pour former comme une grande procession. En même temps s'élevait un chant monotone qui rappelait la psalmodie des Arabes, récitant leurs prières.

Bientôt je distinguai une grande multitude qui s'avançait avec lenteur. En tête marchait un homme noir, presque nu, la tête couverte d'une énorme masse de cheveux hérissés. Sa barbe blanche tombant sur sa poitrine tranchait sur la couleur brune de sa poitrine tailladée de tatouages bleuâtres. Je reconnus aussitôt mon sorcier de la veille, et, bientôt après, je retrouvai auprès de lui la petite fille qui avait joué le rôle d'Eurydice [10],

avec ses beaux yeux, ses pantalons de soie et son mouchoir brodé sur la tête.

Des femmes, des enfants, des hommes de tout âge les
suivaient, tous avec des torches, tous avec des costumes
bizarres à couleurs vives, des robes traînantes, de hauts
bonnets, quelques-uns en métal, qui reflétaient de tous
côtés la lumière des flambeaux.

Le vieux sorcier s'arrêta juste au-dessous de moi, et
toute la procession avec lui. Il se fit un grand silence. Je
me trouvais à une vingtaine de pieds au-dessus de lui,
protégé par de grosses pierres derrière lesquelles j'espérais
tout voir sans être aperçu. Aux pieds du vieillard, j'aperçus une large dalle à peu près ronde, ayant au centre un
anneau de fer.

Il prononça quelques mots dans une langue à moi
inconnue, qui, je crois en être sûr, n'était ni de l'arabe
ni du kabyle. Une corde avec des poulies, suspendue je ne
sais où, tomba à ses pieds; quelques-uns des assistants
l'engagèrent dans l'anneau, et, à un signal, vingt bras
vigoureux faisant effort à la fois, la pierre, qui semblait
très lourde, se souleva, et on la rangea de côté.

J'aperçus alors comme l'ouverture d'un puits, dont
l'eau était à moins d'un mètre du bord. L'eau, ai-je dit,
je ne sais quel affreux liquide c'était, recouvert d'une
pellicule irisée, interrompue et brisée par places, et laissant voir une boue noire et hideuse.

Debout, près de la margelle du puits, le sorcier tenait
la main gauche sur la tête de la petite fille, de la droite il
faisait des gestes étranges pendant qu'il prononçait une
espèce d'incantation au milieu du recueillement général.

De temps en temps, il élevait la voix comme s'il appelait quelqu'un : « Djoûmane! Djoûmane! » criait-il; mais
personne ne venait. Cependant, il roulait les yeux, grin-
çait des dents, et faisait entendre des cris rauques qui ne
semblaient pas sortir d'une poitrine humaine. Les môme-
ries de ce vieux coquin m'agaçaient et me transportaient
d'indignation; j'étais tenté de lui jeter sur la tête une des
pierres que j'avais sous la main. Pour la trentième fois
peut-être, il venait de hurler ce nom de Djoûmane, quand
je vis trembler la pellicule irisée du puits, et à ce signe
toute la foule se rejeta en arrière; le vieillard et la petite
fille demeurèrent seuls au bord du trou.

Soudain un gros bouillon de boue bleuâtre s'éleva du
puits, et de cette boue sortit la tête énorme d'un serpent,
d'un gris livide, avec des yeux phosphorescents...

Involontairement, je fis un haut-le-corps en arrière; j'entendis un petit cri et le bruit d'un corps pesant qui tombait dans l'eau...

Quand je reportai la vue en bas, un dixième de seconde après peut-être, j'aperçus le sorcier seul au bord du puits, dont l'eau bouillonnait encore. Au milieu des fragments de la pellicule irisée flottait le mouchoir qui couvrait les cheveux de la petite fille...

Déjà la pierre était en mouvement et retombait sur l'ouverture de l'horrible gouffre. Alors, tous les flambeaux s'éteignirent à la fois, et je restai dans les ténèbres au milieu d'un silence si profond, que j'entendais distinctement les battements de mon cœur...

Dès que je fus un peu remis de cette horrible scène, je voulus sortir de la caverne, jurant que, si je parvenais à rejoindre mes camarades, je reviendrais exterminer les abominables hôtes de ces lieux, hommes et serpents.

Il s'agissait de trouver son chemin; j'avais fait, à ce que je croyais, une centaine de pas dans l'intérieur de la caverne, ayant le mur de rocher à ma droite.

Je fis demi-tour, mais je n'aperçus aucune lumière qui indiquât l'ouverture du souterrain; mais il ne s'étendait pas en ligne droite, et, d'ailleurs, j'avais toujours monté depuis le bord de la rivière; de ma main gauche je tâtais le rocher, de la droite je tenais mon sabre et je sondais le terrain, avançant lentement et avec précaution. Pendant un quart d'heure, vingt minutes..., une demi-heure peut-être, je marchai sans trouver l'entrée.

L'inquiétude me prit. Me serais-je engagé, sans m'en apercevoir, dans quelque galerie latérale, au lieu de revenir par le chemin que j'avais suivi d'abord ?...

J'avançais toujours, tâtant le rocher, lorsqu'au lieu du froid de la pierre, je sentis une tapisserie, qui, cédant sous ma main, laissa échapper un rayon de lumière. Redoublant de précaution, j'écartai sans bruit la tapisserie et me trouvai dans un petit couloir qui donnait dans une chambre fort éclairée dont la porte était ouverte. Je vis que cette chambre était tendue d'une étoffe à fleurs de soie et d'or. Je distinguai un tapis de Turquie, un bout de divan en velours. Sur le tapis, il y avait un narguileh d'argent et des cassolettes. Bref, un appartement somptueusement meublé dans le goût arabe.

Je m'approchai à pas de loup jusqu'à la porte. Une jeune femme était accroupie sur ce divan, près duquel était posée une petite table basse en marqueterie, supportant un grand plateau de vermeil chargé de tasses, de flacons et de bouquets de fleurs.

En entrant dans ce boudoir souterrain, on se sentait enivré de je ne sais quel parfum délicieux.

Tout respirait la volupté dans ce réduit; partout je voyais briller de l'or, de riches étoffes, des fleurs rares et des couleurs variées. D'abord, la jeune femme ne m'aperçut pas; elle penchait la tête et d'un air pensif roulait entre ses doigts les grains d'ambre jaune d'un long chapelet. C'était une vraie beauté. Ses traits ressemblaient à ceux de la malheureuse enfant que je venais de voir, mais plus formés, plus réguliers, plus voluptueux. Noire comme l'aile d'un corbeau, sa chevelure,

> Longue comme un manteau de roi [11],

s'étalait sur ses épaules, sur le divan et jusque sur le tapis à ses pieds. Une chemise de soie transparente, à larges raies, laissait deviner des bras et une gorge admirables. Une veste de velours soutachée d'or serrait sa taille, et de ses pantalons courts en satin bleu sortait un pied merveilleusement petit, auquel était suspendue une babouche dorée qu'elle faisait danser d'un mouvement capricieux et plein de grâce.

Mes bottes craquèrent, elle releva la tête et m'aperçut.

Sans se déranger, sans montrer la moindre surprise de voir entrer chez elle un étranger le sabre à la main, elle frappa dans ses mains avec joie et me fit signe d'approcher. Je la saluai en portant la main à mon cœur et à ma tête, pour lui montrer que j'étais au fait de l'étiquette musulmane. Elle me sourit, et de ses deux mains écarta ses cheveux, qui couvraient le divan; c'était me dire de prendre place à côté d'elle. Je crus que tous les parfums de l'Arabie sortaient de ces beaux cheveux.

D'un air modeste, je m'assis à l'extrémité du divan en me promettant bien de me rapprocher tout à l'heure. Elle prit une tasse sur le plateau, et, la tenant par la soucoupe en filigrane, elle y versa une mousse de café, et, après l'avoir effleurée de ses lèvres, elle me la présenta :

— Ah! Roumi, Roumi [12]!... dit-elle.

— Est-ce que nous ne tuons pas le ver, mon lieutenant ?...

A ces mots, j'ouvris les yeux comme des portes cochères. Cette jeune femme avait des moustaches énormes, c'était le vrai portrait du maréchal des logis Wagner... En effet,

Wagner était debout devant moi et me présentait une tasse de café, tandis que, couché sur le cou de mon cheval, je le regardais tout ébaubi.

— Il paraît que nous avons pioncé tout de même, mon lieutenant. Nous voilà au gué et le café est bouillant.

Notes

1. Occupé par les Français le 30 janvier 1842, Tlemcen était le chef-lieu de la subdivision militaire d'Oran.

2. *Le Moniteur universel donne* de préjugés; *nous corrigeons.*

3. *Le Moniteur universel donne* taverne; *nous corrigeons.*

4. Sid El-Ala-ould-Abou-Bekr, un des chefs de l'insurrection de la province d'Algérie (1864-1868).

5. Il existe en Algérie plusieurs rivières nommées Mouilah (de *melah :* eau salée), et, près de Tlemcen, une rivière nommée Moulouya.

6. *Maghzen :* chargeur de fusil; *makhzen :* unité de cavalerie.

7. Flocons de coton cardé, ou, selon Jean Mallion et Pierre Salomon, « feuilles (cardes) du cardon, [...] couvertes d'un duvet blanchâtre » (p. 1656).

8. Sid El-Ala n'était pas un jeune homme à l'époque de l'insurrection : il était l'oncle de Si-Hamed-ben-Hamza, chef de la tribu des Oulad-sidi-Cheikh.

9. *Le Moniteur universel donne* retrouvai *; nous corrigeons.*

10. Fuyant devant Aristée, un berger amoureux d'elle, Eurydice, épouse d'Orphée, fut mordue par un serpent; elle mourut de cette morsure.

11. L'origine de cette citation est inconnue.

12. *Roumi* (Romain et, par extension, Européen) est le terme que les musulmans emploient pour désigner un chrétien.

BIBLIOGRAPHIE

ÉDITIONS

(Les éditions préoriginales sont indiquées dans les *Notices*.)

Mosaïque, recueil de contes et nouvelles, par l'auteur du *Théâtre de Clara Gazul* et de la *Chronique du règne de Charles IX.* Paris, H. Fournier jeune, 1833. (Ce recueil contient les nouvelles suivantes : *Mateo Falcone, Vision de Charles XI, L'Enlèvement de la redoute, Tamango, Federigo, La Partie de trictrac, Le Vase étrusque ;* outre ces nouvelles, s'y trouvent les *Lettres sur l'Espagne,* des ballades et une pièce de théâtre, *Les Mécontens.*)

La Double Méprise par l'auteur du *Théâtre de Clara Gazul.* Paris, H. Fournier, 1833.

Colomba par Prosper MÉRIMÉE. Paris, Magen et Comon, 1841. (Ce recueil contient *Colomba, Les Ames du purgatoire* et *La Vénus d'Ille.*)

Chronique du règne de Charles IX suivie de *La Double Méprise* et de *La Guzla* par Prosper MÉRIMÉE. Nouvelles éditions revues et corrigées. Paris, Charpentier, 1842. Réimpressions du vivant de l'auteur : 1847, 1853, 1856, 1858, 1860, 1865, 1869.

Colomba suivi [*sic*] de *La Mosaïque et autres Contes et Nouvelles* par Prosper MÉRIMÉE. Nouvelles éditions revues et corrigées. Paris, Charpentier, 1842. Réimpressions du vivant de l'auteur : 1845, 1846, 1850, 1852, 1854, 1857, 1858, 1860, 1861, 1862, 1865, 1867, 1868. (Ce volume contient les nouvelles suivantes : *Colomba, La Vénus d'Ille, Les Ames du purgatoire,*

Mateo Falcone, Vision de Charles XI, L'Enlèvement de la redoute, Tamango, La Partie de trictrac, Le Vase étrusque ; outre les nouvelles, s'y trouvent les *Lettres adressées d'Espagne au directeur de la Revue de Paris, La Perle de Tolède* et *Les Mécontents*.)

Carmen par Prosper MÉRIMÉE. Paris, Michel Lévy frères, 1847. (Ce volume contient *Carmen, Arsène Guillot* et *L'Abbé Aubain*.)

Nouvelles de Prosper MÉRIMÉE de l'Académie française. *Carmen, Arsène Guillot, L'Abbé Aubain, La Dame de pique, Les Bohémiens, Le Hussard, Nicolas Gogol.* Paris, Michel Lévy frères, 1852. Réimpressions du vivant de l'auteur : 1854, 1857, 1861, 1864, 1866.

Dernières Nouvelles de Prosper MÉRIMÉE de l'Académie française. *Lokis, Il Viccolo di Madama Lucrezia, La Chambre bleue, Djoûmane, Le Coup de pistolet, Federigo, Les Sorcières espagnoles.* Paris, Michel Lévy frères, 1873.

MÉRIMÉE (Prosper) : *Mateo Falcone, Colomba, Vision de Charles XI, La Vénus d'Ille.* Introduction et notes par Maurice Levaillant. Paris, Larousse, 1927.

MÉRIMÉE (Prosper) : *Le Carrosse du Saint-Sacrement, Lettres d'Espagne, Carmen, L'Enlèvement de la redoute, Tamango, Le Vase étrusque, La Partie de trictrac.* Introduction et notes par Maurice Levaillant. Paris, Larousse, 1927.

MÉRIMÉE (Prosper) : *Carmen, Arsène Guillot, L'Abbé Aubain.* Texte établi et annoté avec une introduction par Auguste Dupouy, préface de Gérard d'Houville. Paris, Champion, 1927. (T. III des *Œuvres complètes* de Mérimée.)

MÉRIMÉE (Prosper) : *Dernières Nouvelles.* Texte établi et annoté avec une introduction par Léon Lemonnier. Paris, Champion, 1929. (T. V des *Œuvres complètes* de Mérimée.)

MÉRIMÉE (Prosper) : *Carmen, Arsène Guillot, L'Abbé Aubain.* Texte établi et présenté par Maurice Parturier. Paris, Société Les Belles Lettres, 1930.

MÉRIMÉE (Prosper) : *Mosaïque.* Texte établi et annoté avec une introduction par Maurice Levaillant. Paris, Champion, 1933. (T. X des *Œuvres complètes* de Mérimée.)

MÉRIMÉE (Prosper) : *Romans et nouvelles*. Texte établi et annoté par Henri Martineau. Paris, Gallimard, 1954.

MÉRIMÉE (Prosper) : *Nouvelles complètes*. Edition de Pierre Josserand. Paris, Le Livre de Poche, t. I, 1964 : *Colomba et autres nouvelles ;* t. II, 1965 : *Carmen et treize autres nouvelles*.

MÉRIMÉE (Prosper) : *Romans et nouvelles*. Introduction, chronologie, bibliographie, choix de variantes et notes par Maurice Parturier. 2 vol. Paris, Garnier frères, 1967.

MÉRIMÉE (Prosper) : *Théâtre de Clara Gazul. Romans et nouvelles*. Édition établie, présentée et annotée par Jean Mallion et Pierre Salomon. Paris, Gallimard (Pléiade), 1978.

OUVRAGES DE RÉFÉRENCE

MÉRIMÉE (Prosper) : *Correspondance générale*. Etablie et annotée par Maurice Parturier avec la collaboration pour les tomes I à VI de Pierre Josserand et Jean Mallion. T. I à VI : Paris, Le Divan, 1941-1947. T. VII à XVII : Toulouse, Privat, 1953-1964.

TOURNEUX (Maurice) : *Prosper Mérimée, sa bibliographie*, ornée d'un portrait gravée à l'eau-forte. Paris, J. Baur, 1876.

TOURNEUX (Maurice) : *Prosper Mérimée, ses portraits, ses dessins, sa bibliothèque*. Paris, Charavay frères, 1879.

FILON (Augustin) : *Mérimée et ses amis*. Avec une bibliographie des œuvres complètes de Mérimée par le vicomte de Spoelberch de Lovenjoul. Paris, Hachette, 1894.

TRAHARD (Pierre) et JOSSERAND (Pierre) : *Bibliographie des œuvres de Prosper Mérimée*. Paris, Champion, 1929. (T. V des *Œuvres complètes* de Mérimée.)

ÉTUDES SUR MÉRIMÉE

DU BOS (Charles) : *Notes sur Mérimée*. Paris, A. Messein, 1921.

TRAHARD (Pierre) : *Prosper Mérimée et l'art de la nouvelle*. Paris, Presses universitaires, 1923.

TRAHARD (Pierre) : *La Jeunesse de Prosper Mérimée (1803-1834)*. Paris, Champion, 1925.

TRAHARD (Pierre) : *Prosper Mérimée de 1834 à 1853*. Paris, Champion, 1928.

TRAHARD (Pierre) : *La Vieillesse de Prosper Mérimée (1854-1870)*. Paris, Champion, 1930.

LUPPÉ (marquis Albert de) : *Mérimée*. Paris, Albin Michel, 1945.

CASTEX (Pierre-Georges) : *Le Conte fantastique en France de Nodier à Maupassant*. Paris, Corti, 1951.

ARAGON (Louis) : *La Lumière de Stendhal*. Paris, Denoël, 1954.

BASCHET (Robert) : *Du romantisme au second Empire. Mérimée*. Paris, Nouvelles Editions latines, 1959.

LÉON (Paul) : *Mérimée et son temps*. Paris, Presses universitaires, 1962.

BOWMAN (Frank Paul) : *Prosper Mérimée. Heroism, Pessimism and Irony*. University of California Press, Berkeley and Los Angeles, 1962.

DALE (Robert Charles) : *The Poetics of Mérimée*. La Haye, Paris, Mouton, 1966.

RAITT (A. W.) : *Prosper Mérimée*. Londres, Eyre and Spottiswoode, 1970.

Revue d'histoire littéraire de la France : numéro spécial consacré à Mérimée, janvier-mars 1971.

GANS (E.) : *Un pari contre l'histoire : Les premières nouvelles de Mérimée (Mosaïque)*. Paris, Minard, 1972.

Europe : numéro spécial consacré à Mérimée, septembre 1975.

BELLEMIN-NOËL (Jean) : *Vers l'inconscient du texte*. (« Entre rêver assis et écrire couché : les contes à dormir debout », pp. 117-190.) Paris, PUF, 1979.

ÉTUDES SUR LES NOUVELLES PUBLIÉES DANS CE VOLUME

La Vénus d'Ille

SAISSET (F.) : « Mérimée et les sources de *La Vénus d'Ille*. » *Revue bleue*, 6 février 1932.

ROYER (Louis) : « Stendhal et Mérimée. *La Vénus d'Ille* appréciée par Stendhal. » *Le Divan*, février-mars 1932.

PARTURIER (Maurice) : « Sur les sources de *La Vénus d'Ille*. » *Le Divan*, avril-juin 1945.

JOSSERAND (Pierre) : « *La Vénus d'Ille* et la mode. » *Le Divan*, juillet-septembre 1949.

DECOTTIGNIES (Jean) : « Quelques rapprochements suggérés par *La Vénus d'Ille*. » *Revue des sciences humaines*, 1962/2.

RATERMANIS (J. B.) : « La Perspective temporelle dans *La Vénus d'Ille* de Prosper Mérimée. » *Le Français moderne*, juillet 1963.

LAMBRECHTS (G.) : « La Source immédiate de *La Vénus d'Ille*. » *Revue de littérature comparée*, janvier-mars 1969.

CAILLOIS (Roger) : « Mérimée et le fantastique : en relisant *La Vénus d'Ille*. » *Nouvelle Revue des Deux Mondes*, octobre 1974.

GUERRERO (Michel) : « *La Vénus d'Ille* ou le cryptogramme non déchiffré. » *Europe*, septembre 1975.

HILLER (Anne) : « *La Vénus d'Ille* de Mérimée, figuration d'un dualisme. » *Australian Journal of French Studies*, May-August 1975.

Arsène Guillot

PARTURIER (Maurice) : « Précisions sur Céline Cayot. » *Le Divan*, janvier-mars 1946.

Il Viccolo di Madama Lucrezia

DECOTTIGNIES (Jean) : « *Il Viccolo di Madama Lucrezia*. L'Elaboration d'une nouvelle de Mérimée. » *Revue d'Histoire littéraire de la France*, octobre-décembre 1964.

Lokis

SCHMITTLEIN (Raymond) : *Lokis, la dernière nouvelle de Prosper Mérimée*. Bade, Editions Art et Science, 1949.

DECOTTIGNIES (Jean) : « *Lokis*. Fantastique et dissimulation. » *Revue d'Histoire littéraire de la France*, janvier-mars 1971.

Leuwers (Daniel) : « Une lecture de *Lokis.* » *Europe*, septembre 1975.

Simonsen (Michèle) : « Nature et culture dans *Lokis.* » *Littérature*, octobre 1976.

Djoûmane

Roche (Raoul) : « Un rêve de Mérimée : *Djoûmane.* » *Grande Revue*, octobre 1928.

Hiller (Anne) : « L'Enigme de *Djoûmane.* » *Essays in French Literature*, novembre 1974.

CHRONOLOGIE

établie par Pierre Salomon

1803 (28 septembre) : Naissance à Paris de Prosper Mérimée. Il est le fils unique de Léonor Mérimée, peintre, professeur de dessin à l'Ecole polytechnique, et de Anne-Louise Moreau. Son père a 46 ans, et sa mère 28.

1807 : Léonor Mérimée est nommé secrétaire de l'Ecole des beaux-arts.

1812 : Prosper Mérimée entre au lycée Napoléon (Henri-IV).

1819 (2 novembre) : Il prend sa première inscription de droit.

1820 : Tout en étudiant le droit, il se perfectionne en littérature anglaise et traduit Ossian avec J.-J. Ampère.

1822 : Chez Joseph Lingay, il fait la connaissance de Stendhal, qui le dépeint ainsi : « Un pauvre jeune homme en redingote grise et si laid avec son nez retroussé. Ce jeune homme avait quelque chose d'effronté et d'extrêmement déplaisant. Ses yeux petits et sans expression avaient un air toujours le même, et cet air était méchant. »
A la fin de l'année, il lit chez Viollet-le-Duc sa tragédie en prose de *Cromwell*. L'œuvre est perdue.

1823 : Il passe ses examens de droit : baccalauréat, puis licence.

1825 (13 mars) : Il se rend pour la première fois chez Delécluze. Il y retourne le lendemain pour donner lecture d'une pièce faite « d'après les principes dits communément romantiques », *Les Espagnols en Danemarck*, et d'une autre pièce plus courte, *Une femme* *est un diable.* Le débit trop rapide du jeune écrivain empêche les auditeurs de bien suivre.

27 mars : J.-J. Ampère lit chez Delécluze, devant un auditoire plus nombreux que le 14 mars, *Les Espagnols en Danemarck, Le Ciel et l'Enfer, L'Amour africain.* D'autres lectures seront faites : le 3 avril, jour de Pâques, chez Delécluze *(Le Ciel et l'Enfer);* le 10 avril, chez Cerclet; le 29 mai, à Valenton, dans la maison de campagne de Delécluze *(L'Amour africain et Inès Mendo).*

4 juin : Le *Théâtre de Clara Gazul* est enregistré dans la *Bibliographie de la France.* Le volume est constitué de six pièces de longueur inégale : *Les Espagnols en Danemarck, Une femme est un diable, L'Amour africain, Inès Mendo ou le Préjugé vaincu, Inès Mendo ou le Triomphe du préjugé, Le Ciel et l'Enfer.*

1826 : Mérimée fait deux voyages en Angleterre.

1827 : Il fréquente des artistes et, comme dit son père, s'exerce à « barbouiller ».
Fin juillet : Il publie *La Guzla ou Choix de poésies illyriques recueillies dans la Dalmatie, la Bosnie, la Croatie et l'Herzégovine.* L'ouvrage n'est pas signé. Ce sont de fausses ballades illyriques. Un article de Goethe, en 1828, dévoilera la supercherie.

1828 (début janvier) : Duel de Mérimée avec Félix Lacoste, dont la femme est sa maîtresse. Il s'abstient de tirer. Il est atteint de trois balles au bras et à l'épaule gauche. Sa liaison avec Mme Lacoste se prolongera jusqu'en 1832. On a supposé qu'il était le père de l'écrivain Duranty, fils de Mme Lacoste, né le 7 juin 1833. Mais l'hypothèse est peu vraisemblable.
7 juin : *La Jaquerie, scènes féodales* suivies de *La Famille de Carvajal, drame.*

1829 (5 mars) : *Chronique du règne de Charles IX.*
La *Revue de Paris* publie *Mateo Falcone* (3 mai), *Le Carrosse du Saint-Sacrement* (14 juin) et *L'Occasion* (29 novembre). Les textes qui composent *Mosaïque* paraissent dans cette même revue de 1829 à 1832, à l'exception de *L'Enlèvement de la redoute (Revue française,* septembre 1829).
Le 10 juillet, Mérimée assiste chez Victor Hugo à la lecture d'*Un duel sous Richelieu (Marion Delorme),*

et le 24 décembre, chez Musset, à la lecture des *Contes d'Espagne et d'Italie.*

1830 (28 mars) : *Les Mécontens, 1810* paraissent dans la *Revue de Paris.*
Juin-décembre : Mérimée voyage en Espagne pour s'éloigner d'une femme aimée. (Il s'agit vraisemblablement de Mélanie Double, pour laquelle il se jugeait un trop médiocre parti.) Dans une diligence, il rencontre le comte de Teba, futur comte de Montijo. Le comte l'invite chez lui à Madrid.
Septembre : Seconde édition du *Théâtre de Clara Gazul.* Elle comprend, en plus des six pièces publiées en 1826, *L'Occasion* et *Le Carrosse du Saint-Sacrement.*

1831 : Mérimée est nommé, en février, chef de bureau du Secrétariat général de la Marine; en mars, chef de cabinet du comte d'Argout, ministre du Commerce; en mai, chevalier de la Légion d'honneur.
De 1831 à 1836, il entretient une liaison intermittente avec l'actrice Céline Cayot.

1832 (novembre) : Il est nommé maître des requêtes.
29 décembre : Il fait la connaissance à Boulogne-sur-Mer de Jenny Dacquin, avec laquelle il gardera toute sa vie de tendres et amicales relations. Sa correspondance avec Jenny Dacquin a été publiée sous le titre de *Lettres à une inconnue.*

1833 (avril) : Liaison éphémère avec George Sand.
4 juin : Publication de *Mosaïque.* Ce recueil contient *Les Mécontens.*
25 août : *La Double Méprise (Revue de Paris).*

1834 (27 mai) : Thiers signe l'arrêté nommant Mérimée inspecteur général des Monuments historiques.
Juillet-décembre : Tournée d'inspection dans le Midi.
15 août : *Les Ames du purgatoire (Revue des Deux Mondes).*

1835 (10 janvier) : Création du Comité des monuments inédits de la littérature, de la philosophie, des sciences et des arts, dont Mérimée fera partie.
Mai-juin : Séjour en Angleterre.
Juillet : Fréquentes rencontres avec les Montijo, qui sont à Paris.
28 juillet : Départ pour une tournée dans l'Ouest. Cette tournée s'achèvera fin octobre.

1836 (16 février) : Mme Delessert, à laquelle il fait la cour depuis plusieurs années, devient sa maîtresse. Delessert, qui est à ce moment préfet d'Eure-et-Loir, sera nommé en septembre suivant préfet de police. (Mme Delessert a été dépeinte par Stendhal sous les traits de Mme Grandet dans *Lucien Leuwen*, et par Flaubert sous les traits peu flatteurs de Mme Dambreuse dans *L'Education sentimentale*.)
14 mai-10 août : Tournée en Alsace.
27 septembre : Mort de Léonor Mérimée.

1837 (15 mai) : *La Vénus d'Ille (Revue des Deux Mondes)*.
Mai-août : Tournée en Auvergne. Stendhal l'accompagne au début de son voyage.
29 septembre : Création de la Commission des Monuments historiques, dont Mérimée fera partie.

1838 (20 juin-12 septembre) : Tournée dans l'Ouest et le Sud-Ouest.
Toujours en relations suivies avec Mme de Montijo, qui habite alors Versailles, il va la voir plusieurs fois, dès son retour, en compagnie de Stendhal et d'un ami anglais, Sutton Sharpe.

1839 (29 juin) : Il quitte Paris pour une tournée dans le Sud-Est et en Corse. Il séjourne en Corse du 16 août au 7 octobre, date à laquelle il s'embarque à Bastia pour Livourne. Il rejoint Stendhal à Civita-Vecchia, l'accompagne à Rome, puis à Naples et à Pæstum, prend congé de lui le 10 novembre, débarque à Marseille le 15 et rentre à Paris au début de décembre.

1840 (5 avril) : *Notes d'un voyage en Corse*.
1er juillet : *Colomba (Revue des Deux Mondes)*.
5 juillet-23 octobre : Tournée en Poitou, Saintonge et Gascogne. Séjour en Espagne. Mérimée est reçu à Carabanchel par la comtesse de Montijo (veuve depuis le 15 mars 1839). Retour par Agen, Béziers, Toulon, Avignon.

1841 (15 mai) : *Essai sur la guerre sociale*.
Juin-juillet : Tournée en Normandie, en Bretagne et dans la Creuse.
25 août-7 janvier 1842 : Voyage en Grèce et en Turquie. Il a pour compagnons plusieurs archéologues. Il admire en Asie Mineure « les plus beaux monuments du monde et les plus beaux paysages possibles ».

1842 (juin-août) : Tournée en Basse-Bourgogne, dans le Sud-Est et dans le Midi.
Juillet : Publication chez Charpentier d'une édition revue et corrigée du *Théâtre de Clara Gazul*, suivi de *La Jaquerie* et de *La Famille Carvajal*. Cette édition doit être considérée comme définitive.

1843 (août) : Tournée en Bourgogne et dans le Jura en compagnie de Viollet-le-Duc.
17 novembre : Mérimée élu membre de l'Académie des inscriptions et belles-lettres.

1844 (14 mars) : Il est élu à l'Académie française, en même temps que Sainte-Beuve. *Arsène Guillot*, qui paraît dans la *Revue des Deux Mondes* le lendemain de son élection, choque certains de ses nouveaux confrères.
23 mars : *Etudes sur l'histoire romaine*. Seul le second tome de cet ouvrage *(Conjuration de Catilina)* est inédit. Le premier est une réimpression de l'*Essai sur la guerre sociale*.
Août-septembre : Tournée dans le Centre-Ouest.

1845 (6 février) : Il est reçu à l'Académie. Il y fait, à contrecœur, l'éloge de son prédécesseur, Charles Nodier, dont il pensait, au fond de lui-même, beaucoup de mal. « C'était un gaillard très taré qui faisait le bonhomme et avait toujours la larme à l'œil... C'était un infâme menteur. »
Août-septembre : Tournée en Dordogne, Languedoc et Provence.
1er octobre : *Carmen (Revue des Deux Mondes)*. L'œuvre était terminée depuis le 16 mai.
Novembre-décembre : Voyage en Espagne.

1846 (24 février) : *L'Abbé Aubain (Le Constitutionnel)*.
Juillet-août : Tournée dans l'Est, le Lyonnais, la Provence et l'Auvergne.
Novembre : Séjour à Barcelone.

1847 (septembre-octobre) : Tournée en Picardie et en Normandie.
1er décembre : La *Revue de Paris* commence la publication de l'*Histoire de Don Pèdre Ier*.

1848 (24 février) : Gabriel Delessert quitte la Préfecture de police et se réfugie chez Mérimée. Le lendemain, les Delessert partent pour l'Angleterre.
18 mai : Mérimée reçoit sous la Coupole son ami J.-J. Ampère.

23-27 juin : Garde national, il est le témoin des journées d'émeute. Le 28 juin, après la défaite des insurgés, il écrit à Mme de Montijo : « Nous l'avons échappé belle. » L'ancien libéral est en train de devenir conservateur.

26 septembre-14 octobre : Tournée en Alsace.

25 décembre : « J'ai éprouvé dans ces derniers mois, écrit-il à Mme de Montijo, toutes les misères du cœur qu'il est donné à un être humain de souffrir. » Allusion probable à Mme Delessert, dont la froideur envers lui s'accentue. Elle est depuis 1845 la maîtresse de Charles de Rémusat. Il cherche dans l'étude du russe un dérivatif à son ennui.

1849 (15 juillet) : *La Dame de pique,* nouvelle tirée de Pouchkine *(Revue des Deux Mondes).*
Septembre-octobre : Tournée en Touraine, Poitou, Charente et Périgord.

1850 (13 mars) : Première représentation du *Carrosse du Saint-Sacrement* à la Comédie-Française. La pièce est sifflée.
Juin : Voyage en Angleterre.
1er juillet : *Les Deux Héritages (Revue des Deux Mondes).*
Septembre-octobre : Tournée en Auvergne, Provence et Languedoc.
19 octobre : *H. B.*, brochure consacrée à Stendhal (Henry Beyle).

1851 : Mérimée ne fait cette année-là que de courts voyages (à Londres ; dans l'Yonne, à Lyon et en Auvergne ; en Belgique et en Hollande). Il dîne plusieurs fois chez la princesse Mathilde.
15 novembre : Il publie dans la *Revue des Deux Mondes* un article sur Gogol.

1852 (21 janvier) : Mérimée officier de la Légion d'honneur. C'est un signe de son ralliement au nouveau régime. Ce ralliement lui vaudra l'inimitié de Victor Hugo, qui déjà ne l'aimait pas beaucoup.
30 avril : Mort de Mme Léonor Mérimée. Désormais le ménage de l'écrivain sera tenu par deux Anglaises dont il est depuis longtemps l'ami : Fanny Lagden et sa sœur Emma. (Léonor Mérimée leur donnait des leçons de dessin vers 1820.) La question de savoir si Fanny Lagden (née vers 1796) fut sa maîtresse est fort discutée.

26 mai : Il est condamné à quinze jours de prison et mille francs d'amende pour outrage à la magistrature. Dans un article de la *Revue des Deux Mondes,* il avait pris la défense, avec une véhémence excessive, de Libri (le mari de Mélanie Double), condamné pour vol de livres et documents dans des bibliothèques publiques. Du 6 au 20 juillet, il purge sa peine à la Conciergerie.

Septembre : Tournée dans le Midi.

15 décembre : La *Revue des Deux Mondes* publie *Les Faux Démétrius, scènes dramatiques.*

25 décembre : Publication de l'essai historique intitulé *Épisode de l'histoire de Russie. Les Faux Démétrius.*

1853 (30 janvier) : Napoléon III épouse Eugénie de Montijo.

19 mars : Mérimée accompagne jusqu'à Poitiers Mme de Montijo, que l'Empereur a persuadée de retourner en Espagne.

23 juin : Il est nommé sénateur. Horace de Viel-Castel voit en lui une « ambitieuse taupe qui creuse son chemin sans bruit ». Plusieurs de ses anciens amis le boudent. Il conservera jusqu'en 1860 ses fonctions d'Inspecteur général des Monuments historiques, sans en toucher les appointements. Mais il renonce aux grandes tournées, se déchargeant de ce soin sur l'architecte Courmont.

Juillet : *Les Deux Héritages* suivis de *L'Inspecteur général* et des *Débuts d'un aventurier* paraissent en volume.

Septembre-décembre : Séjour en Espagne, où il est l'hôte de Mme de Montijo.

1854 (fin août-15 octobre) : Voyage en Europe centrale.

29 décembre : Mme Delessert, poussée par Maxime Du Camp, qui est devenu son amant, signifie à Mérimée une rupture dont il restera longtemps meurtri.

1856 (juillet-août) : Voyage en Angleterre et en Écosse.

Novembre : Mérimée, devenu asthmatique, se rend sur la Côte d'Azur pour se soigner. Il est accompagné des sœurs Lagden. Son séjour à Nice, puis à Cannes, durera jusqu'en février suivant. Désormais, il passera tous ses hivers dans le Midi.

1857 : Voyages en Angleterre et en Suisse. Les invitations de Mérimée à la cour et les marques de confiance que lui témoigne la famille impériale se multiplient. Il fait la connaissance de Tourguéniev.

1858 (avril-mai) : Séjour à Londres.
Juin-octobre : Voyage en Suisse, en Bavière, en Autriche et en Italie.

1859 (fin septembre-20 novembre) : Voyage en Espagne. Napoléon III le charge de lui préparer des documents pour une *Histoire de Jules César*, à laquelle il travaille.

1860 (juillet-août) : Voyage à Londres, où il n'est pas allé depuis deux ans. Jusqu'en 1868, il y retournera chaque année. C'est à Londres qu'il se fait habiller. Il y mène une vie très mondaine.
11 août : Mérimée commandeur de la Légion d'honneur.

1861 : Il accompagne l'Empereur à Alise-Sainte-Reine (juin), puis dans les Landes (septembre). Il est, à Biarritz, l'hôte du couple impérial, et le sera encore en 1862, 1863, 1865, 1866.

1864 : Il commence à publier dans *Le Journal des savants* une série d'articles sur l'*Histoire du règne de Pierre le Grand (Procès du tsarévitch Alexis)*.

1866 (14 août) : Mérimée grand officier de la Légion d'honneur.
Septembre : Il écrit pour l'Impératrice une nouvelle, *La Chambre bleue*. Cette reprise de son activité de conteur coïncide avec son retour en faveur auprès de Mme Delessert.

1867 : Nouvelle série d'articles sur l'*Histoire du règne de Pierre le Grand (La Jeunesse de Pierre le Grand)*.

1868 : Il compose une nouvelle, *Lokis*, dont il donne le manuscrit à Mme Delessert le 25 septembre. Une lecture de cette nouvelle devant l'Impératrice et ses dames, au château de Saint-Cloud, le 22 juillet 1869, ne rencontrera qu'indifférence polie. *Lokis* paraîtra dans la *Revue des Deux Mondes* le 15 septembre 1869.

1869 (10 mars) : Mérimée vient d'être gravement malade. Plusieurs journaux annoncent la nouvelle de sa mort.

1870 (janvier-mars) : Il compose *Djoûmane*, sa dernière nouvelle.
1er juin : Après avoir passé tout l'hiver et le printemps à Cannes, il rentre à Paris.

Le 18 et le 20 août, il tente vainement d'amener Thiers
à prendre position pour le maintien du régime impérial.
Le 4 septembre, il assiste à la séance du Sénat. Il est
malade. Il a les jambes très enflées. Il quitte Paris le
10 septembre, sans avoir pu faire ses adieux à l'Impératrice. Il s'éteint à Cannes le 23 septembre. Cet athée
avait voulu qu'un pasteur protestant célébrât ses
obsèques. Ce vœu fut exaucé. Son corps repose dans le
cimetière anglais de Cannes, sous la même pierre que
celui de Fanny Lagden.

1871 (23 mai) : Pendant les troubles de la Commune, la
maison qu'habitait Mérimée, 52, rue de Lille, est
incendiée. Tous ses papiers et ses livres sont détruits.

CHAMPS DE LECTURES *

De 1829 à sa mort (1870), Mérimée rénove le genre de la nouvelle. Il lui confère une place prépondérante et, comme la plupart de ses contemporains, choisit quelquefois d'y développer des thèmes fantastiques.

Pour mieux comprendre Mérimée, ses œuvres et leur rôle dans l'histoire de la littérature, nous nous proposons ici de suggérer quelques définitions de la nouvelle, de déterminer les limites historiques et thématiques du fantastique, et d'ébaucher quelques analyses.

LA NOUVELLE

Le foisonnement de livres et d'articles tentant de définir la nouvelle reflète la complexité du genre ou son extrême simplicité embarrassante. Le XIVᵉ siècle voit confirmée avec *Le Décaméron* de Boccace une forme de récits courts. Aux siècles suivants Marguerite de Navarre et *L'Heptaméron*, La Fontaine et ses *Nouvelles en vers*, Hoffmann, Gautier, Gogol, Poe, Maupassant, Tchekhov, Melville, etc., illustrent le genre. La nouvelle toscane raconte un fait ou un incident frappant. Cette notion persiste dans toutes les définitions et on pourrait les comparer au premier sens que donne *Le Robert* de ce mot :

> « Premier avis qu'on donne ou qu'on reçoit (d'un événement récent); cet événement porté pour la première fois à la connaissance de la personne intéressée ou du public. »

* Dossier proposé par Héloïse RACCAH-NEEFS, professeur certifié de Lettres modernes.

Il reste alors à spécifier les modalités de cette transmission et le type d'événements portés à la connaissance. Le vague des définitions de la nouvelle justifie la confusion très fréquente faite entre elle et le conte. La différence, essentielle semble-t-il, est que l'événement rapporté par le conte est annoncé comme fiction. La nouvelle, qui ne précise pas cet aspect des choses, peut se permettre de relater des événements vrais ou imaginaires. Le conte a la sincérité de dire qu'il ment.

La nouvelle a ainsi un champ d'action très vaste :

> « Ce qui caractérise avant tout la nouvelle du XIXᵉ siècle, c'est son extrême diversité, tant sur le plan du contenu que sur celui du contenant : elle peut être un récit conté ou un récit présenté sans intervention d'un narrateur, un récit fantastique ou un récit vrai, un récit amusant ou un récit sérieux, un récit court ou un récit long. » (René Godenne, *La Nouvelle française*, Paris, 1974.)

1. Longueur ou durée.

La nouvelle va de la brièveté extrême au « petit roman ». Félix Fénéon (1861-1944) a écrit des centaines de nouvelles en trois lignes :

> « Sur l'épaule gauche du nouveau-né dont on trouva le cadavre devant la caserne du 22ᵉ d'artillerie, Versailles, ce tatouage : un canon. »

On pourrait les rapprocher des *Contes froids* que Jacques Sternberg publie dans *Le Monde du Dimanche*. A l'opposé, la nouvelle de Maupassant : *Une vie*, ou des nouvelles en concaténation : *Le Roman comique* de Scarron ou *Le Diable amoureux* de Cazotte, tendent au roman. Mérimée, écrit, à part *Colomba*, des nouvelles relativement peu longues.

Pour Baudelaire, il n'est pas question de longueur, mais de durée :

> « ... la nouvelle [...] a sur le roman à vastes proportions cet immense avantage que sa brièveté ajoute à l'intensité de l'effet. Cette lecture qui peut être accomplie tout d'une haleine, laisse dans l'esprit un souvenir bien plus puissant... » (*L'Art romantique, Notes nouvelles sur É. Poe.*)

et Gide partage l'opinion que la nouvelle « est faite pour être lue d'un coup, en une fois ». Stendhal lit *La Vénus d'Ille* le « 15 mai 1837, de minuit à minuit et demi »; Mérimée lit, d'une traite, *Lokis* à l'Impératrice. On lui reproche souvent de vouloir aller trop vite et d'avoir, de ce fait, un style « sec, dur, sans développement » (Sainte-Beuve). Mais chez lui, l'essentiel est d'aller droit pour produire un effet.

2. Le narrateur.

Impliqué ou impassible, impersonnel ou présent dans l'histoire qu'il raconte, le narrateur garantit son récit et le lecteur est tenté de le prendre pour vrai. Comment, en effet, mettre en doute la réalité que le récit impose ? Et pourquoi ne pas ajouter foi à un événement que le narrateur dit avoir vécu, ou qu'il a jugé bon, objectivement, de nous rapporter ?

Ainsi, le récit est toujours présenté comme vrai, authentique, même, et peut-être surtout, quand grâce à un artifice, le narrateur le dément en signalant qu'il s'agissait d'un rêve. Le lecteur aurait pu prendre pour vraie l'histoire de *Djoûmane ;* heureusement, le narrateur vigilant se réveille pour dire qu'il rêvait.

Dans ce recueil, on pourrait distinguer deux types de narrateurs :

— un narrateur caché mais omniprésent et omniscient qui rapporte à la troisième personne les faits : c'est le cas dans *Arsène Guillot* et *La Chambre bleue*, semble-t-il. Cette impression est contredite par une lecture un peu attentive. Le narrateur s'introduit à la fin d'*Arsène Guillot :* « Surtout, ne doutez pas que mon histoire ne soit vraie. » (p. 110). Dans *La Chambre bleue*, il ne semble pas qu'il ait d'autre rôle que celui de rapporter au lecteur l'anecdote : « Peut-être ne surprendrai-je pas mes lecteurs... » (p. 168) et de converser avec lui : « Je m'imagine que la plupart de mes lecteurs... Il aurait dû, me dira-t-on... À cela, je répondrai d'abord... » (p. 174). Il reste que le lecteur peut encore se demander comment le narrateur découvre « dans la suite, une merveilleuse robe de chambre et des mules de satin bleu » dans le sac de la jeune femme (p. 166).

— Dans *Il Viccolo di Madama Lucrezia* et *Djoûmane*, apparaît un autre type de narrateur, personnage, héros d'une aventure (l'une réelle et l'autre rêvée et qu'il rapporte à la première personne). Le narrateur de *La Vénus d'Ille* et de *Lokis* s'apparente à ce type et à Mérimée lui-même : on peut reconnaître l'Inspecteur général des Monuments historiques en tournée archéologique dans les Pyrénées et un linguiste à la recherche d'une langue en voie de disparition. Mérimée est précisément l'homme de science qui rapporte les histoires fantastiques, celles où la raison est mise à rude épreuve.

L'Abbé Aubain a un statut narratif très particulier, il y a trois narrateurs ; Mme de P..., l'Abbé Aubain écrivent, l'une à Mme de G... et l'autre à l'abbé Bruneau, et puis, il y a ce narrateur qui taille dans leurs lettres de quoi nous écrire. Ainsi, deux narrateurs-personnages et un narrateur omniscient sont associés pour nous donner des nouvelles, pour nous donner à lire la nouvelle.

3. Les thèmes.

Leur diversité exclut ici un classement exhaustif. Nous mentionnerons cependant quelques lignes directrices : réalisme et fantastique, vie et mort, science et religion, que l'on peut aussi regrouper en réalité de la vie et de la science opposée au traitement de la mort par le fantastique ou la religion. A cela s'ajoute la diversité des tons adoptés : sérieux, humoristique, grotesque, satirique, etc.

Les nouvelles de Mérimée satirisent, à des degrés variés, la religion ou ses institutions. Elles expriment toujours la séduction de l'étrange ou de l'extravagance : « J'ai pris le sujet le plus extravagant et le plus atroce que j'ai pu. » (Notice de *Lokis*, p. 181.) Mais même aux moments rationnellement les plus irrecevables, la nouvelle joue la vérité ou se joue d'elle tout en conservant des allures de vraisemblance, c'est là un de ses points de rencontre avec le fantastique.

LE FANTASTIQUE

1. Histoire.

Le fantastique est un phénomène littéraire curieux qui apparaît simultanément au XIXe siècle en Europe, Russie et Amérique du Nord, et stimule la création de tous les auteurs : Hoffmann, Nodier, Mérimée, Balzac, Flaubert, Maupassant, Gogol, Tourgueniev, Irving, Hawthorne, Poe et bien d'autres qui sans écrire à proprement parler de la littérature fantastique, s'inspireront de ses thèmes (Baudelaire, Hugo) souvent voisins de ceux du Romantisme.

Pourquoi tous en même temps ?

Au XVIIIᵉ siècle, l'écrivain s'oppose aux deux forces répressives du pouvoir et de la religion par des écrits irrévérencieux, satiriques ou libertins (Voltaire, Diderot, Sade, ...). Au XIXᵉ siècle, le nouveau pouvoir qui s'instaure, non moins terrorisant, est celui de la Science. L'écrivain fantastique sape cette autorité, conteste le rationalisme à tout prix, par des doutes, des interrogations sans réponses ou dont les réponses sont irrationnelles : il désigne l'inexplicable et partant, les failles de cette récente tyrannie.

Le Diable amoureux est souvent considéré comme le premier texte fantastique français, mais l'inexplicable de son récit est encore lié à la religion et à la superstition, puisque c'est le diable qui crée le mystère.

Le fantastique qui mine le rationnel en exhibant ses phénomènes, ses fantômes ou ses fantasmes va, à la fin du XIXᵉ siècle et au XXᵉ, s'orienter vers d'autres thématiques (anticipation, futurisme, fantastique du quotidien).

2. Définitions du fantastique.

> « Il se caractérise [...] par une intrusion brutale du mystère dans le cadre de la vie réelle. » (P.-G. Castex, *Le Conte fantastique en France de Nodier à Maupassant*. Paris, 1951.)

> « Le fantastique aime nous présenter, habitant le monde réel où nous sommes, des hommes comme nous, placés soudainement en présence de l'inexplicable. » (L. Vax, *La Séduction de l'étrange*. Paris, 1965.)

> « Le fantastique [...] manifeste un scandale, une déchirure, une irruption insolite, presque insupportable dans le monde réel. » (R. Caillois : *Images, Images*, Paris, 1966.)

« Intrusion », « inexplicable », « irruption », « insolite » : le fantastique est souvent caractérisé par la violence et la soudaineté des phénomènes, et s'il n'y a pas véritablement violence ou agression du phénomène sur un personnage, le fantastique fait, en tout cas, violence au rationnel ou à la perception.

Si l'on veut s'attacher à l'histoire du genre — et à son développement spécifique à la fin du XVIIIe siècle et dans tout le XIXe — il faut considérer que le fantastique ne provoque pas seulement une « hésitation » entre des catégories opposées qui auraient immuablement la même frontière : rêve/réalité, imaginaire/réel, folie/raison, vie/mort, etc.; s'il jette un trouble, c'est parce qu'il est une enquête sur l'ordre des choses (ou leur désordre), sur les dimensions du réel et sur la représentation qu'il est possible d'en avoir. Mais, c'est une enquête qui ne peut se faire que dans les termes d'une rationalité que se donne une époque, pour faire apparaître l'insuffisance de cette rationalité :

> « S'attacher à l'invraisemblable, c'est questionner les limites de l'objet, tenir que toute saisie de l'extériorité est provisoire et partielle. Le fantastique dramatise la constante distance du sujet au réel, c'est pourquoi, il est toujours lié aux théories sur la connaissance et aux croyances d'une époque. Il n'est de "caution de l'impossible" que par la lucidité et l'intelligence, par le recours à la raison. Le fantastique marque la mesure du réel à travers la démesure. Le scepticisme qui seul trace l'intimité de la raison et de la déraison est l'ingrédient obligé de l'inimaginable. » (I. Bessière, *Le Récit fantastique*, Larousse-Université, p. 60.)

3. Les thèmes du fantastique.

Les lois rationnelles qui gouvernent le monde et la vie n'entraînent pas un nombre infini de possibilités de transgressions. Ce sont ces transgressions qui déterminent les thèmes du genre. Elles se manifestent par des phénomènes tels que l'apparition, l'animation d'objets, la confusion entre la réalité et le rêve (éveillé ou non) et une chronologie perturbée ou le voyage dans le temps.

Dans le fantastique, l'apparition du phénomène est suivie par sa disparition; sinon le fantastique instaurerait un nouvel ordre « naturel ». Or, il s'agit de perturbation temporaire, et c'est peut-être cet éphémère qui suscite le

malaise. On pourrait comparer cela à l'éclipse totale du
soleil par la lune; les deux planètes sont perceptibles,
dans l'ordre naturel des choses, le soleil éclaire le jour
et la lune la nuit. Mais il arrive, exceptionnellement, que
la lune en plein jour dérobe la lumière du soleil : c'est
l'irruption insolite. Si par un hasard fantastique la lune
restait devant le soleil, on finirait par s'habituer à ce
nouvel ordre de la nature, et l'accoutumance corroderait
l'effet fantastique. En revanche, la durée limitée du phénomène désoriente et peut faire craindre la réitération
inopinée de l'apparition. Fugitif, insaisissable, irrécu-
sable mais impossible, le phénomène peut, de plus, laisser des traces de son passage.

a) *L'apparition.*

L'apparition, le fantôme est un des thèmes fréquents
du fantastique, au point que pour beaucoup, ce genre
se réduirait à des histoires de fantômes. Or, elle prend
plusieurs aspects : revenant, lutin, La Mort, ou un phénomène dont la matérialité ou l'immatérialité n'est pas
précisée. Ce dernier cas est développé dans *Le Horla* de
Maupassant. Dans les cas de l'apparition-fantôme, le
dérèglement et la manifestation du phénomène ne
cessent que par la disparition (mort) d'un personnage,
sorte de monnaie d'échange avec un au-delà, vieux tribut
mythique, sacrifice humain destiné à calmer (momentanément ?) une divinité en colère.
Exemples :
A Ille, on exhume une statue de Vénus, à proximité
d'un olivier gelé. Un jeune homme, inconséquent, lui
passe au doigt une bague de mariage. La statue se venge
en lui donnant le froid de la mort, puis, punie — fondue
en cloche — elle continue de geler les vignes. (Une histoire
à faire « froid » dans le dos ?) (*La Vénus d'Ille.*)
Sir John Rowell retient par une chaîne la main qu'il
a coupée à son « meilleur ennemi ». On le trouve mort,
un jour, étranglé. La main a disparu mais réapparaît
trois mois plus tard sur la tombe de sa victime. (G. de
Maupassant, *La Main.*)
Le marquis de la Tour-Samuel, chargé par un ami de
récupérer des lettres, pénètre dans une pièce inoccupée
depuis longtemps. Là, le fantôme d'une femme lui
demande de la coiffer pour que cessent ses souffrances.
Plus tard, il croit avoir rêvé, mais restent enroulés à ses

boutons « de longs cheveux de femme ». (G. de Maupassant, *Apparition*.)

Akaky Akakievitch, mort de froid parce qu'on lui a volé son manteau tout neuf, revient la nuit arracher le manteau de tous ceux qui l'ont humilié et cesse quand il s'estime vengé. (Gogol, *Le Manteau* dans *Récits de Pétersbourg*.)

b) « *Objets inanimés avez-vous donc une âme...* »

Un objet acquiert brusquement une autonomie et se met à circuler ou se comporte comme un être humain. C'est un thème intéressant car l'objet peut être aussi la trace tangible laissée par le phénomène, et si on le déplace, pourquoi ne se déplacerait-il pas seul ?
Exemples :
Une nuit, dans une chambre inconnue, le narrateur voit une cafetière s'animer et devenir une jeune fille. A l'aube la cafetière est brisée comme son rêve quand il apprend que la jeune fille est morte depuis deux ans. (Th. Gautier, *La Cafetière*, dans *Récits fantastiques*.)

Véra est morte, mais elle « vit » toujours avec le comte. Quand il admet qu'elle est morte et qu'il lui demande comment parvenir jusqu'à elle, du lit nuptial, tombe la clé du tombeau. (Villiers de L'Isle-Adam, *Véra*, dans *Contes cruels*.)

Un jeune homme désespéré entre en possession d'une peau de chagrin qui comble tous ses désirs mais rétrécit à chaque exaucement. La disparition de la peau correspond à la mort du jeune homme. (Balzac, *La Peau de chagrin*.)

La momie de la princesse Hermonthis vient chercher son pied chez le narrateur qui le lui rend. Quand il s'éveille, il trouve « en échange » une idole de pâte verte que portait la princesse. (Th. Gautier, *Le Pied de Momie*, dans *Récits fantastiques*.)

Ici, la trace matérielle du passage est confrontée au rêve, vestige éclatant d'une réalité et d'un rêve impossible.

c) *La confusion du rêve et de la réalité.*

> « Chuang Tzu rêva qu'il était un papillon et ne savait plus au réveil s'il était un homme qui avait rêvé qu'il était un papillon ou s'il était un papillon qui maintenant rêvait qu'il était un homme. »

(Herbert Allen Giles, *Chuang Tzu*, 1889. Cité par
Borges et Bioy Casares dans *Cuentos breves y extra-
ordinarios*, Buenos Aires — c'est nous qui tradui-
sons.)

Le fantastique rend mobiles les frontières entre le rêve
et la réalité. « Ce n'était qu'un rêve » dit-on souvent, et
l'on ne sait pas bien si cela est rassurant, désolant ou
inquiétant. L'indistinction entre les deux peut conduire
à la folie, de la même façon que le rêve prémonitoire
anticipe une réalité et la rend aussi trouble.

Exemples :

Piskariov suit une femme débauchée; rentré chez lui,
il rêve d'elle, prend de l'opium pour rêver encore. Le
rêve le pousse à demander sa main. La réalité lui est
hostile : elle refuse, il se suicide. (Gogol, *La Perspective
Nevsky*, dans *Récits de Pétersbourg*.)

Dans le même recueil de récits, Tchratkov, jeune
peintre pauvre, achète un tableau doublement extraordinaire : l'homme qu'il représente le regarde d'une façon
très étrange et lui révèle en rêve que le cadre renferme
mille ducats. (Gogol, *Le Portrait*.)

Ce thème ou ce système trouve sa forme la plus accom-
plie chez Borges (*Les Ruines circulaires* et *Le Sud*, dans
Fictions) et chez Cortázar (*La Nuit face au ciel*, dans *Les
Armes secrètes*).

d) *Le voyage dans le temps ou la chronologie perturbée.*

Le récit fantastique est à sa manière « une machine à
explorer le temps ». Progression ou anticipation, régres-
sion, immobilité et répétition ou réitération font vaciller
les critères habituels d'écoulement régulier, imperturbable. Le passé fait irruption dans le présent, l'anachro-
nisme renvoie le présent dans le passé. Le lecteur est
pris dans cette instabilité déconcertante. Le récit fantastique se crée un temps qui lui est propre : hors-temps.

Exemples :

Le narrateur du *Pied de Momie* se transporte en rêve,
grâce à la princesse Hermonthis, trente siècles en arrière.
Il aimerait l'épouser mais la différence d'âge — il a
vingt-sept ans — paraît inconvenante. (Th. Gautier,
dans *Récits fantastiques*.) Ce n'est pas le voyage dans le
temps qui choque ou surprend le narrateur.

Quand une cafetière s'anime, devient jeune fille et

entraîne le narrateur au bal, la réalité de l'événement
n'est pas mise en doute mais l'impossibilité de revenir en
arrière dans le temps ou de le faire progresser dans
l'avenir — la cafetière est brisée — lui fait perdre toute
idée de bonheur sur terre. (Th. Gautier, *La Cafetière*,
dans *Récits fantastiques*.)

La Vénus d'Ille, venue d'un autre monde et d'un
autre temps, transporte avec elle les superstitions ou les
croyances des Romains. Revenue à la vie, ou à la vue
après deux mille ans sous terre, elle est belle, plus belle
que Mlle de Puygarrig. Le temps ne l'a pas marquée et
quand elle revient, c'est pour envoyer ses victimes dans
le hors-temps de la mort.

4. La rhétorique du fantastique.

« Pour moi, la première de toutes les considérations
est celle d'un effet à produire. » (E. A. Poe, *Genèse
d'un poème*.)

« Si la première phrase n'est pas écrite en vue de
préparer cette impression finale, l'œuvre est manquée dès le début. Dans la composition tout
entière il ne doit pas se glisser un seul mot qui ne
soit une intention, qui ne tende directement ou
indirectement à parfaire le dessein prémédité. »
(Ch. Baudelaire, *Notes nouvelles sur Edgar Poe*, in
L'Art romantique.)

« Quelle que soit la chose qu'on veut dire, il n'y a
qu'un mot pour l'exprimer, qu'un verbe pour l'animer et qu'un adjectif pour la qualifier. [...] On peut
traduire et indiquer les choses les plus subtiles en
appliquant ce vers de Boileau :
« D'un mot mis à sa place enseigna le pouvoir. »
[...] Il est, en effet, plus difficile de manier la phrase
à son gré, de lui faire tout dire, même ce qu'elle
n'exprime pas, de l'emplir de sous-entendus, d'intentions secrètes et non formulées, que d'inventer
des expressions nouvelles ou de rechercher, au
fond de vieux livres inconnus, toutes celles dont
nous avons perdu l'usage et la signification, et qui
sont pour nous comme des verbes morts. » (G. de
Maupassant, *Préface de Pierre et Jean*.)

Le fantastique commence dès l'expression. Pour créer
un effet particulier, et percutant, il faut déjà conférer
aux mots un pouvoir d'étrangeté, mais non, comme

Maupassant le signale, en exhumant des verbes morts. Il faut plutôt donner un autre sens, une autre direction aux mots que nous connaissons bien. L'insolite de leur place redoublera ainsi l'insolite de la situation qu'ils traduisent. Pour frapper fort, il faut condenser l'expression, aller à rebours de l'explication, c'est-à-dire cacher des sens dans les « plis » du texte. Ainsi, les mots acquièrent un pouvoir suggestif et le lecteur est responsable de ce qu'il a compris ou trouvé. On arrive au paradoxe suivant : Mérimée, après avoir fait la lecture de *Lokis*, dit à A. Filon : « Vous n'avez pas compris, c'est parfait! »

Qu'en est-il alors du lecteur qui interprète et croit avoir compris plus que ce qu'on voulait lui dire ? Le pouvoir et la séduction du récit fantastique ne sont-ils pas de solliciter les interprétations les plus nombreuses possibles de la part de son lecteur afin, précisément, de le perdre dans un vertige interprétatif ? Par ailleurs, des textes qui à première vue semblaient ennuyeux gagnent en richesse l'intérêt qu'on a bien voulu leur porter — opération narcissique, certes, mais qui enthousiasme plus d'un lecteur.

Les figures de rhétorique les plus signifiantes en littérature fantastique sont les figures d'analogies, c'est-à-dire celles qui entraînent le rapprochement de certains éléments signifiants du récit. Imperceptiblement se constitue un réseau parallèle, une autre histoire se dessine sous la première. Le lecteur ne peut pas dire qu'on l'a abusé, s'il ne repère pas tout du premier coup. Les lectures suivantes lui prouvent que tout était là dès le début, et que par suite d'un aveuglement temporaire dont il est responsable, c'est lui qui a occulté certaines vérités. Il peut s'ensuivre un certain vertige, qui contribue à accroître l'effet fantastique : notre perception a été mystifiée, ou nous n'avons pas été capable de percevoir cette mystification.

En déracinant « un vieil olivier qui était gelé de l'année dernière, [...] Jean Coll [...] donne un coup de pioche [...] *comme s*'il avait tapé sur une cloche [...] et voilà qu'il paraît une main noire, qui *semblait* la main d'un mort ». Les deux comparaisons introduites dans ce passage du début se retrouvent à la fin, pour clore le récit et l'enfermer dans une interprétation interne. Vénus est prise pour une cloche *(sic)*, elle le deviendra. La première chose qu'elle donne à voir est cette main « qui semblait la main d'un mort », cela paraît normal, puisqu'il arrive qu'on déterre les morts. Mais cette main deviendra cause et instrument de mort, quand le jeune de Peyrehorade lui aura passé la bague au doigt et n'aura pas tenu ses engagements *(La Vénus d'Ille)*.

Dans *Lokis*, on retrouve le même type de procédé. « ... *il me sembla* que quelque *animal fort lourd* essayait de grimper. » Le narrateur effectue les rapprochements pour nous puisque la phrase suivante est : « Encore tout préoccupé des histoires d'*ours*... j'aperçus *une tête humaine* » (p. 191). Mlle Iwinska s'est plainte (p. 206) que Michel Szemioth « l'eût serrée *comme un ours*. Je vis que la *comparaison* ne plut pas au comte ». On devrait s'interroger sur cette remarque ! Puis, c'est : « Il poussa *une sorte de rugissement...* » (p. 211). Quand le comteours vient d'accomplir son meurtre (préparé par une série d'autres éléments), le narrateur, toujours à sa fenêtre quand il faut, voit passer « un corps opaque, très gros... » Et, cette fois, à l'inverse de son impression du début : « Ma première *impression* fut que *c'était un homme...* » Dans *Lokis*, les deux impressions premières, celle du début et celle de la fin, ne se contrarient pas, mais s'additionnent : c'est un homme-ours !

Les exemples sont sans fin, dans les nouvelles fantastiques telles que *La Vénus d'Ille* ou *Lokis*. Mais cette rhétorique enrichit d'une connotation fantastique les autres nouvelles qui au premier abord semblaient des récits « réalistes ».

Dans *Il Viccolo di Madama Lucrezia*, c'est la comparaison-ressemblance qui devient le sujet de la nouvelle : ressemblance du narrateur avec son père, ressemblance de la miniature et de Lucrèce, mais surtout celle du narrateur avec le comte, au point que trois personnes s'y trompent : l'abbé, Lucrèce, le tueur. Sans ces comparaisons et ces méprises, le narrateur n'aurait rien à raconter, même s'il semble regretter qu'on ne le prenne pas pour lui-même.

Dans *Djoûmane*, le décrochage entre ce qui est présenté comme réel et ce qui est dit être le rêve, peut à peu près se situer dans le texte. Après avoir assisté à une *fantasia*, près du gué, le narrateur s'endort et encombre son récit du verbe « sembler ». A son réveil, toujours près du gué, ce qui lui a semblé être cet énorme serpent reprend des proportions étriquées ou métaphoriques : « Est-ce que nous ne tuons pas le ver, mon lieutenant ?... » (p. 241.)

D'autres procédés fréquents opèrent dans les textes fantastiques et les enrichissent, ce sont les métaphores, plus troublantes que les comparaisons puisqu'elles escamotent le modalisateur; il arrive aussi que le point de départ d'une histoire soit une métaphore prise au pied de la lettre. On pourrait suggérer cette interprétation pour *Lokis* : le jeune comte se conduit comme un ours. Dans cette perspective, il ne faut pas négliger les étymologismes, des noms communs ou des noms propres, pas plus que les jeux de mots. La Vénus Turbul... tournée dans tous les sens, va « tournebouler » les esprits, et pour commencer, dans des recherches d'étymologies justement. De même, toutes les interprétations à propos du « CAVE AMANTEM » pourraient se résumer dans ce clin d'œil à l'opéra *Carmen :* « Et si je t'aime, prends garde à toi! »

L'abbé Aubain bénéficie de « la belle aubaine ». Dans MichEL szeMiOTH, on retrouve le démoniaque MELMOTH. Dans *La Vénus d'Ille*, on passe du jeu de la mourre au jeu de l'amour. Max de Salligny qui veut partir en Grèce fait une faute d'orthographe sur le nom d'Arsène Guillot : il l'écrit avec un i grec. Et Mme de Piennes qui se voudrait pleine de piété, est en fait pleine d'une haine inavouée pour Arsène sa rivale. Etc.

Les *Fictions* de Borges offrent à cet égard une construction rhétorique si resserrée, si élaborée, qu'une explication de la première page de chacun des récits met à jour tous les embryons que le récit développe par la suite. Dans *Les Ruines circulaires*, il est question d'une « nuit unanime », étrange hypallage! Or il se découvre que le personnage qui tente de créer quelqu'un par le rêve, est lui-même la créature du rêve de « una anima », c'est-à-dire d'une seule âme. Dans *La Mort et la Boussole*, Red Scharlach = Rouge Ecarlate, retrouve son ennemi juré Erik Lönnrot = lieu secret du rouge, précisément dans sa résidence secrète.

Toutes ces figures enjôleuses surprennent à une première lecture, mais gagnent toutes leurs significations et leur pertinence à la relecture. Un récit fantastique « bien écrit » n'est pas à mettre aux oubliettes dès qu'on l'a lu, sous prétexte qu'on en connaît l'histoire, il s'enrichit de toutes les nouvelles lectures qu'on voudra bien lui prodiguer.

« La structure narrative est indissociablement structure d'interprétation », dit Irène Bessière. Si un des thèmes du fantastique est l'apparition de ce qui jusque-là était inconnu ou caché, le déchiffrement du texte-cryptogramme procède de cette même démarche : donner à voir ce qui était dissimulé, et participe aussi de l'effet fantastique.

·

JUGEMENTS

« 15 mai 1837, de minuit à minuit et demi, *La Vénus d'Ille...*
1. Contours extrêmement nets et même secs.
2. Chose *existante de par soi* et non avec relation à des choses déjà connues (moyen de cet effet : les choses sont racontées nettement comme si l'auditeur était ignorant de tout, sans allusion aux choses déjà connues. Moins de grâce par ce système, mais toute l'attention du lecteur reste à la chose narrée).
3. Bien le cachet dramatique, l'originalité.
4. Ni profondeur, ni originalité (autre que dans la façon d'être montrés) dans les caractères.
5. Phrases horriblement courtes, style qui a l'air imité de Cousin (probablement imitation commune des mêmes originaux de l'an 1600).
6. L'auteur tourne au sec.
7. Admirable attention aux petites choses, trait du bon romancier, et hardiesse d'appuyer sur ces petites choses.
8. Grande imprudence de l'auteur : il se moque de son instrument naturel, de son hôte de tous les jours, l'antiquaire de province. Ce conte de vingt-cinq pages va augmenter sa réputation de *méchanceté*. (Personnel, *id est*, chose dont on se moquera dans vingt ans.) Il y a un moment de sécheresse causée par vingt lignes ou peut-être dix trop savantes. (15 mai 1837. Lu à minuit.) »

> (STENDHAL, remarques écrites en marge de son manuscrit *Le Rose et le Vert*.)

« Je crois voir Mérimée s'installant avec son petit cahier relié pour lire *Lokis* devant l'Impératrice. [...] La

soirée était chaude, mais on ferma les fenêtres par égard
pour le lecteur. Les portes des salles voisines éclairées
mais désertes, demeurèrent ouvertes, et bientôt il n'y
eut que la voix de Mérimée qui résonnât dans cette quié-
tude et ce recueillement du grand palais ensommeillé.
L'Impératrice était assise à une table ronde placée dans
un coin de la pièce devant un buste en marbre du roi
de Rome à vingt ans. A sa gauche, Mérimée. [...] Une
lourde lampe éclairait le cahier blanc où *Lokis* était écrit
d'une écriture large et ferme, les éventails qui battaient
l'air lentement, les broderies qu'agitaient sans bruit des
doigts agiles et menus, tous ces fronts penchés et ces
yeux de jeunes filles qui se levaient quelquefois vers le
lecteur avec une expression de curiosité et de rêverie.
Deux ou trois hommes, assis un peu plus loin, complé-
taient le petit cercle. Mérimée lut de sa voix indifférente
et monotone, interrompu seulement par des sourires ou
par de légers murmures d'approbation dont l'Impératrice donnait le signal. *Lokis* est un petit roman très bien
fait, très vigoureux d'exécution, très habilement varié de
ton et où l'ironie se soutient à la hauteur voulue pour
ne point gâter la couleur sombre du sujet. En le relisant
ces jours-ci, il m'a semblé que c'était une des meilleures
œuvres de Mérimée. Mais, ce soir-là, son ingrat et
malheureux débit m'empêcha de m'en apercevoir.
   Un peu après avoir fini, il se leva et me dit à demi-
voix, d'un ton brusque :
   " Avez-vous compris vous ? "
   Je dus avoir l'air assez niais. J'aurais peut-être fini
par trouver une réponse encore plus niaise, mais il ne
m'en donna pas le temps.
   " Vous n'avez pas compris, c'est parfait ! " »

               (Augustin FILON : *Mérimée et ses
               amis*. Paris, Hachette, 1894, pp. 303-
               305.)

   « Mérimée choisit des types francs, forts, originaux,
sortes de médailles d'un haut-relief et d'un métal dur,
avec un cadre et des événements appropriés : le premier
combat d'un officier, une vendetta corse, une défaillance
de probité, l'exécution d'un fils par son père, une tragédie intime dans un salon moderne : presque tous ses
contes sont meurtriers, comme ceux de Bandello et des
nouvellistes italiens, et en outre poignants par le sang-

froid du récit, par la précision du trait, par la conver-
gence savante des détails. Bien mieux, chacun d'eux,
dans sa petite taille, est un document sur la nature
humaine, un document complet et de longue portée [...] »

(TAINE : « Prosper Mérimée », dans
Essais de critique et d'histoire. 9e éd.,
Paris, Hachette, 1904, pp. 454-455.)

« Les formes d'esprit sont si variées, si opposées, non
seulement dans la littérature, mais dans le monde, qu'il
n'y a pas que Baudelaire et Mérimée qui ont le droit de
se mépriser réciproquement. Ces particularités forment,
chez toutes les personnes, un système de regards, de
discours, d'actions, si cohérent, si despotique, que quand
nous sommes en leur présence il nous semble supérieur
au reste. »

(PROUST : *A la recherche du temps
perdu*. Pléiade, t. II, p. 570.)

« Mérimée ne se juge pas mieux lui-même qu'il ne juge
autrui. Savez-vous quel est de ses contes celui qu'il préfère ? *La Vénus d'Ille* ! Relisez cela. C'est stupide. Aucun
lecteur, en possession de ses facultés, ne peut supposer
un instant qu'une statue de bronze ait étranglé un
homme. »

(Paul SOUDAY, *Le Temps*, 24 septembre 1920.)

« *La Vénus d'Ille* est le chef-d'œuvre de Mérimée,
parce que c'est là qu'il a réussi à donner le maximum de
vraisemblance au maximum de surnaturel. »

(Valery LARBAUD, *Préface de Carmen*,
1927.)

« L'idée de preuve et celle d'œuvre d'art sont incompa-
tibles, contradictoires. Une pièce à thèse est toujours
une pièce manquée. Un conte fantastique qui serait, trop
consciemment, un conte philosophique, risquerait d'être
ennuyeux... Quel est le sens précis de *La Vénus d'Ille?*
Pourquoi Mérimée, homme sérieux et railleur, a-t-il pris
si grande peine pour nous raconter gravement cette folle
histoire ? Nul le ne sait. Je ne crois pas qu'il l'ait su
lui-même. Ce mythe lui avait plu. Il avait trouvé quelque

plaisir à le rendre vraisemblable. Et le sens demeure caché sous le mythe comme la pensée de la Joconde ou celle de l'Ange de Reims sous leurs étranges et mystérieux sourires. »

(André MAUROIS : *Propos sur le conte philosophique*, *Nouvelles littéraires*, 13 novembre 1937.)

« Je ne connaissais rien de pareil dans Mérimée. Pourquoi cela n'est-il pas plus connu ? [...] Oui, cela est meilleur que tout ce que je supposais que Mérimée pût écrire. Excellent vraiment. »

(GIDE sur *Arsène Guillot*. *Journal*, Pléiade, pp. 276-277.)

« La sensibilité de Mérimée ne se manifeste pour ainsi dire jamais directement : il use presque toujours de quelque voie détournée lorsqu'il désire exprimer une émotion; tantôt il la rattache à un souvenir de voyage, tantôt à une légende ancienne, tantôt encore à une anecdote historique, — et sous la grâce même du récit l'émotion vient à pointer, comme par un jour couvert, à la faveur d'une brève éclaircie, la montagne un instant perce la nue. »

(Charles DU BOS : « Réflexions sur Mérimée », dans *Approximations*. Paris, Editions du Vieux Colombier, 1965, pp. 558-559.)

« [...] le récit, insidieusement, amène à envisager l'hypothèse que les frontières les plus hermétiques de l'univers sont en réalité franchissables par des êtres absolument étrangers aux normes reconnues, qui n'appartiennent pas à l'humanité, mais qui en ont la ressemblance, la nostalgie ou la haine; qui traversent les miroirs, qui n'ont pas besoin de vivre pour sentir et agir; qui, surtout, ignorent la barrière décisive qui sépare l'inerte de l'inanimé, le métal de la chair, l'objet fabriqué de l'être engendré, frémissant, périssable. »

(Roger CAILLOIS : « Mérimée et le fantastique : en relisant " La Vénus d'Ille " », *Nouvelle Revue des Deux Mondes*, octobre 1974, p. 22.)

ÉLÉMENTS DE BIBLIOGRAPHIE

LA NOUVELLE

René GODENNE : *Histoire de la nouvelle française aux XVIIe et XVIIIe siècles*, Genève, 1970.
La Nouvelle française, Paris, 1974.

LE FANTASTIQUE : ÉTUDES

Irène BESSIÈRE : *Le Récit fantastique*, Paris, Larousse, 1974.
Roger CAILLOIS : *Puissance du rêve*, Paris, 1962.
Au cœur du fantastique, Paris, 1965.
Images, Images, Paris, 1966.
P.-G. CASTEX : *Le Conte fantastique en France de Nodier à Maupassant*, Paris, 1951.
Max MILNER : *Le Diable dans la littérature française de Cazotte à Baudelaire, 1772-1861*, Paris, 1960.
J.-P. SARTRE : *L'Imaginaire*, Paris, 1940.
Situations, I, Paris, 1947.
T. TODOROV : *Introduction à la littérature fantastique*, Paris, 1970.
L. VAX : *L'Art et la littérature fantastiques*, Paris, 1960.
La Séduction de l'étrange, Paris, 1965.

ARTICLES

R. BARTHES : « Introduction à l'analyse structurale du récit », *Communications*, n° 8.
« Éléments de sémiologie », *Communications*, n° 4.

J. Bellemin-Noël : « Notes sur le fantastique (textes de Th. Gautier) », *Littérature*, n° 8.

G. Genette : « Vraisemblable et motivation », *Communications*, n° 11.

L. Vax : « L'art de faire peur », *Critique*, n°s 150 et 151.

CONTES ET NOUVELLES FANTASTIQUES
PARUS DANS LA
COLLECTION GF FLAMMARION

Contes merveilleux, fantastiques, réalistes

TABLE DES MATIÈRES

PUBLICATIONS NOUVELLES

Vous trouverez chez votre libraire le catalogue complet des livres de poche
GF-Flammarion et Champs-Flammarion.

GF — TEXTE INTÉGRAL — GF

93/10/M2330-X-1993 — Impr. MAURY Eurolivres SA, 45300 Manchecourt.
N° d'édition 14763. — Mars 1992. — Printed in France.